STILLE WASSER - DARK WATERS

Stille Wasser - Dark Waters

Im Sog des Barkley Sound

Toni Anderson

Übersetzt von
Martin Wick

Impressum

Dark Waters

Englische Ausgabe Copyright © 2024 Toni Anderson.

Stille Wasser - Dark Waters

Deutsches Urheberrecht © 2024 Toni Anderson Inc.

Publisher: Toni Anderson. Toni Anderson Inc. C/O Fillmore Riley LLP, 1700-360 Main Street, Winnipeg, MB, Canada. R3C3Z3. Telephone: (204) 808-3112.

E-Mail: info@toniandersonauthor.com

Einbandgestaltung: Wicked Smart Designs

Print ISBN: 978-1-990721-94-6

Digital ISBN: 978-1-990721-95-3

Weitere Informationen zu Toni Andersons Büchern erhältst du, wenn du dich für ihren Newsletter anmeldest oder auf ihrer Website (www.toniandersondeutsch.com).

Deutsche Bücher von Toni Anderson

Kalte Gerechtigkeit Serie

Ein kalter, dunkler Ort (A Cold Dark Place)

Kalte Jagd (Cold Pursuit)

Kaltes Morgenlicht (Cold Light of Day)

Kalte Angst (Cold Fear)

Kalte Schatten (Cold in the Shadows)

Kaltes Herz (Cold Hearted)

Kalte Geheimnis (Cold Secrets)

Kalte Bosheit (Cold Malice)

Eiskaltes Versprechen (A Cold Dark Promise)

Kaltblütig (Cold Blooded)

Kalte Gerechtigkeit – die Verhandler Serie

Kalt und tödlich (Cold & Deadly)

Kälter als die Sünde (Colder Than Sin)

Kalte böse Lügen (Cold Wicked Lies)

Kalter grausamer Kuss (Cold Cruel Kiss)

Eiskalt (Cold as Ice)

Kalte Gerechtigkeit – Most Wanted Serie

Kalte Stille (Cold Silence)

Kalter Verrat (Cold Deceit)

Kaltes Grollen (Cold Snap)

Kalte Wut (Cold Fury)

Kalte Tücke (Cold Spite) - Demnächst

IHR - ROMANTISCHER SPANNUNGSROMAN
Ihr Zufluchtsort (Her Sanctuary)
Ihr letzter Ausweg (Her Last Chance)
Ihr Risiko (Her Risk To Take)

ROMANTISCHER MILITÄR-THRILLER
Tödliches Spiel (The Killing Game)

IM SOG DES BARKLEY SOUND
Gefährliche Tiefen (Dangerous Waters)
Stille Wasser (Dark Waters)

Eine frühere Übersetzung des englischen Originals wurde unter dem Titel „Wogen des Zorns" veröffentlicht. Dieses Buch ist eine neue Übersetzung.

Für meine Tochter Jamie, die brillant, wunderschön und immer freundlich ist.

PROLOG

Niemand gab Ex-Häftlingen einen Vertrauensvorschuss. Zum Teufel, seine Frau hatte das an jenem Tag klargestellt, an dem sie die Scheidung einreichte. Davis Silver starrte auf die Zahlen auf dem Bildschirm, und plötzlich ergab alles einen Sinn. Der ganze wohlwollende „Zweite Chance"-Quatsch war wie weggeblasen.

Diese Kerle hatten ihn überzeugt, hatten ihn an diese Sache glauben lassen. Sie hatten ihn mit einem viel zu wenig geschätzten Gut beschenkt – Hoffnung. Jetzt würden diese Bastarde mit Spendengeldern für verletzte Veteranen in Millionenhöhe davonkommen, wenn er nicht schnell handelte. Und er war der Sündenbock. Das Bauernopfer. Der Betrogene. Der Idiot, der an sie geglaubt hatte.

Er war so erbärmlich dankbar dafür gewesen, dass er als Manager in der Finanzabteilung eingestellt und in dieser tristen Wirtschaftslage weiter beschäftigt wurde. Er war nicht nur ein Ex-Häftling, sondern auch Jahrzehnte älter als die College-Absolventen, die so verzweifelt nach Arbeit suchten, dass sie sich mit Bier bezahlen ließen. Es war vorhersehbar gewesen.

Ihm war eine Anomalie in seinen Aktivitätsprotokollen aufgefallen – nichts, was ein Mann wie er ignorieren oder für selbstverständlich halten würde. Also hatte er begonnen, den Geldfluss nachzuverfolgen: zahlreiche kleine, unauffällige Beträge, die von Geschäftskonten an Briefkastenfirmen und dann auf fünf separate Offshore-Konten in Irland überwiesen worden waren. Die Überweisungen erfolgten unter Verwendung *seiner* Zugangscodes, und er hätte seinen Arsch darauf verwettet, dass diese Konten auch mit ihm in Verbindung gebracht werden würden, wenn er nur tief genug graben würde.

Er würde *nicht* wieder ins Gefängnis gehen.

Auf keinen Fall.

Er überprüfte seine E-Mails – es war mehr reflexartiges Muskelgedächtnis als eine bewusste Handlung – und gab seinem Gehirn damit Zeit herauszufinden, was er als Nächstes tun sollte.

Die ganze Sache war ein einziger Betrug. Es war von langer Hand geplant, ihm die Schuld dafür in die Schuhe zu schieben. Er hatte vier Jahre lang hingebungsvoll gearbeitet. All die Überstunden, die durchgemachten Nächte während der Steuersaison. Die ganze unterwürfige, heuchlerische Kriecherei. Er knirschte mit den Zähnen. Er hätte über der Tastatur einschlafen und seinen Vorgesetzten bei der jährlichen Weihnachtsfeier vollkotzen können, und sie hätten ihn trotzdem weiterbeschäftigt.

Sechzig Millionen US Dollar und ein paar Zerquetschte.

Sein Hals wurde heiß, und er öffnete den obersten Knopf seines weißen Hemdes. Die Anspannung ließ seine Finger schmerzen. Er dehnte sie. Das konnte nicht wahr sein. Er war fünfzig Jahre alt. Dafür würde er auf keinen Fall untergehen. Beim letzten Mal hatte er den Knast nur wegen eines einzigen Mannes überlebt. Das nächste Mal würde er nicht so viel Glück haben.

Die kleinen, voneinander abgetrennten Arbeitsnischen waren nur schwach beleuchtet. Es war spät an einem Freitagabend im Herzen der Innenstadt von Chicago. Alle anderen waren nach

Hause zu ihren Lieben oder zur Happy Hour bei Ernie's gegangen. Das Büro seines Vorgesetzten war oben, aber Davis hatte ihn um fünf Uhr mit Kujo, dem Sicherheitschef, der eigentlich Kudrow hieß, gehen sehen. Kujo passte besser zu ihm.

Seine Augen flogen über die Kontonummern. Was konnte er tun? Er machte ein Bildschirmfoto und druckte es aus. Ein Aufzug klingelte, und sein Kopf schoss hoch, um über die Trennwand seines kleinen Arbeitsbereiches zu schauen. Er stieß einen Seufzer der Erleichterung aus, als Rosalita, eine der Reinigungskräfte, ihm aufmunternd zuwinkte, bevor sie mit dem Staubsaugen begann.

Der Schweiß rann ihm trotz des arktischen Luftstoßes der Klimaanlage über den Rücken.

Beobachteten sie ihn? Er schaute sich um, aber Kameras konnten überall versteckt sein. Er musste schnell handeln. Wenn er das Geld an Ort und Stelle ließ, konnte es jeden Moment verschwunden sein, und als Wiederholungstäter würde er verdammt viel länger in den Knast kommen als beim letzten Mal. Keiner würde ihm auch nur ein Wort glauben. Sein Blick fiel auf ein Foto auf seinem Schreibtisch, und sein Herz setzte einen Schlag aus. Anna. Seine schöne Tochter. Sie würde ihm nie verzeihen.

Doch was konnte er tun?

Dann, wie ein Blitz aus heiterem Himmel, traf ihn die Erkenntnis. Er wusste genau, was zu tun war. Wie er die Organisation ausschalten und sie als Betrüger entlarven konnte. Er rief die Wegbeschreibung zur nächstgelegenen FBI-Außenstelle auf und druckte sie aus. Dann überprüfte er die Zeit auf seinem Monitor und täuschte ein Gähnen vor. Gähnende Männer klauten nicht auch noch den letzten Penny aus den Offshore-Konten ihrer korrupten Chefs. Es dauerte vierzehn Sekunden, um die Zahlen einzugeben, die er auswendig gelernt hatte. Er zögerte nur für einen Sekundenbruchteil, bevor er „Enter" und „Bestätigen" drückte, um Multimillionär zu werden.

Es war schade, dass man die wichtigen Dinge wie Liebe, Glück oder Ansehen nicht mit Geld kaufen konnte.

Davis überwies das Geld erneut, diesmal um die Kette zu durchbrechen und es dem Zugriff dieser herzlosen Diebe zu entziehen. Und wenn jemand in der Strafverfolgung seinen Verstand benutzte und herausfand, wer ihn vor neun Jahren hereingelegt hatte? Nun, vielleicht war es an der Zeit dafür. Er machte einen zweiten Screenshot und druckte ihn ebenfalls aus. Eine Versicherung für den Fall, dass das FBI ihm nicht glaubte. Dann löschte er den Browserverlauf, meldete sich ab und fuhr den PC herunter. Mit zitternden Händen steckte er die beiden Screenshots in einen Briefumschlag und fügte einen Klebezettel hinzu, auf dem er kurz erklärte, was er herausgefunden hatte. Dann kritzelte er eine alte, aber bekannte Adresse auf die Vorderseite. Er kramte seine Brieftasche hervor und durchwühlte die Fächer, bis er ein paar Briefmarken fand. Er konnte nur das mitnehmen, was er normalerweise bei sich trug, aber das Foto von Anna steckte er heimlich in seine Jackentasche. Dann schlenderte er hinaus, als ob er keine einzige Sorge hatte. Er war nur eine weitere erschöpfte Drohne, die nach einer langen Woche im Büro nach Hause ging.

„Gute Nacht, Rosalita", rief er, als er den Rufknopf für den Aufzug drückte. „Ich wünsche Ihnen ein schönes Wochenende." *Genießen Sie es, denn Sie werden wahrscheinlich bald arbeitslos sein.* Innerlich zuckte er zusammen, aber das war nicht seine Schuld. Er zog die Bösewichte zur Rechenschaft, und es war ein tolles Gefühl, zur Abwechslung mal am Steuer zu sitzen. Er tippte mit dem Fuß und wartete darauf, dass sich die Aufzugtüren öffneten. Dann trat er hinein und konzentrierte sich auf das brünierte Metall der Stahlwand. Da war eine vage Andeutung seines Spiegelbildes zu sehen.

Unscharf. Undeutlich. Er kratzte sich an der Kopfhaut. Er bekam eine Glatze.

Das Leben war nicht ganz so verlaufen wie geplant.

Katie ...

Er schluckte die Erinnerungen hinunter. Sein Atem klang zu laut, rasselnd in dieser geschlossenen Metallbox. Er versuchte, sein Gesicht zu entspannen. Gott. Nach einer Ewigkeit kam er in der

Lobby an und eilte durch die riesigen Glastüren des zwanzigstöckigen Gebäudes im Herzen von Downtown Chicago hinaus. Er steuerte die nächste U-Bahn-Station an.

Davis schwitzte unter seiner Jacke, das Hemd klebte an seiner Haut wie ein warmes, nasses Papiertaschentuch. Sein Magen knurrte. Er legte eine Hand auf seinen Bauch. In Schutzhaft würde er mehr als genug Zeit haben, etwas zu essen.

An der Straßenecke befand sich ein Briefkasten. Er öffnete die Klappe, warf den Brief ein und blieb auf dem Bordstein des Zebrastreifens stehen. Er drehte sich gerade noch rechtzeitig um, um zwei Männer aus dem Gebäude seines Arbeitgebers rennen zu sehen. Sie zeigten auf ihn, und ihm gefror das Blut in den Adern.

Wie zur Hölle hatten sie es so schnell herausgefunden? Jemand musste versucht haben, das Geld zu verschieben, und hatte so bemerkt, dass es weg war.

Er fühlte sich etwa eine halbe Sekunde lang selbstgefällig.

Oh, Scheiße. Verzweifelt hielt er nach einem Taxi oder einem Polizisten Ausschau. Nichts. Er blickte über die Schulter zurück – sie waren nur noch hundert Meter entfernt, ihre Hände tauchten unter die Jacken, als würden sie nach Waffen greifen. Er hastete in den Verkehr und wich einem blauen Truck und einem Bus aus. Die Hupen dröhnten. Er sprintete über eine weitere Spur. Quietschende Bremsen. Schreie. Das furchtbare Knirschen von Metall auf Glas, als jemandem hinten draufgefahren wurde. *Entschuldigung.*

Er kramte in seinen Taschen nach seiner U-Bahn-Fahrkarte und rannte in die Station „Clark/Lake". Er nahm sein Handy in die andere Hand und wählte mit eiskalten Fingern den Notruf, während er mit voller Geschwindigkeit weiterrannte.

„Neun-eins-eins. Was ist Ihr Notfall?"

„Jemand versucht, mich zu töten." Er hatte keinen Zweifel daran, dass sie ihn töten würden, sobald sie die Kontonummern aus ihm herausbekommen hatten.

„Wo sind Sie, Sir? Wie lautet Ihr Name?"

„Davis Silver." Ex-Häftling. Dieb. Rächer des Unrechts. Vollidiot. „Ich arbeite für die Holladay Foundation. Jemand hat Geld veruntreut, also habe ich das Geld zurückgeholt, bevor es für immer verschwindet. Ich brauche Polizeischutz."

„Haben Sie gerade gesagt, dass Sie Geld von der Holladay Foundation gestohlen haben? Gestehen Sie gerade ein Verbrechen, Sir?"

„Nein! Ja." *Hilf mir einfach!* Es war keine Zeit für Erklärungen. Seine Füße zwickten vom Laufen in billigen, zu engen Schuhen. Er rannte durch das Drehkreuz, auf dem Weg zur U-Bahn. Während er rannte, suchte er nach dem nächsten ankommenden Zug. In zwei Minuten. Die Angst schwappte in einer knisternden Welle über seine Haut. Er schluckte, als er hinter sich Geräusche der Verfolgung hörte. Zwei Minuten waren zu lang. Warum konnte es nicht wie im Film sein, wenn zwei Züge gleichzeitig ankamen und er in letzter Minute zwischen ihnen hin- und herspringen konnte? Er sah auf, sprach noch immer mit der Notrufzentrale und suchte nach Kameras. „Ich brauche Hilfe! Ich bin in der Clark/Lake-Station und jemand versucht, mich umzubringen." Er winkte den Kameras zu und etwas peitschte an seinen Knöcheln vorbei. Er hüpfte.

Scheiße! Das war eine Kugel.

Das ferne Rumpeln eines Zuges erschütterte den Boden. *Schneller!*

Er legte auf, als er den Bahnsteig erreichte, und spurtete los, wobei er hinter den großen quadratischen Säulen in Deckung ging. Sein Herz hämmerte, als die Menschen sich zerstreuten. Er hielt hinter der letzten Säule inne und hockte sich auf den dreckigen Boden. Dann schlug er die Hände vor die Brust, fast wie zum Gebet. Anna. Er musste es Anna erklären. Verzweifelt wählte er ihre Kurzwahltaste. Er fluchte, als die Mailbox ansprang.

Schweiß rann ihm über die Haut, während er in das Telefon

sprach. Er konnte spüren, wie seine Verfolger immer näher kamen. Er presste die Augen zu. Oh, mein Gott, was, wenn sie Anna ins Visier nahmen? Sie musste von dort weg!

„Verdammt. Ich habe es wieder getan." Ihr Leben vermasselt. Hastig sagte er ihr, wohin sie fliehen sollte. Wem sie vertrauen sollte.

Jemand packte ihn am Hemd und zog ihn auf die Beine. Er ließ das Telefon fallen, das mit einem Scheppern auf dem Fußboden landete. Wind und Lärm donnerten durch den Tunnel, während er in die kalten schwarzen Augen eines Raubtiers starrte.

Diese Augen sagten ihm, dass er sterben würde.

Langsam.

Schmerzhaft.

Die Cops würden ihn nicht retten. Keine Bundespolizei würde ihm die Hand schütteln oder ihm für seinen Dienst danken. Er würde geschlagen und gefoltert werden. Dann würde er die Kontonummern verraten und sterben. Sie würden ihm die Schuld geben, so wie sie es immer geplant hatten. Genauso, wie jemand anderes ihn reingelegt und sein Leben und seine Familie gestohlen hatte, vor all den Jahren. Seine Taten hatten sie kaum aus dem Konzept gebracht. Aber ein in die Enge getriebener Mann, der nichts zu verlieren hatte, war am gefährlichsten.

Eine Urkraft trieb ihn dazu, beide Fäuste gegen das eiserne Kinn des Mannes zu schlagen. Der Überraschungsangriff verschaffte ihm genug Spielraum, um wegzutaumeln, aber der Schwung riss ihn weiter – direkt in den entgegenkommenden Zug. Die ganze Welt wurde schwarz.

RANDS LIPPEN SPITZTEN SICH. ER HOB DAS HANDY vom abgenutzten Boden auf und steckte es ein, während er den Blick seines Partners auf sich zog. Die Situation hatte sich von einfachem Durcheinander in einen totalen Charlie Foxtrott verwandelt, wie sie es beim Militär genannt hatten. Er und Marco verließen mit gesenktem Kopf die Station in verschiedene Richtungen. Der General würde nicht erfreut sein, aber sie konnten Davis Silver nicht einfach wieder zusammensetzen.

Wo war der Umschlag?

Davis hatte ihn beim Verlassen des Gebäudes dabeigehabt, das kleine Wiesel, aber nicht während der Verfolgung. Also musste er ihn fallengelassen oder verschickt haben. Hoffentlich enthielt er Details darüber, wo er das Geld versteckt hatte. Sechzig gottverdammte Millionen, die ihnen direkt vor der Nase weggeschnappt worden waren. Petrie versuchte, es zurückzuverfolgen. Angesichts des Schweißes auf seiner Stirn, als er den Computer im Büro angebrüllt hatte, wusste Rand, dass er die Aussichten nicht gerade optimistisch einschätzte.

Mit dem General war nicht zu spaßen und mit der US-Regierung auch nicht.

Er ging zügig die Straße hinunter, weg von den Büros, falls irgendein Möchtegern-Held beschloss, ihm zu folgen. Rand könnte einfach verschwinden, weggehen und sich auf irgendeiner dreckigen Farm in Mississippi verstecken. Aber nach all den Jahren voller Blut, Schweiß und Kugeln, wo war da der Spaß? Er hatte sich sein Geld auf die harte Tour verdient. Fünf Schusswunden an verschiedenen Stellen seines Körpers, ein Messer im Bauch, Malaria, Ruhr und ein gebrochener Knöchel nach einer miserablen Landung im afrikanischen Dschungel. Er hatte definitiv jeden verdammten Penny verdient.

Er zog Davis Silvers Handy aus der Tasche und scrollte nach unten, um zu sehen, wen er angerufen hatte. Neun-eins-eins und eine Frau namens Anna Silver. Seine Ehefrau? Ein Muskel zuckte in seiner Wange. Rand drückte auf die Wahlwiederholung und legte den Kopf zur Seite, als die Mailbox ansprang. Er starrte einen Moment lang auf die Straße, bevor er in ein Café ging und sich einen Espresso bestellte, während er im Internet nach ihrem Namen und ihrer Nummer suchte.

Cauldwell Lake, in der Nähe von Minneapolis.

Er kippte seinen Kaffee hinunter und schaute auf seine Armbanduhr. Sie mussten erfahren, wo Davis ihr Geld deponiert hatte, sonst konnten sie ihre Pläne für den Vorruhestand vergessen. Einem gottverdammten Dieb war eben nie zu trauen.

EINS

nna ließ Peter ihre Hand nehmen und sie sanft hin und her schwingen, während er sie den gewundenen Gartenweg hinaufführte. Es war dunkel, aber das Licht auf ihrer Veranda strahlte eine einladende Wärme aus. Das Schuljahr war zu Ende, und sie war mehr als bereit, den Sommer zu beginnen. Sie liebte es, Lehrerin zu sein, aber ohne die dringend benötigten Sommerferien wäre sie bald völlig durchgedreht.

Sie waren im Kino gewesen, um sich die neueste romantische Komödie anzuschauen. Die Handlung war angenehm vorhersehbar und leicht amüsant gewesen. Peter schien nichts gegen Frauenfilme zu haben, was ein Pluspunkt war, obwohl sie sich nicht sicher war, ob ihre Beziehung irgendwohin führen würde.

Aber er war süß. Kastanienbraunes Haar, das kurz genug geschnitten war, um die natürliche Welle zu verbergen, um die ihn die meisten Frauen beneiden würden. Arglose blaue Augen und ein paar Sommersprossen. Er war nicht besonders sportlich oder groß, was ihr sehr entgegenkam, denn mit ihren sechsundzwanzig Jahren und rund 1,60 m brauchte sie weder überragende Größe noch Bauchmuskeln aus Stahl – zumindest nicht außerhalb von Filmen.

Die Abendbrise ließ ihr Baumwollkleid um ihre Knie flattern. Der Duft von Rosen wehte schwer und süß in der Brise mit. Ein Rotkehlchen sang.

Sie seufzte. Es war perfekt. „Danke für den wunderbaren Abend."

„Es war mir ein Vergnügen." Er hob ihre Hand an seine Lippen und warf ihr einen Blick zu, der ihr sagte, dass er sie eigentlich ganz woanders küssen wollte.

Vielleicht war es an der Zeit, ein Risiko einzugehen. Warum nicht? Sie waren seit sechs Monaten zusammen, und sie hatte es langsam angehen lassen, selbst für ihre Verhältnisse. Aber Erfahrung machte vorsichtig, und Anna war äußerst vorsichtig. Sie trat einen Schritt näher zu ihm. Seine Augen weiteten sich, als sie ihre Arme um seinen Hals schlang und sich zu ihm hinaufbeugte, um ihre Lippen auf seine zu drücken. Seine Arme spannten sich für einen Moment an, bevor er ihren Kuss erwiderte.

Es gab kein Feuerwerk, aber das war in Ordnung. Sie wollte keine unkontrollierbare Leidenschaft – sie wollte nichts Unkontrollierbares. Sie öffnete ihren Mund unter dem Druck seiner festen Lippen und versuchte, ihren Puls zu beruhigen, der aus den falschen Gründen pochte.

Der Schweiß seiner Handflächen sickerte durch die dünne Baumwolle ihres Kleides, dann gruben sich seine Finger in ihre Haut. Sie zog sich zurück, war unruhig.

„Anna, komm schon. Lass mich doch." Seine Stimme war tief und rau. Er stürzte sich wieder auf ihre Lippen und drückte sie in einem Kuss zusammen, der wahrscheinlich leidenschaftlich sein sollte, aber nur feucht und voller hartem Zahnschmelz war.

Sie kämpfte darum, ruhig zu bleiben, und versuchte, es etwas sanfter angehen zu lassen, aber er hatte keine Lust dazu. Seine Hand griff ihr unter den Rock, zog den Stoff hoch und entblößte ihre Beine in der Sommerbrise. Sein Knie stieß gegen ihres. Sie griff nach seinem Bizeps und krallte ihre Fingernägel hinein, um ihn zu bremsen und sich zurückzuziehen. Seine Hand hob sich, um ihre Brust zu umschließen.

Nein, nein, nein. Sie presste ihre Lippen und Beine zusammen. Er stöhnte, selbstvergessen, von Begehren verzehrt, was vielleicht schmeichelhaft gewesen wäre, hätte sie diese Gefühle erwidert. Sein Duft umhüllte sie. Seine Hitze überflutete sie und verursachte Übelkeit in ihr. Darauf bedacht, nicht in Panik zu geraten, versuchte sie, den Kopf wegzudrehen, aber er griff mit der anderen Hand nach ihrem Kinn und drückte sie dann gegen die Tür, wobei sich seine Erregung gegen ihren Bauch presste.

Einen Moment lang erstarrte sie vor Angst. Ihr Herz hämmerte, ihre Lungen drohten zu implodieren, als sie darum kämpfte, zu entkommen. Schließlich riss sie ihren Mund frei, schmeckte das Blut auf der Zunge, und stieß ihn weg. „Lass mich los, Peter. Sofort.“

Er ließ sie sofort los und trat einen Schritt zurück. Röte umspielte seine Wangen, Verwirrung und Frustration zogen über seine Gesichtszüge. „Wir sind seit Monaten zusammen, aber wir haben nicht ... das heißt ... wir haben nie ...“ Er fuhr sich aufgeregt mit den Fingern durch sein Haar. „Wir knutschen nicht, von Sex gar nicht zu reden. Also dachte ich, du wartest vielleicht darauf, dass ich den ersten Schritt mache. Du weißt schon, das Kommando übernehme.“

„Nein.“ Abscheu wand sich um ihren Körper wie eine Würgeschlange. „Da hast du falsch gedacht.“

„Tut mir leid.“ Er zog eine Grimasse, dann verzogen sich seine Lippen zu einem vermeintlich liebenswerten Lächeln. „Ich habe es vermasselt, nicht wahr?“

Ein Schauer lief ihr über den Rücken. Anna schlang ihre Arme um sich und wünschte, sie wäre jemand anderes. Jemand Stärkeres. Jemand, der ungebrochen war. „Du solltest gehen.“

„Ist es, weil ich keine Kinder haben kann? Du hast gesagt, es wäre kein Problem, aber ...“

„Es liegt an mir, okay, Peter?“ Ihre Stimme war laut. Schrill. „Es geht nur um mich. Also schwing deinen ganz normalen Hintern von meiner Veranda und lass mich in Ruhe."

„Du überreagierst." Seine Miene verfinsterte sich, und er rückte einen Zentimeter vor, aber sie drückte ihre Handflächen gegen seine Brust und zwang ihn zurück. „Ich habe einen Fehler gemacht, Anna. Du musst mir die Chance geben, es wiedergutzumachen."

Sie wandte ihr Gesicht ab. „Ich möchte, dass du gehst."

Er runzelte die Stirn, und sie glaubte, Zorn in seinen Augen zu sehen. Sie machte sich auf Gewalt gefasst, aber alles, was sie bekam, war eine milde Zurechtweisung. „Ich rufe dich morgen an, und wir reden darüber, wenn du dich wieder beruhigt hast."

Weil sie unvernünftig war ...

Wut schoss durch sie hindurch, so stark, dass sie zu zittern begann, aber sie kontrollierte die Emotionen mit Mühe. Sie wollte ihn nicht provozieren, wollte nicht streiten, sie wollte ihn loswerden. Er sprang die zwei Stufen hinunter und ging rückwärts, wobei er fast über das Mauerwerk stolperte. „Schlaf einfach drüber."

Darüber schlafen?

Er ging durch das gewölbte Gartentor und schloss es sanft hinter sich. Der Bogen war von einer rosafarbenen Kletterrose bedeckt, die den ganzen Sommer über blühte und Schönheit in ihr Leben brachte – eine Schönheit, nach der sie sich immer gesehnt hatte. Dieser Rosenstrauch und der weiße Lattenzaun hatten sie dazu gebracht, sich in dieses kleine Haus zu verlieben, und sie hatte es auf der Stelle gekauft. Es war erstaunlich, wie leicht die Dunkelheit zurückkehren konnte, um die friedliche Illusion zu zerstören, an der sie so hart gearbeitet hatte.

„Gute Nacht, Anna. Bis morgen", rief er.

Als ob sie ihren eigenen Verstand nicht kennen würde.

„Keiner wird dir glauben. Sie hassen dich so sehr, dass sie nur lachen werden. Du bist zu gar nichts gut." Erinnerungen hallten in ihrem Kopf wider.

Peter kletterte in seinen silbernen Volvo und fuhr langsam davon.

War sie zu hart? Grausam?

Wahrscheinlich. Aber sie hatte lieber den Ruf, ein kaltherziges Miststück zu sein, als mit einem Kerl zusammen zu sein, der ihr seine Zunge in den Hals steckte, weil er dachte, dass sie jemanden brauchte, der das Kommando übernahm.

Mit zitternden Händen schloss sie ihre Tür auf und trat ein, dann schob sie den Riegel vor. Sie schlüpfte aus ihren rosafarbenen hochhackigen Sandalen und ließ ihre Schlüssel auf den Beistelltisch fallen. Das Haus war leer. Frigide. Oder vielleicht lag das nur an ihr.

Unfähig, sich zu beruhigen, nahm sie ihr Handy, das sie aufgeladen hatte, und sah, dass ihr Vater angerufen hatte. Sie wollte nicht mit ihm sprechen.

Übriggebliebene Emotionen vermischten sich mit verworrenen Erinnerungen an eine Zeit in ihrem Leben, die sie so sehr zu vergessen versuchte. Peter hatte ihr alles wie einen Eimer Wasser ins Gesicht geschleudert. Es war ja nicht so, dass sie nie Sex gehabt hätte. Sie hatte Sex gehabt. Es war nur schon sehr, sehr lange her.

Verdammt.

Sie ging in die Küche, schenkte sich ein Glas Weißwein ein und nahm einen großen Schluck. Dann schaute sie aus dem Fenster und beobachtete die Schatten in ihrem abgelegenen Garten. Schatten machten ihr keine Angst.

Sie verbrachte viel Zeit damit, so zu tun, als wäre sie normal. Nur so kam sie damit zurecht. Aber das hielt sie nicht davon ab, sich an eine Nacht zu erinnern, die eine der glücklichsten ihres jungen Lebens hätte sein sollen, und die sich in einen schrecklichen Albtraum verwandelt hatte. Es war schon schlimm genug, dass ihr Vater verhaftet worden war, weil er eine Million Dollar gestohlen und einen Skandal ausgelöst hatte, der die Familie monatelang in die Schlagzeilen gebracht hatte. Aber eine ganze Nacht der Gewalt hatte ihre Abwehrkräfte aufgezehrt und sie wund und blutend zurückgelassen. Ein paar Tage später hatte sie versucht, all den

Schmerz und die Qualen zu beenden, indem sie um Mitternacht in einem sturmgepeitschten Meer schwimmen gegangen war. Glücklicherweise war sie von einem Fischerboot gerettet worden. Zu ihrem Pech war sie dann aber eine Woche lang in der Psychiatrie eingesperrt worden.

Aber sie hatte kein psychologisches Gutachten gebraucht, um ihre Selbstmordgedanken zu vertreiben. Diese verblüffende Erkenntnis war ihr schon bei der ersten Welle gekommen, die über ihrem Kopf zusammengeschlagen war. Sie hatte Schmerzen gehabt, aber sie hatte nicht sterben wollen. Es gab auch andere Möglichkeiten, wegzulaufen, und im Laufe der Jahre hatte Anna sie alle perfektioniert.

Es klingelte an der Tür, und sie wurde aus ihren Erinnerungen gerissen. Sie stellte das Weinglas auf den Tresen und griff nach ihrem Telefon, um den Notruf zu wählen, falls Peter zurückgekommen war, um etwas einzufordern, das ihm seiner Meinung nach zustand. Der Anblick von zwei uniformierten Polizisten auf ihrer Türschwelle ließ sie kurz innehalten. Sofort wurde sie an jenen schrecklichen Tag zurückkatapultiert, als sie siebzehn gewesen war und die Polizei geklingelt hatte, um ihren Vater zu verhaften.

Sie hatten ihr Leben aus den Angeln gerissen, und sie versuchte immer noch, die Teile wieder zusammenzusetzen.

Anna öffnete die Tür. „Kann ich Ihnen helfen, Officers?" Ihre Stimme klang dünn und ängstlich, und sie streckte die Schultern durch.

Der Mund des älteren Mannes verengte sich, er machte sich auf etwas gefasst. „Anna Silver?"

Sie nickte und trat zurück, um sie hereinzulassen.

„Sie sind die Tochter von Davis Silver?"

Oh, Gott. Was hat er dieses Mal angestellt? „Ja."

„Ich fürchte, wir haben schlechte Nachrichten."

Ihre Lungen funktionierten nicht mehr richtig, und sie musste tief einatmen, um genügend Sauerstoff zu bekommen. Die Polizisten wirkten fehl am Platz in ihrem geblümten Wohnzimmer mit den satinierten Kissen und den weißen Sofas. Der ältere Mann räusperte sich, und der Jüngere weigerte sich, ihren Blick zu erwidern.

„Die Chicago Transit Authority hat uns vorhin kontaktiert. Es hat einen schrecklichen Unfall gegeben, Ma'am. Ihr Vater ist tot."

Die Welt wirbelte um sie herum, als der Boden auf sie zukam. Sie hielt sich an der Rückenlehne der Couch fest.

„Sind Sie in Ordnung, Ma'am?" Helfende Hände manövrierten sie auf das Sofa.

War sie in Ordnung? Natürlich war sie *nicht* in Ordnung. Der Jüngere holte ein Glas Wasser, aber sie stellte es sofort ab, ihre Hand zitterte so sehr, dass es über den Rand schwappte. Ihr Vater konnte nicht tot sein. Das musste ein Irrtum sein.

„Was ist passiert?", krächzte sie.

„Ihr Vater ist vor einen U-Bahn-Zug gestürzt, Ma'am."

Sie zuckte zusammen. Die Polizisten tauschten einen besorgten Blick aus.

„Die Polizei geht der Behauptung nach, er sei auf dem Bahnsteig verfolgt worden."

Sie hielt sich den Mund zu. Das konnte doch nicht wahr sein.

„Hatte Ihr Vater irgendwelche Schwierigkeiten, Miss Silver?"

Ihr Blick wanderte zu ihm. „Nicht, dass ich wüsste."

„Gibt es jemanden, den Sie anrufen können, jemanden der sich um Sie kümmert", fragte der ältere Mann und ging gleichzeitig zur Tür.

„Es geht mir gut." Sie erhob sich zittrig auf ihre Füße. Sie wollte nur noch weg von ihnen. „Das ist sehr freundlich von Ihnen, aber ich bin sicher, dass Sie viele wichtige Dinge zu tun haben."

„Nur wenn Sie sicher sind, dass es Ihnen gutgeht", meinte der Jüngere.

Anna lachte, und es kam so scharf wie Glasscherben heraus. Die Cops waren noch nie so rücksichtsvoll gewesen. Vielleicht wussten sie nicht, wer ihr Vater war. „Wird sich jemand bei mir melden?"

„Wegen seiner Leiche?" Der Ältere schrieb eine Nummer auf einen Zettel und reichte ihn ihr. „Rufen Sie diese Nummer an. Dort wird Ihnen jemand mit den Details helfen können. Mein Beileid."

„Danke, dass Sie persönlich vorbeigekommen sind." Anna riss sich zusammen, als sie die Beamten hinausbegleitete und dann die Tür schloss. Ihr Vater war tot? Sie hatte gestern mit ihm gesprochen. Er hatte sie heute Abend angerufen.

Er konnte nicht tot sein, die Vorstellung schien nicht real zu sein. Ihre Mutter ...

Oh, verdammt, sie wollte nicht diejenige sein, die es ihrer Mutter sagen musste.

Ihre Mutter hatte sich abgeschottet, als ihr Vater vor neun Jahren verhaftet worden war. Sie hatte sich selbst aufgegeben und aufgehört, als Mensch zu funktionieren, geschweige denn als Mutter. Für eine kurze Zeit hatte Anna die Rolle der Erwachsenen übernommen, und dann war Ed Plantain auf der Bildfläche aufgetaucht und hatte all die kleinen Scherben ihres Lebens aufgesammelt. Seit ihre Mutter Ed geheiratet hatte, drifteten sie und Anna unaufhaltsam auseinander, wie große einsame Landmassen, die in entgegengesetzte Richtungen gezogen wurden.

Und das war alles so verdammt ungerecht.

Sie hatten ein gutes Leben gehabt, bevor ihr Vater das Geld gestohlen hatte. Sicher, sie waren arm gewesen, aber das hatte Anna nie wirklich interessiert. Ihr Vater hatte ihnen immer wieder versprochen, dass er ihnen eines Tages die Welt zu Füßen legen würde, ihre Mutter mit Diamanten überhäufen und Anna einen eigenen Computer kaufen würde. Ihre Mutter hatte keine Diamanten gewollt, nur ein Auto, das fuhr. Geld war der einzige wirkliche Grund für die Reibereien, die es in ihrem Haus gegeben hatte, und am Ende hatte es die Familie in den Ruin getrieben.

Wie würde Katherine nach Jahren des Hasses reagieren?

Würde sie einen Teil der Bitterkeit loslassen, die aus ihr heraussprudelte, wenn jemand auch nur seinen Namen erwähnte? Irgendwie bezweifelte Anna das. Sie war vielleicht der einzige Mensch auf der Welt, dem es etwas ausmachte, dass er tot war.

Mit zitternden Fingern nahm sie ihr Telefon und hörte ihre Mailbox ab. Ihr Herz krampfte sich schmerzhaft zusammen, als sie seine Stimme hörte. „Anna, ich stecke in großen Schwierigkeiten. Aber ich habe nichts falsch gemacht, ich schwöre es." Dad? Er klang panisch. Er atmete heftig, als ob er gerannt wäre. „Ich bin auf dem Weg zum FBI, aber sie sind zu nah. Ich werde es nicht schaffen. Sie werden mich umbringen. Sie werden nach ihrem Geld suchen. Ich habe dir die Ausdrucke geschickt, aber sie wissen nicht, wohin ich sie geschickt habe. *Du* weißt es. Bring die Informationen zum FBI."

Sie kniff die Augen zusammen und hielt das Telefon so fest, dass es an ein Wunder grenzte, dass das Gehäuse nicht zerbrach. In was war er verwickelt gewesen? Etwas Illegales?

„Du musst da fort, bis sich die Lage beruhigt hat." Die feinen Härchen in ihrem Nacken richteten sich auf. „Verdammt, ich habe es schon wieder getan." *Bitte, nein, Dad.* „Ich liebe dich. Und das alles tut mir so leid. Es gibt nur einen Menschen, dem ich außer dir vertraue, das weißt du doch, oder? Geh zu ihm, heute Abend noch. Sag ihm, dass ich das Versprechen einfordere, das wir einander gegeben haben." Er schrie jetzt, und Anna zog das Telefon vom Ohr weg, als ein Rauschen zu hören war – ihr Herz schlug wie wild, als sie erkannte, dass es der Zug sein musste, der ihn getötet hatte. Dann war da nichts mehr. Das weiße Rauschen dauerte noch zwanzig Sekunden an, bevor es abbrach. Die nächste Nachricht war ein abgebrochener Anruf von seiner Nummer. Anna lachte hysterisch und presste dann eine Hand auf ihren Magen, der sich fest verkrampfte. Die Galle begann in ihrer Kehle zu brennen. Sie flüchtete ins Bad und erbrach Wein, Popcorn und ihr normales Leben. Nachdem sie fünf Minuten gewürgt hatte, ohne etwas zu haben, dass sie noch hätte erbrechen können, spülte sie sich den Mund aus und strich sich die Haare aus der feuchten Stirn.

Sie starrte in den Spiegel auf ihre rotgeränderten Augen und fragte sich, wie das alles wieder hatte passieren können, nachdem sie ihr Leben so gestaltet hatte, dass das Trauma möglichst gering war. Doch diesmal war es noch schlimmer, denn ihr Vater war tot.

Und sie selbst könnte in Gefahr sein.

Brent Carver lag im Bett und lauschte der Brandung vor seinem offenen Fenster. Das rhythmische Geräusch half ihm, dieses raue, unruhige Gefühl zu besänftigen, das sich in ihm festkrallte. Manchmal konnte er bei dem Rauschen sogar einschlafen. Heute Nacht nicht.

Er bewegte sich unruhig, der Schweiß war feucht auf seiner Haut. An der Westküste herrschte ein glühend heißer Sommer, und er war Gott dankbar, dass er nicht mehr in diesem Scheißgefängnis festsaß und mit ein paar hundert seiner weniger guten Freunde schwitzen musste. Er setzte sich im Bett auf und strich sich irritiert durch sein zu langes Haar.

Gina hatte es gemocht, wenn er sein Haar lang trug.

Verdammt.

Er hatte das letzte Jahr damit verbracht, nicht an Gina oder ihre Ermordung zu denken, und doch schlichen sich immer wieder Erinnerungen ein. Ihr Lächeln, ihre großzügige Art, ihre unerschütterliche Hingabe, die er nicht einmal ansatzweise verdient hatte. Als er mit ihr Schluss gemacht hatte, hatte er gehofft, sie würde endlich weiterziehen. Dass sie einen Mann finden würde, den sie heiraten und mit dem sie Kinder haben könnte, die sie verwöhnen könnte. Aber die Dinge hatten sich nicht so entwickelt, und niemand bedauerte es mehr als er.

Er schlug die Decke zurück und stapfte nackt zum offenen Fenster, das auf den Pazifik hinausging. Es dauerte einen Moment, bis sein Herzschlag sich etwas beruhigte. Es dauerte auch einen Moment, bis das Brennen in seiner Brust nachließ. Mit seinen fast vierzig Jahren hatte er die Hälfte seines Lebens im Gefängnis verbracht und würde nie genug davon bekommen, die frische, saubere Luft der Freiheit einzuatmen.

Das dunkle Wasser vor ihm erstreckte sich wie ein glattes Seidentuch bis zum Horizont. Doch die ruhige Beschaulichkeit war eine Illusion, hinter der sich trügerische Strömungen und gigantische Wellen, kalte Tiefen und böse Sturmfluten verbargen.

Der Ozean rief nach ihm – das hatte er schon immer getan. Dieser Küstenstreifen war das, was er in seiner Zelle so viele Jahre lang vermisst hatte. Nicht den Frieden. Nicht die Gelassenheit. Nicht das Pinkeln in einer Toilette, die Privatsphäre bot. Riesige Wellen krachten an den Strand. Elemente, die wie Titanen in seinem Hinterhof aufeinanderprallen. Die Einsamkeit. Die Wildheit. Die Energie. Das Gefängnis hatte das Bedürfnis nach dieser Energie in eine winzige Ecke seines Geistes gezwängt und ihn in seinen Träumen damit gequält. Als er entlassen worden war, hatte er zwei Tage lang nur auf das Meer gestarrt. Hier gehörte er hin. Das war der Ort, an dem er sein musste. Und niemand würde es ihm jemals wieder wegnehmen können. Eingesperrt zu sein hatte ihn innerlich fast ausgelöscht, und das Schlimmste war: Es war seine eigene verdammte Schuld. Er hatte ein Leben genommen und bekommen, was er verdiente.

Er war jetzt seit vier Jahren draußen, aber die Gerüche, die Erinnerungen, das Gefühl, immer auf der Hut sein zu müssen, waren tief verwurzelt, in sein Gehirn eingebrannt. Er hatte seine Erlösung in seinem Talent für die Malerei gefunden, ein Talent, das ausreichte, um sich überall auf der Welt eine schicke Villa leisten zu können. Aber er war hierher zurückgekehrt, auf diesen kleinen, abgelegenen Landstreifen am westlichen Rand von Vancouver Island. Der Schauplatz des Verbrechens und das einzige Zuhause, das er je gekannt hatte.

Vielleicht sollte er eine Jacht kaufen und segeln lernen. Aber diese Art von ziellosem Umherziehen gefiel ihm nicht, und sein Bewährungshelfer würde es wahrscheinlich auch nicht gutheißen. Er rieb sich die schmerzenden Nackenmuskeln und ging nach unten, um etwas zu trinken. Er würde das letzte Stück für die Ausstellung fertigstellen.

Die Ausstellung.

Brent schüttelte ungläubig den Kopf. Irgendein schickes Museum in New York gewährte ihm eine Ausstellung. Er öffnete den Kühlschrank, holte ein Bier heraus und ließ den Verschluss aufploppen. Sein Agent hatte da einen ganz speziellen Zaubertrick hingelegt. Das einzige Problem war, dass die Galerie wollte, dass der schwer fassbare und mysteriöse B.C. Wilkinson persönlich zur Eröffnung erschien. Sein Agent hatte sich sogar um einen Reisepass und spezielle Visabestimmungen gekümmert.

Genau. Er schnaubte. *Auf keinen Fall.* Brent hatte vor Jahren gelernt, dass es einfacher war, zu tun, was er wollte, und erst später um Vergebung zu bitten. Nicht, dass er viel mit Vergebung zu tun gehabt hätte. Ginas Bild lächelte süß in seinem Kopf, aber sie war tot – war letztes Jahr von einem mörderischen Verrückten erstochen worden –, und der Gedanke an sie würde sie nicht zurückbringen.

Seine Faust ballte sich um den Flaschenhals, und er widerstand dem Drang, die Flasche gegen die Wand zu schleudern. Das Gefängnis hatte ihm eiserne Beherrschung beigebracht – er hatte damals nur nicht erkannt, wie sehr er sie hier draußen brauchen würde. Er ging auf seine hintere Veranda, splitterfasernackt und froh über die frische Meeresbrise, die seinen überhitzten Körper kühlte. Sein nächster Nachbar wohnte eine Viertelmeile entfernt, außer Sichtweite, auf der anderen Seite der Steilküste.

Diese Gegend war zu abgelegen für Passanten, und wer ein Boot hatte, legte lieber in einer geschützten Bucht an, um nicht dem tückischen Griff des Barkley Sound ausgeliefert zu sein. Der Mond war hinter unruhigen Wolken verborgen, die wie Rauch über den Himmel waberten. Er wollte sich gerade hinsetzen, als er in der Nähe des Waldes einen Schatten huschen sah.

Er bekam *Besuch*?

Niemals.

Im Gefängnis hatte er genug Morddrohungen erhalten, um ernsthafte Sicherheitsvorkehrungen zu treffen. Als letztes Jahr einige der örtlichen Schläger verhaftet worden waren, war er unvorsichtig geworden und dachte, die Gefahr sei vorüber. Da hatte er sich offensichtlich geirrt. Was, wenn es sein Bruder war, Finn? Oder die Cops? Er presste die Lippen zusammen. Finn wusste es besser, als ihn zu erschrecken, und die Polizei hatte keinen Grund, hier herumzuschnüffeln.

Irgendetwas war da im Gange.

Bei Brent Carver machte niemand Hausbesuche – niemand ohne Todessehnsucht. Er lebte auf einer Halbinsel, die aufgrund des zerklüfteten Geländes nur mit dem Boot erreichbar war. Auf dieser Seite der Bucht lebten etwa dreißig Einheimische, die aber eher tollwütige Wölfe mit der Hand fütterten als auf ein Bier vorbeizukommen.

Wusste sein Besucher, dass er hier draußen war?

Er stellte die Flasche auf der Veranda ab, schlüpfte vorsichtig über die Brüstung und verschwand in der Nacht. Im Wald war es stockdunkel, aber er war hier aufgewachsen und kannte jeden Baum und jede Höhle. Er ging an der Seite des Schuppens entlang und duckte sich in den Wald. Im Laufe des letzten Jahres hatte er allmählich aufgehört, sich allzu viele Sorgen zu machen. Und er hatte keine Schusswaffen mehr im Haus versteckt. Er war weich geworden, aber nicht dumm. Schweigend ließ er sich neben einer massiven Sitka-Fichte auf die Knie fallen, die eigentlich auf dem Grundstück seiner Nachbarin stand. Wenn sie von seinem kleinen Versteck erfuhr, würde sie stinksauer sein. Er fegte Schmutz und vertrocknete Nadeln von der Oberseite eines wasserdichten Kastens, den er in den Boden versenkt hatte, und nahm seine SIG Sauer heraus. Dann setzte er den Deckel wieder auf und deckte ihn, so gut es in der Dunkelheit ging, ab. Brent orientierte sich und fand den Baum, an dem er seine Munition versteckt hatte. Er schnappte sich ein Magazin und machte sich auf den Weg zur Straße, wobei er sich von hinten der Zufahrt näherte. Er schlich einen alten Pfad hinunter und kam hinter der Stelle an, an der der Schatten gewesen war.

Dunkelheit umhüllte die Lichtung, auf der sein Haus stand, aber seine Nachtsicht war scharf. Und verdammt, die Frau – wenn man einen Mann nur lange genug ins Gefängnis steckte, konnte er eine Frau mit verbundenen Augen auf zwanzig Schritte Entfernung erkennen – stieg gerade die Stufen seiner Veranda hinauf und leuchtete mit ihrer Taschenlampe wie in einer Lasershow durch die Gegend. Vielleicht war sie eine Diebin? Vielleicht hatte jemand herausgefunden, dass Brent Carver B.C. Wilkinson war und auf einem Haufen sehr teurer Kunstwerke saß? Dann klopfte sie an seine Hintertür.

Was zum ...?

Er rieb sich mit der Hand über die Stirn. Er war splitterfasernackt, abgesehen von seiner Waffe, und jetzt stand eine Frau auf seiner Veranda? Er hoffte inständig, dass sie keine Zeugin Jehovas war, denn sie war kurz davor, eine Show zu bekommen.

Aber sie konnte immer noch bewaffnet und gefährlich sein. Er hatte im Knast genug Verbrecher verärgert, um sich vor jedem in Acht zu nehmen, der mitten in der Nacht auftauchte. Zur Hölle, hier war nie jemand zu Besuch, Punkt.

„Hallo?" Sie drückte ihr Ohr an seine Tür. „Mr. Carver?", fragte sie lauter. Als niemand antwortete, ließ sie die Schultern hängen.

Brent erkannte ihre Stimme nicht. Er bewegte sich schnell und lautlos über die Lichtung und schlich die Treppe hinauf, als sie nach dem Türknauf griff.

„Das ist Hausfriedensbruch."

Sie zuckte zusammen und fuhr sich mit der Hand ans Herz, als sie sich zu ihm umdrehte.

„Oh, mein Gott. Sie haben mich erschreckt." Niemals zugeben, dass man Angst hatte.

„Ich mag keine Besucher, Lady."

Ihre Taschenlampe fuhr kurz herab und schoss dann zurück in sein Gesicht, wodurch er fast geblendet wurde. Sie schluckte, bemerkte das Fehlen jeglicher Kleidung und hielt ihre Augen nördlich der gefährlichen Stellen. „Sie sind nackt."

„Ich war im Bett." Er wusste nicht, warum er sich erklären musste.

Ihre Stimme klang wie Schotter. „Ich bin auf der Suche nach Brent Carver."

„Und ich suche nach Ruhe und Frieden. Sieht aus, als wären wir beide enttäuscht."

„Sie sind Brent?" Ihre freie Hand schlüpfte in ihre Tasche, und er packte ihr Handgelenk und drückte sie gegen seine Tür, bevor sie auf dumme Ideen kam. Sie reagierte panisch und versuchte, ihn mit der Taschenlampe zu schlagen. Er riss sie ihr aus den Fingern und warf sie hinter sich. Sie fühlte sich winzig und zerbrechlich an, eingequetscht zwischen ihm und dem massiven Stück Eiche, obwohl ihre Lungen anscheinend einwandfrei funktionierten.

Scheiße, jetzt taten ihm die Ohren weh.

„Keiner wird Sie hier hören, also können Sie es genauso gut lassen." Sie drückte eine Hand gegen sein Kinn, zappelte wie ein Aal und versuchte dann, ihm mit dem Knie in die Eier zu treten. Er wehrte den Angriff ab und drückte sie fester gegen die Tür, wobei er sie mit seinem Körper einklemmte. Sie kam kaum bis an sein Kinn heran, aber sie kämpfte wie ein wildes Tier. „Möchten Sie mir jetzt sagen, wer Sie sind und warum Sie mitten in der Nacht an meine Tür klopfen?" Er konzentrierte sich darauf, ihr nicht weh zu tun, während er versuchte, herauszufinden, was sie in ihrer Handtasche suchte.

Sie kratzte mit ihren scharfen Fingernägeln über seinen Arm, holte tief Luft und schrie noch lauter. Ihre Brüste drückten gegen seine Brust, was ihm sehr gelegen gekommen wäre, wenn sie nicht so verdammt viel Angst gehabt hätte.

Verdammt noch mal. Warum ich?

Er konnte seine Waffe nirgendwo hinstecken, also nahm er ihr die Tasche aus den Fingern und trat zurück, wobei er ihr wütendes Knie im Auge behielt. Sie stand fassungslos da, zitternd und schwer atmend. Er glaubte nicht, dass es etwas mit seinem umwerfenden Aussehen zu tun hatte.

„Sie Mistkerl." Ihr Kinn schnappte nach oben. „Sie sind nicht Brent Carver."

Er zog eine Augenbraue hoch. „Wie kommen Sie darauf?" Er durchsuchte ihre Tasche, mehr nach Gefühl in der Dunkelheit als mit den Augen. Ein Handy, eine Brieftasche, Schlüssel, Tampons, Taschentücher. Keine Waffe oder Messer.

„Er ist ein seriöser Maler. Er ist kein Verrückter, der mitten in der Nacht umherschleicht und mit einer Waffe herumfuchtelt", murmelte sie düster. „Und unschuldige, wehrlose Frauen angreift."

Die Kratzer an seinem Arm schmerzten genug, dass er ein Lachen ausstieß. Ihre Augen verengten sich. Er beobachtete, wie das Mondlicht über ihre Gesichtszüge schien, die feinknochig und zart waren, abgesehen von ihrem fest zusammengebissenen Kiefer.

Es gab keine offensichtliche Bedrohung in ihrer Handtasche, aber das bedeutete nicht, dass er seine Wachsamkeit vernachlässigen durfte. Er brauchte Kleidung. Aus irgendeinem verrückten Grund machte es ihn ein wenig an, dass Miss Neunmalklug ihm sagte, wer und was er war. Wahrscheinlich lag es daran, dass er nackt war und sich im Umkreis von hundert Metern von etwas befand, was zweibeinig und weiblich war, aber Brent wollte sie nicht noch mehr erschrecken, als er es bereits getan hatte. Er war kein wildes Tier. Er machte sich auch keine Illusionen darüber, was sie befürchtete, falls er sie packte. Jemand hatte sich einmal in der Dusche auf ihn gestürzt und dabei sein Auge verloren. Zum Teufel, die meisten Leute hielten ihn für das personifizierte Böse, und das war auch gut so. Er ging an ihr vorbei und öffnete die Tür.

„Rein da. Sofort."

„Ich gehe nirgendwo mit Ihnen hin." Sie versuchte, zur Seite auszuweichen.

Er packte sie an den Schultern und drängte sie über seine Schwelle. „Sie möchten Brent kennenlernen? Ich bringe Sie zu ihm." Ihre Augen waren so weit vor Angst, dass sie aussah, als hätte man ihr einen Stromschlag verpasst. Aber sie war zu ihm gekommen, also musste sie nach seinen Regeln spielen.

ZWEI

„Nehmen Sie Ihre Hände weg!"

Ein Stoß ihres Ellenbogens in die Magengrube brachte Brent dazu, sie loszulassen. Verdammt, sie war ein reizbares kleines Ding. Er rieb sich den Bauch. Es war ja nicht so, dass er in ihrer Wohnung herumschlich, während sie nackt war, denn er war sich verdammt sicher, dass sie dann einen Aufstand machen und kreischen würde und er bald darauf jedem vom Rücksitz eines Polizeiwagens zuwinken würde. Nein, dies war *sein* Grundstück. Es war mitten in der Nacht. Er war bereits im Bett gewesen. Mehr oder weniger jedenfalls.

„Ich weiß nicht einmal, was ich hier tue." Die Müdigkeit in ihrer Stimme traf ihn anders als ihre Wut.

„Da sind wir schon zwei." Brent öffnete die Tür zur Waschküche auf der einen Seite und holte eine saubere Jeans aus dem Korb. Er legte die Waffe und ihre Handtasche auf die Waschmaschine und behielt sie im Auge, während er die Jeans anzog und seine Männlichkeit wieder verstaute. Dann zog er sich ein schwarzes T-Shirt über den Kopf, schnappte sich seine Waffe und ihre Handtasche und ging an ihr vorbei ins Wohnzimmer. Er schaltete das Licht nicht ein.

Sie ging unsicher durch den Flur in der Nähe der Küche, bevor sie ihm durch das mondbeschienene Haus folgte und sich neben die Couch ihm gegenüber stellte.

Das Haar fiel ihr in einem dunklen Durcheinander über die Schultern. Die Augen waren groß und hell wie die eines Spaniels, aber nicht mehr so schreckhaft wie zuvor. Die Hände waren fest zusammengepresst und verrieten ihre Nervosität und Anspannung, die sie zu verbergen suchte. Sie trug eine Bluse mit einem silbernen Band, das in der Dunkelheit glitzerte, und kurze Hosen, die bis zur Mitte des Oberschenkels reichten und ein Paar sehr schöne Beine zur Schau stellten. Die Turnschuhe an ihren Füßen waren das einzige Zugeständnis an das Trekking-Erlebnis durch die Wildnis.

„Also, was wollen Sie vom guten alten Brent?"

„Das geht Sie nichts an. Wo ist er?"

Sie kam ihm vage bekannt vor, aber er konnte sie nicht einordnen. „Ich bin sein Dad. Überzeugen Sie mich davon, dass Sie mit ihm reden müssen, und ich werde ihn wecken." Sie wippte unruhig auf den Füßen. „Es ist etwas Persönliches. Ich würde lieber mit ihm allein sprechen."

Hartnäckig, das war verdammt sicher. „Niemand spricht mit Brent, wenn er nicht vorher mit mir gesprochen hat." Verdammt, er sollte eine Assistentin einstellen, die sich um den ganzen Mist kümmerte, der ihm über den Weg lief, aber dann hätte er rund um die Uhr jemanden im Haus, und er wollte sich lieber nicht zu sehr mit Menschen abgeben.

Er beobachtete, wie sich der innere Kampf auf ihren Zügen abspielte. Die dunklen Augen verengten sich über der niedlichen Stupsnase, ihr süßer Mund wurde schmaler, die feine Kontur ihres Halses kräuselte sich, als sie ihre Frustration hinunterschluckte.

In die Ecke gedrängt.

Er lächelte grimmig.

Sie beugte sich einen Zentimeter vor. „Ich bin ... äh ... in Schwierigkeiten."

„Sind Sie schwanger?" Niemand würde ihm eine Vaterschaftsklage anhängen. Außerdem würde er sich *daran* ganz sicher erinnern.

„Seien Sie doch kein Idiot", schnauzte sie.

Autsch. Er rieb sich gedankenverloren das Brustbein. Sie begann auf dem Parkett auf und ab zu gehen. „Obwohl vielleicht doch eher ich hier die Idiotin bin. Ich bin den ganzen Weg hergekommen, nur wegen eines seiner dummen Ratschläge." Sie wischte sich mit den Händen über die Augen. „Brent ist wahrscheinlich genauso vertrauenswürdig wie mein Vater es war."

„Wie Ihr Vater es *war*?", unterbrach er sie scharf. „Was meinen Sie damit?" Brents Mund wurde trocken, weil er plötzlich wusste, wo er sie schon einmal gesehen hatte. Und er wusste, wer ihr Vater war. Er versuchte zu schlucken, aber die Muskeln in seiner Kehle zogen sich zusammen wie eine Schlinge.

Ihre Augen glänzten in der Nacht, so jung, so schön. Anna Silver. Ihr Vater war fünf Jahre lang sein Zellengenosse gewesen und hatte ihm so oft aus ihren Briefen vorgelesen, dass Brent das Gefühl hatte, er kenne sie in- und auswendig. Aber das tat er nicht. Sie war eine Fremde.

„Er ist gestorben." Ihre Stimme brach, aber er machte keine Anstalten, sie zu trösten. Eine riesige Höhle der Dunkelheit tat sich in ihm auf und versuchte, ihn ganz zu verschlingen.

„Ich glaube, er wurde ermordet."

Sein Kopf ruckte hoch. „Was?"

Sie nickte in Richtung ihrer Handtasche, die er ihr daraufhin zurückreichte. „Gestern Abend habe ich eine Sprachnachricht von ihm erhalten. Die wollte ich Ihnen vorspielen, als Sie mich gegen die Tür geknallt haben."

„Ich habe Sie kaum berührt", knurrte er.

„Sie waren nackt! Und Sie hatten eine Waffe ..."

„Sie haben verdammtes Glück, dass ich Sie nicht erschossen habe. Weiß Gott, ich fange an, das selbst zu bereuen", murmelte er. Er versuchte, nicht an Davis zu denken. Es tat weh. Als hätte er

Gina erneut verloren. „Ex-Knackis sind nicht die Art von Leuten, bei denen man einfach mal eben vorbeikommt, besonders nicht um", er blickte auf die Uhr am Herd, „zwei Uhr morgens. Wie zum Teufel sind Sie hierhergekommen?" Er fuhr sich mit der Hand durch die Haare. Das Wassertaxi fuhr schon seit Stunden nicht mehr.

Sie wandte den Blick von ihm ab. „Ich bin gestern Abend spät nach Vancouver geflogen. Ich habe einen Piloten kontaktiert, der mich mit seinem Wasserflugzeug nach Victoria geflogen hat. Dann habe ich ein paar Stunden geschlafen und bin dann hierhergefahren. Als ich in Bamfield ankam, lieh ich mir ein Ruderboot, um über die Bucht zu kommen, und vertäute es an der öffentlichen Anlegestelle. Ich dachte, ich bringe es zurück, bevor jemand merkt, dass es weg ist." Sie rieb immer wieder ihre Daumen übereinander, eine Handlung, die von ihrer Ehrlichkeit zeugte. „Dad hat mir geschrieben, wie das Haus aussieht und wie genau man hierherkommt."

Brent wusste sehr genau, wie gerne Davis seiner Tochter geschrieben hatte. Aber sie sprachen hier von stundenlangen Fahrten auf rauen Holzfällerstraßen im kanadischen Busch bei Nacht. Da hätte alles Mögliche passieren können. Ihm drehte sich der Magen um, wenn er nur daran dachte.

Mondlicht durchflutete den Raum, während sich die Wolken am Himmel weiterschoben; alles wurde zu einem hellen, kalten Monochrom.

„Es war eigentlich gar nicht so schwer. Und jetzt wecken Sie bitte Brent Carver, damit ich mir überlegen kann, was wir als Nächstes tun." Die Schärfe in ihrer Stimme war wieder da, als würde sie sich gerade noch beherrschen können.

„Ich bin Brent."

Etwas blitzte in ihren Augen auf. „Oh, bitte. Ich bin doch nicht schwachsinnig."

Brent dachte sich, dass es viele Arten von Schwachsinn gab, und ging zu der Küchenschublade, in der er seine Brieftasche aufbewahrte. Er warf sie ihr zu, ohne ihr zu nahe zu kommen, falls er dem Verlangen nachgeben würde, sie zu erdrosseln.

„Wenn Sie Glück haben", höhnte er und kräuselte die Oberlippe, weil er sie lieber ärgern wollte, als an ihren Vater zu denken, „zeige ich Ihnen auch meine Radierungen." Sie machte ihn langsam wütend, und er war nicht gerade für seinen Charme oder seine Geduld bekannt.

Sie nahm seinen Führerschein heraus und blinzelte ihn durch die Dunkelheit hindurch an. Er wollte verdammt sein, wenn er ein Licht anmachen würde, damit sie ihn gründlicher untersuchen konnte. Bei diesem Gedanken schoss eine heiße Welle sexuellen Bewusstseins durch sein Blut, und Schweiß brach ihm auf dem Rücken aus. Na toll. Denn zwanzig Jahre Frustration waren ja noch nicht Folter genug.

Sie schürzte ihre Lippen und starrte ihn an. Nicht schlecht für einen Neuling in diesen Angelegenheiten.

Dann wurde es ihm schlagartig klar. Davis war tot. Sein bester Freund war tot. Brents Kehle schnürte sich zu, als die Gefühle ihn erdrückten. Er schritt zum Fenster und starrte auf das Meer, das silbern glitzerte – alles, um dem Tsunami der Trauer zu entgehen, der ihn vernichten wollte.

Davis hatte seine erste Woche im Gefängnis gerade eben so überlebt. Obwohl Brent mehr als ein Jahrzehnt jünger war als Annas Vater, saß er damals bereits seit vierzehn Jahren im Gefängnis, als Davis ankam, und war somit wesentlich erfahrener, wenn es darum ging, am Leben zu bleiben. Er hatte sich des älteren Mannes erbarmt, sich für ihn eingesetzt und ihm beigebracht, wie man an einem Ort überlebte, an dem Schwäche jahrelange Demütigung oder gar den Tod bedeutete. Im Gegenzug hatte er einen Freund an einem Ort gefunden, an dem es so etwas normalerweise nicht gab.

Annas Atem war lauter als die Brandung. Sie kämpfte um Kontrolle, versuchte zu bewältigen, was wahrscheinlich einer der schlimmsten Tage ihres Lebens werden würde, und er war ein unsensibles Arschloch.

„Warum glauben Sie, dass er ermordet wurde?", fragte er unwirsch.

Er hörte ein Rascheln, als sie nach ihrem Handy kramte. Dann das Piepen, als sie es einschaltete.

„Anna, ich stecke in großen Schwierigkeiten." Davis' Stimme durchbohrte ihn mit Erinnerungen. Fünf Jahre in einer zweieinhalb mal drei Meter großen Zelle, umgeben von Brents Leinwänden und dem Geruch von Farbe, während sie das Leben des anderen bis ins kleinste Detail sezierten und sich gegenseitig den Rücken freihielten. *„Aber ich habe nichts falsch gemacht, ich schwöre es. Ich bin auf dem Weg zum FBI, aber sie sind zu nah. Ich werde es nicht schaffen! Sie werden mich umbringen. Sie werden nach ihrem Geld suchen. Ich habe dir die Ausdrucke geschickt, aber sie wissen nicht, wohin ich sie geschickt habe. Du weißt es. Bring die Informationen zum FBI."* In was zum Teufel war Davis da verwickelt?

„Du musst da fort, bis sich die Lage beruhigt hat. Verdammt noch mal. Ich habe es schon wieder getan." Er hörte sich an, als würde er jetzt weinen, und im Hintergrund war es verdammt laut. Brents Fäuste ballten sich. *„Ich liebe dich. Und das alles tut mir so leid. Es gibt nur einen Menschen, dem ich außer dir vertraue, das weißt du doch, oder? Geh zu ihm, heute Abend noch. Sag ihm, dass ich das Versprechen einfordere, das wir einander gegeben haben."*

Scheiße. Jedem anderen hätte er gesagt, er solle sich zum Teufel scheren – aber Davis? Er räusperte sich. „Haben Sie eine Ahnung, wovon er gesprochen hat?"

Große, schattenhafte Augen trafen seine und sie schüttelte den Kopf.

„Und er ist definitiv tot?" Die Worte klangen gefühllos und hart, ausgespuckt in den stillen Raum.

Sie schluckte zweimal, bevor sie antwortete. „Die Polizei sagte, er sei in einer U-Bahn-Station vor einen Zug gestürzt. Jemand sagte, er machte den Anschein, als würde er verfolgt." Eine glitzernde Spur rann über eine Wange, aber an ihrer felsenfesten Stimme hätte er nie erkannt, dass sie weinte.

Er ging hinüber und schnappte sich sein Handy. „Spielen Sie es noch einmal ab."

Ihre Lippen spannten sich an, aber sie tat, was er verlangte. Brent nahm die Nachricht auf, dann nahm er ihr das Handy aus der Hand und zog die SIM-Karte heraus. Er ging zur Spüle hinüber und ließ die Karte durch den Häcksler laufen.

Sie gab ein Geräusch von sich wie ein erwürgtes Warzenschwein. „Was zum Teufel sollte das?"

„Bis wir herausgefunden haben, was hier gespielt wird, ist es besser, wenn die bösen Jungs Sie nicht aufspüren können. Ich werde Ihnen ein neues Telefon kaufen. Weiß sonst noch jemand, dass Sie hier sind?"

Sie schüttelte den Kopf und schlang die Arme fest um ihre Taille.

„Haben Sie Ihre Kredit- oder Debitkarten irgendwo benutzt?"

„Nur um meinen Flug nach Vancouver zu buchen. Danach habe ich bar bezahlt."

„Und Sie haben niemandem gesagt, wohin Sie gehen? Sicher nicht?"

„Niemand auf der Welt weiß, dass ich hier bin."

Brent blinzelte, als sie zur Tür stürmte. *Was zum ...?* Er ging ihr nach und schlug mit der Hand auf das massive Holz, als sie versuchte, die Tür aufzureißen.

„Lassen Sie mich in Ruhe!" Sie zerrte verzweifelt an der Türklinke.

„Herrgott, Lady, beruhigen Sie sich." Hysterische Frauen waren nicht sein Ding. Sie war stärker, als sie aussah, und er musste sich schon anstrengen, um die Tür geschlossen zu halten. Aber in ihren Augen lag rohe Panik, die ihm verriet, dass sie wirklich Angst hatte, er könnte ihr wehtun. Und das war richtig so – sie sollte Angst vor einem Mann mit seinem Ruf haben. Sie riss so fest am Türgriff, dass er sich einen Zentimeter bewegte. Nicht schlecht, wenn man bedachte, dass er mindestens hundert Pfund mehr wog als sie und wahrscheinlich gute dreißig Zentimeter größer war. Er wollte sich zurückziehen, aber er wusste, wenn er das tat, würde sie im Dunkeln in die Wildnis laufen, wo ihr alles Mögliche passieren konnte. Und sie war nicht irgendeine anonyme Fremde – das hier war Davis' Tochter. Er saß mitten in der Scheiße und war stinksauer. Er war nicht glücklich darüber, er wollte sich nicht damit abfinden. Aber er würde sein Wort halten.

„Ich kann nicht glauben, dass ich auf etwas gehört habe, was Dad gesagt hat ...“

„Warum sollten Sie nicht auf ihn hören?“

Ihre Augen blitzten. „Mein Vater war ein Lügner und ein Dieb, der sich nie darum scherte, wie sich seine Taten auf andere auswirkten.“

„Sind Sie total verrückt? Der Mann wurde reingelegt.“

„Oh, bitte.“ Sie hörte lange genug auf, am Türknauf zu zerren, um mit ihm zu streiten. Das passte zu ihr. „Er hat eine Million Dollar gestohlen, wurde erwischt und hatte nie den Mumm, es zuzugeben.“

„Da liegen Sie falsch.“ Wut ließ ihn die Zähne zusammenbeißen. Er packte ihre Schulter und übte genug Druck aus, damit sie aufhörte, an dem verdammten Türknauf zu zerren. Sie zitterte unter seinen Fingerspitzen. Davis hatte ihn gebeten, sie zu beschützen. Er würde den Mann nicht im Stich lassen. „Sie sind das Einzige, was ihm je wirklich etwas bedeutet hat.“

„Nun, er hatte eine komische Art, das zu zeigen.“

Ihr Duft umhüllte ihn, und diese großen, verzweifelten Augen brachten ihn dazu, ihr versichern zu wollen, dass alles gut werden würde. Aber ihr Vater war tot, und er wusste aus Erfahrung, dass nie wieder alles gut werden würde.

Sie standen in der Dunkelheit dicht beieinander. Zu nahe. Die Vertiefungen ihres Schlüsselbeins und die anmutige Linie ihres Halses riefen etwas Primitives in ihm hervor, und er musste sich zwingen, nicht darauf zu reagieren. Sie hatte sich von dem hübschen Teenager, den er auf Fotos gesehen hatte, zu einer hübschen Frau entwickelt – vielleicht sogar zu einer wunderschönen Frau. Aber ihr ovales Gesicht wurde von diesem sturen Kiefer unterstrichen, der ihm auch dann verraten hätte, dass sie Ärger bedeuten würde, wenn sie nicht mitten in der Nacht in seinem Zuhause gelandet wäre. Ein scharfes Keuchen sorgte dafür, dass der dünne Stoff ihrer Bluse sich über ihre Brüste spannte, aber als sich ihr Gesichtsausdruck erneut in Angst verwandelte, bemühte er sich sehr, dies nicht zu bemerken.

Angst war nicht dasselbe wie Schwäche. Jeder im Gefängnis kannte den Unterschied sehr genau.

„Hören Sie mir zu." Er hob die Hände in die Höhe und trat einen Schritt zurück. „Sie können jederzeit gehen, wenn Sie möchten. Ich will Sie hier genauso wenig haben wie Sie hier sein wollen, aber ..." Ihre Unterlippe schob sich gerade so weit vor, dass sie eine Kettenreaktion in seinem Körper auslöste, die an seinem Schwanz endete. *Absolut tabu, Kumpel.* „Ihr Vater war der einzige Freund, den ich im Gefängnis hatte, und mir mehr wie ein Vater als mein eigener."

Vielleicht war jetzt nicht der richtige Zeitpunkt, seinen biologischen Vater zu erwähnen. Es gab schlechte Menschen auf der Welt, und die Augen zu schließen und so zu tun, als gäbe es sie nicht, war etwas für Narren und Kinder. Nach Anna Silvers Gesichtsausdruck zu urteilen, wusste sie das bereits. Leider hatte sie mehr Angst vor ihm als vor den Typen, die ihren Vater umgebracht hatten. Das musste er ändern, wenn er ihr helfen wollte.

„Ich werde Ihnen nicht wehtun. Sie sind schon seit Stunden unterwegs. Sie sind müde." Verdammt, er war nicht gut bei diesem Scheiß. Er griff nach seiner SIG und drückte sie ihr in die Handfläche. Sie zuckte zurück. „Sie ist geladen. Erschießen Sie mich nicht. Damit sollten Sie sich sicher genug fühlen, bis wir herausgefunden haben, was zum Teufel Ihr Vater vorhatte. Ruhen Sie sich etwas aus."

Ihr Mund öffnete sich, und er hob ihr Kinn an, um ihn zu schließen. Die körperliche Verbindung versetzte ihm einen seltsamen Schlag in den Magen. Wann hatte er das letzte Mal einen anderen Menschen berührt, ohne dass ihm Handschellen angelegt worden waren?

Vergiss es. Nicht wichtig.

„Oben gibt es freie Zimmer, nehmen Sie das erste rechts. Stellen Sie ruhig eine Kommode vor die Tür, wenn es sein muss, und schlafen Sie ein bisschen. Aber tun Sie mir einen Gefallen: Rufen Sie niemanden an. Schicken Sie keine E-Mails. Und benutzen Sie auf keinen Fall Ihre Kreditkarte in der Stadt. Wir kümmern uns morgen früh um dieses Chaos.“

„Woher weiß ich, dass ich Ihnen vertrauen kann?“ Sie trat einen Schritt zurück und hob die Waffe mit beiden Händen an. Jetzt war er an der Reihe zu schwitzen.

„Verdammt, ich habe nicht gesagt, dass Sie mir vertrauen sollen. Aber ich bin wohlhabend genug, um Sie nicht an die bösen Jungs verkaufen zu müssen.“ Er schnitt eine Grimasse. „Ein Bonus in meinen Kreisen, glauben Sie mir.“

Brent wandte sich von der überemotionalen Frau ab, die in seinen privaten Bereich eingedrungen war. Sie sah täuschend zierlich aus, war aber so stachelig wie ein Brombeerbusch. Er wollte sie nicht hier haben. Keiner kam zu ihm und übernachtete in seinem Haus. Außer Davis, der in den meisten Sommern zu Besuch gekommen und einer der wenigen Menschen gewesen war, die Brent länger als dreißig Sekunden am Stück ertragen konnte. Nicht einmal Gina war länger als ein paar Stunden geblieben, bevor er sie weggeschickt hatte. Oh Gott. Er schloss die Augen und wünschte sich, er könnte die Zeit zurückdrehen und die Dinge ändern, aber er wusste, dass es nicht möglich war.

Seit Ginas Ermordung hatte er den Glauben daran verloren, zu wissen, wer er war. Er wusste nur, dass er nicht der herzlose Mistkerl war, den er so sehr darzustellen versuchte. Er konnte diese Frau nicht verjagen, bevor er nicht herausgefunden hatte, ob sie wirklich in Gefahr war oder nicht. Aber sie konnte auf keinen Fall hierbleiben, ohne dass er durchdrehte.

Davis hatte sich in der Nachricht wirklich verängstigt angehört, und jetzt war er tot. Wenn das ein Zufall war, dann war der Zeitpunkt einfach verdammt beschissen.

Er öffnete die Tür.

„Wohin gehen Sie?", fragte sie, in jeder Silbe schwang Misstrauen mit.

„Ich vergewissere mich, dass das Ruderboot, das Sie sich *geliehen* haben, sicher zum richtigen Anlegeplatz zurückkehrt und niemand auch nur einen Verdacht hegt, dass Sie hier sein könnten. Haben Sie einen Mietwagen?"

Sie schüttelte den Kopf. „Ich habe bei meiner Mutter in Victoria übernachtet und mir ihren VW geliehen, um hierherzufahren. Ich habe ihn vor der Bar abgestellt. Meine Tasche ist im Kofferraum."

Seine Augenbrauen hoben sich fragend.

„Ich habe nicht persönlich mit ihr gesprochen. Mit Mom", stellte sie klar. „Sie und mein Stiefvater sind auf einer Kreuzfahrt nach Alaska. Ich habe ihr eine Nachricht auf dem Anrufbeantworter hinterlassen, um ihr von Dad zu erzählen."

Das war gefühlskalt.

Sie schnitt eine Grimasse. „Ich habe ihr gesagt, dass ich die Vorbereitungen treffe und bald zu Besuch komme. Sie wird ihr Auto mindestens eine Woche lang nicht vermissen."

Brent streckte seine Hand nach den Schlüsseln aus.

Sie ging zurück zu ihrer Tasche, kramte sie heraus und legte sie in seine Handfläche. „Versenken Sie den Wagen nicht im Meer."

Er lachte, was sich seltsam anfühlte. „Ich habe eine Garage auf der anderen Seite der Einfahrt. Ich werde Ihr Auto neben meinen Truck quetschen." Sie in der Dunkelheit anzustarren war wie die Erinnerung an einen Traum. „Es tut mir leid um Ihren Vater, Anna", sagte er leise. „Er war ein guter Mann."

Sie ergriff seine Hand, und er zuckte zusammen, denn die Kälte ihrer Haut stand im Widerspruch zur Wärme dieser Verbindung.

„Nicht viele Leute denken das." Sie drückte seine Hand, dann ließ sie ihn los. Ihr Gesicht verzog sich – er wusste nicht, ob sie erschöpft war oder weinte, und er wollte nicht hierbleiben, um es herauszufinden.

Brent ging durch die Hintertür und machte sich auf den Weg zu seinem Motorboot. Der Mond hing hoch über dem Wasser der kleinen Bucht, konstant und doch nie gleich. Ein großer alter Scheinwerfer, der auf all seine Probleme gerichtet war.

Nun, in dieser Bucht hatte es schon oft Ärger gegeben, eigentlich ständig. Aber das Leben war verdammt viel einfacher zu bewältigen, wenn man sich nur um sich selbst Sorgen machen musste. Er blickte zurück zu seinem Haus und sah, wie oben ein Licht anging, als er den Motor seines Bootes startete.

Anna Silver.

Eine Komplikation, die er nicht brauchte.

Je schneller er sie loswurde, desto besser.

———

Mehr als vierundzwanzig Stunden, und die Frau war immer noch verschwunden. Rand war nach Minneapolis gefahren, um ihre Wohnung zu durchsuchen. Die Fotos zeigten ein dunkelhaariges, hübsches kleines Ding. Schade, dass sie nicht dageblieben war. Sie hätte sich mit ihm unterhalten können, während sie auf den Postboten warteten. Jetzt war er mit dem Rest des Teams wieder in Chicago und saß im Büro seines Chefs in einer Krisensitzung. Rand konnte sich nicht an eine Zeit erinnern, in der eine Krise nicht mit Schüssen und beschissenen Informationen verbunden gewesen war.

„Hast du ihr Telefon schon geortet?" Hank Browning war der Mann an der Spitze – zumindest auf dem Papier. Der grauhaarige, stämmige Mann war das Aushängeschild der Wohltätigkeitsorganisation, ein ehemaliger General und Soldat einer Spezialeinheit, der sich im kolumbianischen Dschungel einen Namen gemacht hatte. Sein Ruf glich dem der Drogenbarone, die er ins Visier genommen hatte, und er hatte sich diesen Ruf redlich verdient. Bobby Petrie saß an einem Schreibtisch mit vier Monitoren, auf denen Informationen aufblinkten. Der hübsche Petrie war ihr IT-Mann, ein Genie im Hacken von Kommunikationssystemen und im Bewegen von Geld, aber ein nerviger kleiner Scheißer, wenn die Dinge nicht nach seinem Willen liefen. Kudrow leitete die Operationen im In- und Ausland von seinem Heimatort Chicago aus. Rand war der Mann vor Ort, und Vic und Marco waren seine Soldaten.

Sie waren eine eingeschworene Gruppe – in Anbetracht ihres Berufs mussten sie das auch sein. Und mit Ausnahme von Petrie hatten sie fast zwei Jahrzehnte lang zusammengearbeitet und in drei Kriegen und unzähligen Konflikten in der ehrwürdigen US-Armee gedient. Diese Männer waren für Rand wie die Familie, die er wohl niemals haben würde.

„Ich versuche ja, es zu lokalisieren", wiederholte Petrie zwischen zusammengebissenen Zähnen. „Wenn diese Typen mir etwas Raum zum Atmen lassen würden, hätte ich vielleicht mehr Erfolg. Versucht ihr doch mal, diese Scheiße zu knacken, wenn euch ein Arschloch im Nacken sitzt."

Kudrow zog den kleinen Streber an seinem Hemd auf die Beine und hob ihn hoch, bis sie Nase an Nase standen. „Wir sind nicht diejenigen, die das Geld verloren haben, Arschloch." Er schleuderte ihn zu Boden wie eine Stoffpuppe.

„Und ich bin nicht derjenige, der Davis Silver hat entkommen lassen." Petrie warf Rand und Marco einen spöttischen Blick zu, während er sich vom Boden aufrappelte.

Kudrow lenkte seine Wut in Rands Richtung, aber Rand zuckte nicht einmal mit der Wimper. Es war ein Spiel mit dem Feuer, und wenn er blinzelte, hatte er verloren. Und er verlor niemals.

Nach einem langen Moment presste Kudrow die Lippen zusammen und zügelte sichtlich seine Wut.

„Glaubst du, Davis hat das geplant?", fragte Rand.

Kudrow schüttelte den Kopf. „Wir haben seine persönlichen

Sachen im Leichenschauhaus durchsuchen lassen. Kein Umschlag. Nur ein Foto seiner Tochter und eine Wegbeschreibung zur nächstgelegenen FBI-Außenstelle. Wir haben verdammtes Glück, dass er nicht dort angekommen ist."

Petrie wandte sich wieder seinen Bildschirmen zu. Der General kniff sich in den Nasenrücken und sagte dann: „In der Voicemail Nachricht sagte er, dass er die Kontodaten an seine Tochter geschickt hat."

Der alte Mann war dabei, in Panik zu geraten. Er hatte seinen Biss verloren, eine verdammte Schande für jemanden, der ein so inspirierender Soldat gewesen war. Als der General vor sechs Jahren aus der Armee ausgeschieden war, hatten ihn einige Freunde aus dem Capitol Hill gebeten, ein wenig nebenbei zu arbeiten, und unter dem Deckmantel der Wohltätigkeit hatten sie alle sehr gut dazuverdient. Bis Davis sie abgezockt hatte.

Rand hasste es, wenn ihn jemand übervorteilte.

„Wir werden die Post bei ihr und auch in seiner Wohnung kontrollieren. Sobald der Umschlag ankommt, schnappen wir ihn uns. Kein Problem." Kudrow versuchte, sie alle zu beruhigen.

„Ich will mich einfach nur mit meiner Frau im verdammten Florida zur Ruhe setzen. Ist das zu viel verlangt?" Der General schritt hinter seinem Schreibtisch auf und ab. „Wenn die Cops die Geschichte dieses Kerls glauben und eine Ermittlung einleiten, fällt die ganze Organisation auseinander."

„Nicht, wenn wir den Diebstahl nicht melden", meldete sich Rand zu Wort. Er richtete sich zu seiner vollen Größe auf und verschränkte die Arme vor der Brust. „Da es kein Verbrechen zu untersuchen gibt, wird die Polizei das Interesse verlieren. Alle legitimen Spenden an die Wohltätigkeitsorganisation sind unberührt." Petrie hatte die Spur des gewaschenen Geldes verwischt, als Davis Silver ihnen auf die Schliche gekommen war. Sie hätten dafür sorgen sollen, dass er einfach nach Hause ging, wie all die anderen Drohnen. Sie waren nachlässig geworden und zahlten nun den Preis dafür.

Und sie waren alle am Arsch, wenn sie das Geld nicht zurückbekamen.

„Was, wenn er ihr das Zeug nicht nach Hause geschickt hat? Wo zum Teufel ist sie? Wenn sie die Informationen bekommt und sie an das FBI weitergibt, sind wir alle dran." Der General schlug auf den Tisch.

„Hat jemand eine Ahnung, wer dieser Typ ist, dem Davis vertraut hat?", fragte Rand. In Anna Silvers Haus gab es nichts, was auf einen Namen schließen ließ. Er hatte eine schnelle Durchsuchung durchgeführt und ihre Festplatte mitgenommen, musste aber zurückgehen und tiefer graben, wenn sie sie nicht innerhalb der nächsten vierundzwanzig Stunden fanden.

„Keine Ahnung." Kudrow schüttelte den Kopf. Ein Tick ließ das rechte Auge des Mannes zucken, während er seine Finger tief in sein zurückweichendes Haar schob. Sie waren einst Freunde gewesen, aber zu viel Tod und Enttäuschung hatten ihre Beziehung zu etwas Härterem, Dauerhafterem gemacht. „Ich kann das nicht glauben. Dieser verdammte Bastard."

Davis hätte einfach seine Klappe halten sollen. Hinterher war man immer schlauer.

„Was wissen wir noch über Davis Silver? Besitzt er irgendwo Immobilien?"

Kudrow schlug eine Akte auf. „Er hat fünf Jahre in Kanada im Gefängnis verbracht, weil er der Stadt eine Million gestohlen hat. Er hat geschworen, dass er es nicht getan hat. Seine Frau ließ sich von ihm scheiden und heiratete wieder, noch bevor er verurteilt wurde." Kudrow schnaubte – er selbst hatte drei Ex-Frauen. „Er hat ein Kind. Sie ist eine verdammte Grundschullehrerin, die es geschafft hat, ein Team von ehemaligen Elitesoldaten zu überlisten."

„Vielleicht ist sie nicht das, was sie zu sein scheint", warf Peirle ein.

„Na klar, vielleicht ist sie eine verdeckte russische Agentin mit Spezialausbildung." Kudrows entnervter Gesichtsausdruck ließ

Rands Rückgrat kribbeln. Der Kerl war kurz davor, auszurasten, und er musste auf alles vorbereitet sein, was als Nächstes passierte. „Natürlich ist sie das, was sie zu sein scheint! Sie hat siebenundzwanzig Schüler in der dritten Klasse, die am fünften September wieder zur Schule gehen werden. Ich habe eine Liste mit ihren Namen. Sie fährt einen VW-Käfer und kauft im verdammten Ikea ein. Sie ist eine Lehrerin, die uns wie eine Bande von Volltrotteln aussehen lässt."

„Wir wissen, dass sie nach Vancouver geflogen ist." Petrie versuchte, seinen Vorgesetzten zu beruhigen. „Dann ist sie von der Bildfläche verschwunden."

„Regt euch ab. Sie ist nur eine Lehrerin", erinnerte Rand sie leise. „Wir werden unser Geld zurückbekommen." Sie hatten Warlords und schwerbewachte Regierungsminister ausgeschaltet, aber seine Kollegen machten sich plötzlich wegen einer einfachen Frau in die Hose wie frische Rekruten? Frauen waren nur für eine Sache gut, und das war sicher nicht, sich ihm in den Weg zu stellen. „Wie ist Davis überhaupt an diesen Job gekommen?", fragte Rand.

„Ich habe ihn eingestellt." Die dicken Augenbrauen des Generals zogen sich zusammen. „Der Gefängnisdirektor hat davon gehört, dass wir ehemalige Häftlinge einstellen. Davis Silver hatte eine doppelte Staatsbürgerschaft, und er wollte ihm helfen. Er schrieb eine persönliche Empfehlung und ich dachte, er könnte sich als nützlich erweisen." Und das hatte er auch – bis zum Diebstahl ihres Geldes und zum Sturz vor diese U-Bahn.

Kudrows Brauen zogen sich zu einer tiefen Furche zusammen. „Wir müssen beide genauer unter die Lupe nehmen, wenn wir das Mädchen finden wollen."

Der General inspizierte seine Truppe, und Rand stand automatisch stramm. Er schaute jedem von ihnen mit einem strengen Blick in die Augen. „Ich weiß, dass wir alle ein wenig Geld beiseitegelegt haben, aber nicht genug, um uns vor Uncle Sam zu verstecken. Es gibt keinen Notfallplan. Es gibt keine Extraktionsstrategie für diese Situation. Die sechzig Millionen gehören uns, und wir haben uns jeden verdammten Cent verdient." Er rückte seine Hemdmanschetten zurecht. Der Mann fühlte sich in Tarnkleidung immer wohler als in einem Anzug. „Und nur für den Fall, dass einer von euch kalte Füße bekommt, solltet ihr Folgendes wissen ..." Rand stand still. „Wenn einer von euch sich verpisst, mit dem FBI redet oder diese Organisation verrät, werde ich ihn jagen, finden, und ich werde ihn umbringen. Ist das klar?"

Im Raum herrschte Stille.

Niemand schätzte den Mann gering, nur weil er gut fünfundzwanzig Jahre älter war als der Rest von ihnen. Aber das bedeutete nicht, dass Rand es ihm leichtmachen würde, wenn es so weit käme. Ein kleines Lächeln umspielte seine Lippen, als er die Herausforderung annahm.

„Verdammt klar, General", antwortete Rand. „Machen Sie sich keine Sorgen. Ich werde die Frau zur Strecke bringen." Der Gedanke erhitzte sein Blut. Nicht, dass sie eine Chance gegen einen Mann wie ihn gehabt hätte, aber wenigstens war sie nicht völlig dumm. Sie hatte einen guten Vorsprung. Das machte die Dinge immer interessant.

„Eine verdammte Grundschullehrerin." Kudrow schüttelte erneut den Kopf. „Nimm Marco mit."

„Viel Spaß in Kanada." Petrie grinste.

„Benutzt keinesfalls eure persönlichen Telefone und Fahrzeuge. Ich will keine elektronischen Spuren von euch außerhalb dieses Büros finden." Kudrows Kiefer war so fest zusammengebissen, dass es aussah, als könnte er gleich zerbrechen.

Rand fing ein Wegwerfhandy auf, das Petrie ihm zuwarf. Kudrow händigte ihnen vorgefertigte falsche Ausweise aus, die sie bei Aufträgen benutzten, ein Bündel Bargeld und eine Kreditkarte, die auf – er sah sich die Papiere an – einen Benny Tacon ausgestellt war. Mist. Wer zum Teufel hatte sich nur diesen Decknamen ausgedacht?

Rand ging zur Tür hinaus, Marco auf den Fersen. Jagen war das, was er am besten konnte, nicht herumsitzen und Petrie dabei zusehen, wie er wie ein Mädchen tippte und stöhnte. Er mochte es nicht, wenn man ihn verarschte, und er war in der Stimmung für ein bisschen Spaß. Ein bisschen Rache. Und Anna Silver war genau die richtige Frau, um ihm das zu bieten.

—

„Der tote Kerl hat also den Notruf angerufen, bevor er vor einen Zug fiel?", fragte Jack Panetti seinen Kontaktmann bei der Chicagoer Polizei am Telefon. Und sie waren nicht der Meinung, dass dies auf ein Verbrechen hindeuten könnte? Jack war Detective gewesen, bevor er Privatdetektiv geworden war, und manchmal wünschte er sich, wieder bei der Polizei zu sein. Aber immer nur, bevor er in sein Mercedes-Cabrio stieg oder eine Woche Urlaub machte, nur so zum Spaß. Er hatte Büros in Los Angeles, New York City und Denver – wo er sich niedergelassen hatte, weil er die Berge mochte –, acht Assistenten und ein Land voller Menschen, die sich dumm anstellten.

So ließ es sich leben.

„Der Sicherheitsdienst seiner Firma hat ihn verfolgt, weil er mit der Hand in der Kasse erwischt wurde. Er rief den Notruf an und tat so, als wäre er eine Art Informant", erzählte ihm der Sergeant aus dem ersten Distrikt. „Aber er war nur ein Ex-Knacki, der einfach keine ehrliche Arbeit machen konnte. Sie schnappten ihn, aber der Arsch rannte direkt vor den Zug. Es ist alles auf Video."

Jack hatte das Video gesehen. Zweifellos hatte Davis Silver große Angst vor den Leuten gehabt, die ihn verfolgten. Die Frage war nur, warum. Und warum waren diese sogenannten „Sicherheitskräfte" verschwunden?

„Ich wette, dass derjenige, der ihm den Job gegeben hat, es jetzt bereut", sagte Jack, als er auf dem Parkplatz eines Supermarktes gegenüber von Davis Silvers Wohnung saß und beobachtete, wie bauschige weiße Wolken über den blauen Himmel zogen. Er hatte mitten in der Nacht einen Anruf erhalten und sich sofort auf den

Weg gemacht. Manche Kunden verlangten seine persönliche Behandlung des Falles. Brent Carver war einer von ihnen. Normalerweise hielt sich Jack von Ex-Häftlingen fern, aber aus irgendeinem Grund, den er nicht genau benennen konnte, hatte er nichts dagegen, mit Carver zu arbeiten. Vielleicht war es nur sein Geld? Jack zog eine Grimasse und hoffte, dass er sich nicht an die dunkle Seite verkauft hatte.

„Ob es so klug war, einem Kerl, der bereits eine Million gestohlen hat, einen Job in der Buchhaltung zu geben? Was für eine Schnapsidee. Aber diesmal wurde niemand gefeuert, weil der kluge Kopf, der ihn eingestellt hatte, zufällig der Chef der ganzen Sache war und behauptete, sie seien darauf spezialisiert, Ex-Häftlingen eine zweite Chance zu geben." Der Polizist lachte. „Wenn es irgendein Idiot aus der Personalabteilung gewesen wäre, hätte er längst seine Sachen packen müssen."

Jack hörte den Spott in der Stimme des Mannes. „Haben sie gesagt, wie viel er gestohlen hat?"

„Nein. Sie sagten, der Betrag sei unwesentlich, und sie würden es nicht anzeigen, da der Typ als blutiger Fleck in der U-Bahn endete."

„Haben sie irgendetwas Ungewöhnliches an der Leiche gefunden?"

Es herrschte kurz bedrückende Stille. „Wer, sagtest du nochmal, ist dein Kunde, Panetti?"

„Du weißt, dass ich keine Namen nenne." Jack war stolz darauf, niemals eine Quelle zu verraten und seinen Kunden immer das zu geben, was sie für ihr Geld erwarteten. „Ich habe jedoch zufällig Karten für das Saisoneröffnungsspiel der Bears. Und wenn du mir die Namen und Adressen der Sicherheitsleute geben kannst, werde ich sehen, was ich in Bezug auf Super-Bowl-Tickets tun kann." Carver konnte es sich leisten.

Es folgte ein Grunzen, aber Jack wusste, dass er den Mann hatte. „Ich werde sehen, was ich tun kann. Aber du hast es dann nicht von mir." Der Polizist legte auf, und Jack lehnte sich im Sitz seines gemieteten Buicks zurück. Er sah zu dem Gebäude hinauf, in dem Davis Silver gewohnt hatte. Ein unscheinbarer, gedrungener, quadratischer Wohnkomplex aus rotem Backstein. Jack war in etwas Ähnlichem aufgewachsen.

Er wollte gerade aus dem Auto steigen, als er ein anderes Fahrzeug bemerkte, das in einer Seitenstraße geparkt war, und in dem jemand das Gebäude beobachtete. Da er kein Aufsehen erregen wollte, ging er in den Laden und kaufte sich etwas zum Mittagessen. Mit der Plastiktüte in der Hand ging er zurück zum Auto und zog die Lasche einer Dose Limonade ab, wobei er sich das Nummernschild einprägte, während er die Cola trank. Dann kletterte er in sein Auto und hielt einen Moment inne, nachdem er den Motor angelassen hatte. Der andere Mann stieg aus dem Auto aus und ging zügig zum Vordereingang von Davis' Wohngebäude. Er hatte den Schlüssel in der Hand und wollte gerade die Tür aufmachen, als der Postbote das Gebäude verließ.

Jack machte heimlich ein Foto, fuhr dann rückwärts von seinem Platz und um den Eingang herum, als der Mann wieder herauskam und zu seinem Auto zurückging. Jack fuhr noch einmal um den Block, aber als er einen Blick auf die Stelle warf, wo das andere Auto gestanden hatte, war es weg.

Er parkte und schaute auf die Klingelschilder. *V. Bernstein.* Er drückte darauf.

„Wer ist da?"

„Mrs. Bernstein? Ich war ein Freund von Davis und würde gerne kurz mit Ihnen sprechen." Hoffentlich war das Viola. Den Namen hatte er von Brent bekommen. Es war die Frau, die Davis' Postkasten leerte, wenn er nicht da war.

Der Türsummer ertönte, und er nahm sich vor, dass er ihr einen Vortrag über Gebäudesicherheit halten würde – sobald er fertig war. Es machte ja keinen Sinn, sich selbst in den Fuß zu schießen.

DREI

nna schlug ein Auge auf und sah eine tödlich aussehende Handfeuerwaffe auf ihrem Nachttisch. Wie um alles in der Welt war ihr Leben so aus dem Ruder gelaufen? Das Sonnenlicht strömte durch die Fenster und brannte rot, als sie die Augen schloss. Ihr Mund war wie ausgedörrt, und sie zwang sich, sich aufzusetzen und sich umzusehen.

Das Zimmer war spartanisch, aber elegant eingerichtet. Massive, handgefertigte Holzmöbel, auberginefarbene Bettbezüge und ein einsames Bild des Ozeans an der Wand.

Das Rauschen desselben Ozeans lockte sie zum Fenster, und sie blickte auf ein Meer, das bis zum Horizont in blauem Feuer glitzerte. Hohe schneebedeckte Gipfel beherrschten das Hinterland im Norden, und zerklüftete, mit dürren Bäumen bedeckte Felsen umgaben diese abgelegene kleine Bucht. Sie zog sich etwas an, schob die leere Kommode aus dem Weg und machte sich auf den Weg zum Strand.

Nirgendwo eine Spur von Brent Carver. Gott sei Dank.

Er war viel größer, schroffer und jünger, als sie erwartet hatte. Ihr Vater hatte zwar keinen Waschbrettbauch oder diesen eindringlichen forschenden Blick erwähnt, aber warum hätte er das auch tun sollen?

Gestern Abend war für einen kurzen Moment ein dunkler, hungriger Blick in seinen Augen aufgeblitzt, der sie fast zu Tode erschreckt hatte. Deshalb war sie in Panik geraten und fast weggelaufen. Aber er hatte recht gehabt, sie brauchte Ruhe, und er hatte ihr nicht wehgetan.

Noch nicht.

Sie hätte nicht herkommen sollen. Trauer und Ungewissheit hatten sie vorwärtsgetrieben, ohne wirklichen Plan und ohne Möglichkeit, sich an einen anderen Ort oder eine andere Person zu wenden. Aber nachdem sie sich ausgeschlafen hatte war ihr nun klar, dass sie direkt zur Polizei hätte gehen sollen, auch wenn diese ihr in der Vergangenheit kein Wort geglaubt hatte.

Stattdessen war sie weggelaufen.

Jetzt stand sie am Ende der Welt, an einem Ort, der so isoliert und abgelegen war, dass sie einen ganzen Tag gebraucht hatte, um hierher zu gelangen. Es gab besser zugängliche Oasen mitten in der Wüste. Nach ihrer Reise war sie erschöpft. Geistig ausgelaugt. Und der Kummer quoll hervor wie frisches Blut aus einer tiefen Wunde. Sie musste herausfinden, was los war, damit sie die Kontrolle über ihr Leben zurückerlangen konnte. Anna atmete den Duft des Meeres ein und versuchte, ihr Gleichgewicht wiederzufinden, aber das brachte nur noch mehr Erinnerungen zurück, die sie lieber vergessen wollte. Wenigstens hatte sie Zeit, sich neu zu sammeln, während sie herausfand, ob ihr Vater paranoid, wahnhaft oder einfach nur korrupt gewesen war.

Ein schwacher Hauch von Jod vermischte sich in der Brise mit Salz. Nach einem Moment schlüpfte sie aus ihren Sandalen, schob ihren Rock bis zu den Knien hoch und watete ins Wasser. Es küsste ihre Haut mit einem hellen, kalten Peitschenschlag, der all die Nerven, die noch geschlafen hatten, aufweckte.

Seit dem Tag, an dem sie beinahe ertrunken war, war sie nicht mehr im Wasser gewesen. Sie war einmal eine gute Schwimmerin gewesen, aber diese Zeit in ihrem Leben – die Vergewaltigung, der impulsive Selbstmordversuch – hatte sie emotional bis auf die Knochen ausgezehrt, und sie hatte jede Erinnerung daran vermieden. Heute wollte sie zum ersten Mal seit Jahren in dieses kalte Wasser eintauchen und ihre Sorgen wegspülen. Leider wusste sie aus bitterer Erfahrung, dass das nicht funktionierte.

Anna watete zurück aus der Brandung und wandte sich dem Blockhaus zu, um es zu betrachten. Es war eher eine Villa, glänzend wie gebrannter Honig, hoch genug gelegen, um den schlimmsten Sturmfluten – vielleicht sogar einem Tsunami – zu entgehen. Brent Carver hatte es mit seinen Gemälden offensichtlich zu etwas gebracht. Sie wusste, dass er sehr zurückgezogen lebte und seine Identität vor der Welt verbarg. Ihr Vater hatte oft von ihm gesprochen – voller glühender Bewunderung, aber ohne wirkliche Details über sein Aussehen, wie sie feststellte. In ihrer Fantasie hatte sie sich einen Mann vorgestellt, mit dem sie sich wohlfühlte, einen älteren Herrn, der fast gebrechlich war. Dieser Mann war ganz und gar nicht so, wie sie es sich vorgestellt hatte. Er war weder freundlich noch alt noch gebrechlich. Er war ihr nicht geheuer.

Ein Weißkopfseeadler flog vorüber und landete in einem Baum hoch über ihrem Kopf. Er starrte sie mit wachsamen Augen an, was vermuten ließ, dass sie nicht hierhergehörte.

„Sag mir etwas, das ich noch nicht weiß."

„Sprechen Sie mit sich selbst?"

Anna zuckte zusammen. Brent Carver bewegte sich so schnell und leise wie ein Puma aus dem Schatten der Bäume. Sie starrte in seine strahlend blauen Augen und war mehr als nur ein wenig verwirrt, als sie feststellte, wie gut er bei Tageslicht aussah. Er war groß und stämmig, hatte schroffe Züge und eine kühne gerade Nase. Erfahrung zeichnete sein Gesicht, und ein Grübchen war auf seiner Wange zu sehen. In Kombination mit dem lebhaften Funkeln in seinen Augen war es schwer, ihn nicht anzustarren. Außerdem war er ohne Hemd unterwegs, und sein Oberkörper, den sie im Mondlicht nur mit knapper Mühe nicht angestarrt

hatte, war in voller Pracht zu sehen, mit den breiten, harten Brust-
muskeln und den glatten Muskelpaketen, die sich straff über
seinen Bauch zogen. Sie hatte nicht gewusst, dass es diese Art von
Muskeln außerhalb der Werbespots für Herrenunterwäsche gab.

Ihr Blick wanderte zurück zu seinem Gesicht. Nasses, sonnen-
gebräuntes blondes Haar, unrasierte Bartstoppeln, die sein Kinn
verdunkelten, und eine volle Unterlippe, die bei den meisten
normalen Frauen dazu geführt hätten, dass sie sich die Lippen leck-
ten. Sie war nicht normal, aber ihr Puls beschleunigte sich
trotzdem.

„Anna?" Misstrauisch zog er eine Augenbraue hoch.

Das Wasser glitzerte wie Diamanten auf seiner Brust. Die
nassen Shorts klebten an ihm wie eine zweite Haut. Er war offensichtlich schwimmen gewesen. Sie riss ihren Blick wieder nach
oben, als ihre Wangen heiß wurden. Nicht ihr Typ. Definitiv nicht
ihr Typ. Aber er ließ ihr das Wasser im Mund zusammenlaufen,
weil sie zwar mental verkorkst, aber nicht tot war.

Brent Carver war niemand, bei dem sie sich wohlfühlte. Er war
verdammt sexy. Vor Testosteron triefend. Eindeutig nicht ihr Typ.
Sie war in jeder Hinsicht für Team Beta. „Ich habe immer angenommen, dass Sie im gleichen Alter wie mein Vater sind."

Er hob auch die andere Augenbraue.

„Dad hat mir in seinen Briefen von Ihnen erzählt." Sie hatten
sich jede Woche geschrieben, nachdem er ins Gefängnis gekommen
war. Die Verhaftung hatte ihn gezwungen, erwachsen zu werden.
Es war schmerzhaft gewesen zu sehen, wie er sein kindliches Gemüt
verlor, auch wenn es sein eigener dummer Fehler gewesen war.

Schuldgefühle stiegen in ihr auf. Schuld und Trauer und
schreckliches, brodelndes Bedauern. Anna schloss die Augen und
versuchte, sich an gute Zeiten zu erinnern. Sie räusperte sich. „Er
hat mir erzählt, wie talentiert Sie sind. Er sagte, Sie würden eines
Tages berühmt werden."

„Berühmt? Ich wollte nie berühmt sein." Sein Mund verengte
sich zu einer strengen Linie.

„Sie scheinen die Vorteile aber zu genießen." Sie wies mit der Hand auf den Privatstrand und das große Haus.

„Ich habe schon immer hier gewohnt." Die Worte kamen zögernd, als hätte er die Kunst der Konversation verlernt. „Ich wollte einfach ein Haus, das den Stürmen standhält."

„Hier sind Sie aufgewachsen?"

„Ja."

Anna sah sich um. Es war schön, aber ... „Fühlen Sie sich nie einsam?"

„Nein, ganz sicher nicht."

„Finden Sie das hier nicht ein bisschen ... isoliert?"

Dicke Brauen zogen sich über seinen Augen zusammen. „Offenbar nicht isoliert genug."

Autsch. Sie wandte sich ab und verschränkte die Arme vor der Brust. „Ich entschuldige mich dafür, dass ich Sie da mit hineingezogen habe."

Er kam näher. Es war nur ein Schritt, aber er erweckte ihre Sinne zum Leben, und die Muskeln ihrer Füße spannten sich an, als würden sie sich auf die Flucht vorbereiten.

„Ihr Vater hatte recht, als er sagte, Sie sollen zu mir kommen. Ich kann nur nicht so gut mit Menschen umgehen."

„Ach was?" Ihre Stimme zitterte. Brent Carvers schroffer Männlichkeit traute sie nicht über den Weg. Deshalb ging sie mit Typen wie Peter aus. Schade, dass sie ihnen auch nicht trauen konnte. „Wahrscheinlich habe ich überreagiert, als ich hierherkam." Anna wich von ihm zurück. Sie kam sich dumm und irrational vor, und sie war sonst nie irrational. Sie war ruhig und besonnen und hatte sich immer unter Kontrolle.

„Ihren Vater zu verlieren ist ein guter Grund für eine Überreaktion." Seine Stimme wurde weicher, und sie strich wie eine Liebkosung über ihre Haut. „Ich denke, es war klug von Ihnen, von dort zu verschwinden."

Etwas in seiner Stimme veranlasste sie, sich ihm zuzuwenden. „Warum?"

Er bückte sich und hob eine weiße Muschel auf. Dann polierte er die glatte Oberfläche mit seinem Daumen. Schließlich begegnete er ihrem Blick. „Ich habe gestern Abend mit einem Freund von mir gesprochen, der bei der Polizei arbeitet."

„Sie haben Freunde bei der Polizei?"

„Verrückt, hm?" Der Wind wehte ihm die Haare in die Augen. Sand bestäubte seine nackten Füße. Er sah aus wie ein wunderschöner Schiffbrüchiger. Er bückte sich und hob sein Smartphone auf, das auf einem Handtuch hinter einem Baumstamm lag. „Haben Sie diesen Mann schon einmal gesehen?" Er hielt ihr das Handy entgegen, auf dem das Foto eines schlanken, durchtrainierten Mannes mit kurzen, schwarzen Haaren zu sehen war. Er trug einen grauen Anzug. Auf der Unterseite befand sich ein Zeitstempel, der etwa fünf Sekunden vor der Absendung der Nachricht ihres Vaters lag.

„Nein. Wer ist das?" Ihre Finger zitterten, als sie ihm das Telefon zurückgab.

Er drapierte das Handtuch über seine Schultern. „Einer der Kerle, die Davis in diese U-Bahn-Station verfolgt haben. Der andere trug eine Baseballkappe und eine Brille, er war nicht so leicht zu identifizieren. Dieses Arschloch hier hat Ihren Vater tatsächlich kurz in die Finger bekommen."

„Nach der Nachricht, die er mir hinterlassen hat, habe ich einen Anruf bekommen, bei dem sofort aufgelegt wurde." Ihr Magen verdrehte sich.

„Diese Typen müssen sein Telefon mitgenommen haben. Und sie wissen, dass er Sie angerufen hat." Er räusperte sich, aber seine Stimme blieb rau. „Kurz nachdem dieses Foto aufgenommen wurde, fiel Ihr Vater vor einen Zug, der in die U-Bahn-Station einfuhr."

Das Blut floss aus ihrem Kopf und sie schwankte. Brent griff nach ihrem Ellenbogen und hielt sie fest auf den Füßen. Er ließ ihren Arm los, sobald sie sich wieder gefangen hatte.

„Er hat nicht gelitten. Er war auf der Stelle tot", sagte er ihr.

Bitterkeit wallte in ihrer Kehle auf. „Soll ich mich jetzt besser fühlen?"

„Darauf habe ich abgezielt, ja."

Sie hielt sich die Hand vor den Mund, um ihre Schluchzer zurückzuhalten, als die Trauer sie überfiel. Ihr Vater war tot, und egal, wie sehr er sie in der Vergangenheit verletzt oder frustriert hatte, sie hatte ihn immer geliebt. Heiße Tränen trübten ihre Sicht.

Na großartig.

Sie drehte sich weg, holte tief Luft und kämpfte gegen den Ansturm der Gefühle an. Warum jetzt? Warum nicht gestern, als sie stundenlang allein gewesen war? Warum nicht im Bett? Warum hier, in der Gegenwart eines Fremden, der ihrem Vater näherstand als sie selbst?

Brent machte keine Anstalten, sie zu trösten. Er stand einfach nur da und sah zu, wie sie zusammenbrach. Einschüchternd, furchteinflößend und grimmig, aber scharfsinnig genug, um zu wissen, dass sie nicht berührt werden wollte, schon gar nicht von einem Mann, der genauso düster und gequält war wie ihr Vater. Ein Punkt für Brent Carver.

Anna wischte sich über die Wangen und starrte auf die Wellen, die langsam an den Strand schwappten. Sie fühlte sich so ausgehöhlt wie die Muschel, die er in seinen Händen hielt. „Ich muss ihn beerdigen."

„Die Polizei ermittelt. Der Gerichtsmediziner wird die Leiche noch eine Weile zur Untersuchung behalten wollen."

Ihr war schlecht. Die Kälte drang in ihre Knochen, und sie fröstelte trotz der Hitze der Sonne. Die Beziehung zu ihrem Vater hatte sie immer zerrissen, die Fesseln der Liebe und des Misstrauens hatten sie gleich stark in entgegengesetzte Richtungen gezerrt. Während der Highschool wurde das Schreiben an ihren Vater zu einer Möglichkeit, mit ihrem Leben fertig zu werden, zu einer Fluchtfantasie, in der sie die Kontrolle behalten konnte. Als sie dann von zu Hause weggegangen war, um aufs College zu gehen, waren ihre Briefe zur Gewohnheit und fast zu einem Tagebuch geworden, das ihr half, mit dem Leben klarzukommen. Eine Möglichkeit, mit einem Mann zu kommunizieren, den sie liebte, dem sie aber nie wieder vertrauen würde. Am Ende war es in ihren Briefen weniger um ihren Vater als um sie selbst gegangen, und auch das fühlte sich nun wie ein Verrat an.

Ihre Briefe hatten den Anschein von Nähe erweckt. Sie hatte gewusst, dass es eine Illusion war, denn als ihr Vater aus dem Gefängnis entlassen wurde, hatte er sich wie ein Fremder angefühlt. Und obwohl sie diese Bindung wiederherstellen wollte, konnte sie sich nie dazu durchringen, ihm wirklich zu vertrauen. Diese Erkenntnis hatte eine Distanz zwischen ihnen geschaffen, die ihr Vater nicht zu überwinden vermocht hatte, so sehr er sich auch bemüht hatte.

Jetzt war er tot, und mit dieser düsteren Realität kam das plötzliche Bedürfnis, ihn zu ehren. „Ich muss der Polizei die Nachricht auf der Mailbox zeigen."

„Nein", sagte Brent.

„Ich muss es tun."

„Scheiße. Nein, das ist das Letzte, was Sie tun sollten." Brent stützte beide Hände auf seinen Kopf, als wolle er seine Frustration im Zaum halten. „Davis war nicht der Typ, der Ihnen ohne Grund Angst gemacht hätte. Er liebte Sie. Sie waren das Einzige, was ihm auf der ganzen verdammten Welt wichtig war."

„Warum konnte er dann nicht die Finger vom Geld anderer Leute lassen?" Es war unmöglich, die Bitterkeit in ihrer Stimme zu verbergen.

Er öffnete seinen Mund, um zu sprechen. Dann hielt er inne. Er schaute finster drein. „Hören Sie Anna. Die Cops interessieren sich nicht dafür, warum etwas passiert, sie kümmern sich nur um das verdammte Gesetz. Ihr Daddy sprach davon, dass Geld verschoben wurde. Wir wissen nicht mal, wessen Geld. Wie gut stehen die Chancen, dass sie glauben, dass Davis es für das Allgemeinwohl getan hat, wenn wir keine Beweise haben?"

Übelkeit wirbelte in ihrem Magen herum. Sie wusste, wie es

war, wenn die Behörden jemanden verdächtigten, in ein Verbrechen verwickelt zu sein. Das war ein weiterer Grund, warum ihre Mutter ihrem Vater nie hatte verzeihen können – weil sie von der Polizei und der Presse gedemütigt worden war.

Von Menschen, die einen eigentlich schützen sollten, so behandelt zu werden, hatte ihren Glauben an das Justizsystem erschüttert. „Ich möchte nicht noch einen solchen Skandal erleben."

„Von wem auch immer er das Geld genommen hat, die werden es zurückhaben wollen. Und so wie der Kerl in der U-Bahn aussah, wird er nicht gerade freundlich danach fragen." Der Wind wehte ihm wieder die Haare in die Augen, und er schob sie ungeduldig aus dem Gesicht. „Wir müssen nur den Brief finden, den er Ihnen geschickt hat, und ihn bei der Polizei abgeben. Zu den Cops zu gehen, bevor wir diese Beweise haben, wird Ihren Vater nur schuldig aussehen lassen und Sie selbst möglicherweise in Gefahr bringen."

Sie starrte ihn an und hatte das Gefühl, dass sie gleich aus allen Nähten platzen würde. Aber sie war nicht die Einzige, die litt. Feine Linien der Müdigkeit zeichneten sich um Brents Augen ab; ein Hauch von Karmesin befleckte das Weiße. Er hatte letzte Nacht offenbar nicht viel geschlafen.

„Haben Sie eine Ahnung, wohin er das Ding geschickt haben könnte?", fragte er, jetzt ruhiger.

Ihr Gehirn arbeitete langsam. „Zu mir nach Hause? Oder in meine Schule?"

„Wir müssen das überprüfen, aber wir müssen auch davon ausgehen, dass die andere Seite dasselbe tun wird."

„Woher sollten sie wissen, was er mir auf meine Mailbox gesprochen hat?", fragte sie verwirrt.

Brent hob eine weitere Muschel auf und warf sie ins Meer. „Bestechung, Hacking. Es gibt diverse Möglichkeiten, an Ihre Sprachnachrichten zu gelangen."

Und Kriminelle schienen immer von diesen Möglichkeiten zu wissen. Ihre Zähne begannen zu klappern. „Das kann doch nicht wahr sein." Sie war eine Lehrerin. Die Tochter eines Ex-Häftlings.

„Ist schon gut." Er trat einen Schritt vor, berührte sie aber nicht. Seine Miene war ausdruckslos, aber in seinen Augen lag eine Inbrunst, die sie zum Glühen brachte. „Solange niemand weiß, dass Sie hier sind, sind Sie in Sicherheit."

Aus irgendeinem Grund half seine Beruhigung. Ihr Gehirn beschäftigte sich langsam mit dem Problem. „Es gibt da eine Frau in seinem Gebäude – Viola –, die seinen Postkasten leerte, wenn er nicht da war. Vielleicht hat er den Brief an sich selbst geschickt?"

„Das lasse ich gerade überprüfen." Er nickte. „Aber er sagte, Sie wüssten, wohin er die Informationen geschickt hat."

Der Druck fühlte sich an, als würde er ihren Schädel zum Platzen bringen. Anna presste ihre Hände seitlich an ihren Kopf. „Vielleicht hat er die Unterlagen zum Haus meiner Mutter geschickt? Oder zum alten Haus meiner Großmutter, aber das vermiete ich an Studenten." Ihre Großmutter war vor sechs Monaten gestorben und hatte ihr das Haus auf Drängen ihres Vaters hin vererbt. Zur Beerdigung war Anna zurückgeflogen. Es war das letzte Mal, dass sie ihren Vater lebend gesehen hatte.

Sie war eine lausige Tochter.

Sie presste die Kiefer aufeinander und kniff die Augen zusammen. „Als ich gestern bei Mom war, habe ich nichts gesehen, aber es wird noch nicht angekommen sein. Das sind die einzigen Orte, die mir im Moment einfallen."

„Machen Sie eine Liste. Dann überlegen wir uns, wie wir die in Frage kommenden Orte sicher aus der Ferne überprüfen können."

„Ich könnte die Schule einfach anrufen."

„Keine Anrufe." Brent schüttelte den Kopf. „Ich möchte nicht, dass man Sie mit Bamfield in Verbindung bringt. Der einzige Weg ist es, das persönlich herauszufinden. Ich habe einen Privatdetektiv, den ich schon früher benutzt habe. Ich habe ihn gestern Abend angerufen und ihn gebeten, nachzusehen, ob in

Davis' Wohnung etwas aufgetaucht ist, und ob er etwas über die Firma herausfinden kann, für die Ihr Vater gearbeitet hat."

Die Energie wich aus ihr, und sie schüttelte den Kopf. „Ich kann doch nicht den Rest meines Lebens nur herumsitzen und abwarten ...“

Er schnaubte. „Sie sind doch Lehrerin?“

„Warum?“ Es war beunruhigend, dass er so viel über sie wusste. Sie wusste sehr wenig über ihn, außer dass er ein Künstler war und im Gefängnis gesessen hatte. Aber vielleicht war das schon genug.

„Jetzt sind doch Sommerferien?“ Sie nickte.

„Sie haben also Zeit, sich Folgendes zu überlegen.“ In seinen Augen lagen Geduld und eine unerwartete Freundlichkeit. Wieder gab es eine lange Pause. „Es wäre vielleicht sicherer, wenn Sie nie mehr dorthin zurückkehren würden.“

„Wie meinen Sie das?“ Der Schock ließ sie erstarren.

„Das Leben ändert sich.“ Er zuckte mit den Schultern. „Sie könnten verschwinden. Ich besorge Ihnen einen neuen Namen und einen neuen Job. Sie müssen nicht zurückgehen. Das ist eine Option, die Sie in Betracht ziehen sollten.“

Aber sie hatte Verpflichtungen. Ein Haus und einen Beruf, den sie liebte. „Wenn ich weglaufe, werden die Leute, die für den Tod meines Vaters verantwortlich sind, nie bestraft werden.“

Brents Gesichtsausdruck war zurückhaltend.

„Was, wenn es Ihr Vater wäre?“, fragte Anna.

Irgendetwas Undefinierbares bewegte sich in den Tiefen seiner Augen.

„Dann würde ich wollen, dass die Bastarde bezahlen.“

„Okay.“ Sie ging den Strand hinauf.

„Wo wollen Sie hin?“

„Zurück. Nach Chicago und Minneapolis.“

„Nein!“ Ein frustriertes Stöhnen kam aus seinem Mund. „Herr im Himmel. Sie hören mir nicht zu.“ Er packte ihren Arm. „Sie können noch nicht nach Hause gehen.“

„Was heißt hier, ich kann nicht?" Sie versuchte, sich ruckartig aus seinem Griff zu befreien, aber er war verdammt stark.

„Weil es dumm ist, sich kopfüber wieder in die Gefahr zu stürzen, ohne–"

„Nennen Sie mich nicht dumm." Sie wand sich, bis sie sich aus seinem Griff befreit hatte.

„Dann benehmen Sie sich nicht wie eine verdammte Närrin." Seine Stimme hallte in der Bucht wider. Der Adler flog mit einem lauten Schrei auf.

Sie stach ihren Zeigefinger mit jedem Wort in sein Brustbein. „Schreien. Sie. Mich. Nicht. An."

Er zuckte zusammen und hob vorsichtig ihren Nagel von seiner Brust. Er überragte sie, und sein Gesicht verhärtete sich zu einer Maske bitterer Wut.

Es hätte sie erschrecken müssen.

Warum erschreckte sie das nicht?

„Tut mir leid." Selbst mit eingezogener Oberlippe sah er schockiert über seine eigenen Worte aus. „Aber Sie können nicht einfach als Anna Silver nach Hause spazieren, ohne sich in Gefahr zu bringen. Sie müssen davon ausgehen, dass sie die Flughäfen und Grenzen überwachen."

Sie schüttelte den Kopf. „Das hier ist nicht Watergate. Was glauben Sie denn, mit wem wir es zu tun haben?" Sie begann, an ihm vorbeizugehen. Das war doch Wahnsinn. Er war wahnsinnig.

„Mein Privatdetektiv hat die Firma, für die Ihr Vater gearbeitet hat, überprüft. Die Holladay Foundation. Sie sammelt Geld für verletzte Veteranen."

Bitte bestiehl keine verwundeten Soldaten, Dad.

„Der Geschäftsführer ist ein hochrangiger Militär und ehemaliger Berater des Weißen Hauses. Wenn er in etwas Zwielichtiges verwickelt ist, hat er verdammt viel zu verlieren."

Und eine Menge Verbindungen.

Sie hielt inne. Verdammt noch mal. Ihre Zähne klapperten. Sie war so überfordert, dass es lächerlich war. „Was sollte ich also Ihrer

Meinung nach tun?" Sie fragte nicht gerne um Rat. Schon gar nicht einen Ex-Häftling. Den Kumpel ihres Vaters. Es gefiel Anna nicht, sich auf ihn zu verlassen, aber sie hatte keine Ahnung, wie sie mit so etwas umgehen sollte.

„Lassen Sie meinen Privatdetektiv ein paar Tage stöbern. In der Zwischenzeit können wir Ihnen einen falschen Ausweis besorgen, was die bösen Jungs in die Irre führen sollte, wenn Sie in die Staaten zurückkehren. Ihr Vater hat gesagt, Sie können mir vertrauen, wissen Sie noch?" Er lächelte, und es sah aus wie ein bewusster Versuch, sie zu beruhigen. Die Müdigkeitsfalten verschwanden. Grübchen zeichneten sich auf seinen Wangen ab und ließen ihn um Jahre jünger erscheinen. Es war, als würde man von der Sonne und diesem ungezügelten Sexappeal mitten ins Gesicht geschlagen. Sein Blick wanderte abwesend an ihrem Körper hinunter, und spontan reagierte sie darauf mit einem ungewollten Gefühl von Hitze, das durch ihre Adern schoss.

Und schon war sie in den Fängen eines weiteren halbseidenen Typen gefangen. Es war genau so, wie ihr Vater ihre Mutter nach einem weiteren Streit um Geld bezirzt hatte. Und mit diesem Körper und diesen Grübchen wäre Brent Carver für jede Frau, die dumm genug war, sich in ihn zu verlieben, verheerend. Aber trotz der instinktiven Reaktion ihres Körpers auf diese raue Männlichkeit war sie immun. Anna nickte knapp, wandte sich ab und ließ ihn an seinem unglaublich schönen, einsamen Strand zurück. Alleine.

Brent ließ den Motor des Bootes an und fuhr zur Mündung der Bucht, vorbei am Haus, das hoch oben auf dem Bergrücken lag, und drosselte die Geschwindigkeit auf unter sieben Knoten, um den Sog zu verringern. Er manövrierte um ein paar Kajaks und einen unglücklichen Ruderer herum, der auf dem Weg zum Laden war, und steuerte die Anlegestelle der Marinestation auf der Ostseite der Bucht an. Dort angekommen, machte er an einem leeren Anleger fest und nickte dem neuen Tauchlehrer zu, der im letzten Sommer den Platz seines Bruders eingenommen hatte, als dieser sich verliebt hatte und angeschossen worden war.

Brent wusste nicht, was schlimmer war.

Er schlenderte den steilen Kiesweg hinauf, vorbei an Studenten, die schwer aussehende Eimer trugen, und steuerte auf die Marinestation zu. Dort nickte er der Sekretärin zu, die ihn mit Argusaugen musterte, aber immerhin nicht die Polizei rief. Die Dinge schienen sich zum Guten zu wenden.

„Ist er da?"

Sie nickte, und die autoritäre Neigung ihres Kopfes veranlasste ihn, mit einem kleinen Gruß an ihr vorbeizugehen. Er klopfte an, trat ein, schloss die Tür hinter sich und lehnte sich dagegen. Thomas Edgefield, der Direktor des Bamfield Marine Science Center, blickte von seinem Schreibtisch auf. Seine grauen Augen weiteten sich vor Überraschung.

„Du musst mir einen Gefallen tun", sagte Brent ohne Umschweife.

Thomas' Brauen hoben sich. Groß und hager, sah er aus wie ein Mann, der leicht zu besiegen war, aber er hatte einen Kern aus Titan und eine solche Entschlossenheit gezeigt, den Mord an seiner Frau und das Verschwinden seiner Kinder aufzuklären, dass Brent den älteren Mann nicht unterschätzen würde. Außerdem war Brent ihm etwas schuldig.

„Was kann ich für dich tun?"

„Ich brauche eine eurer Hütten. Ich kann dafür bezahlen."

Thomas strich sich mit der Hand durch sein schütteres Haar und atmete scharf aus. „Wann?"

„Jetzt?" Er fand keine Ruhe, wenn jemand in seinem privaten Bereich war. Anna würde hier sicher sein, solange sie nicht ihren richtigen Namen durch die Gegend schrie. Brent runzelte die Stirn. Er hätte ihr sagen sollen, dass sie ein Pseudonym benutzen sollte.

Thomas zog eine Grimasse und schüttelte den Kopf. „Wir sind

ausgebucht. So ziemlich jeder Professor in Kanada ist zu uns gekommen, und zwar nicht nur mit seinem ganzen Labor, sondern auch mit seiner Familie. Es ist wie in Disney World."

Brent starrte an die Decke. „Ach, Scheiße."

„Für wen ist es? Ich habe nämlich ein Gästezimmer in meinem Haus ..." Dasselbe Zimmer, das er für Brents jüngeren Bruder Finn zur Verfügung gestellt hatte, der ein schwer verprügelter, klein gewachsener Dreizehnjähriger gewesen war, als Brent verhaftet worden war. Es gab Dinge, die man nie vergelten konnte, und die Betreuung seines kleinen Bruders war eines davon. Ein hartnäckiges Gefühl des Versagens begann sich in Brents Brust auszubreiten. Er wollte nicht, dass dieser Mann ständig seine Fehler ausbügeln musste. Und wenn er darüber nachdachte, konnte er nicht riskieren, dass die bösen Jungs Anna aufspürten und dabei nicht nur sie, sondern auch jemand anderen verletzten. Er konnte Anna nicht allein in Thomas' Haus zurücklassen. Seit Davis tot war, war er für sie verantwortlich. Ob es ihm nun gefiel oder nicht.

Schlaf wurde überbewertet. „Ist nicht so wichtig."

Thomas öffnete den Mund, um zu widersprechen, aber Brent schüttelte den Kopf. „Vergiss es. Das war eine dumme Idee." Er räusperte sich. „Ich habe dir nie gedankt ..."

„Mir gedankt?" Thomas sah verwirrt aus.

„Dafür, dass du dich um Finn gekümmert hast, als ich verhaftet wurde."

Eine Pause entstand. Das Telefon klingelte, aber Thom ignorierte es. „Du brauchst mir nicht zu danken, Brent. Du hast alles gegeben, um diesen Jungen zu schützen. Nach dem, was Bianca passiert ist", seine Stimme wurde rau, als er von seiner ersten Frau sprach, die vor dreißig Jahren ermordet worden war, „war ich dankbar, dass es da jemanden gab, der andere vor Gewalt beschützte. Ich wünschte nur, jemand wäre da gewesen, um dich zu retten ..."

Brent stemmte die Hände in die Hüften und blickte stirnrunzelnd auf den Mann herab. Er war nicht mehr der verängstigte Sechzehnjährige, und das war kein Thema, worüber er reden wollte. Eigentlich verbrachte er die meiste Zeit damit, seine geschundene, gestörte Vergangenheit zu vergessen.

Thom wich seinem Blick aus, redete aber weiter. „Um ehrlich zu sein, war ich froh, jemanden zu haben, der sich um mich kümmert." Seine Lippen verzogen sich zu einer Seite. „Das klingt schrecklich ..."

„Nein, ich verstehe schon." Manchmal, wenn man alles verloren hatte, musste man einfach den Trost nehmen, den man finden konnte.

„Laura mag übrigens dein Bild", sagte Thomas leise. Laura Prescott war Thomas' Freundin und Brents Anwältin. Eine unwahrscheinliche Verbündete für einen Mann wie ihn, aber jemand, den er gerne in seiner Ecke stehen hatte. Als Dank für ihre Hilfe im letzten Jahr hatte Brent ihr eine riesige Leinwand gemalt, die er kaum durch seine Flügeltüren bekommen hatte.

„Hat sie eine Wand, die groß genug ist, um es aufzuhängen?" Er öffnete die Tür zum Büro der Sekretärin.

Thomas lachte und folgte ihm nach draußen. „Wenn nicht, wird sie wahrscheinlich ein neues Haus bauen. Es ist gut, dass sie sich nicht zu ... gewissen Personen hingezogen fühlt." Er unterbrach sich selbst.

„Zu Ex-Häftlingen. Du kannst es ruhig sagen, Thom. Es ist ja nicht so, als würden es nicht alle denken." Er warf Gladys einen spitzen Blick zu. Sie schnaubte und sah weg.

„Ich meinte eigentlich künstlerisch veranlagte Typen", murmelte er vor sich hin, offensichtlich immer noch bemüht, Brents Alter Ego geheim zu halten. „Jedenfalls dachte ich immer, dass das, was du getan hast, eher unter die Kategorie Selbstverteidigung fiel als ..."

Brent hob die Hand, um ihn zu unterbrechen. Er wollte nicht darüber reden. Thomas sah verärgert aus und wollte offensichtlich noch mehr sagen, aber Brent war nicht auf der Suche nach Absolution. Und seit wann war er so verweichlicht, dass es ihm etwas ausmachte, was andere Leute dachten? Aber er wusste, seit wann.

Seit letztem Frühjahr, als Gina ermordet worden war, und diese Leute ihm durch den zweitschlimmsten Tag seines Lebens geholfen hatten.

„Wirst du sie heiraten?", fragte er Thom.

Gladys' Kinn schoss hoch, und ihre Augen leuchteten. Wenn jemand ein Happy End verdiente, dann war es Thomas Edgefield.

„Denkst du, das sollte ich?"

Brent lachte bitter. „Ich bin wohl die letzte Person, die du um romantische Ratschläge bitten solltest."

Thomas folgte ihm nach draußen, und beide blickten über die Bucht auf die andere Seite von Bamfield. „Ich habe darüber nachgedacht, aber ..." Thom erschauderte und kuschelte sich trotz der Hitze noch tiefer in seinen Pullover mit V-Ausschnitt.

„Es ist manchmal schwer, die Vergangenheit loszulassen." Brent verstand.

„Und wenn es schiefgeht?"

Brent presste die Lippen zusammen, denn war das nicht einer der Gründe, warum er so viel Wert auf seine Privatsphäre legte? Nicht nur, weil er die Menschen nicht mochte – was zutraf –, sondern weil er Angst hatte, dass jeder Freund oder jede Liebhaberin getötet werden würde, wenn er oder sie sich mit ihm einließ.

Aber er hatte seine Seele vor Jahren geopfert und verdiente diese Art von Glück nicht. Thom schon.

„Ich bin mir ziemlich sicher, wenn einer von uns die Liebe einer guten Frau verdient hat, Thom, dann bist du es." Und damit ging er weg, denn er wollte nicht über die Liebe nachdenken oder darüber, was sie mit den Menschen machte, wenn alles schiefging.

RAND FAND, DASS VANCOUVER ALLEM GERECHT WURDE, was die Leute sagten, und noch mehr. Es gab Meer, Berge, genug orientalische Restaurants, um eine Horde von Invasoren zu verköstigen   einfach alles, was ein Mann sich wünschen konnte, abzüglich einer süßen, zierlichen Brünetten, die seine Eier fest in ihren kleinen Händen hielt.

Anna Silver brachte ihn in große Schwierigkeiten. Wenn sie den Brief vor ihm in die Hände bekäme, hätte sie die Macht, sie alle auffliegen zu lassen. Doch das würde nicht passieren.

„Haben Sie diese Frau gesehen?" Er hatte den örtlichen Verkehrsbetrieben erzählt, sie seien US-Polizisten, die in diesem Land nicht zuständig seien und eine Frau suchten, die ihre Kinder entführt hatte. Das war ein guter Weg, um die Sympathie einer größtenteils männlichen Belegschaft zu gewinnen, aber sie mussten vorsichtig sein, um die Aufmerksamkeit der Canadian Border Services Agency zu vermeiden.

Ein Mechaniker, der gerade den Motor einer Cessna zerlegte, blickte auf das Foto der Frau, hielt inne und schüttelte den Kopf.

„Waren Sie Freitagabend oder Samstagmorgen hier?" Der Mann schüttelte wieder den Kopf und ging zurück zu seinen Schraubenschlüsseln. Hier stank es nach Motoröl und Abgasen, nach Handarbeit und lebenslanger Schufterei.

Er schnitt eine Grimasse.

Petrie hatte keine Aufzeichnungen über das Mädchen in den Passagierlisten des internationalen Flughafens von Vancouver gefunden. Rand und Marco erkundigten sich bei den Autovermietungen und kleineren Regionalflughäfen. Boundary Bay war nur einen Katzensprung vom internationalen Flughafen entfernt, und Rand hatte ein gutes Gefühl, wenn er an diese Region als Annas möglichem Aufenthaltsort dachte. Leider gab ihnen niemand einen verwertbaren Hinweis.

Sie hätte in einen Bus springen und in die Innenstadt von Vancouver fahren können. Die Chancen, sie zu finden, wenn sie ihre Kreditkarte nicht benutzte, standen etwa eine Million zu eins.

Er ging zur Hangartür und schaute auf das flache Delta hinaus, das sie umgab. Dann rief er Kudrow an. „Gib mir etwas, womit ich arbeiten kann. Ich pisse hier in den Wind. Diese verdammten Canucks haben von nichts eine Ahnung."

„Ich hab' da was." Er konnte die Aufregung in der Stimme des anderen Mannes hören. „Die Ex-Frau von Davis – Annas Mutter – lebt immer noch in Victoria auf Vancouver Island. Dort ist die Lehrerin aufgewachsen, und dort hat Davis auch seine Verbrechen begangen."

Er spürte ein Kribbeln in der Wirbelsäule. Sie war nach Hause geflüchtet. „Hast du eine Adresse für mich?" Er gab Marco ein Zeichen, ihm zu folgen, während er sich die Adresse einprägte, und legte dann auf. Er ging zurück in den Hangar und in das kleine Büro des Managers. „Wir brauchen einen Flug nach Victoria. Könnte uns einer von Ihren Jungs mitnehmen?"

Der Mechaniker war ihm gefolgt und hörte dem Gespräch zu. „Haben Sie die Frau gefunden, nach der Sie suchen?"

Rand schenkte ihm ein freundliches Lächeln. „Es war verdammt schwer. Aber sie ist auf Vancouver Island gesichtet worden."

Der Mechaniker wandte sich ab, und Rand wusste, dass der Scheißkerl ihn angelogen hatte. „Ich gebe Ihnen das Doppelte des üblichen Preises, wenn wir in den nächsten dreißig Minuten aufbrechen können."

Die Augen des Managers leuchteten auf. „Andy hier kann Sie fliegen."

„Tut mir leid, Boss, ich muss ein weiteres Teil für den Skyhawk bestellen."

„Ich dachte, du wärst fast fertig?"

„Ich habe gerade einen Riss in einer Stütze bemerkt, und wir haben keinen Ersatz im Lager." Andy, der Mechaniker, wich ein paar Schritte zurück und weigerte sich, ihm in die Augen zu sehen.

Rand und Marco tauschten einen Blick aus. Wenn es kein Problem wäre, eine Spur von Leichen zu hinterlassen, hätten sie diesem Kerl das Genick gebrochen. Leider hatten sie zu viele Leute befragt und waren von mehreren Überwachungskameras aufgezeichnet worden. Wenn sie in Victoria nicht weiterkamen, würde

Rand zurückkommen und den Bastard bearbeiten, bis er mehr als nur seine Eingeweide ausspuckte.

„Ein anderer Pilot fliegt in fünfzehn Minuten über Nanaimo nach Victoria. Sie können bei ihm mitfliegen." Der Chef schob sich an seinem Angestellten vorbei, und Rand folgte ihm nach draußen. Aufregung machte sich in seinen Nerven breit. Die meisten Soldaten scheuten davor zurück, ein Leben zu nehmen, aber das Problem hatte Rand nie gehabt. In einem Kriegsgebiet war Mord leicht zu verbergen, aber in einer zivilen Welt war es eine größere Herausforderung. Er war aber nicht beunruhigt. Er wusste, wie man entkam und auswich, und er hatte nicht die Absicht, jemals verhaftet zu werden.

VIER

Katherine Plantain zog sich schnell für das Frühstück an. Sie schlüpfte in eine neue Leinenhose und fragte sich, ob der jugendliche Sohn des Nachbarn daran gedacht hatte, den Rasen zu mähen. Sie schaute auf ihre Armbanduhr: 6:50 Uhr morgens.

Ja, sie hatten vereinbart, in diesem Urlaub keine Handys zu benutzen, aber sie hatte den Rasen wieder zum Leben erweckt, nachdem Ed letzten Herbst einen ihrer wertvollen Azaleenbüsche entfernt hatte. Der Rasen musste gepflegt werden, und sie wollte verdammt sein, wenn all ihre Gartenarbeit umsonst gewesen wäre, nur weil sie sich keinen dreißigsekündigen Anruf erlaubte. Sie schaltete das Telefon ein und stellte fest, dass sie eine Nachricht von Anna hatte.

Sie lächelte, dann seufzte sie. Der Gedanke an Anna verursachte immer einen Schmerz in ihr. Sie hatte sie in so vielerlei Hinsicht im Stich gelassen und wusste nicht, wie sie es jemals wiedergutmachen oder die Dinge in Ordnung bringen sollte. Aber Anna brauchte gar nicht in Ordnung gebracht zu werden, und sie hatte im Laufe der Jahre mehr als deutlich gemacht, dass sie die

Hilfe ihrer Mutter nicht wollte. Sie hatte sich ein gutes Leben in den Staaten aufgebaut. Sie hatte eine erfolgreiche, erfüllende Karriere. Abgesehen von diesem einen Ausrutscher war Anna die vernünftigste und besonnenste Person, die sie kannte. Und sie alle wussten, wem sie die Schuld für den Ausrutscher zu geben hatten.

Anna kam jetzt zurecht, und sie war auch sehr unabhängig. Katherine hielt sich das Telefon ans Ohr und hörte sich die Nachricht an.

Ihre Knie gaben nach. Sie sank auf das Bett, als sich ihre Muskeln in Wachs verwandelten.

Davis war tot?

Sie hatte erwartet, Erleichterung, ja sogar Genugtuung zu empfinden, aber das Bild, das nun in ihrem Kopf aufflackerte, war das von ihm auf den Knien an jenem Tag, an dem er ihr einen Heiratsantrag gemacht hatte, und der Blick voller Liebe, der ihr bereits gefesseltes Herz erobert hatte, als er sie angefleht hatte, ihn zu heiraten.

Ed steckte seinen Kopf durch die Tür, und sie zuckte zusammen.

„Ich dachte, wir hätten vereinbart, keine Handys zu benutzen", tadelte er sie streng.

„Ich wollte nur Nate daran erinnern, dass er den Rasen mähen soll." Die Lüge rutschte ihr unbewusst über die Lippen. Sie bemühte sich, Worte zu finden, um Ed von Davis' Tod zu erzählen, aber sie wollten nicht aus ihr herauskommen. Eine kalte Welle von etwas, das sich sehr nach Trauer anfühlte, überspülte sie und hielt sie mit eisernem Gewicht auf ihrem Platz fest. Ihre Lippen weigerten sich, sich zu bewegen.

Sie brauchte nur Zeit, um die Nachricht zu verarbeiten, dann würde sie es Ed sagen. Zuerst musste sie Anna zurückrufen, um zu sehen, ob es ihr gut ging.

Seine Lippen wurden fester.

„Gut." Mit zitternden Händen löschte Katherine die Nachricht und schaltete das Telefon aus. „Ich werde ihn nicht anrufen. Siehst du?" Sie wollte das Handy in ihrem Koffer verstauen, aber Ed schüttelte den Kopf und hielt ihr seine Hand entgegen.

„Gib es her. Wir sind im technikfreien Urlaub."

Sie wollte mit den Augen rollen, spürte aber, wie sich ein vertrautes Gefühl der Benommenheit um sie legte. Auf dem Schiff gab es Münztelefone, sie würde Anna später anrufen. „Gut. Aber wenn der Rasen t-tot ist", sie stolperte über das Wort, „dann bestelle ich einen neuen, wenn wir zurück sind."

Ed verstaute das Handy in seiner Tasche und schüttelte den Kopf. „Wer hätte gedacht, dass du dich in eine Gärtnerin verwandeln würdest, als ich dich geheiratet habe?" Er legte seinen Arm um ihre Schultern und küsste ihre Stirn.

Sie lehnte sich an ihn und wartete darauf, dass seine Anwesenheit sie beruhigen würde. Aber das tat sie nicht. Stattdessen gab es einen unerwarteten Schmerz, den sie dem Mann, der sie gerettet hatte, niemals offenbaren konnte. Der Mann, den sie einst geliebt hatte, hatte ihre Existenz in Stücke gerissen. Dass er nun tot war, änderte nichts an dem Verrat oder der Trauer, es versenkte das Messer nur noch ein bisschen tiefer.

———

ANNA WAR IHRER GEFANGENSCHAFT ÜBERDRÜSSIG, holte etwas Bargeld heraus und beschloss, in den Supermarkt zu gehen. Schokolade würde zwar nicht alles heilen, was sie plagte, aber zumindest würde sie ihr ein vorübergehendes Glücksgefühl verschaffen, das weder gefährlich noch illegal war.

Die Tatsache, dass ihr Vater tot war, begann sie langsam zu begreifen. Sie würde niemals die Chance bekommen, ihre Beziehung zu reparieren. Sie würde nie die Chance bekommen, ihn zum Abschied zu küssen und ihm zu sagen, dass sie ihn liebte – dass sie ihn immer geliebt hatte.

Da war ein Schmerz in ihrer Brust, direkt unter ihrem Herzen. Es tat weh.

Der Himmel war strahlendblau, und die Bäume waren dicht und undurchdringlich grün. Sie folgte der Schotterstraße zurück, die sie gestern Abend gekommen war. Die Luft war süß und roch nach Gräserpollen, die Büsche trieften vor reifenden Heidelbeeren und Nutka-Himbeeren.

Konnte sie an einem Ort wie diesem wirklich in Gefahr sein?

Die Vorstellung erschien ihr unwirklich. Bei einem ehemaligen Straftäter zu wohnen, war surreal. Sie versuchte, nicht daran zu denken, dass sie gezwungen war, sich auf einen Mann zu verlassen, der ungefähr so vertrauenswürdig war wie ihr Vater.

Brent war nicht der Mann, den sie erwartet hatte, und doch war er genau die Art von Person, die sie brauchte, um ihr aus diesem Schlamassel herauszuhelfen. Und ihr Vater hatte ihm vertraut. Ihre Bindung war sehr stark gewesen.

Sie ging an der Station der Küstenwache vorbei und bog rechts in den Laden ein, um ein kaltes Getränk zu kaufen. Zwei Männer saßen auf einer Bank vor dem Laden und beobachteten sie neugierig. Ein weiterer Mann in einer gebügelten schwarzen Hose und einem hellblauen Uniformhemd starrte sie mit kohlschwarzen Augen an. Sein Gesicht war gutaussehend, aber hart. Sie wich seinem Blick aus und holte sich einen Einkaufskorb von neben der Tür. Das Interesse der Männer beunruhigte sie, und sie spürte, wie es ihr im Nacken kribbelte, als ob sie über sie reden würden.

Anna deckte sich mit Chips, Schokolade und Keksen ein. Sie beschloss, wenigstens so zu tun, als wäre sie erwachsen, und nahm auch Brot, Käse und Teebeutel mit. Dann holte sie ein paar Steaks aus dem Gefrierschrank und suchte zwei große Kartoffeln und etwas traurig aussehenden Brokkoli heraus. Die Idee, eine Mahlzeit zuzubereiten, entsprach ihrem angeborenen Bedürfnis nach Kontrolle. Brent wollte sie nicht hierhaben, und sie wollte nicht hier sein, aber wenigstens konnte sie ihm ein wenig dafür danken, dass er sie nicht vor die Tür gesetzt hatte. Und dass er sie letzte Nacht in ihrem Bett nicht vergewaltigt und ermordet hatte.

Sie biss die Zähne zusammen.

Sie hatte es satt, sich vor Männern zu fürchten und mit der Last der Vergangenheit zu leben, die sich wie ein riesiger Amboss um ihren Hals gelegt hatte. All diese Jahre später versuchte sie immer noch, es loszuwerden. Was würde es brauchen, um endlich weiterzukommen? Um sich von der Vergangenheit zu befreien?

Der Mann hinter dem Tresen rechnete ihre Einkäufe ab. „Zu Besuch bei Freunden?"

„Mhm." Sie konnte die Spekulationen in seinen Augen sehen, aber er wagte keine weiteren Fragen. Eine ältere Frau, die eine Einkaufstasche schleppte, die viel zu schwer für sie aussah, rief dem Mann zum Abschied etwas zu. Anna warf einen Blick auf die Weinregale und dachte sich, dass sie ihre Einkäufe mit dem zusätzlichen Gewicht niemals tragen könnte, griff dann aber doch nach einer Flasche. Sie hatte schließlich den ganzen Tag Zeit, um die halbe Meile zurück zu Brents Haus zu gehen, und der Wein würde ihr helfen, die Mahlzeit zu überstehen, ohne dem Wahnsinn zu verfallen. Anna zählte ihr Geld ab und bat um eine Box, um alles nach Hause zu tragen.

Dann packte sie ihre Einkäufe ein und ging nach draußen. Entlang der Bucht standen hübsche Häuser, die von dem allgegenwärtigen immergrünen Wald umgeben waren. Kleine Boote lagen an einer Vielzahl von Anlegestellen und Docks in allen Formen und Größen. Ein Wasserflugzeug dümpelte vor sich hin, und ein Kutter tuckerte mit einer Gruppe von Fischern, die sich an Deck versammelt hatten und vor Aufregung und Vorfreude breit grinsten, aus der Bucht. Ein dunkler Felsenkeil über dem Wasser verriet ihr, dass die Flut zurückging, und mit ihr kam der frische Geruch von Seegras – was ihr nicht unangenehm war. Riesige Seesterne glitzerten in den Felsspalten, und sie konnte Schwärme von winzigen Fischen sehen, die unter den Planken des Stegs hindurchflitzten.

Das war eine hübsche Stadt für einen kurzen Besuch.

Sie stützte ihre Einkäufe auf der Reling ab und beobachtete, wie eine Robbe ihren Kopf aus dem Wasser streckte und wieder verschwand. Das war es, was ihr Vater an dieser kleinen Gemeinde geliebt hatte. Das und seinen besten Freund Brent.

Vielleicht war sie endlich bereit zuzugeben, dass ein winziger Teil von ihr tatsächlich eifersüchtig auf die Beziehung der beiden Männer war. Ein kleiner, unreifer Teil ihrer Seele, der sich wünschte, dem Mann, der sie großgezogen hatte, so nahe zu sein wie sein Zellengenosse im Gefängnis. Die Tatsache, dass diese Kluft zwischen ihnen, seit er aus dem Gefängnis gekommen war, ihre Schuld war, machte den Schmerz nicht geringer.

Heißer Kummer stieg in ihr auf, und ein warmer Knoten bildete sich in ihrer Kehle. Sie hatte es in letzter Zeit vermieden, ihn zu treffen. Sie hatte ihm gesagt, sie sei mit der Arbeit beschäftigt, und hatte im letzten Moment abgesagt, als sie ihn besuchen wollte. Hatte sie ihn unbewusst bestraft? Oder hatte sie nur Angst gehabt, dass er schließlich herausfinden würde, was mit ihr passiert war, während er eingesperrt gewesen war, und dass er deswegen etwas Dummes tun würde, das ihn wieder ins Gefängnis bringen könnte? Dunkle Gefühle wühlten sie auf. Sie hätte mit ihm reden sollen. Sie hätte mehr Zeit mit ihm verbringen sollen.

Anna holte tief Luft und versuchte, die Sache loszulassen. Reue würde sie nicht weiterbringen. Ihr Vater war tot, und sie musste herausfinden, warum.

Der Schrei einer Möwe lenkte ihre Aufmerksamkeit zurück auf die Szene vor ihr. Auf der anderen Seite des Wassers befand sich eine beeindruckende Reihe von Bauten in allen Formen und Größen, darunter auch ein muschelförmiges Gebäude, das auf das Meer hinausging.

„Das ist das Bamfield Marine Science Center."

Anna zuckte zusammen. Sie hatte gar nicht bemerkt, dass sie Gesellschaft hatte. Die ältere Frau aus dem Laden stand da und streichelte eine kleine Katze.

Anna musste den Frosch in ihrer Kehle mit Gewalt wegräuspern, um zu sprechen.

„Sieht beeindruckend aus.“

„Es *ist* beeindruckend.“ Die Frau ließ ihre Tasche auf die Promenade sinken, jonglierte mit einem kleinen Tulpenstrauß und streckte ihre Hand zum Schütteln aus. „Ich bin Laura Prescott.“

Anna schüttelte schnell ihre Hand. Ein Boot fuhr von der anderen Seite der Bucht heran. Sie blinzelte. Es war Brent. Sie betrachtete ihre schwere Box mit den Einkäufen, lehnte sich über das Geländer und steckte zwei Finger in den Mund, um einen scharfen Pfiff auszustoßen, der seine Aufmerksamkeit erregen sollte. Als er aufblickte, winkte sie wild. Alle Augen richteten sich auf sie, und sie fühlte sich sehr auffällig.

„Kennen Sie Brent Carver?“, fragte Laura.

„Ja. Es hat mich gefreut, Sie kennenzulernen.“ Anna zuckte zusammen, als sie ihre Kiste hochhob und den schmalen Steg zu Brent hinunterging, der am Dock festgemacht hatte. Als sie unten am Boot ankam, nahm er ihre Einkäufe mit einem Stirnrunzeln entgegen.

„Ich habe genug zu essen.“ Er betrachtete die riesigen Schokoladentafeln und lächelte. Das beunruhigte sie. „Springen Sie rein, und nehmen Sie sich eine Schwimmweste.“ Er hob eine große, eingewickelte Leinwand auf. „Ich muss nur etwas verschicken.“ Er trottete den Steg hinauf und sagte etwas zu der Frau, die mit ihr gesprochen hatte. Zu Annas Überraschung ging Laura den Steg herunter und kam auf das Boot zu. Anna nahm ihre Tasche und half ihr, ins Boot zu steigen.

„Ich werde es wohl nie lernen. Jedes Mal kaufe ich mehr ein, als ich tragen kann. Als Nächstes werde ich mir ein Auto zulegen, nur für diese Seite der Bucht.“ Die Frau atmete hörbar aus, als sie sich auf einem der Sitze niederließ.

„Sie sind eine Freundin von Brent?“, fragte Anna vorsichtig. Sie konnte sich nicht vorstellen, dass er jemandem eine Mitfahrgelegenheit anbot, der es nicht war.

Laura schnaubte. „Nicht ganz." Ihr sanftes Lächeln wurde schneidend. „Ich bin seine Anwältin."

Annas Augenbrauen hoben sich. Brent hämmerte jetzt laut an die Tür eines kleinen roten Gebäudes – offenbar das Postamt – neben dem Laden. Der Mann im hellblauen Hemd, der am Geländer lehnte, sagte etwas zu ihm. Der Austausch sah nicht gerade freundlich aus.

„Die alte Schachtel, die das Postamt leitet, hat gerade die Tür abgeschlossen, weil sie Brent die Rampe hochkommen sah. Sie wüsste nicht, was Freundlichkeit oder Mitgefühl ist, selbst wenn es sie in den Hintern beißen würde", murmelte Laura leise vor sich hin. Auf Annas verwirrten Blick hin fügte sie hinzu: „Brent hat es schwer, in den örtlichen Geschäften bedient zu werden. Allerdings macht er es sich auch nicht gerade leicht. Und Cyrus Kaine hat einen Stock im Arsch, wenn es um meinen Klienten geht."

Anna vermutete, dass Cyrus Kaine der Mann im blauen Hemd war.

„Er ist der Captain der Küstenwache." Laura stupste Annas Arm an und das Boot schaukelte. „Hoffentlich sinken wir nicht, denn Cyrus rettet uns womöglich nicht, wenn wir mit Brent unterwegs sind." Ihre Augen funkelten amüsiert. „Allerdings hat er ein Auge für hübsche Mädchen, also wird er Ihnen wahrscheinlich doch zur Hilfe eilen."

Brent schritt den Steg herunter, mit einem sorgfältig gewählten gleichgültigen Gesichtsausdruck, der durch das Feuer in seinen Augen aber widerlegt wurde.

„Und Sie sind ...?", fragte Laura spitz.

„Anna."

„Anna. Und weiter?" Laserscharfe Augen bohrten sich in ihre. Alles in Anna erstarrte.

„Anna Karenina. Lass gut sein, Sherlock." Brent kletterte ins Boot, ohne die Hände zu benutzen, und verstaute die Plane an der Seite seines Sitzes. Er schenkte Laura ein räuberisches Grinsen.

„Anna ist eine persönliche Freundin von mir, und das ist alles, was du wissen musst."

Er ließ es so klingen, als wären sie ein Liebespaar, was auch Sinn machte, da sie sich in seinem Haus verkrochen hatte, aber sie errötete vom Haaransatz bis zu den Zehenspitzen.

Lauras Augen funkelten. „Ihr kennt euch wohl schon lange?" Sie ließ sich weder von seiner Frechheit noch von seinem Ton abschrecken. Anna hatte das Gefühl, dass es nicht viel gab, das Laura abschrecken würde.

„Seit Jahren." Er sah selbst überrascht aus über die Antwort, die ihm entschlüpft war, und Anna wurde klar, dass er dachte, er kenne sie wegen ihres Vaters. Sein Kopf drehte sich zu ihr. Dann warf er ihr einen wissenden Blick zu. Anna überkam eine schreckliche Vorahnung. Hatte ihr Vater ihm ihre Briefe gezeigt? Sie hatte ihm vielleicht nicht alles erzählt, aber sie hatte ihm mit Sicherheit viel mehr anvertraut, als sie einem Fremden mitteilen wollte. Vor allem einem sexy Ex-Häftling wie Brent.

Sie wandte den Blick ab und konzentrierte sich auf die Meeresbrise, als sie um die Landzunge herum und hinaus in den Barkley Sound fuhren.

Laura hielt sich an ihrem Tulpenstrauß fest, der den Wind wahrscheinlich nicht überleben würde. Die Fahrt war böig, und Anna musste sich an den Seiten des Bootes festhalten. Sie hatte ihr ganzes Leben am Meer verbracht, war aber nie ein großer Fan von Booten gewesen. Sie fuhren an Brents Haus vorbei, das vom Wasser aus prächtig aussah, und um eine Ecke zu einem viel kleineren und bescheideneren Häuschen auf einem Hügel über einem kurzen, stabilen Steg, der in den felsigen Rand eines abgelegenen Strandes gebaut war.

Brent legte an und vertäute das Boot. „Ich weiß nicht, warum du Finn deinen Steg umbauen lässt, wenn du nicht einmal ein Boot besitzt."

„Vielleicht wollte ich ja einfach nur deinen lieben Bruder zur

Gesellschaft um mich haben", antwortete Laura in einem schnippischen Tonfall, der Brent zum Lächeln brachte.

„Wenn du anständige Gesellschaft wolltest, hättest du nicht nach Bamfield ziehen sollen."

„Ich wusste gar nicht, dass Sie einen Bruder haben", warf Anna überrascht ein.

„Da frage ich mich, was Sie noch alles nicht über unseren berühmten Skipper wissen", sagte Laura bedrohlich.

Brents Gesichtszüge strafften sich, während er Lauras Einkäufe aus dem Boot hob. Er reichte ihr die Hand. „Dafür kannst du deine Taschen selbst den Berg hinauftragen." Er schenkte Laura ein Lächeln, das ganz und gar nicht süß war, und sprang mit Anna zurück ins Boot.

„Natürlich, du bist ja das Böse in Person." Laura schnaubte. „Pass lieber auf. Noch mehr gute Taten und du wirst deinen Ruf als böser Junge ruinieren." Sie stand auf und beobachtete die beiden, bis sie um die Ecke fuhren und damit außer Sichtweite waren.

„Sie scheint nett zu sein", kommentierte Anna.

Brent schnaubte. Dann schien er zu bemerken, dass Grunzen und Schnauben nicht zu einer normalen Unterhaltung gehörten. „Laura wohnt noch nicht lange hier, aber ohne ihre Hilfe im letzten Jahr würde ich jetzt wahrscheinlich eine weitere lebenslange Haftstrafe wegen Mordes verbüßen."

„Eine weitere?" Annas Stimme klang gedämpft und leise, als ob sie ertrinken würde.

Aber er hörte sie und verstummte.

„Wen haben Sie umgebracht?", krächzte sie.

Er senkte den Blick und seine Miene wurde ausdruckslos. „Meinen Vater."

———

Er hatte nicht gewollt, dass Anna auf diese Weise erfuhr, dass sie mit einem Mörder unter einem Dach wohnte. Warum zum Teufel hatte Davis es ihr nicht gesagt? Es war ja nicht so, dass er behauptete, unschuldig zu sein. Anders als fünfundneunzig Prozent der Gefängnisinsassen übernahm er die volle Verantwortung für seine Taten. Obwohl man fairerweise sagen musste, dass die meisten Insassen so high von Drogen und Alkohol waren, dass sie sich wahrscheinlich nicht an ihre Verbrechen erinnern konnten – oder es nicht wollten.

Aber Brent hatte zu seinen Taten gestanden. Es zugegeben. Den Preis bezahlt. Er würde immer den Preis bezahlen.

„Was hat Davis Ihnen gesagt, warum ich gesessen habe?", fragte er vorsichtig.

Sie sah aus, als wollte sie sich gleich aus dem Boot stürzen. Er wäre froh, sie loszuwerden, aber Davis hatte ihn um Hilfe gebeten, und Brent hielt seine Versprechen, selbst gegenüber einer Frau, die ihren Vater für einen gewöhnlichen Dieb hielt und Brent selbst gerade ansah, als würde er gleich Amok laufen. Am liebsten hätte er sie zur Vernunft geschüttelt, aber dann hätte sie wahrscheinlich einen verdammten Herzinfarkt bekommen.

Ihre Knöchel schimmerten weiß, als sie sich verkrampft an der Bordwand festhielt. Ihr Stirnrunzeln war so stark, dass es die dunklen Brauen über den Augen zusammenführte, die so grün waren wie das Moos auf dem nach Norden ausgerichteten Stamm einer Kiefer.

„Er sagte, Sie hätten jemanden verprügelt", flüsterte sie. „Er hat nie gesagt, dass die Person gestorben ist."

Brent konzentrierte sich darauf, das Boot in Richtung des Stegs zu steuern. Was zum Teufel hätte er sagen sollen? Tut mir leid? Das war zu simpel. Worte waren ohne Vertrauen wertlos, und er hatte sie bereits gewarnt, ihm nicht zu vertrauen.

„Was haben Sie mit der Waffe gemacht, die ich Ihnen gegeben habe?", fragte er.

Ihre Nasenflügel blähten sich auf, der alte Kampf-oder-Flucht-Reflex setzte immer beim Anblick eines Raubtiers ein.

Wut und Selbsthass durchströmten seine Adern – etwas, das er gewohnt war und das er satthatte. Das war der Grund, warum er die Menschen von sich stieß. „Ich werde Ihnen nicht wehtun", erklärte er geduldig. „Ich versuche nur, einen Weg zu finden, damit Sie sich sicher fühlen."

„Ich habe sie im Schlafzimmer gelassen", gab sie mit leiser Stimme zu.

„Nicht sehr nützlich."

„Nun, ich bin offensichtlich nicht sehr gut im Umgang mit verurteilten Straftätern." Ihre Augen blitzten. „Sie müssen mich entschuldigen."

„Hey." Er zog Wut der Angst vor. „Sie sind zu mir gekommen, erinnern Sie sich?"

„Ich wusste nicht, dass Sie ein Killer sind."

Er wurde innerlich ganz still. Er wusste nicht, warum es einen Unterschied machte, diese Worte von ihren Lippen zu hören. Aber das tat es. Das Rauschen des Ozeans gegen sein kleines Boot war das einzige Geräusch, die Stille war so angespannt, dass er sie nicht länger ertragen konnte. Er, ein Mann, der einmal sechs Monate in Einzelhaft verbracht und jede verdammte Sekunde genossen hatte. Die Ironie entging ihm nicht. „Ihr Vater hat Sie zu mir geschickt …"

„Aber Dad war selbst nicht gerade vertrauenswürdig, oder?"

Wie war er nur in diesen Schlamassel hineingeraten? Er lebte am Rande von Nirgendwo und ging kaum ans Telefon, geschweige denn sprach er mit Leuten. Und doch tat er hier sein Bestes, um der Tochter seines besten Freundes zu helfen – einer Frau, die ganz offenbar nicht an einen so ehrbaren Mann glaubte, der nicht einmal Geld von einem reichen Arschloch wie Brent annehmen würde. Warum also sollte Davis es von jemand anderem stehlen? Nein, das würde er nicht tun.

Und er sollte dieses Chaos nun in Ordnung bringen? Auf gar keinen Fall.

„Warum haben Sie Ihren Vater getötet?", fragte sie.

Schmerz durchbohrte seine Brust. Brent kniff die Augen zusammen und schluckte. Er hatte es satt, verurteilt zu werden. Ihr Mund verengte sich bei seinem Schweigen. Er nahm die Seile auf und trat auf den Steg, um das Boot nur wenige Meter von der Stelle entfernt zu vertäuen, an der er seinen Vater in den Armen gehalten hatte, während der Bastard verblutete. Die Erinnerungen kehrten zurück wie eine düstere Dosis Realität. Er konnte jedes Detail vor seinem inneren Auge sehen. Den klebrig süßlichen Geruch des Blutes seines Vaters riechen. Die betrunkene Verwirrung in seinen Augen sehen. Die Ohnmacht dieses jungen, törichten Jungen spüren, der wusste, dass sein Vater im Sterben lag, der sich Sorgen machte, dass sein kleiner Bruder es auch nicht schaffen würde, und dem klar wurde, dass er nichts dagegen tun konnte.

Liebe war ein zu einfaches Gefühl für das, was er für seinen Vater empfunden hatte. Hass hätte ihm einen einfachen Ausweg in einer Situation geboten, in der es keinen gab.

Er stieg wieder in das Boot und legte seine Leinwand und Annas Lebensmittel auf die knarrenden Holzbretter, bevor er wieder hinauskletterte. Sie bewegte sich nicht. Es war ihm egal.

„Wo war Ihre Mutter?" Ihr Gesicht hatte diese wächserne Blässe verloren und ein zorniges Rot färbte beide Wangen.

Er war im Begriff, zum Haus zu laufen. Aber ihre Frage ließ ihn auf der Stelle innehalten.

„Sie hat uns verlassen, als ich noch ein Kind war." Er erinnerte sich gut daran, dass sein Vater gesagt hatte, er würde ihn und seinen Bruder Finn lieber erwürgen, als ihr das Sorgerecht zu überlassen. Ironie? In etwa so, wie wenn jemand im Lotto gewann und dann starb.

Er klemmte die Lebensmittelkiste unter einen Arm und sah zu, wie ihre zitternden Finger versuchten, den Reißverschluss ihrer Rettungsweste zu öffnen, was ihr nicht gelang. Sie taumelte vom Boot, und er hielt ihren Arm fest, um zu verhindern, dass sie stürzte. Ein intensiver Blitz traf ihn, heiß genug, um seine Haut zum Knistern zu bringen, das aber schnell von Abneigung abgelöst wurde – jedenfalls von ihrer Seite.

Brent war an die Blicke und das Getuschel gewöhnt. Er hatte nie so getan, als wäre er etwas, das er nicht war, und er wollte auch jetzt nicht damit anfangen. Aber ein kleiner Teil von ihm wünschte sich, dass die Dinge anders sein könnten – ein Gedanke, den er sich normalerweise nicht erlaubte, weil er zu verdammt wehtat. Er stellte die Kiste und die Leinwand auf dem Steg ab. Dann griff er nach dem unteren Teil ihrer Schwimmweste und zog den Reißverschluss herunter. Er warf die Weste auf das Deck seines Bootes, während sie ihn wie ein Raubvogel beobachtete, die Unterlippe in einem trotzigen Winkel vorgestreckt.

Das hier sollte kein Problem für ihn sein. *Sie* sollte kein Problem sein. Er war ein Experte darin, sich abzuschotten, damit ihn nichts berühren konnte. Auf diese Weise hatte er so viele Jahre in einer Anstalt überstanden, die einem vorschrieb, wann man essen, wann man schlafen, wann man sich waschen sollte. Sieh niemandem länger als eine halbe Sekunde in die Augen, aber weiche nie zurück, wenn jemand versucht, dich in Grund und Boden zu starren. Sieh dir nie die Besitztümer anderer an, fass sie nicht an, und gib den Wachen keine Widerworte, es sei denn, du willst verprügelt und in ein Loch gesteckt werden.

Und doch gelang es ihm irgendwie nicht, all die Gefühle zu unterdrücken, die diese Frau in ihm auslöste.

Wahrscheinlich, weil er sich durch ihre Briefe an ihren Vater erlaubt hatte, sich ein wenig in sie zu verlieben, als sie noch ein Teenager gewesen war, der mit einer beschissenen Situation zu kämpfen hatte. Und jetzt brauchte sie seine Hilfe, obwohl sie sie nicht wollte und er lieber von einer Klippe in die wütenden Wellen darunter springen würde.

Ein Wechselbad der Gefühle durchzog ihre Gesichtszüge, und er versuchte, diese Frau aus Fleisch und Blut mit der Fantasieversion in Einklang zu bringen, die er vor all den Jahren erschaffen hatte. Anna Silver ... Er hatte Neuigkeiten von ihr entgegengesehen, sich an ihren Erfolgen erfreut und sich danach gesehnt, ihr über ihren schockierenden Stolperstein hinwegzuhelfen. Sie hatte all die Erfahrungen gemacht, die er als Teenager verpasst hatte, all die Ängste und Freuden des Erwachsenwerdens in der Außenwelt erlebt. Alles, was er gehabt hatte, waren ein Malkasten, vier Wände und schließlich ein anderer Mann, der gerne über sein Kind sprach.

Es wäre eine gute Sache, diese sehr reale und voreingenommene Anna Silver loszuwerden. Aber dieses Jucken, das ihn mehr als einmal am Leben gehalten hatte, kratzte jetzt beinahe ein Loch in seine Haut.

„Hören Sie zu", knurrte er, als sie keine Anstalten machte, sich zu bewegen. „Sie müssen nicht hierbleiben." Sie sah ihn immer noch an, als wollte er sie auf der Stelle abstechen. Aber sein Verbrechen und sein Leben gingen sie verdammt noch mal nichts an. Sie sollte dankbar sein, dass er ihr überhaupt Hilfe anbot. Diese ganze Situation machte ihn wahnsinnig. „Ich habe einen Freund, bei dem Sie wohnen können, wenn Sie sich dann besser fühlen. Er ist alt und anständig und wird Ihnen sicher nicht die Kehle aufschlitzen, wenn Sie ihn verärgern." Seine Zähne schmerzten, weil er seinen Kiefer so verdammt fest zusammenbiss. Warum wurde von ihm erwartet, dass er die Verurteilungen einfach so schluckte, die sie ihm immer wieder entgegenschleuderte?

Weil du es verdient hast, flüsterte eine kleine Stimme in seinem Kopf. Er hatte die Strafe verdient.

„Ich bin ein verurteilter Mörder. Ich verstehe, dass Sie das vielleicht erschreckt. Aber der Typ auf dem Foto in der U-Bahn-Station? Ich wette meinen Arsch darauf, dass er auch ein Killer ist. Mit militärischem Hintergrund."

Sie zuckte zusammen. Sie litt unter dem Tod ihres Vaters, aber er hatte weder die Zeit noch die Geduld, sich mit zarten Gefühlen auseinanderzusetzen. Sie war kein Kind mehr. Brent wandte sich dem Haus zu, das er aus der Asche seiner Kindheit errichtet hatte.

„Es gibt nichts, was ich tun kann, um meine Vergangenheit zu ändern. Ich kann nichts für Davis tun, außer Ihnen dabei zu helfen, aus diesem Schlamassel herauszufinden. Aber wenn Sie beschließen, dass Sie meine Hilfe nicht wollen", er blickte über seine Schulter zurück in ihre besorgten grünen Augen und nickte knapp, „dann ist das Ihre Sache. Sie können jederzeit gehen, wenn Sie möchten."

Und damit wandte er sich ab. Denn er brauchte weder Anna Silvers Zustimmung noch ihre Vergebung. Er wollte einfach nur in Ruhe gelassen werden, verdammt noch mal.

Brent Carver war ein Mörder.

Was zum Teufel hatte sie gedacht, was er getan hätte? Jemandem das Sparschwein gestohlen? Er sah gefährlich aus. Mit diesen Augen und diesem Körper sah er verdammt tödlich aus.

Aber er fühlte sich nicht gefährlich an.

Warum sollte ein Junge seinen Vater töten? Könnte es ein Unfall gewesen sein? Hilfe zum Selbstmord? Aber die Art, wie Brent „verurteilter Mörder" gesagt hatte, ließ auf etwas Bedrohlicheres schließen. War er betrunken oder bekifft gewesen? War es Notwehr gewesen? Oder war es ein vorsätzlicher Akt des Bösen gewesen?

Anna wusste nicht, was sie tun sollte.

Ihre Fingernägel gruben sich in ihr Fleisch. Die Meeresbrise fegte über ihre Haut, bis ihr so kalt war, dass sie kaum noch stehen konnte. Konnte sie bei einem Mann bleiben, der ein Leben genommen hatte? Bei jemandem, der seinen eigenen Vater ermordet hatte?

Sie war bereits in seinem Haus gewesen.

Sie war mitten in der Nacht aufgetaucht und hatte ihn überrumpelt. Und obwohl er nackt und bewaffnet gewesen war, hatte er sie nicht verletzt. Er hatte sie zwar bedroht, bis er merkte, dass sie keine Gefahr darstellte, dann hatte er sich aber sofort zurück-gezogen.

Hätte ihr Vater vorgeschlagen, zu Brent zu gehen, wenn er kein guter Kerl wäre? Sie hatten sich fünf Jahre lang eine Zelle geteilt. Man konnte jemanden vielleicht ein paar Wochen oder Monate lang hinters Licht führen, aber eintausendachthundert Tage? Allerdings war ihr Vater nicht gerade für sein gutes Urteilsvermögen bekannt, und auch ihre Mutter war nicht wirklich gut in solchen Dingen. Anna liebte ihre Eltern, aber beide hatten ihr Vertrauen als Teenager erschüttert. Das konnte man nicht reparieren. Sobald es einmal weg war, war es für immer weg.

Aus ihrem kurzen Gespräch ging hervor, dass Laura Brent zu vertrauen schien. Und obwohl sie nur ein paar Minuten in ihrer Gesellschaft verbracht hatte, hielt Anna Laura für eine kluge und versierte Frau.

Das Seegras wogte in der Flut hin und her, ein dichter Saum aus Unterwassergrün. Die sanfte Bewegung beruhigte sie. Ihre Füße machten ein paar kleine Schritte vom Steg auf den Sand. Ihr Magen knurrte. Sie hatte seit Tagen nichts Anständiges mehr gegessen, aber sie brauchte Antworten, kein Essen. Brent Carver würde ihr keine geben, also musste sie einen anderen Weg finden, um aus ihm schlau zu werden. Anna setzte einen Fuß vor den anderen und stieg langsam die Stufen zum Haus hinauf. Sie zog ihre Sandalen aus und stapfte barfuß durch den Eingangsbe-reich. Dann sah sie sich mit ihren neu gewonnenen Erkennt-nissen um.

Dies war das Haus eines Mörders.

Der Eingangsbereich war hell und offen. Aufgeräumt und tadellos. Hatte er das im Gefängnis gelernt? Voller natürlicher Schönheit. Offen. Großzügig. Definitiv eine Reaktion auf die enge, hässliche Gefängniszelle.

Sie dachte an die triste kleine Wohnung ihres Vaters. Er hatte seine Erlösung darin gefunden, dass er wieder eine vertrauenswür-dige Stellung bekommen hatte. Was war geschehen, was dies geändert hatte? Oder hatte er die Wahrheit darüber gesagt, dass er hereingelegt worden war?

Sie fühlte sich schlecht. Der Tod ihres Vaters verursachte so viele innere Konflikte. War er ein Opfer oder der Verursacher? Beide Möglichkeiten erfüllten sie mit Schrecken. Sie wollte nicht im Mittelpunkt eines weiteren Skandals stehen, wollte nicht auf die Hilfe dieses abweisenden Fremden angewiesen sein. Aber was wäre, wenn ihr Vater die Wahrheit gesagt hätte? Was, wenn ihn jemand gejagt und ihm so viel Angst eingejagt hatte, dass er vor den Zug gestürzt war?

Hatte er keine Gerechtigkeit verdient? Böse Menschen sollten nicht damit durchkommen, dass sie böse Dinge taten. Aber diese Argumentation machte sie zu einer Heuchlerin der schlimmsten Sorte, denn sie hatte ihren eigenen Übergriff nie angezeigt. Sie hatte zu viel Angst vor den Konsequenzen gehabt. Ihr Magen krampfte sich zusammen.

Anna ließ ihre Hand über die glatten Granitflächen in der Küche gleiten. Die Steaks tauten auf einer Platte auf, alles andere war in den Schränken und im Kühlschrank verstaut worden. Nichts lag auf den Arbeitsflächen herum. Kein Müll, der darauf wartete, entsorgt zu werden.

Kein einziger Briefumschlag oder Werbeflyer in Sicht.

Es könnte ein Musterhaus sein, dachte sie.

Nirgendwo gab es auch nur einen Hauch von Persönlichkeit, und vielleicht war das ein Zeichen dafür, dass sie so schnell wie möglich verschwinden sollte. Anna nahm sich ein Glas Wasser und trank es. Dann schlenderte sie durch das Wohnzimmer und entdeckte die große Leinwand über dem Kamin.

Da waren Emotionen.

Es war ein so einfaches Bild: drei Farbstreifen – knochenweißer Sand, kiesiges violettes Meer, dunklerer blaugrüner Himmel. Das Meer sah ruhig aus, aber das Bild hatte etwas Grüblerisches an sich, eine Energie, die fast greifbar war.

Ihr Vater hatte ihr ein Gemälde von Brent geschenkt. Es hing über ihrem Bett, sanft und beruhigend wie ein Wiegenlied. Der Anblick dieses Bildes war wie ein Urlaub und hatte ihr in vielen einsamen Nächten Gesellschaft geleistet. Das Bild hier über seinem Kamin sprach von einem drohenden Sturm. Von Wut, die darauf wartete, zuzuschlagen.

Ein Schauer lief ihr über die Haut.

Sie ging weiter und suchte nach einem Anhaltspunkt für die Wahrheit über Brents Persönlichkeit. Etwas Wesentlichem. Etwas, dem sie vertrauen konnte. An der Wand neben der Treppe hing ein riesiger Flachbildfernseher. Die Möbel waren dunkel und maskulin – dunkelblaue Sofas mit schwarzen Polstern. Fast alles war aus poliertem Holz, rostfreiem Stahl oder Glas gefertigt. Nichts verriet ihr, wer Brent Carver wirklich war, abgesehen von der von Qualen durchtränkten Leinwand an der Wand.

All diese starre Struktur stand in starkem Kontrast zu der Leidenschaft, die sie in seinen Bildern sah. Genauso wie sein stoischer Gesichtsausdruck mit dem Feuer in seinen Augen kämpfte. Was bedeutete das? Dass er es kontrolliert hatte?

Dass er es verschleiert hatte? Was hatte er vor ihr versteckt?

Ging sie das überhaupt etwas an?

Sie war stolz darauf, einen guten Selbsterhaltungsinstinkt zu haben. Noch wichtiger war, dass sie auf ihre Instinkte hörte – weshalb Peter nun Geschichte war. Es beunruhigte sie, dass diese Instinkte, die eigentlich alle Alarmglocken hätten schrillen lassen müssen, in Brents Gegenwart seltsam still waren.

War sie vor Kummer wie betäubt? Machten dieses hübsche Gesicht und der lächerlich durchtrainierte Körper sie für die Realität blind? Warum spürte sie nicht die Gefahr in ihm?

Warum hatte er seinen Vater getötet? Es musste etwas Schreckliches passiert sein, aber was?

Das Verhalten ihres Vaters hatte sie an den Rand der Verzweiflung getrieben, aber sie hatte ihm nie wehtun wollen. In ihrem Kopf drehten sich viele unbeantwortete Fragen.

Sollte sie bleiben oder gehen?

Wohin gehen?

Anna wusste es nicht, aber das war kein Grund zur Untätigkeit. Sie wollte kein Opfer sein, nur weil sie keine Möglichkeiten hatte. Aber sie wollte auch nicht wie ein kopfloses Huhn herumrennen und von einem verdammten Zug überfahren werden.

Tränen schossen ihr in die Augen, aber sie blinzelte sie weg.

Sie entdeckte drei Fotografien in scheinbar massiven Silberrahmen, die auf dem Sims des großen Steinkamins standen. Sie ging hinüber und starrte auf sie hinab.

Ein dicker Kloß steckte ihr plötzlich im Hals.

In einem Rahmen befand sich ein Schwarzweiß-Foto von zwei Jungen, die herumalberten. Brent, der so jung und dünn aussah, und der offenbar irgendeinen Unfug im Sinn hatte, als er in Richtung der Kamera blickte. Er hielt einen viel kleineren Jungen in einem lockeren Schwitzkasten. Der Jüngere, der sein Bruder sein musste, wenn man der Familienähnlichkeit Glauben schenken wollte, streckte seine Zunge heraus, während er mit seinem großen Bruder rang. Eine so unschuldige Darstellung der Fröhlichkeit dieser beiden Jungen. Es gab noch ein anderes Foto, auf dem Annas Vater einen Schneeengel im Sand machte. Sie nahm es in die Hand und unterdrückte ein Schluchzen, als sie sein hübsches Gesicht betrachtete, das in die Kamera lächelte. Anna wusste nicht, wann er das letzte Mal so glücklich ausgesehen hatte. Das dritte Foto zeigte ein schüchtern aussehendes Teenager-Mädchen. Sie hatte kurzes dunkles Haar und ein hübsches Lächeln.

„Das ist Gina."

Sie zuckte zusammen und ließ den Rahmen beinahe fallen.

„Sie war meine Jugendliebe." Seine Stimme war schroff.

Die Emotionen schwappten in einem dichten Unterstrom durch den Raum. „Sie haben immer noch ihr Foto? Sie müssen sie wirklich geliebt haben."

Seine Augen hoben sich deutlich von seiner gebräunten Haut ab. „Sie hat die ganze Zeit, die ich abgesessen habe, auf mich gewartet." In seiner Stimme lag etwas, das auf eine schreckliche Tragödie hindeutete.

Anna starrte auf das Foto und versuchte, sich zu fassen. „Was ist passiert?"

„Sie wurde ermordet. Letzten Frühling. Ich habe mit ihr Schluss gemacht, weil sie Dinge wollte, die ich ihr nicht geben konnte ..." Er räusperte sich. „Jedenfalls hat sie sich mit jemand anderem eingelassen und ist deswegen gestorben." Seine Miene verfinsterte sich. „Den Menschen in meiner Nähe passieren schlimme Dinge. Vielleicht sollten Sie besser gehen."

Ein Schauer überlief sie am ganzen Körper. Dieser Mann strahlte eine Bedrohung aus. Er hatte gemordet. Menschen um ihn herum starben. Ihr Schweigen klang wie eine Verurteilung, und seine Miene verhärtete sich. Er begann, sich abzuwenden.

„Was ist mit Ihrem Bruder passiert?" Sie musste es wissen. Der Junge auf dem Foto sah so lebenslustig aus.

„Die einzige Person auf diesen Fotos, die noch lebt, meinen Sie?"

„*Sie* sind doch auch am Leben", erinnerte sie ihn.

Ein Schleier fiel über seine Augen.

War das auch etwas, das er im Gefängnis gelernt hatte? Nichts zu verraten? Sich in seinem Kopf einzuschließen, wo ihn niemand berühren konnte? Diesen Trick hatte sie auch gelernt.

„Finn hat sein Glück in der Liebe einer guten Frau gefunden." Ein zynisches Lächeln bildete sich. Dieses Lächeln sagte ihr, dass er nicht an die Liebe glaubte. Das tat sie auch nicht.

„Glauben Sie, dass Sie jemals glücklich sein werden? Richtig glücklich?" Bis vor ein paar Tagen hatte sie gedacht, sie sei glücklich. Jetzt war sie sich nicht sicher, ob sie überhaupt wusste, was das bedeutete. Der Tod ihres Vaters hatte ihr alle Verwerfungen in ihrem Leben aufgezeigt, Verwerfungen, die bis zu dem Tag zurückreichten, an dem er wegen Diebstahls verhaftet worden war.

Sein Lächeln wurde eisig. „Ich habe Geld auf der Bank und die schönste Aussicht der Welt. Warum sollte ich nicht glücklich sein?"

„Das ist keine Antwort." Sie berührte mit einem Finger die Wange des Mädchens auf dem Foto und Brent zuckte zusammen. „Haben Sie eine neue Freundin?" Mörder oder nicht, sie wollte die Beziehungen dieses Mannes nicht erschweren. Hierzubleiben würde das tun, und er hatte genug gelitten.

„Zum Teufel, nein. Ich bevorzuge meine eigene Gesellschaft." Er tappte zum Kühlschrank und holte sich ein Bier heraus. „Bleiben Sie hier?", fragte er, als wäre es ihm egal. Aber sie konnte die starre, unbeugsame Linie seines Rückens und die Steifheit in seinen Schultern sehen.

Er hatte ihren Vater geliebt. Er hatte dieses Mädchen – Gina – geliebt, und er liebte seinen kleinen Bruder.

Das war genug. „Fürs Erste."

FÜNF

Katherine stand bereit, um den Volleyball aufzuschlagen. Ed beobachtete sie mit etwas in seinen Augen, was er wahrscheinlich als Ermutigung ansah, was sie aber als Druck empfand. Ihre Shorts waren zu eng, ihre Haare fielen ihr ständig in die Augen, und Davis war tot.

Anna ging nicht an ihr Telefon. Katherine hatte zweimal angerufen und eine Nachricht hinterlassen. Jetzt musste sie es Ed sagen. Aber dann musste sie ihm auch sagen, dass sie gelogen hatte, und das war das Einzige, was er niemals tolerierte – Lügen. Sie war in ihrer eigenen Doppelzüngigkeit gefangen, und wenn jemand wusste, wie sehr es schmerzte, belogen zu werden, dann war sie es.

Katherine war in einem Haushalt aufgewachsen, in dem ihr Vater ihre Mutter wiederholt betrogen hatte. Davis war immer übermäßig romantisch gewesen und hatte versucht, zu beweisen, dass er sie nie auf diese Weise betrügen würde. Stattdessen hatte er gestohlen und war verhaftet worden. Sie hatte gewusst, dass sie sich nicht in diesen Mann hätte verlieben dürfen. Ja, sie hatte es gewusst und es trotzdem getan. Und sie und Anna hatten beide den Preis dafür bezahlt.

Sie schlug den Ball über das Netz und machte einen Punkt.

Ihre Gegner waren ein Paar, das sie am Morgen beim Frühstück kennengelernt hatten und mit dem sie nun Zeit verbrachten – die Montgomerys. Harvey war in Ordnung, aber seine Frau Barb war für ihren Geschmack etwas zu ehrgeizig. Sie tat alles mit einem Konkurrenzdenken, das Katherine auf die Palme brachte.

Du musst unbedingt die Pyramiden sehen, bevor sie verschwunden sind.

Nun ja, das wäre schön.

Katherine servierte ein Ass. Harvey war nett, aber er trug seine Rolex mit der lässigen Sorglosigkeit stinkreicher Leute. Diese Art von Reichtum machte sie nervös. Es erinnerte sie daran, dass Davis ihr immer gesagt hatte, dass er ihr eines Tages die Welt schenken würde. Ihr Mund wurde trocken. Er hatte sich nie um Äußerlichkeiten gekümmert oder darum, ob sie zum Frühstück zwei Donuts statt einer Schüssel Kleieflocken aß, aber er hatte ihr Diamanten schenken wollen.

Sie hatten es schwer gehabt, um über die Runden zu kommen. Sie hatten gekämpft, um die Hypothek und die Autoreparaturen zu bezahlen und um Anna auf eine gute Schule schicken zu können. Sie hatte immer wieder an ihm herumgemeckert. An manchen Tagen fragte sich Katherine, ob sie an allem schuld war, und ob er das Geld nur gestohlen hatte, um ihre Nörgelei zu beenden.

Armer Davis.

„Komm schon, Liebling", drängte Ed.

Das riss sie in die Gegenwart zurück. Sie wischte sich über die Stirn und schlug den Ball, aber er ging ins Aus. Ed sah einen Moment lang wütend aus, verbarg es aber. Sein Konkurrenzdenken ging ihr langsam auf die Nerven. Nach acht Jahren Ehe sollte sie eigentlich daran gewöhnt sein.

Harvey schlug ihr den Ball zu, und sie gab ihn mit einem leichten Schlag zurück. Barb blockte ihn ab, indem sie ihn ihr direkt ins Gesicht schlug. Der Schmerz explodierte in ihrer Nase.

„Das tut mir leid", sagte Barb.

Katherine bedeckte ihr Gesicht mit den Händen und spürte, wie sich Arme um ihre Schultern legten.

„Geht es dir gut, Liebes?" Ed. Immer Ed.

Ihre Nase brannte, aber sie nickte.

„Dann lass dich mal anschauen."

Er packte ihr Kinn, und sie zwang sich, stillzuhalten. Er wollte ja nur helfen. Die meisten Leute mochten es, wenn man sich um sie kümmerte.

„Nichts, was Malcolm in Ordnung bringen müsste, so viel ist sicher."

Malcolm war ihr Stiefsohn. Er war Arzt in der Neurochirurgie in Seattle und hatte ein passendes Ego.

Ed küsste sie auf die Wange und rollte den Ball zurück zum Gegner. Er wollte nicht verlieren.

Harvey hob den Ball auf. „Ist alles in Ordnung? Wollt ihr lieber aufhören?"

Sowohl Barb als auch Ed sahen verblüfft aus bei diesem Vorschlag. Sie würden beide bis zum Tod spielen.

Sie lächelte Harvey an, dessen Augen sich aufhellten. „Es geht mir gut. Danke." Und dann ging sie in Position, denn sie wollte sich nicht von jemandem übertreffen lassen, der sich am Schmerz eines anderen Menschen erfreute. Wenn sie nur endlich aufhören könnte, an die Vergangenheit zu denken, würde es ihr gutgehen. Sie behielt Barb im Auge. Sie hatte es nicht so mit dem Vergeben und Vergessen, und das machte sie wahrscheinlich zu einem schlechten Menschen. Aber das Leben war seit jenem Tag, an dem Davis verhaftet worden war und sie stundenlang in einem stinkenden, schrecklichen Polizeirevier – umgeben von Prostituierten und Junkies – verhört worden war, nicht mehr eitel Sonnenschein.

Wenn sie Anna erreichen könnte, wäre sie vielleicht nicht mehr so wütend über Davis' Tod. Wer hätte gedacht, dass er nach all den Jahren immer noch die Macht haben würde, sie zu verletzen?

———

Rand ging langsam die Post durch. Werbung und eine Zählerstandskarte, eine Kreditkartenabrechnung, die er einsteckte, um sie später genauer zu überprüfen, ein paar Bettelbriefe von Wohltätigkeitsorganisationen. Kein großer Umschlag, der dieser Scheiße ein Ende setzen würde.

Marco kam mit einem Kopfschütteln die Treppe herunter. Zum Glück für die Plantains befanden sie sich gerade auf einer Alaska-Kreuzfahrt, was Petrie durch das Hacken ihrer E-Mail-Konten herausgefunden hatte. Zum Pech von Rand und Marco war auch Anna nicht hier.

Jemand, wahrscheinlich ein wohlmeinender Nachbar, hatte die Post auf einem Tisch neben der Eingangstür aufgestapelt. Sie mussten aufpassen, dass nicht jemand hereinkam und sie hier erwischte, es sei denn, es war Anna.

Sie könnte jederzeit hereinspazieren, und er wäre verdammt begeistert.

Es war Rand durchaus in den Sinn gekommen, dass man mit sechzig Millionen Dollar so ziemlich überallhin verschwinden konnte, wenn man die richtigen Leute kannte. Und obwohl sie nach außen hin blitzsauber war, hatte Anna durch die Beziehungen ihres Vaters zum Gefängnis Zugang zu den richtigen Leuten.

Er rief Kudrow an. „Sie ist nicht im Haus der Mutter. Und der Umschlag auch nicht."

Kudrow fluchte. „Auch nichts in ihrer Wohnung oder in Davis' Wohnung. Wo zum Teufel hat er es hingeschickt?"

Wenn Rand das wüsste, würde er hier nicht wie ein Idiot herumstehen. „Hattest du Glück beim Aufspüren ihres Handys?"

„Keine Spur. Sie hat es wahrscheinlich weggeworfen."

Er machte sich nicht die Mühe zu fragen, ob Petrie das Geld gefunden hatte, denn dann hätte er es bereits erfahren. Sie hatten keine andere Wahl mehr. Er kratzte sich im Nacken. „Wo hat Davis seine Zeit abgesessen?"

Er hörte das Rascheln von Papier. „Im Wilkinson-Gefängnis."

„Irgendwelche Details über die Mutter oder den Stiefvater?" Er wusste, dass sie auf einer Kreuzfahrt waren, aber er wusste nicht, wann sie zurückkommen würden.

„Sie kommen nächsten Sonntagabend zurück. Petrie hat die Handys der Mutter und des Stiefvaters abhören lassen, für den Fall, dass Anna sich bei ihnen meldet." Kudrow fluchte. „Davis Silver ist tot genauso eine Nervensäge wie lebendig. Kein Wunder, dass sie das Arschloch verlassen hat."

Rand legte auf, ohne sich zu verabschieden. Davis war ihm von Anfang an ein Dorn im Auge gewesen, aber wenigstens hatte er Mumm bewiesen. Er rieb sich das Kinn in Erinnerung an den Aufwärtshaken, den Davis ihm verpasst hatte, kurz bevor er in den Tod gestürzt war. Er ging ins Wohnzimmer und sah ein Foto von Anna, die irgendwie unglücklich aussah in ihrem Schulabschlusskleid. Er hob es auf und küsste das kalte, glatte Glas.

Er mochte Frauen. Nackt. Auf Händen und Knien. Oder auf dem Rücken. Beine gespreizt. Mund geschlossen. Oder auch nicht – das kam auf seine Stimmung an. Aber er mochte das Gefühl nicht, dass ihm die Zeit davonlief. Er mochte es nicht, dass irgendeine Schlampe Zugriff auf sein Geld hatte oder den Schlüssel zu seiner Gefängniszelle in der Hand hielt. Die Frustration begann, sich ihren Weg durch seinen Körper und seinen Geist zu bahnen und brachte eine Wut mit sich, die sich nur dadurch lindern ließ, dass er die süße kleine Anna in ein blutiges Häufchen Elend verwandelte. Und es stimmte, dass er vielleicht einige seiner feineren Dating-Fähigkeiten in Ländern erlernt hatte, in denen die Rechte der Frauen so fortschrittlich waren wie ein Uhrwerkcomputer, aber das hatte man davon, dass Onkel Sam ihn zum Soldaten gemacht hatte, anstatt seinen Arsch ins Gefängnis zu werfen.

———

DIE SONNE SENKTE SICH AM HORIZONT, ALS SIE schweigend an der riesigen Theke aßen, die gleichzeitig als Esstisch diente. Anna vermutete, dass Brent nicht viele Dinnerpartys veranstaltete. Das Schweigen war peinlich. Unbehaglich. Brent sah aus, als würde er lieber Gefängniszellen putzen, als ihr gegenüber zu sitzen und eine einfache Mahlzeit mit ihr zu teilen.

Wie war sein Familienleben als Kind gewesen? Hatten sie sich für Mahlzeiten zusammengesetzt? Hatten sie am Küchentisch über die Schulaufgaben gesprochen? Was für ein Mann war sein Vater gewesen?

Brents Gesichtsausdruck verriet ihr nichts. Sein Teller war sauber aufgegessen, aber sie wusste nicht, ob das ein weiteres Überbleibsel des Gefängnislebens war oder ob das Essen ihm tatsächlich gut schmeckte. Sie konnte nicht mehr als ein paar Bissen essen. Stattdessen nahm sie einen großen Schluck Wein, um ihre Kehle zu befeuchten.

„Wie war es?", fragte sie schließlich.

„Was?" Er verstummte und hob dann vorsichtig den Kopf.

„Das Gefängnis."

Brent schob seinen Teller weg. „Es war die Hölle."

„Aber Sie durften malen?"

Seine Lippen verzogen sich zu einem flüchtigen Lächeln. Verdammt, er sah gut aus. Sie ging mit Leuten aus, die gewöhnlich aussahen. Nett. Zuverlässig. Sie gab sich nicht mit Leuten ab, die aussahen, als könnten sie es mit den bösen Jungs aus Hollywood aufnehmen.

„Nach einem schwierigen Start habe ich es geschafft, meinen Highschool-Abschluss zu machen, und saß dann zwei Jahre lang auf meinem Hintern und hatte nichts zu tun, außer Ärger zu machen." Ein Glitzern in seinen Augen verriet, dass sie nicht wissen wollte, was für einen Ärger er verursacht hatte. „Am Anfang war ich nicht gerade ein Musterhäftling." Er lehnte sich in seinem Stuhl zurück und verschränkte die gebräunten, kräftig aussehenden Arme. „Sie haben schließlich herausgefunden, dass sie mich malen lassen können, um den Grad meines Wahnsinns irgendwie in Grenzen zu halten. Als dann Ihr Vater ankam, hatten ich und der Direktor einen Kompromiss gefunden. Hat Ihr Vater nie etwas davon erzählt?"

„Das Einzige, was er je gesagt hat, war, dass er lieber sterben würde, als wieder ins Gefängnis zu gehen." Ihre Augen hoben sich, um seinen Blick zu treffen. „Und dass er es ohne Sie keinen Monat ausgehalten hätte." Plötzlich wurde ihr klar, dass ihr Vater nicht übertrieben hatte. Brent Carver mochte ein Mörder sein, aber er hatte ihrem Vater das Leben gerettet. Deshalb hatte Davis ihm so sehr vertraut. „Ich danke Ihnen dafür." Die Worte schnürten ihr die Kehle zu, als sie darum kämpfte, sie herauszubekommen. „Dafür, dass Sie sich um ihn gekümmert haben, als er für Sie noch ein Fremder war."

„Ich habe ihn vielleicht davon bewahrt, der Fickkumpel von irgendjemandem zu werden", ihre Augen weiteten sich bei der schockierenden Vorstellung, „aber *Sie* haben dafür gesorgt, dass er bei Verstand geblieben ist."

„Wurden Sie jemals ... vergewaltigt?" Die Realität wurde ihr bewusst. Dass das jedem passieren konnte, selbst jemandem, der so stark und einschüchternd war wie Brent. Niemand sollte diese Art von Erniedrigung erleiden müssen.

Langsam schüttelte er den Kopf. „Sie haben es ein paar Mal versucht." Seine Augen verfinsterten sich. „Ich war zu groß, zu unberechenbar und zu gewalttätig, um das Risiko wert zu sein." Er zog eine Augenbraue hoch. „Sie wussten, dass ich sie töten würde, wenn ich sie jemals allein erwische." Seine Ehrlichkeit war fesselnd und Anna fühlte sich trotzdem zu ihm hingezogen. „Ich hatte damals nichts zu verlieren und war nicht gerade für meine nach-sichtige Art bekannt." In seinem Blick flackerte das Echo der Brutalität auf. Sie erschauderte, als sie sich vorstellte, was er alles getan hatte, um diesen schrecklichen Ort zu überleben. „Sie haben auch mich bei Verstand gehalten." Seine Worte schockierten sie.

„Oh, Gott." Die Küchenuhr tickte im Gleichschritt mit ihrem Puls. „Er hat Ihnen meine Briefe vorgelesen, nicht wahr?"

„Am besten hat mir gefallen, als Sie Eiswürfel in den Tank

Ihres Stiefvaters getan haben, als er Ihre Katze im Tierheim abgegeben hat."

Ihre Hand bedeckte ihren Mund. Das hatte sie ganz vergessen. Verdammt, sie hatte Ed an diesem Tag gehasst, auch wenn Ginger seinen Lieblingsledersessel zerfetzt hatte.

„Und als Sie eine Arbeit über *Wer die Nachtigall stört* geschrieben haben."

Anna schüttelte den Kopf. „Daran kann ich mich gar nicht erinnern."

„Sie haben Ihrem Vater gesagt, wenn Atticus Finch noch leben würde, hätten Sie ihn geheiratet und wären eine gute Mutter für Jem und Scout." Er beäugte sie aufmerksam. „Ihr Vater war danach tagelang still." Ihr Magen drehte sich um. „Sie haben ihn nicht sehr oft besucht."

„Nein." Sie biss sich auf die Lippe. Die Schuldgefühle wurden immer stärker. Sie war wirklich die schlechteste Tochter der Welt gewesen. „Ich bin jedes Weihnachten hingefahren, aber es war so schwer, ihn an diesem Ort zu sehen und ihn nicht mit nach Hause nehmen zu können." Es war schrecklich gewesen, selbst nachdem sie sich an die Sicherheitsmaßnahmen und die prüfenden Blicke der Wärter und Insassen gewöhnt hatte. „Mom wollte nicht mitkommen, also bin ich mit Großmutter gegangen." Jemandes Hand zu halten, hatte es etwas einfacher gemacht. „Briefe schreiben war einfacher."

„Die Briefe haben ihm viel bedeutet." Er blickte aus dem Fenster. „Jedes Mal, wenn Sie geschrieben haben, hat er diese Briefe immer und immer wieder gelesen. Verdammt, einige davon kann ich immer noch im Schlaf aufsagen."

Sie kniff die Augen zusammen. Dieser Mann war in ihre geheimsten Gedanken als Teenager eingeweiht gewesen. Er wusste fast alles über sie. Peinlich. Erniedrigend. Noch schlimmer ...

Er drehte sich wieder zu ihr um. „Warum haben Sie es getan, Anna? Warum haben Sie versucht, sich umzubringen?"

Ihr Herz drohte zu implodieren. Sie hatte noch nie jemandem

die Antwort auf diese Frage anvertraut, und obwohl sie wusste, dass er es verstehen würde, konnte sie die Scham und den Ekel nicht beschreiben, die dazu geführt hatten, dass sie fast ertrunken war. Ihre Hände zitterten, aber sie schluckte trotzdem den Rest ihres Weins hinunter. Anna wollte sich ein weiteres Glas einschenken, aber Brent legte seine große Hand auf ihre.

„Tun Sie das nicht", sagte er.

Die Berührung seiner Hand löste in ihrem Körper eine Reaktion aus, die sie nicht wahrhaben wollte. Sie leckte sich über die Lippen, und sein Blick huschte zu ihnen hinab.

War das Verlangen? Ihr Magen zog sich zusammen. Sie wollte nicht, dass er sie begehrte. Sie wollte auch nicht auf diese Weise über ihn denken. Sie war nicht die, für die er sie hielt, und er war genau die Art von Mann, mit der sie nicht umgehen konnte.

Sie zog ihre Hand zurück, denn seine Ehrlichkeit verdiente es, dass sie zumindest einen Teil der Wahrheit preisgab. „Ich habe nicht klar gedacht. Ich glaube nicht, dass ich bewusst sterben wollte." Sie hielt einen langen Moment inne, aber er unterbrach sie nicht. „Ich hatte mich einfach in eine ... schwierige ... Lage gebracht." Der Pazifik. Bei Nacht. Während eines Sturms. Die Wellen verspotteten sie, als sie draußen gegen den Strand schlugen. Sie war immer noch nicht mutig genug, um ganz ehrlich zu sein.

Seine Brust hob sich, als er einatmete. „Warum?" Er sah sie an, als ob ihre Antwort tatsächlich etwas bedeuten würde.

„Haben Sie nie daran gedacht, alles zu beenden?", konterte sie.

Etwas Dunkles umhüllte seine Augen, und sie wollte seine Geheimnisse erfahren, aber er wollte sie ihr ebenso wenig verraten wie sie ihm. Jedenfalls nicht die ganze Geschichte. Nein, niemals die ganze Geschichte, in der die Wahrheit lag.

Das Telefon klingelte, und Brent nutzte die Ablenkung. Anna räumte die Teller ab und schüttelte den Kopf über sich selbst. Sie musste ein Gesprächsthema finden, das sich nicht um den Tod oder das Gefängnis drehte. Das Problem war, dass sie nicht viel gemeinsam hatten, und Smalltalk erschien ihr kindisch.

„Schicken Sie es mir über ein sicheres E-Mail-Konto." Annas Kopf schoss hoch.

„Ja, sehen Sie zu, dass Sie herausfinden, wer die Überwachung durchführt. Ich muss genau wissen, womit wir es zu tun haben."

Anna schenkte sich ein Glas Wasser ein und sah zu, wie Brent Kaffee aufsetzte, während er in das Telefon sprach. Er legte auf, ohne sich zu verabschieden.

„Neuigkeiten?", fragte sie.

Er presste die Kiefer zusammen. „Der Privatdetektiv, den ich beauftragt habe, hat mit der Frau im Haus Ihres Vaters gesprochen, mit der er befreundet war – Viola Bernstein. Er hat auch die Miete für die nächsten Monate bezahlt, also müssen Sie sich in dieser Angelegenheit keine Sorgen machen."

Daran hatte sie gar nicht gedacht. „Ich zahle es Ihnen zurück."

„Nicht nötig."

„Ich kann kein Geld von Ihnen annehmen."

Er sah sie an, als ob sie verrückt wäre. „Warum denn nicht? Glauben Sie wirklich, dass Sie mir etwas schuldig sind?" Er pirschte sich näher heran – so viel größer als sie selbst. „Haben Sie es denn immer noch nicht kapiert?" Schmerz und Wut brannten in seinen Augen. „Ja, ich habe daran gedacht, mich umzubringen. Oft. Irgendwie aus diesem Irrenhaus herauszukommen, egal wie. Wissen Sie, was mich am Ende gerettet hat? Ihr Daddy hat mich gerettet. Wenn Sie also denken, ich würde nicht meinen letzten Cent geben, um ihm und Ihnen zu helfen, dann irren Sie sich."

Sie sog die Luft ein. „Sie kennen mich doch gar nicht."

„Ich kenne Sie besser als Sie zugeben wollen, und das gefällt Ihnen nicht", antwortete er bitter. „Willkommen in meiner Welt."

Anna wandte den Blick ab, denn obwohl er das dachte, wusste er nicht alles. Ihr Vater war nicht der einzige Lügner in der Familie, und die Wahrheit schnitt ihr immer noch ins Fleisch. Sie hätte es längst überwinden müssen. Sie *hatte* es überwunden. Aber der Tod ihres Vaters hatte die Erinnerungen wieder aufgewühlt.

Na klar. Und sie hatte ein normales Sexleben und einen festen Freund.

„Anna." Seine Stimme wurde leiser, seine Miene ernst. „Davis war ein guter Mann, der mir gezeigt hat, dass auch ich ein guter Mann sein kann. Er gab mir die Hoffnung zurück." Er strich ihr das Haar hinters Ohr, seine Finger streiften kurz über ihre Haut. Er thronte über ihr, aber sie hatte nicht das Gefühl, dass er sie bedrängen würde. Es fühlte sich eher so an, als würde er sterben, um sie zu beschützen.

Ein Funke des Verlangens schoss durch sie hindurch. Ihr Atem ging stoßweise, und sie schluckte schwer. Verdammt, sie wollte diese körperliche Anziehung nicht noch zusätzlich zu dem Chaos, in das ihr Leben sich verwandelt hatte. Männer wie Brent Carver waren für eine Frau, die so vorsichtig war wie sie, tabu.

„Was hat der Privatdetektiv herausgefunden?" Ihre Stimme klang heiser, aber die Worte hatten den gewünschten Effekt, und er wich zurück, als ob er sich plötzlich bewusst war, dass er zu nahe vor ihr stand und sie einschüchtern könnte, angesichts seiner nicht gerade blütenweißen Vergangenheit. Und obwohl sie sich seiner übermäßig bewusst war, lag es nicht daran, dass er jemanden getötet hatte. Es lag an etwas anderem, das sie nicht mehr gefühlt hatte, seit sie ein sorgloser Teenager gewesen war. Etwas, von dem sie dachte, es sei in der Nacht ihres Abschlussballs an der Highschool gestorben.

Er holte sich einen Kaffee. „Kaffee?"

„Ja." Und damit änderte sich alles. „Bitte." Es war, als ob die Hitze und die Verbindung und das pure Gewicht des emotionalen Gepäcks zwischen ihnen verdampft wären. Es ließ sie verwirrt und aus dem Gleichgewicht, aber auch dankbar zurück.

Brent schenkte ihr eine Tasse ein, ging zu seinem Laptop und öffnete ihn. Er klickte auf sein E-Mail-Programm und öffnete dann eine Audiodatei.

Sie hörten sich die Aufnahme des Notrufes an.

„Ich arbeite für die Holladay Foundation. Jemand hat Geld

veruntreut, also habe ich das Geld zurückgeholt, bevor es für immer verschwindet. Ich brauche Polizeischutz.“ Die Worte hallten in Annas Gehirn wider. Warum hatte die Polizei ihn nicht beschützt? Warum hatte ihn niemand gerettet?

„Ich sollte die Polizei anrufen und herausfinden, was sie tun, um seinen Tod zu untersuchen“, meinte sie.

Brent nippte an seinem Kaffee und streckte sich auf dem Stuhl in einer Ecke der Küche aus, wo er seinen Computer aufbewahrte. „Mein Privatdetektiv hat mit den Cops gesprochen. Sie behandeln es als einen Unfalltod. Er sagte, die Sicherheitsleute seiner Firma hätten Ihren Vater verfolgt, als sie herausfanden, dass er Geld gestohlen hatte, und Davis sei lieber vor den Zug gesprungen, als sich abführen zu lassen.“

„Halten Sie das nicht für möglich?“ Alle Energie war aus Anna gewichen, und sie setzte sich auf einen Barhocker und sah auf Brent herab. „Dass er in Panik geriet und weglief und sich dann das ganze Zeug darüber ausdachte, dass jemand korrupt sei?“ Weil ihr Vater lieber gestorben wäre, als zurück ins Gefängnis zu gehen.

Unter seinen dunklen Brauen blickten seine Augen sie an. „Das erklärt aber nicht, warum die Sicherheitsleute der Stiftung das Haus Ihres Vaters überwacht und auf den Postboten gewartet haben.“

Ihre Augen weiteten sich. „Aber wenn es ihr Geld ist, haben sie jedes Recht, es zurückzufordern.“ Sie verschränkte die Arme vor der Brust. Verdammt, sie war so dumm gewesen. „Ich muss nach Hause.“

Er hielt seine Hände weit auf. „Warum? Was zum Teufel hat sich geändert? In dem Anruf wurde eindeutig erwähnt, dass Davis dachte, seine Chefs würden die Wohltätigkeitsorganisation, für die er arbeitete, bestehlen. Er sagte, er dachte, jemand würde ihn umbringen wollen.“

„Er hat gelogen, Brent“, sagte sie verbittert. „Genauso wie er gelogen hat, als die Polizisten vor all den Jahren an unsere Haustür geklopft und ihn und Mom zur polizeilichen Vernehmung abgeführt haben. Genauso, wie er vor Gericht gelogen hat." Sie schloss den Mund. Die Scham schmeckte bitter auf ihrer Zunge.

Brent richtete sich auf. „Ich kann nicht fassen, dass Sie nicht an Ihren eigenen Vater glauben ..."

„Sagt der Mann, der seinen getötet hat?" Anna war mehr als skeptisch. „Verurteilen Sie mich nicht." Sie drückte gegen seine Brust, um ein wenig Abstand zu gewinnen, aber es war, als würde man ein Haus umstoßen wollen. Er bewegte sich nicht.

Panik machte sich immer mehr in ihr breit. „Die Beweise waren eindeutig. Er hat diese Offshore-Bankkonten eingerichtet und–"

„Jeder hätte ihn reinlegen können."

Ungläubig starrte sie ihn an. „Seine Zugangsdaten wurden verwendet, um die Transaktionen durchzuführen. Er hatte kein Alibi für die Zeit, als das Geld verschoben wurde ..."

„Er war der Sündenbock. *Der Sündenbock.*"

„Wenn Sie das glauben, sind Sie ein Narr!"

„Oh, ich bin definitiv ein Narr." Er runzelte die Stirn. „Nachdem er gesessen hatte, war Davis nun ein noch besserer Sündenbock, nur dass er es dieses Mal mitbekam. Er hat sie auf frischer Tat ertappt und aufgehalten."

„Oh, bitte. So viel Pech hat doch niemand."

„Ist das Ihr Ernst?" Er sah sie an, als hätte sie angefangen, Chinesisch zu sprechen. „Auf welchem Planeten leben Sie denn?"

Die Wut entflammte unter ihrer Haut. Sie verschränkte die Arme und starrte ihn an.

„Warum untersucht die Polizei dann nicht seinen Tod? Warum der Wunsch, alles ordentlich unter den Teppich zu kehren?", fragte er.

„Denken Sie, es gibt eine Verschwörung?" Gott, er war unglaublich.

„Ich schätze, es geht um viel Geld."

„Ich muss die Polizei anrufen", beharrte sie und nahm ihr Handy.

Seine Hände bedeckten ihre, sein ganzer Körper zitterte. „Und was, wenn sie korrupt sind? Woher soll man wissen, wem man trauen kann?"

Ein schrecklicher Gedanke durchzuckte sie. „Woher weiß ich, dass Sie mich nicht täuschen und mich aus Ihren eigenen Gründen hierbehalten?"

Brent zuckte zurück, als hätte sie ihn geohrfeigt. Seine Augen blitzten vor Schmerz auf, und sein Gesichtsausdruck verfinsterte sich.

Oh, Scheiße. Anna hielt sich die Hand vor den Mund. „Das habe ich nicht so gemeint." Aber er wich vor ihr zurück, als ob sie ansteckend wäre.

Er wandte sich ab, aber sie wollte nicht, dass er ging. Nicht auf diese Weise. Sie packte seinen Arm, aber er riss sich los.

„Brent, ich wollte nicht–"

„Natürlich nicht. Aber Sie täuschen sich in mir, und Sie haben sich in Ihrem Vater getäuscht." Seine Augen waren eisig, und ein Schauer der Angst lief ihr über den Rücken. „Ihr Vater hat das Geld vor neun Jahren nicht gestohlen, und ich würde meinen Arsch darauf verwetten, dass er es auch dieses Mal nicht gestohlen hat. Und wenn doch", unterbrach er sie, als sie gerade argumentieren wollte, „dann hat er es getan, um nicht wieder hereingelegt zu werden. Und wenn Sie jemals Ihren Kopf lange genug aus Ihrem jugendlichen Arsch gezogen hätten, um an jemand anderen als sich selbst zu denken, hätten Sie das schon vor Jahren herausgefunden."

Das traf sie wie ein Schlag. Dann war er weg, und sie blieb allein in dem wunderschönen Haus zurück – nur das verführerische Rauschen des Meeres war ihre Gesellschaft.

***

Jack Panetti holte einen Cheeseburger und Pommes frites heraus und biss in sein Abendessen. In den meisten seiner Fälle bekam er Fotos von Ehepartnern, die fremdgingen, oder von Arbeitnehmern, die ihr Dach neu deckten, während sie krankgeschrieben waren. Doch dieser Fall war anders. Brent Carver hatte ihn gebeten, die Firma zu überprüfen, für die der verstorbene Davis Silver gearbeitet hatte. Oberflächlich betrachtet schien die Organisation seriös zu sein. Hank Browning war ein ehemaliger Vier-Sterne-General, der in Kolumbien aufgeräumt hatte. Jetzt leitete er eine Stiftung, um Geld für verletzte Veteranen zu sammeln. Eine gute und lobenswerte Sache.

Aber irgendetwas war faul.

Zum einen stimmten die Zahlen nicht. Natürlich gab es Gemeinkosten, Miete, zu bezahlendes Personal und anonyme Spenden, die es schwermachten, den Überblick zu behalten, aber nach dem, was sein Computerguru ihm sagte, schienen die Zahlen nicht aufzugehen. Dann war da noch ein Lagerhaus, das sie ohne ersichtlichen Grund gemietet hatten. Dann die Leute, die Browning für „Sicherheit" anstellte. Ex-Soldaten. Söldner.

Okay, warum sollte eine Wohltätigkeitsorganisation, die verletzten Soldaten half, keine Ex-Militärs als Mitarbeiter haben?

Aber irgendetwas nagte an ihm, und anstatt sich in seinem riesigen Bett in dem gebuchten Luxushotel auszustrecken und den Zimmerservice auf Brent Carvers Rechnung zu bestellen, aß er Junkfood, während er Brownings Sicherheitschef in der Vorstadt beschattete.

Schönes Haus. Nette Nachbarschaft. Keine Auffälligkeiten. Aber seine Instinkte schlugen Alarm.

Bratensaft tropfte an seinem Kinn herunter, als er einen weiteren Bissen von seinem Burger nahm. Ein Auto fuhr in die Einfahrt seiner Zielperson, und zwei Männer stiegen aus und eilten hinein. Jack wischte sich das Kinn ab, holte sein Fernglas heraus und notierte sich das Kennzeichen.

Ein Hund fing an zu bellen, also ließ er den Motor an. Es war Zeit, loszufahren, bevor jemand die Polizei wegen des fremden Mannes anrief, der in ihrer Straße parkte. Er warf seine Burger-

Verpackung zur Seite und erstarrte, als jemand die hintere Tür öffnete, ins Auto stieg und ihm eine Pistole an den Schädel hielt.

„Lass uns eine Runde drehen."

„Wer zum Teufel sind Sie? Raus aus meinem Auto!" Jack tat entrüstet, aber er wusste, dass er geliefert war.

„Fahr los, wenn du nicht eine weitere Statistik aus Chicago werden willst."

Jack kräuselte angewidert die Lippen. Er versuchte, den Mann im Spiegel zu erkennen. Nichts als ein dunkler Schatten.

„Nimm die Schnellstraße." Der Typ klang älter, er war definitiv kein Jugendlicher und auch kein gewöhnlicher Autodieb. Die Leute, die er beschattete, hatten ihn also bemerkt, und er war seit seinen frühen Undercover-Tagen bei den Cops nicht mehr bemerkt worden. Diese Typen waren Berufssoldaten, die etwas zu verbergen hatten.

Jack setzte den Blinker, während ihm der Schweiß den Rücken hinunterlief. Er beschleunigte, in der Hoffnung, die Aufmerksamkeit eines Polizisten zu erregen.

„Mach langsam, Speedy." Das Metall der Pistole streifte sein Ohr.

Und dann wurden alle seine Gebete erhört, als er im Rückspiegel einen Streifenwagen sah.

„Mach jetzt keine Dummheiten, dann kommst du vielleicht lebend aus der Sache heraus." Die Stimme war kalt und gefühllos.

Plötzlich wusste Jack, dass dieser Mann ihn umbringen wollte. Wie zur Hölle hatte sich eine Ermittlung über den vermeintlichen Unfalltod eines Mannes in eine Situation verwandelt, in der es um Leben und Tod ging?

Das Polizeiauto näherte sich, der Mann ließ die Pistole sinken und lehnte sich gegen die Rückbank. Jack umklammerte das Lenkrad so fest, dass seine Knöchel schmerzten. Die Anspannung wuchs bis zum Zerreißen. Der Polizist fuhr vorbei. Gerade als der Mann auf dem Rücksitz sich zu entspannen begann, riss Jack das Lenkrad hart nach links und stieß seitlich gegen das Polizeiauto.

Jack sah den ungläubigen Blick des Polizisten, bevor er sein Blaulicht einschaltete.

„Du dummes Arschloch." Der Typ auf dem Rücksitz erhob kaum seine Stimme. „Fahr weiter."

Aber Jack trat auf die Bremse, löste seinen Sicherheitsgurt und sprang aus dem Wagen. Er rollte sich ab, hörte eine Reihe quietschender Bremsen und das Krachen von Metall, während er wie ein Wahnsinniger an den Rand der Schnellstraße kroch. Straßenlaternen beleuchteten die Szene, als er keuchend liegenblieb. Alte Einschusswunden schmerzten. Er wog im Geiste seine Wunden und Prellungen ab, um sich zu vergewissern, dass nichts gebrochen war. Dann drehte er sich um, um zu sehen, was da los war.

Sein Mietwagen war am Straßenrand zum Stehen gekommen. Der Polizist hatte schräg davor angehalten, die Lichter tanzten über den Asphalt. Jack lag auf dem Boden, die Hände auf dem Kopf und stellte keine Bedrohung für die Polizei dar. Er wollte, dass dieser Bastard in Gewahrsam genommen wurde.

Der Polizist stieg aus, warf ihm einen Blick zu und ging dann mit gezogener Waffe auf das Fahrzeug zu. Im nächsten Moment zuckte er mehrmals zusammen, als der Typ im Auto wiederholt durch die Tür schoss.

„Heilige Scheiße." Der Polizist fiel auf die Knie, Blut spritzte auf den Asphalt hinter ihm. Entsetzt stellte Jack fest, dass er den Mann durch seine Handlung gerade das Leben gekostet hatte.

Jacks Magen krampfte sich zusammen. Im Hintergrund heulten Sirenen. Um ihn herum hielten die Autos in einem Riesenstau an. Die Tür seines Mietwagens öffnete sich langsam, und er sah das Gesicht des Mannes nur eine Sekunde lang, bevor er sich wieder aufrappelte und losrannte. Die Kugel traf Jack in den Rücken – ein einziges Aufblitzen von unerträglichem Schmerz –, bevor er mit dem Gesicht voran auf den Asphalt knallte.

———

Brent ging in seinem Studio auf und ab. Wut schoss durch seine Adern. Wegen all der Dinge, die er getan hatte. Wegen allem, was er nicht ungeschehen machen konnte. Weil er dumm genug war, sich von ihren Worten verletzen zu lassen. Er nahm seine Palette in die Hand und tupfte etwas Schwarz in die Mitte, dann schlug er die Palette zu, dass die Farbe auf den Boden spritzte. Er biss die Zähne so fest zusammen, dass er dachte, sein Kiefer würde brechen. Verdammt. Er wirbelte herum und schlug mit der Faust auf eine unfertige Leinwand, die eine heitere See-Szene gezeigt hatte, nun aber genauso beschädigt war wie der Rest von ihm.

Er atmete tief durch und rollte mit den Schultern. Dehnte seine Finger. Versuchte, es zu zügeln. Wie konnte jemand, der als Teenager so süß gewesen war, zu solch einem Miststück werden? Verdammt, sie war so düster und zynisch wie die meisten Häftlinge.

Wenigstens hatten die Leute im Knast es besser gewusst, als ihn nach seinen Verbrechen zu fragen. *Sitz deine eigene Zeit ab und halt dich da raus.* Sein Herz pochte schon bei dem Gedanken daran, im Gefängnis zu sein. Das Gefängnis war ein Albtraum – eingesperrt zu sein war ein Albtraum. Seine Rippen drückten fest gegen seine Lungen. Er wollte nie wieder zurück, aber wenigstens kannte er die Regeln für den Aufenthalt dort.

Draußen konnte alles Mögliche passieren. Er hatte gelernt, mit dem Unerwarteten zu rechnen, aber Anschuldigungen wie die, die ihm Miss Neunmalklug entgegengeschleudert hatte, taten weh. Verdammt.

Er konzentrierte sich auf seine Arbeit. Er fügte dem Kiefernwald auf einer Seite der Leinwand etwas Schwarz hinzu, und trat dann zurück, um den Effekt zu begutachten.

Herr im Himmel. Er trat vor, kratzte so viel ab, wie er konnte, und knallte die Palette wieder auf seinen Arbeitstisch. Er musste dieses Werk für die Ausstellung fertigstellen, aber seit Anna aufgetaucht war, konnte er sich nicht mehr konzentrieren, konnte nicht an seine Arbeit denken. Und normalerweise war das alles, woran er dachte.

Das Eintauchen in seine Kunst war sein einziger Ausweg aus der Enge des Gefängnisses gewesen, und heute war die Malerei ein Anker in einer Welt, die er nicht einmal vorgab zu verstehen.

Es ging ihm gut in diesem Haus, an diesem Strand. Er wollte nirgendwo anders hingehen. Er brauchte nichts und niemanden sonst.

Das Geräusch der sich öffnenden und schließenden Hintertür ließ ihn den Kopf heben, um aus dem Fenster zu sehen. Er verkrampfte sich, als er sah, wie Anna zum Ende des Stegs ging, sich setzte und die Zehen ins Wasser hielt.

Heute Abend wehte kein Lüftchen. Das Meer war flach und ruhig, wie eine träge Verführerin, die ihre Hand zum Spielen ausstreckte. Die letzten Sonnenstrahlen verschwanden langsam, und er blickte auf den Horizont und fokussierte seinen Blick auf die violetten und blauen Streifen, die sich wie blaue Flecken auf verletzter Haut sammelten. Die Ruhe war trügerisch. Der ruhige Ozean war eine Verlockung für die Unvorsichtigen. Ein Sturm war im Anmarsch. Ein großer. Er sah Anna an. Ihr Gesichtsausdruck war trostlos und berührte etwas in ihm.

Sie machte ihn wütend, aber ... verdammt, er fühlte sich zu ihr hingezogen. Das zuzugeben, ließ seinen Mund trocken werden. Ihm gefiel, wie sie sich bewegte, wie sie aß, wie sie nicht vor ihm zurückwich, obwohl sie offensichtlich nervös war. Er wollte tiefer graben, um den Kern der Person zu entdecken, die Anna Silver wirklich war.

Aber sie war auch die Tochter seines besten Freundes, eines Mannes, der sie seiner Obhut anvertraut hatte. Sie war eine sechsundzwanzigjährige Lehrerin, und er war älter und härter als die Sünde. Selbst wenn sie sich für ihn interessiert hätte, konnte er das nicht weiterverfolgen. Er respektierte die Erinnerung an seinen Freund zu sehr, um dessen Tochter zu beschmutzen. Verdammt, er konnte nachts kaum schlafen, geschweige denn in der normalen Welt funktionieren.

Die letzte Frau, mit der er sich eingelassen hatte, war auf einer Bahre im Leichenschauhaus gelandet.

Brent beobachtete Anna, die wiederum seinen Ozean beobachtete. Er beobachtete sie, wie sie langsam den Rhythmus der Wellen an der Küste aufnahm. All die Wut und der Groll fielen von ihm ab. Ein gewisser Frieden legte sich auf ihre Züge, und er wusste mit schmerzlicher Gewissheit, dass er alles tun würde, um diesen Frieden zu bewahren.

Sechs

„Guten Morgen, wie kann ich Ihnen helfen?" Der Vollzugsbeamte Rick Pennington nahm nach dem zweiten Klingeln den Hörer ab.

Rand rief von der Wohnung von Annas Mutter aus an, wo er und Marco sich über Nacht verkrochen hatten. „Ich fürchte, ich habe schlechte Nachrichten, die ich Ihnen im Namen der Familie von Davis Silver überbringen möchte. Er war ein Häftling bei Ihnen..."

„Ich erinnere mich an Davis", unterbrach ihn der Mann. „Was ist passiert?"

Rand setzte seine tiefste Stimme auf. „Ein schrecklicher Unfall in Chicago. Davis wurde auf tragische Weise von einer U-Bahn erfasst und war auf der Stelle tot." Marco kicherte und Rand warf ihm einen Blick zu. *Halt die Schnauze, verdammt.* „Seine Tochter Anna organisiert nach der Beerdigung einen Gedenkgottesdienst auf der Insel, aber sie wusste nicht, ob er noch Freunde aus seiner Zeit im Gefängnis hatte, die vielleicht teilnehmen wollten."

„Nur Brent." *Brent.* Rand schrieb den Namen auf und Marco führte eine Internetrecherche durch. „Schade, das mit Davis. Er war eine unserer Erfolgsgeschichten." Der Beamte räusperte sich

„Wie wäre es, wenn Sie mir die Details geben und ich sie an die Leute weitergebe, die ihm im Gefängnis nahestanden?"

Rand erzählte ihm einen Haufen Mist und legte auf.

Ding. Sie hatten einen Treffer. Brent Carver. Zu lebenslänglich verurteilt. Davon hatte er zwanzig Jahre abgesessen. Er war in einer kleinen Gemeinde an der Westküste aufgewachsen – Bamfield – und vor vier Jahren aus dem Gefängnis entlassen worden.

„Lass uns loslegen, Marco, und diesen Bastard aufspüren." Vielleicht war das der Typ, zu dem Davis seine Tochter Anna geschickt hatte. Rand wusste nur, dass er es satthatte, mit dem Daumen im Arsch herumzusitzen und darauf zu warten, dass etwas passierte. „Wir werden etwas Ausrüstung brauchen."

Die Jungs in Chicago waren mit der Schadensbegrenzung beschäftigt, nachdem einer von ihnen einen Polizisten getötet und einen Privatdetektiv niedergeschossen hatte, der zu nah an ihren Angelegenheiten herumgeschnüffelt hatte. Rand würde sich selbst um die Beschaffung der Ausrüstung kümmern, die sie brauchten. Er hatte seine eigenen Kontakte. Es handelte sich bei ihnen um Elitesoldaten, die es gewohnt waren, unter Druck in feindlichen Umgebungen zu agieren, und nicht um unzureichend ausgebildete und schlecht ausgerüstete Polizisten.

Rand hatte nicht die Absicht, für seine Verbrechen ins Gefängnis zu wandern – verdammt, er hatte in der Vergangenheit für einige von ihnen sogar Orden bekommen. Wenn Anna mit diesem Brent zusammen war, würde er es so einrichten, dass dieser Kerl für den Mord an Anna Silver verurteilt wurde. Es schien ihm wie ausgleichende Gerechtigkeit, und nach all dem Scheiß, den Davis ihm angetan hatte, freute er sich auf eine kleine Rache.

———

Das ferne Klingeln eines Telefons liess Anna den Schlaf in ihren Augen wegblinzeln, als sie im Bett lag. Sie kämpfte sich durch den Nebel der Erschöpfung und versuchte herauszufinden, wo sie war.

Dann erinnerte sie sich. Sie war am Rande von Nirgendwo, mit dem letzten Mann auf Erden, dem sie vertrauen sollte.

Sie schielte auf ihre Armbanduhr auf der Kommode: Neun Uhr morgens. Wow. Sie hatte fast die ganze Nacht wachgelegen und war erst eingeschlafen, als die Sonne begonnen hatte, den östlichen Rand des Horizonts zu erhellen. Das Telefon klingelte weiter. Sie taumelte aus dem Bett und auf den Treppenabsatz. Brents Schlafzimmertür war geschlossen. Sie hatte ihn nicht mehr gesehen, seit sie ihn beschuldigt hatte, sie aus seinen eigenen Gründen hier zu behalten, und er ihr gesagt hatte, sie solle erwachsen werden. Er hatte recht. Es war ja nicht so, dass er sie in seiner Nähe behalten würde, weil sie so unterhaltsam war. Und er schien sie auch nicht bedrängen zu wollen, obwohl sie ihm seit ihrer Ankunft auf den Wecker ging.

Puh. *Das nenne ich mal paranoid.* Sie eilte in die Küche, aber gerade, als sie den Hörer abnehmen wollte, hörte es auf zu klingeln. Verdammt.

„Ich brauche einen Kaffee", sagte sie in den leeren Raum. Erschöpft stellte sie eine Kanne auf und füllte gerade eine Tasse, als Brent die Treppe herunterkam, frisch geduscht, in einem Hemd – wenn auch aufgeknöpft – und einer sauberen, abgenutzten Jeans.

Obwohl er mehr Kleidung trug als sonst, waren unter dem offenen Hemd immer noch jede Menge Hügel und Täler zu sehen, und jedes einzelne davon sah nach einem Abenteuer aus.

Anna wandte ihren Blick ab und wünschte, sie wäre jemand anderes. Jemand, der den Mut hätte, ein schönes Exemplar von einem Mann zu betrachten, ohne zu erröten. Obwohl ... Mist, hätte er nicht wenigstens ein bisschen aus der Form geraten sein können? Er machte ihr all die weichen Stellen an ihrem Körper bewusst, die kein Fitnessstudio je wieder in Ordnung bringen würde.

Anna war angespannt. Sie hatte sich gestern Abend wie eine

dumme Göre benommen. „Ich muss mich für das, was ich gesagt habe, entschuldigen." Ihr Blick fiel auf seine Füße, und sie blinzelte. Er trug Socken – das erste Mal in ihrer kurzen Bekanntschaft.

„Vergessen Sie es einfach. Ich muss gehen. Gehen Sie nicht ans Telefon." Er warf ihr einen finsteren Blick zu.

Vergessen? Wie konnte sie das?

„Sind Sie denn nicht neugierig, wer angerufen hat?"

Er sah sie an, als ob sie verrückt wäre. Dann griff er nach einer Tasse Kaffee, und ein Ausdruck von Glückseligkeit überzog seine Züge, als er einen Schluck nahm. „Verdammt, wenn Sie nicht so viel reden würden, würde ich Sie allein wegen Ihres Kaffees und Ihrer Kochkünste hierbehalten."

„Ja, ich wollte schon immer eine Haushälterin sein." Sie hob unbeeindruckt eine Augenbraue, spürte aber einen seltsamen Anflug von Freude über seine Worte. Noch nie hatte ihr jemand angeboten, sie bei sich zu behalten. Aus keinem Grund. Es war nicht einfach, mit ihr auszukommen.

Ironischerweise war es auch nicht einfach, mit ihm auszukommen.

Er grinste, und all ihre Körperteile, die seit Äonen inaktiv waren, begannen sich zu melden, um Aufmerksamkeit zu erregen. Verdammt. Das war nicht das, was sie jetzt gebrauchen konnte.

„Wo wollen Sie hin?" Anna verschränkte ihre Arme über verräterisch verhärteten Brustwarzen. Ihr Nachthemd hing bis zur Mitte des Oberschenkels, und sie trug nichts außer einem Slip darunter.

„Ich habe einen Termin in Port Alberni." Sein Gesichtsausdruck ermutigte nicht zu weiteren Fragen.

„Ich möchte mitkommen."

„Nein."

„Warum nicht?", fragte sie.

Er atmete verärgert aus. „Hören Sie, ich bin zum Abendessen zurück. Genießen Sie einfach den Tag."

Das war es, was normale Menschen taten. Sie entspannten sich am Strand, bauten Sandburgen und genossen die Aussicht. Sie schritt in der Küche umher. „Ich langweile mich jetzt schon zu Tode."

„Sie sind doch erst seit zwei Nächten hier." Er klang ungläubig, und das brachte sie zum Lächeln.

„Ich habe nichts zu tun." Gott, sie hasste es, zu jammern, aber die Untätigkeit machte sie verrückt. All ihre Bücher waren in Cauldwell Lake. Ihr Garten. Ihr Zuhause. Sie hatte E-Books auf ihrem Handy gehabt, aber das war passé. Für den Sommer hatte sie sich vorgenommen, ihr Büro neu zu gestalten. Der Sommer war ihre Zeit, um Dinge zu erledigen, und doch war sie nun hier gefangen im Nichtstun, ohne dass ein Ende in Sicht war, und sie konnte sich nicht damit abfinden.

„Sie hätten das Gefängnis nicht überlebt." Sein Hemd passte zu seinen Augen und der Effekt war faszinierend.

„Deshalb breche ich auch nicht das Gesetz." Sie wollte sich nicht hypnotisieren lassen. Er war wunderschön, aber das änderte nichts an der Tatsache, dass er nicht der Typ war, in den man sich verlieben sollte.

„In Ordnung, dann kommen Sie eben mit. Aber", er fuhr sich frustriert mit der Hand durch sein zu langes Haar, „falls Sie es vergessen haben sollten, Sie sollten sich eigentlich hier verstecken." Er ging in die Waschküche und zog eine Kappe von einem Haken, die er mit einem Schlag auf seinen Oberschenkel abklopfte. „Setzen Sie die auf." Er zog die Kappe über ihr Haar. „Sie haben fünf Minuten, um sich fertigzumachen. So sehr ich den Kerl auch hasse, ich darf nicht zu spät kommen."

Anna rannte die Treppe hinauf und achtete darauf, dass ihr Nachthemd dabei nicht hochrutschte und dem Mann einen unge-wollten Einblick verschaffte. „Wen treffen wir?", rief sie.

„Meinen Bewährungshelfer." Er folgte ihr, und sie wusste, dass sie rot wurde, obwohl er nichts sehen konnte. Oder vielleicht konnte er es doch, denn seine Augen leuchteten, als sein Blick oben an der Treppe auf den ihren traf. Sie schloss die Schlafzimmertür und zog sich eilig einen Jeansrock und eine blaue Bluse an, die nicht zu ihren Augen passte. Dann putzte sie sich die Zähne, bürstete sich die Haare und griff nach ihrer Handtasche. Als sie aus dem Bad kam, bemerkte sie, dass die Pistole auf dem Nachttisch fehlte. Brent musste sie weggeräumt haben – was ihr recht war. Sie mochte keine Waffen und war sich nicht sicher, ob sie überhaupt einen anderen Menschen erschießen konnte. Sie traf Brent, als er aus seinem Atelier kam und zwei riesige Leinwände in Luftpolsterfolie und braunem Papier eingewickelt trug.

„Ist das eine Art Bestechung, um Sie vor dem Gefängnis zu bewahren?"

„Wenn es das ist, was es dazu braucht, dann ja." Eine feine Linie zog sich über eine Wange, als er grinste.

Sie seufzte. Sie musste aufhören, ihn zum Lächeln zu bringen.

„Wenn Sie es unbedingt wissen müssen, Miss Sarkasmus, das sind Originalstücke für eine Ausstellung, die jemand in New York City über meine Arbeit veranstaltet." Sie bemerkte, wie sich ein leichtes Rot auf seinen Wangen bildete.

„Beeindruckend." Sie ließ ihm den Vortritt und ging dann die Treppe hinunter.

Er schaute über die Schulter zurück, und sie sagte sich, dass sie nicht auf diesen charmanten Schurken hereinfallen sollte. „Die Leute sind verrückt, was soll ich sagen?"

„Manche mehr als andere", stimmte sie zu. Er lachte, und ihr Herz machte einen kleinen Purzelbaum. Sie sagte ihm nicht, dass sie zu Hause eines seiner Bilder über ihrem Bett hatte und dass es besser als eine Therapie war, wenn es darum ging, ihr beim Entspannen zu helfen.

Eine halbe Stunde später rumpelten sie in Brents Truck über die staubige Schotterpiste. Er war königsblau mit Rost an einem Radkasten und einem ein Meter langen Riss in der Windschutzscheibe. Nicht das, was sie von einem wohlhabenden Maler erwartet hatte.

Brents grüblerisches Schweigen und seine strengen Gesichtszüge luden nicht gerade zum Plaudern ein. Sie gerieten in eine

Spurrille, die sie kurz in die Luft katapultierte, und er legte in einer altmodischen, beschützenden Geste seinen Arm quer über ihre Brust, sodass sie vor ihm zurückschreckte. Röte brannte über seine Wangen.

„Tut mir leid", sagte er und warf ihr einen unergründlichen Blick zu.

„Ist schon okay." Sie wünschte, sie würde nicht automatisch ausflippen, wenn ein Mann sie berührte. Nicht nur bei ihm, sondern bei Männern im Allgemeinen. Sie bemerkte etwas anderes an seinem Profil. „Sie haben sich rasiert."

Er rieb sich das Kinn. „Normalerweise ist es mir egal, aber ich versuche, auf die Leute, die mich wieder in den Knast bringen können, nicht wie ein Neandertaler zu wirken."

„Wenn Sie gegen die Bewährungsauflagen verstoßen, wandern Sie also zurück ins Gefängnis?"

„Ja." Seine Schultern spannten sich an. Er wollte offensichtlich nicht darüber reden.

„Was ist mit Ihrer Waffe?", fragte Anna.

„Welche Waffe?", scherzte Brent.

Die Waffe war ganz sicher ein Verstoß gegen die Bewährungsauflagen. Das war ihr bis jetzt nicht aufgefallen, aber es war eigentlich klar. Die Tatsache, dass er sie ihr in seinem Haus gegeben hatte, war ein noch größerer Vertrauensbeweis, als ihr bewusst gewesen war. Er hatte ihr die Macht gegeben, ihn wieder ins Gefängnis zu bringen, und soweit sie wusste, war das das Letzte, was er wollte.

„Wie lange sind Sie auf Bewährung?" Was sie wirklich wissen wollte, war, warum er seinen Vater getötet hatte. Brent schien kein schlechter Mensch zu sein – vielleicht ein bisschen unheimlich, aber nicht böse. Was also hatte ihn dazu veranlasst, ein Leben zu nehmen?

Seine Lippen zogen sich nach unten. „Für die gleiche Zeit, die mein Vater tot ist. Für immer." Er ließ es so klingen, als hätte er jede Minute verdient, und doch ... er hatte etwas an sich, das sie dazu brachte, an ihn glauben zu wollen. Oder sie war die größte Närrin, die je auf dieser Erde gewandelt war.

„Wenn Sie in der Zeit zurückgehen könnten", fragte sie leise, „würden Sie ändern, was Sie getan haben?"

Die Spannung im Auto war so schwer wie ein Fünfzig-Kilo-Hai an einer zu dünnen Angelschnur.

„Nein", antwortete er schließlich.

Ihr Magen krampfte sich zusammen.

Dieses einfache Wort erinnerte sie an all die Gründe, warum sie in der Nähe dieses Mannes vorsichtig sein musste, und das zu einem Zeitpunkt, an dem sie gerade begann, ihre Wachsamkeit zu lockern.

———

BRENT SASS IM WARTEZIMMER DES BEWÄHRUNGSHELFERS in Port Alberni und starrte auf die grünen Wände und das passende Linoleum. Dieser Ort war ganz anders als das Gefängnis, aber er hatte denselben Hauch von Angst und schmutzigem Unbehagen an sich, der ihn ständig an diese demoralisierende Einrichtung erinnerte. Das Gefängnis sollte eine Strafe sein, aber das Wissen, dass er seinen Vater getötet hatte, war Strafe genug. Der Rest war Folter gewesen.

Der Typ gegenüber hatte einen nervösen Tick und viel mehr nervöse Energie, als bei einem Besuch seines Bewährungshelfers gut war.

Brent hielt seinem Blick eine Sekunde lang stand und wandte sich dann ab. Der andere Kerl tat dasselbe. Keine Verbindung, nur ein Austausch von Informationen. *Leg dich nicht mit mir an.* Die Sekretärin öffnete die Tür. „Mr. Carver."

Brent stand auf und ging ins Büro. Anna war losgezogen, um ein paar Vorräte bei Walmart zu kaufen. Er wollte sie sicher nicht an diesem seelenlosen Ort haben. Die Sekretärin setzte sich lächelnd wieder hin, aber der Bewährungshelfer blickte nicht einmal auf, während sein Stift über das Papier huschte.

Bis letztes Jahr hatte er sich nur alle drei Wochen hier melden müssen, was noch erträglich gewesen war. Nach Ginas Ermordung – obwohl er nichts mit ihrem Tod zu tun gehabt hatte – hatten sie die Prozedur wieder auf wöchentlich hochgeschraubt. Und das war einfach nur nervig.

„Gibt es etwas zu berichten, Carver?" Der ruppige Ton des Mannes irritierte Brent, aber er hatte im Laufe der Jahre schon Schlimmeres erlebt.

„Nein, Sir."

Der Mann hob langsam den Kopf und sah ihn mit einem starren Blick an. „Wie läuft es mit dem Malen?" Er ließ es so klingen, als ob Brent Fingermalerei für Grundschüler machen würde. Allerdings musste das Wissen, dass der Ex-Häftling, für den man zuständig war, mit einer dahingemalten Skizze auf einer Serviette mehr verdiente als man selbst in einer Woche, dem Kerl mächtig zu schaffen machen.

Er nickte langsam. „Ich habe nächste Woche eine große Ausstellung in den Staaten."

Ein grausames Lächeln umspielte die Lippen des Mannes. „Schade, dass die Sie nicht ins Land lassen."

Wichser. „Oh, sie werden mich reinlassen." Brent lehnte sich zurück und verschränkte die Arme vor der Brust. Er bemerkte, wie die Sekretärin ihn unter ihren Wimpern hervor musterte, und zwinkerte ihr zu. „Sie haben mir bereits ein Visum ausgestellt, aber ich werde auf keinen Fall nach New York City reisen. Oder meinen Termin mit Ihnen verpassen." Das war eine gute Ausrede, die Brent an seinen Agenten weitergeben musste. *Der verdammte Bewährungshelfer will mich nicht gehen lassen.*

„Wenn es Ihrer Karriere förderlich ist, werde ich den Besuch genehmigen."

Das war neu. Warum konnte er nicht seine alte Bewährungshelferin wiederhaben? Sie war zwar streng gewesen, aber nicht grausam. „Ich will nicht, dass Sie das unterschreiben. Ich will nicht nach New York City."

Schweiß glitzerte auf der Stirn des Mannes. „Zum Glück stelle ich die Regeln auf, und nicht Sie, Carver."

„Und was passiert, wenn mir Ihre Regeln nicht gefallen?"

Der Stift hielt inne, und die kleinen Augen funkelten. „Sie können jederzeit eine formelle Beschwerde einreichen, aber wir wissen beide, wie das für Sie ausgehen würde." Nicht gut.

Scheiße.

Wut stieg in ihm auf, aber Brent unterdrückte sie. Niemals widersprechen. Obwohl dieser Typ nicht mit einem Vollzugsbeamten gleichzusetzen war, hatte er die Macht, ihn zurückzuschicken. Und Brent wollte nicht mehr zurück. Er nahm die Erlaubnis, faltete sie ordentlich zusammen und verstaute sie in seiner Brieftasche.

„Ich wünsche Ihnen ein paar schöne Wochen." Brent salutierte. *Arschloch.* Er lächelte die Sekretärin an und ging pfeifend weg, nur um sie alle zu verärgern.

Dann ging er zur Vordertür hinaus und kletterte in seinen Truck. Er fuhr zum Walmart und parkte dort. Anna kam heraus und sah so strahlend und rein und glänzend aus wie eine frisch geprägte Münze. Er tippte kurz auf die Hupe, und sie kam auf ihn zu. Sein Mobiltelefon klingelte. Wahrscheinlich war es sein Agent, also ging er ran, weil er gerade seine letzte Leinwand verschickt hatte und es satthatte, dass dieser Typ ihn ständig bedrängte.

„Brent?"

Die Stimme des Vollzugsbeamten des Gefängnisses, in dem er zwanzig Jahre seines Lebens verbracht hatte, durchbohrte ihn wie ein Messer.

Er räusperte sich. „Was kann ich für Sie tun?" Sie hatten Schach gespielt, und er hatte dem Mann im Laufe der Jahre sogar ein paar Bilder geschenkt. Ohne die Zusammenarbeit mit dem Gefängnispersonal hätte er nicht malen können, und wer weiß, was er dann getan hätte.

„Ich habe schlechte Nachrichten für Sie" Brents Herz pochte und seine Hände begannen zu zittern. Verdammt. Und so schnell wurde er in den panikerregenden Schrecken katapultiert. „Davis Silver ist vor ein paar Tagen gestorben."

Der Tod von Davis. Es ging um Davis' Tod? Er musste nicht zurück ins Gefängnis. Brent schaffte es, sich zu fangen.

„Ich habe einen Anruf von der Familie erhalten."

Brent runzelte die Stirn. Hatte Anna den Kerl angerufen, obwohl er ihr gesagt hatte, sie solle es nicht tun?

„Sie sagen, dass sie hier auf der Insel einen Gedenkgottesdienst veranstalten werden. Ich habe einige Details ..." Er redete weiter, aber es klang alles verschwommen.

Sie hatte keine Zeit gehabt, etwas zu arrangieren. Sie wussten nicht einmal, wann die Leiche freigegeben werden würde.

„Haben Sie dem Anrufer zufällig meinen Namen gesagt?", fragte er.

„Nein." Dann gab es eine Pause, ein Husten. „Nun, vielleicht habe ich ‚Brent' gesagt ..."

Oh, verdammt noch mal. Sie mussten nur das Gefängnis mit „Brent" zusammen recherchieren, und sie hatten ihn.

Anna kletterte in den Truck und lächelte. Einige der Schatten hatten sich von ihren Augen gelöst. Die Sonne hatte ein wenig Farbe auf ihre Wangen geküsst, die Strähnen in ihrem Haar zu dunklem Gold aufgehellt.

Sie war wunderschön. Und jemand war hinter ihr her.

Brent wischte sich mit der Hand über das Gesicht. Er war kurz davor, sie in die hässliche Realität zurückzuholen. Er hätte sie beschützt, wenn er das gekonnt hätte.

„Ich weiß die Information zu schätzen, Sir. Wenn die Familie wieder anruft, sagen Sie ihnen bitte, dass ich an der Gedenkfeier teilnehmen werde."

Annas Augen weiteten sich, und sie öffnete den Mund, um zu sprechen. Er legte seinen Finger auf ihre Lippen und die Berüh-rung schoss ein Feuerwerk durch seinen Körper, das ihn im Nu hart werden ließ. Verdammt. Sie hatten keine Zeit für Ablenkungen, nicht einmal für die, die sich wie der Himmel auf Erden anfühlen würden, wenn einer von ihnen jemals dumm genug wäre, es zu versuchen. Sein Gehirn schaltete sich ein. „Wann haben sie angerufen?"

„Gleich heute Morgen. Ich habe versucht, Sie zuhause anzurufen, aber dann kam etwas dazwischen." Das bedeutete normalerweise, dass es einen Kampf unter Insassen gegeben hatte. „Laut Anrufer-ID rief der Mann vom Haus der Ex-Frau aus an."

Brent atmete erleichtert aus. Vielleicht waren sie noch da. Vielleicht hatten sie Glück und Finns Verlobte konnte den Kerl schnappen, noch bevor er auf die Autobahn fuhr.

„Gibt es ein Problem?" Die Stimme des Beamten wurde misstrauisch.

„Nein, Sir." Brent zwang sich, ein wenig ruppiger zu klingen. Es fiel ihm nicht schwer, da sein bester Freund tot war. Davis war ein guter Mann mit einem weichen Herzen gewesen, der nie ins Gefängnis gehört hatte. Auf keinen Fall war Davis ein Dieb, und jetzt, da er tot war, war Brent plötzlich entschlossen, seine Unschuld zu beweisen. „Ich schätze, ich stehe unter Schock. Sie wissen, wie nahe wir uns im Gefängnis gestanden haben."

Der Mann schien es zu glauben und beendete das Gespräch mit dem Versprechen, wieder anzurufen, wenn er mehr Details wisse.

Es herrschte eine lange Zeit des Schweigens. Die heiße Sonne drückte durch die Windschutzscheibe. Es war gut möglich, dass sein sorgfältig errichteter Zufluchtsort nicht mehr sicher war. Wenn es nur um ihn gegangen wäre, wäre er zurückgegangen, hätte einen Hinterhalt gelegt und gewartet, bis diese Bastarde auftauchten. Er sah Anna an. Nein, er konnte es nicht riskieren. Diese Scheißkerle.

„Was ist los?" Sie fummelte an ihrem Rock herum.

Ihr argloser Blick war so direkt, so ehrlich. Sie war Davis' Tochter. Auch wenn er nicht aus seinem Haus vertrieben werden wollte, war Anna seine Priorität. Vor allen anderen Dingen musste er sie in Sicherheit bringen.

„Diese Typen haben Sie gefunden."

Ihre Augen leuchteten vor Schreck auf, als sie sich umsah, und er nahm die Kappe von zuvor und setzte sie auf ihr Haar. Dann strich er ihr eine Locke hinters Ohr. Sie saß völlig fassungslos da. „Es tut mir leid." Er hatte ihr Sicherheit versprochen, und seine Arroganz hatte den Feind fast direkt vor seine Tür geführt.

„Wie haben sie mich gefunden?" Sie drehte sich um und sah ihn an.

„Sie haben vom Haus Ihrer Mutter aus im Gefängnis angerufen und sich als Familienmitglieder ausgegeben, die eine Trauerfeier organisieren. Der Vollzugsbeamte hat ihnen meinen Vornamen gegeben. Es wird nicht lange dauern, bis sie mich finden."

„Ich kann nicht glauben, dass Dad recht hatte. Ich kann nicht glauben, dass mich tatsächlich jemand verfolgt."

„Ich vermute, es geht um eine Menge Geld." Ausnahmsweise wünschte Brent sich, Davis hätte gelogen. Er schüttelte den Kopf. „Aber das spielt keine Rolle. Wir müssen von hier verschwinden." Sie mussten die Beweise finden, die Davis an Anna geschickt hatte, und diese Sache beenden. Warum zum Teufel hatte er die Beweise nicht einfach an die Polizei geschickt? Ihm gefiel der Gedanke nicht, dass Anna in Gefahr war, und es war mehr als nur die Sorge um einen Mitmenschen. Es wurde schnell zu etwas, das er sich nicht leisten konnte – nicht für irgendeine Frau. Er war von Natur aus ein Einzelgänger. Und er zog es vor, es auch so zu belassen.

„Ich möchte, dass Sie Folgendes tun." Er gab ihr eine Liste mit Dingen, die sie kaufen sollte. Handys, Kleidung, Reisebedarf. Sie verließ das Auto mit einem weiteren Bündel Bargeld, und er beobachtete sie, bis sie das Gebäude betrat.

Dann wählte Brent eine Nummer und tat etwas, was er in seinem ganzen Leben noch nie getan hatte. „Finn."

„Was gibt's?"

Die Worte versiegten auf seiner Zunge.

„Brent, bist du okay?" Die Sorge in der Stimme seines Bruders durchdrang ihn. Jahrelang hatte Brent versucht, ihn wegzustoßen, aber Finn hatte ihn nie aufgegeben. Herrgott noch mal, er hatte ihn nicht verdient.

„Ich brauche deine Hilfe."

„Das wurde verdammt noch mal auch Zeit." Finns Ton wurde grimmig.

Es fühlte sich immer noch nicht richtig an. „Es ist jemand hinter mir her." Er nannte Finn den Namen von Annas Mutter und erzählte ihm, was der Vollzugsbeamte ihm gesagt hatte. „Wenn sie nicht da sind, bin ich mir ziemlich sicher, dass sie heute Nacht zu mir ins Haus kommen werden." Die Nacht war immer die beste Zeit, um einen Angriff zu starten.

„Ich bin überrascht, dass du mich anrufst." Finn wusste, dass er sich normalerweise selbst um seine Angelegenheiten kümmerte.

Brents Lippen zuckten. „Ich versuche, ein gesetzestreuer Bürger zu sein. Aber das ist ja nicht das Problem. Das Problem ist, dass ich im Moment nicht zuhause bin. Ich habe mich gefragt, ob Hollys Kollegen von der Einheit für Schwerverbrechen diese Drecksäcke aufspüren könnten?"

Holly war Finns Verlobte. Royal Canadian Mounted Police Sergeant Holly Rudd, deren Vater der Polizeipräsident von British Columbia war. Sie und Finn wollten im September heiraten, und obwohl er es nie laut aussprechen würde, bewunderte Brent ihren Elan und schätzte ihre Hingabe an seinen Bruder.

„Wer ist hinter dir her, Brent?"

„Sie sind nicht hinter *mir* her. Sie sind hinter einer Freundin her, die ins Kreuzfeuer von jemand anderem geraten ist. Sie hat nichts Falsches getan." Er wollte seinen Bruder nicht in etwas Illegales verwickeln, und solange Brent nicht bewiesen hatte, dass Davis unschuldig war, konnte er eben auch nicht beweisen, dass er das Geld aus altruistischen Motiven verschoben hatte. „Diese Typen sind Profis. Vielleicht Ex-Militär. Wahrscheinlich bewaffnet. Definitiv gefährlich. Vor denen muss man sich in Acht nehmen." Er wollte keine toten Polizisten auf dem Gewissen haben.

Finn hörte ihm ruhig zu und sagte dann: „Freddy Chastain befindet sich wegen einer Ermittlung in Port Alberni. Ich werde ihn kontaktieren und dann mit Holly sprechen."

Brents Griff um das Handy verstärkte sich. „Ich will nur, dass das Haus noch steht, wenn ich zurückkomme." Es war ihm egal, ob es von Kugeln durchlöchert war, er brauchte nur vier Wände und ein Dach.

„Wohin gehst du?"

Er wollte nirgendwo hingehen. „Ich habe eine Ausstellung in den Staaten."

„Ich dachte, du wolltest da nicht hin", sagte Finn vorsichtig.

Brent schnaubte. „Mein Bewährungshelfer meinte, das wäre gut für meine Karriere." Für B.C. Wilkinson war das eine gute Ausrede, um Kanada zu verlassen, auch wenn ihm der Gedanke, die Insel zu verlassen, wie Feuerameisen im Bauch brannte.

Er verabredete sich mit Finn in Victoria, wo sein Bruder eine Tauchschule eröffnet hatte und in der Nebensaison Ökotouren anbot. Hoffentlich würden die Polizisten den Kerl finden, der am Küchentisch von Annas Mutter saß und Fragen stellte, und dieser Scheiße ein Ende setzen.

Eines war sicher, sein friedliches Leben war im Eimer, bis das hier vorbei war. Er dachte an Anna und daran, wie ihre Welt wieder einmal von Bösewichten zerstört worden war, die mit dem Leben anderer Menschen spielten. Er erinnerte sich an die Briefe, die sie geschrieben hatte, als sie noch ein kleines Kind gewesen war. Sie war unschuldig. Sie hatte nichts von alledem verdient, und er würde alles tun, damit es aufhörte. Selbst wenn das bedeutete, sich in genau die Welt zu wagen, die er all die Jahre tunlichst vermieden hatte.

„Reiß dich zusammen", ermahnte er sich und wählte die Nummer seines Privatdetektivs.

Der Anruf wurde nach dem vierten Klingeln entgegengenommen. „Chicago PD. Wer ist am Apparat?"

Ein Schock durchfuhr ihn. Es wurde langsam ein höllischer Tag des Unerwarteten. Brent räusperte sich. „Ich wollte Jack Panetti erreichen – vielleicht habe ich mich verwählt ..."

„Sie sind ...?"

Verdammt. Hätte er nicht mit seinem eigenen Telefon angerufen, hätte er bereits aufgelegt. „Mein Name ist Brent Carver. Jack Panetti erledigt einige Aufträge für mich."

„Welche Art Auftrage wären das?"

Netter Versuch. „Ich versuche nur, eine alte Freundin aufzuspüren."

In der Leitung herrschte kurz Schweigen. „Mr. Panetti war gestern Abend in einen Schusswechsel verwickelt, bei dem ein Polizeibeamter ums Leben kam. Er liegt im Krankenhaus."

Scheiße. „Wird er durchkommen?"

„Ich hoffe es." Die Stimme wurde bissiger. „Wir versuchen herauszufinden, ob er ein Opfer oder ein Teil davon ist."

„Jack ist ein ehrlicher Typ."

„Das haben wir gehört."

Oh Gott. Jack war in Chicago gewesen, um die Firma zu überprüfen, für die Davis gearbeitet hatte.

Wie groß war die Wahrscheinlichkeit, dass diese Schießerei nichts damit zu tun hatte?

„Haben Sie den Schützen erwischt?", fragte Brent.

„Noch nicht. Wenn Sie irgendwelche Informationen haben, die Sie mit uns teilen können, wären wir Ihnen dankbar, Mr. Carver."

„Falls mir etwas einfällt, melde ich mich." Er legte auf und rief Jacks Sekretärin an, die bereits im Krankenhaus in Chicago war. Jacks Zustand war stabil, aber er hatte das Bewusstsein noch nicht wiedererlangt. Er hatte einen Polizeiwagen gestreift und sich dann aus dem fahrenden Auto gestürzt. Der Schütze hatte den Polizisten ermordet, Jack in den Rücken geschossen und war dann geflüchtet.

Brent saß in seinem Truck auf dem Walmart-Parkplatz, als sich ein Gefühl des Grauens in ihm breitmachte. Was zum Teufel war hier los? Wen genau hatte Davis abgezockt? Leute, die Polizisten töteten, wollte man nicht auf den Fersen haben. Der Einsatz wurde immer höher, und noch dazu kam jetzt diese Frau mit müden Augen und einem besorgten Gesichtsausdruck auf ihn zu. Sie stieg ein und schob die Taschen auf die Rückbank.

Ihr Lächeln verblasste. „Was ist los?"

Er beobachtete, wie sich ihre Lippen bewegten, und wünschte, das wäre alles, worüber er sich Sorgen machen müsste – die Tochter seines besten Freundes zu begehren.

„Jemand hat letzte Nacht einen Polizisten getötet. Derselbe Typ hat den Privatdetektiv angeschossen, der die Firma Ihres Vaters überprüfen sollte."

„Geht es ihm gut?"

„Er ist am Leben."

Ihre Pupillen weiteten sich, bis ihre Augen bis auf einen winzigen smaragdfarbenen Rand völlig schwarz waren. „Ich muss zurück, nicht wahr?"

„Sie könnten nach Tahiti oder Australien gehen. Nehmen Sie sich ein Jahr frei." Angst und Frustration steigerten die Spannung im Auto. Die Elektrizität, die zwischen ihnen knisterte, zerrte an seinen Nerven.

„Ich kann nicht ewig davor weglaufen", sagte sie leise.

Brent sah sie einen langen Moment an, sein Mund war so trocken, dass er kaum sprechen konnte. „Dann, ja. Dann müssen wir zurück."

„Wir?" Das Sonnenlicht glitzerte in ihrem Haar. „Sie kommen mit mir?"

Er wollte seine Hand auf ihre legen. Doch er wusste, dass es ein Fehler wäre. Er war nicht der gefühlsbetonte Typ, es sei denn, man zählte Sex dazu, der wie eine längst vergessene Erinnerung schien,

Aber er hielt seine Versprechen. Immer. Er legte den Gang ein und fuhr auf dem Highway 4 nach Nanaimo. „Ich habe Davis versprochen, dass ich auf Sie aufpasse, falls ihm etwas zustößt."

„Ich brauche keinen Babysitter."

„Nein, aber irgendetwas sagt mir, dass Sie vielleicht jemanden brauchen, der Ihnen den Rücken freihält, bevor das hier vorbei ist. Im Moment bin ich das."

Anna verschränkte die Arme vor der Brust, was ihn leider vom Fahren ablenkte, sodass er beinahe eine rote Ampel überfuhr. Er trat auf die Bremse, und beide flogen nach vorne. Ein weiteres Beispiel dafür, dass Schwäche einen umbringen konnte. Und Anna Silver könnte sich als die größte Schwäche von allen erweisen.

„Soll ich lieber fahren?", fragte sie und legte dabei ihre ganze Lehrerausstrahlung an den Tag.

Er bewegte sich unbehaglich. *Mist.* Es war nicht so, dass er die Wahrheit zugeben konnte – dass er von ihren kecken Brüsten in frisch gewaschener Baumwolle abgelenkt worden war. *Ganz toll, Carver.* Sie war vierzehn Jahre jünger als er, und ihr Strahlen ließ frischen Schnee schmutzig aussehen. *Krankes Arschloch.*

Er räusperte sich. „Wir müssen nach Victoria fahren, um die Reisedokumente abzuholen, die ich erwähnt habe, und ich habe meinen Bruder gebeten, seine Verlobte zu schicken, um das Haus Ihrer Mutter überprüfen zu lassen. Um zu sehen, ob diese Bastarde noch da sind." Brent hatte einen Plan, aber er brauchte Hilfe. Er wünschte sich nur, er könnte Anna an einem schönen und sicheren Ort verstecken, bis alles vorbei war. Das Problem war, wenn sie ihn in seiner abgelegenen Ecke des Pazifiks gefunden hatten, konnten sie sie überall auf der Insel finden. Doch mit ihm war ihre Chance größer als allein. Und im Moment war das das Einzige, was zählte.

Sieben

Katherine konnte nicht über Eds Schulter sehen. Er hatte seine Kamera an seinen Augapfel geklebt und war in vollem Paparazzi-Modus, als er sich zur vorderen Reling am Heck des riesigen Kreuzfahrtschiffes drängte. Sie fröstelte unter dem düsteren Himmel und wünschte, sie hätte Socken und Turnschuhe statt Sandalen getragen. Sie versuchte, sich vorwärts zu bewegen, als ein weiterer Luftzug signalisierte, dass ein Wal unweit des Bugs aufgetaucht war. Aber selbst als sie auf den Zehenspitzen balancierte, wurde ihre Sicht durch eine massive Wand aus Schultern versperrt. Jemand packte sie am Arm und zog sie vor sich her an die Reling – Harvey.

„Danke." Sie lächelte zu ihm hoch und war überrascht über den Ausdruck der Freude auf seinem Gesicht.

„Das darfst du nicht verpassen." Ein Funkeln leuchtete in seinen Augen.

Direkt unter ihnen tauchte ein weiterer Wal auf, so nah, dass es Katherine einen Schauer purer Ehrfurcht über den Körper jagte. Sie hielt ihr Haar mit einer Hand zurück und starrte gebannt auf das Tier.

„Sie sieht uns direkt an", flüsterte Harvey ihr ins Ohr.

„Sie?", fragte Katherine, unfähig, den Blick von diesen intelligenten schwarzen Augen abzuwenden.

Er lachte. „Sieht einfach zu klug und zu vernünftig aus, um ein Männchen zu sein, aber ich bin kein Experte."

Die frische Meeresbrise benetzte ihre Haut, aber sie hätte das um nichts in der Welt verpassen wollen. Sie war dankbar für Harveys Wärme in ihrem Rücken. Die Berührung war unschuldig, aber sie wusste, dass Ed das nicht gutheißen würde. Katherine runzelte die Stirn und umklammerte das Geländer fester. Wenn sie es sich recht überlege, mochte Ed es nicht, wenn sie überhaupt mit irgendeinem Mann befreundet war. Er hatte sogar eine klare Meinung dazu, mit welchen Frauen sie Zeit verbringen sollte. Die vagen Gefühle des Unbehagens hinsichtlich ihrer Beziehung waren in letzter Zeit immer stärker geworden und hatten sich zuweilen zu einem regelrechten Groll entwickelt. Sie war nicht der Typ Frau, der fremdging, warum also behandelte er sie so? Sie merkte, dass er sie schon seit Jahren so bevormundete. Es hatte lange gedauert, bis sie es bemerkt hatte, denn sie war emotional so zerrüttet gewesen, als sie geheiratet hatten. Sie hatte sich verzweifelt vor der Welt verstecken und jeden Konflikt vermeiden wollen.

Es war eine Zeit, die sie ohne Ed nie überstanden hätte, aber in letzter Zeit ...

Sie schüttelte den Kopf. Der Tod von Davis hatte sie viel härter getroffen, als sie erwartet hatte. Sie brauchte ein wenig Zeit, um wieder einen klaren Kopf zu bekommen, das war alles.

Ein starker Geruch schlug ihr entgegen, und sie verzog das Gesicht und wandte sich mit einer hochgezogenen Augenbraue an Harvey.

„Das bin nicht ich", sagte er ihr lachend. „Der Atem der Wale. So wussten die Walfänger, dass ein Wal in der Nähe war, selbst bei dichtem Nebel."

„Bäh."

„Aber ist es das nicht wert?", erkundigte er sich aufmerksam.

Sie drehte sich wieder zu der riesigen Kreatur um, die so elegant und mächtig war. So prächtig und bedroht. Ihre Verletzlichkeit machte sie plötzlich traurig. „Das ist es auf jeden Fall wert."

Der Wal verschwand und entfernte sich dann weiter vom Schiff – ein vierunddreißig Tonnen schwerer Balletttänzer in seiner ganzen Pracht.

Das Wasser spritzte in großen Wellen hoch. Der Wal tat es wieder und wieder und blendete sie mit seiner überschwänglichen Freude.

Davis hätte das gefallen. Der Gedanke ließ ihr Herz schmerzen.

Katherines Augen wurden feucht, während sie vor klirrender Kälte zitterte. Es war so schön. So majestätisch. Wale waren so frei und so gejagt. Sie hatte nie wirklich über sie nachgedacht, aber jetzt waren diese Tiere ihr auf eine Weise bewusst, wie sie es nie zuvor gewesen waren. Harvey wurde von der Menge gegen sie gedrückt. Ihre Zähne klapperten. Er zog seine Jacke aus und legte sie ihr über die Schultern, wobei der dicke Stoff seine Wärme gespeichert hatte und den Wind abhielt.

„Danke." Dankbar schlang sie die Jacke um ihren Körper.

Etwa zwanzig Meter rechts von ihnen zischte eine Wasserfontäne auf, als der Buckelwal wieder näherkam. Ein glatter schwarzer Rücken tauchte auf, ein kleiner Buckel und dann die lange glatte Kurve eines glänzenden Körpers. Er schien sich in Zeitlupe zu bewegen, ohne Rücksicht auf das riesige Schiff und die winzigen Passagiere darauf. Die Schwanzflosse glitt langsam in die Luft und verharrte dort einen Moment, bevor sie wieder in den Wellen verschwand. Und weg war er.

„Einfach wunderbar", hörte sie Ed triumphierend ausrufen.

Sie starrte dem Wal hilflos hinterher und fragte sich, warum sie sich plötzlich so verloren fühlte.

Die Menge starrte weiter auf das flache Wasser, aber der Wal war weitergezogen, und nach ein paar Minuten begannen sich die

Leute zu zerstreuen. „Wo ist Barb?", fragte sie und drehte sich zu Harvey um.

„Sie hat wohl beschlossen, dass die Geschäfte hier spannender sind als die Tierwelt." Seine Stimme wurde tiefer, und es lag eine Schärfe in ihr, die vermuten ließ, dass er wütend war. Sie hörte, wie Ed ihren Namen rief, und presste die Lippen aufeinander. Sie sollte gehen. Er hatte sie nicht gesehen, wie sie neben Harvey stand, und sie schämte sich ein wenig dafür, wie sehr sie sich in die andere Richtung davonschleichen wollte.

Nur weil sie schlecht gelaunt war, sollte sie ihm nicht den Urlaub verderben. Ed arbeitete hart und hatte sich eine Pause verdient.

Harvey beobachtete sie genau.

„Ich gehe jetzt besser", sagte sie und fühlte sich plötzlich unwohl.

„Ja." Seine Augen suchten ihre nach etwas ab, das sie nicht benennen konnte. „Ich werde hierbleiben und sehen, ob unser Freund wieder auftaucht."

Sie streifte sich die Jacke von den Schultern und gab sie ihm zurück. Eine seltsame Beklemmung machte sich in ihrer Brust breit. „Ich werde besser nach Ed suchen."

Sein Gesicht wurde ausdruckslos. „Ja, natürlich."

Sie machte sich auf den Weg dorthin, wo sie ihren Mann gesehen hatte, als er hineinging, um sie zu suchen. An der Tür angekommen, blickte sie zurück. Harvey starrte tief in Gedanken versunken über das zinnfarbene Wasser der Inside Passage von Alaska.

Ein Stich des Neids durchbohrte sie.

Harvey tat genau das, was sie tun wollte. Einige Zeit allein zu verbringen, die Schönheit des Ozeans zu betrachten und sich an eine Vergangenheit zu erinnern, die sie so sehr versucht hatte zu vergessen.

———

DIE SONNE STAND SCHON TIEF AM HORIZONT, ALS BRENT eine ruhige Straße in einer Gegend von Victoria entlangfuhr, die Anna nicht kannte. Er bog in einen Parkplatz ein. Ein elegantes blau-goldenes Schild über einer belaubten Hecke wies das große quadratische Gebäude als Hauptquartier der RCMP aus.

„Was machen wir hier?" Anna klammerte sich an das Armaturenbrett, während ihr der Mund trocken wurde. Sie wollte genauso wenig mit der Polizei zu tun haben, wie mit dem verrufen aussehenden Mann, der sie vorhin fotografiert und ihr einen falschen Führerschein und Reisepass ausgestellt hatte. Mit diesen gefälschten Dokumenten in ihrer Handtasche wollte sie sich erst recht nicht mit der Polizei anlegen.

Ein großer, gutaussehender Mann öffnete die Hintertür und kletterte hinein, gefolgt von einer ernst dreinblickenden Frau in voller Polizeimontur.

Anna drehte sich zu den Neuankömmlingen um. Ihr Herz pochte.

Verdammt.

Brent drehte sich in seinem Sitz um und zog eine Augenbraue hoch. „Mir war nicht klar, dass dies eine Familienfeier werden würde."

„Halt die Klappe. Sie ist jetzt schon sauer auf dich, weil du sie in diese ... *Situation* hineingezogen hast", sagte der blonde Mann. Das Gesicht war breiter und reifer geworden, aber Anna erkannte den Jungen von dem Foto.

Brents jüngerer Bruder, Finn.

Sie wollte Brent verteidigen, aber er brachte sie zum Schweigen, indem er eine Hand auf ihren Oberschenkel legte. Die Berührung schickte einen blitzartigen Schock durch ihren Körper, der sie verstummen ließ.

„Also, wer ist hinter dir her?", stieß die Polizistin hervor. Sie sah verdammt furchterregend aus mit ihrem stählernen Blick und ihrer harten, autoritären Art. „Ich will diese Kerle von der Straße haben, bevor du wieder im Knast landest."

„Ich weiß nicht, wer es ist." Brent fuhr vom Parkplatz und in Richtung Westen, den Schildern zur Douglas Street folgend. „Falls du dich fragst, Anna, das hier sind mein Bruder Finn und seine süße Verlobte, Holly Rudd, bekannt als der Supercop." Brent stellte sie mit grimmiger Stimme vor.

„Anna Silver?" Hollys scharfe Augen musterten sie.

„Das ist richtig." Anna zog abwehrend die Schultern hoch. Wenn sie mit Gesetzeshütern sprach, wurde sie stets defensiv.

„Ich habe mit dem Vollzugsbeamten gesprochen", begann Holly. Die Polizistin sah Anna mit den hellsten grauen Augen an, die sie je gesehen hatte. Sie waren wunderschön, aber auch klinisch kalt. Ihr breiter Mund verengte sich. „Das mit Ihrem Vater tut mir leid." Wenn überhaupt, wurde ihr Gesichtsausdruck noch strenger. „Aber wenn derjenige, der heute Morgen im Gefängnis angerufen hat, hinter Ihnen und damit auch hinter Brent her ist, dann will ich wissen, warum."

„Ich weiß wirklich nicht, was hier los ist." Annas Magen drehte sich unruhig. Die Sache wurde viel größer und komplizierter, als sie wollte. Was, wenn ihr Vater das Geld wirklich gestohlen hatte? Und jetzt wollte sie Brents Familie mit hineinziehen? Die Cops? Sie sank in ihrem Sitz in sich zusammen.

Holly hob unbeeindruckt die Brauen. „Nach Brents Anruf habe ich zwei Beamte in Zivil losgeschickt, um die Wohnung Ihrer Mutter zu überprüfen. Es war niemand da."

Finns Mund verzog sich zu einer kompromisslosen Linie.

Holly richtete ihre Aufmerksamkeit auf Brent. „Freddy Chastain hat dein Haus überwacht. Er hat nicht genug Ressourcen, um die Stadt, die Forststraße und das Haus zu überwachen, vor allem, weil es keine konkrete Bedrohung gibt, also hat er sich auf dein Haus konzentriert. Hoffentlich findet er dort nichts, was nicht sauber ist."

„Das wird er nicht", versicherte Brent milde. Anna glaubte, dass er mehr versuchte, sie zu beruhigen als Holly. Er wusste, dass sie sich wegen der Pistole Sorgen machen würde, aber er musste sie versteckt haben, vielleicht hatte er sie sogar im Truck mitgebracht. Bei dem Gedanken daran begannen ihre Hände zu zittern.

„Es tut mir alles so leid." Das war nicht das, was sie gewollt hatte, als sie Brent um Hilfe gebeten hatte. Sie warf ihm einen Blick zu, aber er sah sie nicht an, sondern packte einfach ihren Oberschenkel, als gehöre er ihm, und fuhr weiter. Ein Hauch von etwas Sexuellem ging von seiner großen, warmen Hand aus. Eine warme Welle der Erregung, die über ihren Körper strömte. Woher, zum Teufel, war das gekommen? Weil sie normalerweise nicht auf Typen wie Brent scharf war, es sei denn, sie waren auf der Leinwand zu sehen und daher unerreichbar. Diese Selbstoffenbarung lag ihr nun wie eine Bleikugel im Magen.

„Wissen Sie, wer diese Leute sind oder was sie von Ihnen wollen?", fragte Holly erneut.

Der Druck auf ihr Bein nahm ein wenig zu. Sie schluckte hart, als flüssiges Verlangen auf trockene, staubige erogene Zonen traf. Das Timing war beschissen. Aber war das nicht immer so?

„Ich, ähm ... nein." Sie zappelte in ihrem Sitz herum. Gott, was war nur los mit ihr? „Nachdem die Polizei mich über den Tod meines Vaters informiert hatte, erhielt ich eine Sprachnachricht von ihm. Er sagte mir, ich solle die Stadt verlassen. Also ging ich zu Brent." Als ob sie alte Freunde wären und nicht völlig Fremde.

Er fühlt sich nicht mehr wie ein Fremder an.

Ganz sicher nicht.

„Und Ihr Vater hat behauptet, er habe Geld von der Wohltätigkeitsorganisation, für die er arbeitete, genommen, weil er dachte, jemand wolle es stehlen und ihm eine Falle stellen?" Holly hatte offensichtlich den Notruf ihres Vaters angehört, und die Geschichte ihres Vaters klang selbst für Anna lächerlich.

„Wenn Sie das wissen, wissen Sie genauso viel wie ich." Außer diesem angeblichen Beweis, den er ihr geschickt hatte. *Verdammt noch mal, Dad.*

„Die US-Behörden ermitteln im Moment nicht gegen die Firma." Hollys Stimme war kühl. „Ich habe mit der Polizei in

Chicago gesprochen, und die sagen, sie haben keine Beweise außer dem Wort eines Ex-Häftlings, der Geld gestohlen und dann Selbstmord begangen hat, anstatt für seine Tat die Verantwortung zu übernehmen."

Sie hatten ihren Vater auf weniger als nichts reduziert. Anna ließ sich tiefer in das Leder sinken. „Also, was wollen Sie von mir?"

„Geht es um Geld, Anna?"

„Lass sie verdammt noch mal in Ruhe", blaffte Brent.

„Ihr Vater stirbt, und Sie tauchen hier auf der Insel auf. Und Brent bittet dann Finn zum ersten Mal in seinem Leben um Hilfe?" Sie warf ihr einen starren Polizistenblick zu. „Ich glaube, Sie sagen mir nicht alles, was ich wissen muss, und wenn Sie Brent in etwas Illegales verwickeln, werde ich Sie verhaften."

Ein heftiges Gefühl der Ungerechtigkeit stieg in Anna auf. Sie hatte nichts Falsches getan, und doch griff diese Frau sie an, als wäre sie eine Kriminelle. Sie hatte das schon einmal erlebt, und dies hier bestätigte all die Gründe, warum sie ihre persönlichen Albträume für sich behalten hatte. Brents Hand legte sich noch fester auf ihren Oberschenkel. Wenn er so weitermachte, würde sie sicher einen Bluterguss bekommen. Doch sie begrüßte den Druck. Er gab ihr Halt.

„Du bringst mich dazu, mir zu wünschen, ich hätte dich nicht angerufen", sagte Brent trocken und sah seinen Bruder im Rückspiegel an.

„Du kannst nicht immer alles allein machen, Bruder."

„Naja, eigentlich ...", Brents Stimme sank um zwei Oktaven, und sie spürte, wie es in ihren Knochen vibrierte, „... kann ich das sehr wohl."

„Das hier könnte dich wieder ins Gefängnis bringen", warf Holly ein.

„Wir haben nichts falsch gemacht", knurrte Brent.

„Aufhören!" Anna schob seine Hand beiseite. „Ich weiß wirklich nicht, was hier los ist. Ich weiß nicht einmal, ob ich wirklich verfolgt werde, oder ob jemand in Brents Haus auftaucht und nach mir sucht, oder ob das alles nur ein großes Missverständnis ist. Oder ein Scherz. Oder jemand, der mir Angst machen will. Ich weiß es nicht. Aber ich weiß, dass ich Sie nicht um Hilfe gebeten habe." Es herrschte eine kurze, unangenehme Stille, in der sie nur ihr eigenes heiseres Atmen hören konnte. „Das ist nicht Brents Problem. Es ist meines. Ich möchte keine Reibereien zwischen Ihnen verursachen." Sie konnte sich kaum vorstellen, wie kompliziert ihre Beziehung unter diesen Umständen sein würde.

Sie saßen etwa drei Sekunden lang schweigend da.

Finn beugte sich zwischen ihnen vor. „Da hast du aber einen ordentlichen Fang gemacht, Brent."

Brents Finger verkrampften sich am Lenkrad, aber er schwieg.

Holly schnaubte. „Sie sollte mehr Verstand haben, als sich mit den Carver-Jungs einzulassen. So wie manch anderer hier", murmelte sie düster, und sowohl Finn als auch Brent warfen ihr einen Blick zu.

Sie fuhren am Beacon Hill Park vorbei und näherten sich der Meile Null auf dem Trans-Canada Highway. Sie warteten, bis eine Kutsche mit Touristen vorbeigefahren war, und bogen dann in die Niagara Street ein.

„Es ist gleich da vorne", sagte Anna leise zu Brent. Er hielt ein paar Nummern von dem Haus entfernt an, in dem ihre Mutter und ihr Stiefvater wohnten. Es war wunderschön, so ruhig und begrünt im Herzen der Altstadt. Tiefe Schatten bildeten sich, als die Sonne immer tiefer in den Pazifik sank.

„Sie sind hier aufgewachsen?", fragte Finn.

„Nein." Ihr Haus in Fairfield war gepfändet worden. Sie waren mittellos gewesen, nachdem ihr Vater ins Gefängnis gekommen war. Anna wusste nicht, was ohne Ed aus ihnen geworden wäre. „Wir sind hierhergezogen, als Mom und Ed geheiratet haben. Er war damals ein Witwer."

Sie stiegen aus dem Auto. Holly übernahm die Führung und ging an der Seite des großen viktorianischen Hauses mit den blau gestrichenen Fassaden und den roten Verzierungen entlang. Es gab

Balkone und sogar einen Witwengang auf dem Dach. Es war ein wunderschönes altes Haus. Anna hatte sich hier allerdings nie wohlgefühlt und so viel Zeit wie möglich bei ihrer Großmutter verbracht.

Es war niemand auf der Straße. Wahrscheinlich aßen alle gerade zu Abend. „Wenn die Nachbarn davon erfahren, wird meine Mutter vor Scham sterben." Aber vielleicht sollte man sich generell nicht so viele Gedanken darüber machen, was andere Leute dachten.

„Wir waren diskret", erklärte Holly. „Ich habe jemanden kommen lassen, der nach Fingerabdrücken auf Türklinken und Lichtschaltern gesucht hat, aber wer auch immer hier war, hat hinterher aufgeräumt." Holly warf ihr einen nachdenklichen Blick zu und wurde langsamer, damit Anna ihr den Weg weisen konnte.

Ihr Herz pochte. Diese ganze Situation war mehr als verrückt. Sie wollte immer wieder die Augen schließen und so tun, als ob nichts passiert wäre. Doch leider funktionierte das Leben nicht so.

Anna zog ihren Schlüssel aus der Handtasche, öffnete die Tür und betrat das kühle Innere des Hauses. Der Flur war ordentlich und makellos wie immer. Sie trat zur Seite, während alle hineingingen. Im Haus war es still. Richtig still. Sie fuhr mit den Händen über die dunkle Eichenvertäfelung.

„Würde es Ihnen etwas ausmachen, wenn ich mich noch einmal umsehe?", fragte Holly höflich und wippte auf den Ballen ihrer Füße. Seit Annas Gefühlsausbruch hatte sich das harsche Verhalten der Polizistin deutlich abgeschwächt.

Anna glaubte nicht, dass es eine große Rolle spielen würde, ob es ihr etwas ausmachte oder nicht. „Ich tue alles, um mein Leben zurückzubekommen."

Holly ging die Treppe hinauf, und Anna betrat das formelle Wohnzimmer und runzelte die Stirn. Alles glänzte. Nicht ein Staubkorn wagte es, seine hässliche Fratze in diesem Haus zu zeigen. Sie rieb sich mit ihren Händen über die Arme, als sich eine Gänsehaut bildete.

„Was ist los?", fragte Brent leise. Die letzten Sonnenstrahlen schienen in einem schrägen Winkel durch die Fenster und brachten die makellos polierten Oberflächen und das funkelnde Glas zum Leuchten.

Sie starrte auf den ledernen Chesterfield und den kleinen Flügel. „Irgendetwas ist anders."

Brent stand unter dem großen Porträt von Ed und ihrer Mutter, das über dem Kamin hing. Seine Miene verzog sich. „Sie hat nicht lange gefackelt, nachdem dein Vater verhaftet wurde."

Anna zuckte mit den Schultern. Ihre Mutter hatte jemanden gebraucht, der sich um sie kümmerte. „Wir kannten Ed schon seit ein paar Jahren. Meine Mutter war mit seiner ersten Frau befreundet gewesen und hatte ihnen geholfen, als sie im Sterben lag. Ich schätze, es war ganz natürlich, sich auf ihn zu stützen, als sie diejenige war, die Unterstützung benötigte." Als Ed in ihr Leben getreten war, hatte sich alles, was Anna je gekannt hatte, um die eigene Achse gedreht. Sie war schnell erwachsen geworden.

Brent deutete auf die Fotos, die bei ihrer Schulabschlussfeier gemacht worden waren, und die auf dem Klavier standen. „Du hast einen Stiefbruder?"

Abscheu machte sich in ihr breit. „Er war ein Jahr über mir in der Highschool."

„Ich nehme an, du hast dich nicht so gut mit ihm verstanden?", fragte er. Dem Mann entging offenbar nichts.

„Nicht wirklich." Sie schaute nicht auf das Foto. „Er hat seine Mutter verloren, und sein Vater hat kurz darauf geheiratet. Das muss schwer für ihn gewesen sein." Sie hatte immer versucht, sich in seine Lage zu versetzen, auch wenn es nicht geklappt hatte.

„Mein Herz blutet."

Ihre Lippen verzogen sich zu einem zögernden Lächeln. „Er ist kurz nach der Hochzeit aufs College gegangen." Sie warf einen Blick auf den Poststapel und war sich fast sicher, dass jemand ihn durchgesehen hatte, seit sie am Samstagmorgen hier gewesen war. Sie befühlte den Rand eines Umschlags. „Ich habe ihn seit Jahren nicht mehr gesehen. Er arbeitet in Seattle, und wir sind nicht so auf Familientreffen aus."

Brent starrte sie fest an, aber sie weigerte sich, seinem Blick zu begegnen. Holly kam zurück in den Raum, Finn war ihr auf den Fersen wie ein Bodyguard. Anna beobachtete sie fasziniert.

Wie war es, jemanden so zu lieben? Wenn man für jemand anderen sterben würde?

Ihr Mund wurde trocken. Das Pochen ihres Herzens fühlte sich hohl an. Ed kümmerte sich um ihre Mutter, aber er ließ sie nie selbständig denken. Finn und Holly waren beide offensichtlich sehr unabhängige Menschen, und doch arbeiteten sie als Team. So etwas hatte sie noch nie beobachtet, aber sie umgab sich auch eher mit alleinstehenden Menschen und mied die Paar- und Familienszene.

„Sehen Sie etwas, das hier nicht hingehört? Irgendwelche Ideen, wer diese Kerle sein könnten?" Hollys Augen waren scharf, aber ihr Tonfall war mitfühlend.

„Sie wissen doch, wer mein Vater war, nicht wahr?", fragte Anna plötzlich.

Holly nickte und ihre Augen wurden düster. „Kinder sind nicht für die Taten ihrer Eltern verantwortlich." Ihr Blick wanderte zu Brent.

Was hatte sein Vater getan? Seine Frau missbraucht? Seine Kinder?

„Ich möchte, dass ihr beide in Schutzhaft genommen werdet. Nur bis wir herausgefunden haben, was hier vor sich geht", sagte Holly.

Annas Mund blieb offenstehen. Brent verschränkte seine Arme vor der Brust. Finn warf seinem Bruder einen Blick zu, als wolle er ihn gleich angreifen.

„Es wird nicht lange dauern, nur so lange, bis wir diese Leute aufspüren und herausfinden, was sie vorhaben. Ihr könnt in unserem neuen Haus wohnen, das nicht weit weg ist." Sie sah

Brent mit einem wachen Auge an. „Das Haus, das du schon vor Monaten versprochen hast, zu besuchen."

Brent rollte mit den Augen. „Meinetwegen."

Finn entspannte sich. Dann sah Brent wieder auf das schreckliche Abschlussporträt von ihr, das ihre Mutter unbedingt hier ausgestellt haben wollte. Er bewegte den Kopf zur Seite und wieder zurück, die Brauen zusammengekniffen. „Bilde ich mir das nur ein, oder ist das ein Lippenabdruck auf Annas Foto?"

Die Patina des Klaviers war glänzend schwarz, das Glas im Rahmen makellos, sodass der Abdruck im Winkel des schwindenden Lichts deutlich zu sehen war. Holly ging hinüber und sah sich das Ganze genauer an. „Sieht aus, als hätte jemand das Glas geküsst."

Eis schoss durch Annas Adern.

Holly deutete auf den schwachen Abdruck. „Wie wahrscheinlich ist es, dass die Person, die das getan hat, nicht Ihre Mutter ist?"

Anna verschluckte sich an einem Lachen. „Meine Mutter und Ed sind geradezu zwanghaft, wenn es ums Putzen geht. Auf keinen Fall würde einer von ihnen einen Abdruck auf dem Glas hinterlassen."

„Kann ich es als Beweismittel mitnehmen? Nur für den Fall?" Ein Funken Aufregung leuchtete in Hollys Blick, als sie ihr Handy herauszog.

„Verbrennen Sie es von mir aus." Anna nickte. Ein Schauer lief ihr über den Rücken und ihre Zähne begannen zu klappern. Wer würde ihr Foto küssen? Und warum?

Warme Hände legten sich um ihre Schultern. „Ich gehe mit Anna nach draußen. Sie sieht etwas grün im Gesicht aus."

Holly nickte abwesend. Finn beobachtete sie mit zusammengekniffenen Augen.

Anna fand sich kurz darauf durch die Vordertür hinausmanövriert. Brent schloss sie leise und begann dann, von ihr weg zu joggen.

„Was ist denn los?", fragte sie, während sie ihm hinterherlief.

„Auf keinen Fall sperrt mich jemand ein. Und ich bin nicht besonders gut darin, mich darauf zu verlassen, dass andere meine Probleme für mich lösen." Und genau das war sie auch, ein Problem.

Sie waren bei seinem Wagen, und er öffnete die Tür. „Bleib einfach hier. Finn und Holly werden sich gut um dich kümmern."

Annas Hände schlossen sich um den Türgriff, und sie kletterte neben ihm in den Truck. Der Gedanke, tatenlos herumzusitzen, während er sich in Gefahr begab und nach Antworten suchte, bereitete ihr Übelkeit. „Er war mein Vater. Ich bin diejenige, die dich in all das hier hineingezogen hat. Ich lasse nicht zu, dass du das ganze Risiko allein trägst."

Brent fuhr gerade vom Bordstein weg, als Finn die Einfahrt heruntersprintete. Anna wollte die Wut in Finns Augen nicht sehen. Das Letzte, was sie wollte, war ein Zerwürfnis zwischen Brent und seinem Bruder herbeizuführen, denn sie war sich ziemlich sicher, dass Finn jetzt, da ihr Vater tot war, der einzige Mensch auf der Welt war, den Brent noch hatte.

———

Rand stand im Wald und betrachtete neidisch die riesige Blockhütte. Das war die Art von Lebensstil, die er anstrebte. Nicht irgendeine Wohnung in der Stadt, in der er Drogendealern und Gangmitgliedern hinterherjagte. Sobald er sein Geld zurückhatte, würde er verschwinden.

Gute Wahl für ein Versteck, Ms. Silver. Luxuriös und abgelegen.

Es war ein Abenteuer gewesen, hierherzukommen, aber hier war Endstation, und es gab keinen Ausweg mehr. Nebel verdeckte den Mond und zog mit geisterhaften Fäden über das Blätterdach der Bäume. Es war still im Wald – so still, dass sogar sein eigenes Atmen laut zu sein schien, obwohl er wusste, dass niemand sonst es hören konnte. Er berührte seine Waffe am Oberschenkel, während er vom Wald aus die Hintertür beobachtete. Er und Marco hatten über eine Stunde lang gewartet. Vorsicht und Dunkelheit waren ihre besten Verbündeten bei einem Angriff. Die Sonne war schließlich hinter dem Horizont versunken und hatte jegliches Licht um sie herum mit sich genommen.

Er trug Tarnkleidung und hatte ein Nachtsichtgerät – eigentlich ein Overkill für den Kampf gegen zwei Zivilisten, aber Rand tat, was er für richtig hielt. Er wollte die Sache nicht vermasseln, denn sowohl Kudrow als auch der General waren scharf auf die Informationen, die das Mädchen hatte, und die Zeit lief ihm davon.

Seit dem letzten Wechsel der US-Regierung hatte General Browning nicht nur Schwarzarbeit für die Regierung geleistet, sondern sich auch ein wenig freiberuflich engagiert. Seit vier Jahren führten sie eine geheime Söldneroperation durch, wobei sie die Wohltätigkeitsorganisation als Fassade nutzten, um ihre Aktivitäten zu verbergen und ihr Geld zu waschen, bevor sie es auf Offshore-Konten verschoben. Davis war über sie gestolpert, als sie die letzte Zahlung eines saudischen Scheichs kassiert hatten, der sie gebeten hatte, ein wenig zur Destabilisierung im Jemen beizutragen. Es brauchte nicht viel, um ein Feuer in diesem Brandherd zu entfachen.

Rand wollte dieses Geld zurück. Er wollte verdammt sein, wenn ihm jemand etwas wegnahm, was ihm rechtmäßig zustand.

Aber Anna Silver durfte nicht im Kreuzfeuer getötet werden. Sie brauchten sie lebend, bis sie die Kontonummern hatten. Außerdem hatte er Pläne für sie. Der Gedanke daran hatte ihn den ganzen Tag über hart wie Stein gemacht.

Im Laufe der Jahre hatte er festgestellt, dass die am wenigsten willigen Frauen in der Regel den meisten Spaß machten. Manchmal schloss sich Marco an. Manchmal jagte er allein. Das hing ganz davon ab, wie Rand sich fühlte und ob er in der Stimmung war, zu teilen oder nicht. Und er hatte sich noch nicht entschieden, ob er Anna teilen wollte oder nicht.

Marco war zu der Seite des Grundstücks gegangen, die dem Meer zugewandt war. Rand wartete auf sein Zeichen zur Entwarnung. Im Obergeschoss brannte Licht, aber in den letzten dreißig Minuten war im Haus nichts mehr los gewesen. Es war erst zwanzig Uhr, aber durch den Nebel fühlte es sich später an. Viel später. Vielleicht waren sie schon ins Bett gegangen. Vielleicht fickte der Kerl sie gerade.

Beinahe wäre er einen Schritt nach vorne gegangen, er hatte sogar schon einen Fuß angehoben. Dann ließ ihn ein Rascheln vor ihm und links von ihm auf der Stelle erstarren und auf dem Waldboden in die Hocke gehen. Was war das? Ein Bär? Ein Eichhörnchen? Er drehte sich ganz langsam um und entdeckte eine Gestalt, die auf dem Bauch in den Bäumen lag. Schwarzer Kampfanzug. Sturmgewehr. Was zur Hölle? Plötzlich wurde er sich der potenziellen Augen um ihn herum bewusst.

Ein Polizist? Ein Sondereinsatzkommando?

Verdammt, war das ein Hinterhalt? Wut schoss durch seine Adern.

Er wollte Marco warnen, aber zuerst musste er sich ein wenig Luft verschaffen. Er schlich zurück durch den Wald und vergewisserte sich sorgfältig, dass keine weiteren Personen in der Nähe waren. Dann näherte er sich der Gestalt lautlos von hinten. Der Typ war voll konzentriert und hörte ihn nicht kommen. Rand brach ihm mit einem kaum hörbaren Knacken das Genick. Er nahm den kleinen Kopfhörer aus dem Ohr des toten Mannes und hörte zu, wie die anderen in Position gingen. Er tippte schnell auf seinen eigenen Kommunikator, um Marcos Aufmerksamkeit zu erregen, aber es war zu spät. Lichter überfluteten den Bereich und Marco begann zu schießen. Rand sah, wie sein Partner eine Kugel abbekam, während er in den Schatten zurücktrat und sich vom Geschehen entfernte.

Er erreichte die andere Straßenseite und eilte durch den dichten Wald nach Süden und dann ins Wasser, bevor das Adrenalin aufhörte, wie wild auf sein Herz einzuprügeln. In voller

Montur durch die schmale Bucht zu stapfen, ließ die Wut weiter anwachsen. Die Polizisten hatten sie bereits erwartet. Jemand hatte sie gewarnt. Vielleicht der Vollzugsbeamte. Oder Anna Silver war schon ganz am Anfang zu den Bullen gegangen und hatte ihn mit einer dünnen Spur von Krümeln gefüttert. Um ihm eine Falle zu stellen.

Das Wasser war kalt. Die nasse Kleidung war schwer. Seine Waffen waren durchnässt. Er konnte sich nicht erinnern, wann er das letzte Mal so hart arbeiten musste, um seine Beute zu finden. *Miststück.*

Und jetzt war Marco angeschossen und gefangen genommen worden, und die Chancen standen gut, dass sie erfahren würden, dass er einen Komplizen hatte. Wut brannte in seinen Adern.

Sie hatte ihn dumm aussehen lassen. Scheiße. Verdammte Scheiße. Er konnte es nicht fassen. Er strich sich das Wasser aus den Haaren und stapfte durch die hüfthohe Brandung ans Ufer, fest entschlossen, so viel Abstand zwischen sich und Carvers Haus zu bringen wie möglich. Das Dröhnen von Hubschrauberrotoren drang durch die Luft. Er biss die Kiefer zusammen.

Wie viele Polizisten waren da draußen? Hatten sie ihren toten Kumpel schon gefunden?

Diese ganze Mission war ein totales Chaos.

Er und Marco hatten einen Truck gestohlen, um nach Bamfield zu fahren. In Port Alberni hatten sie das Nummernschild ausgetauscht. Sie hatten ihre Sachen in einem Hotelzimmer in Victoria zurückgelassen, und er musste sie zurückholen, bevor Marco identifiziert wurde. Es würde nicht einfach sein, ihn zu identifizieren, da ihre Fingerabdrücke nicht in den Akten waren – es sei denn, Marco war nicht tot und wollte einen Deal machen. *Verflucht. Scheiße. Verdammte Scheiße noch mal.* Er konnte nicht glauben, dass eine Lehrerin ihm das angetan hatte. Er joggte weiter die Straße entlang, bereit, in den Busch zu springen, falls ein Auto kommen sollte. Etwa drei Meilen vor der Stadt sah er ein Haus, das auf einer Seite im Wald lag. Er wurde langsamer. Es war abgelegen.

Er dachte, er sei nicht weit von der Forststraße entfernt, die nach Süden führte. In der Einfahrt stand ein Auto. Er könnte es stehlen, aber das würde zu schnell gemeldet werden, und sie könnten eine Straßensperre errichten und ihn auf dem Weg nach draußen in eine Falle locken.

Ein toter Polizist bedeutete, dass es beinahe sofort eine Straßensperre geben würde.

Eine rothaarige Frau kam am Fenster vorbei und reichte einem Mann, der am Tisch saß, einen Teller mit Essen. Rands Magen knurrte.

Die Wut zog sich zu einem feinen Punkt zusammen, als er seine Optionen abwog. Sein Herzschlag verlangsamte sich. Seine Konzentrationsfähigkeit war es, die ihn in mehr Situationen am Leben gehalten hatte, als er zählen konnte. Er beobachtete das Haus, während der Mann und die Frau ihre Mahlzeit zu sich nahmen. Er ließ sie sogar das Geschirr abräumen. Dann machte sich der Typ daran, seine Jacke anzuziehen.

Rand zog seine Maske über sein Gesicht. Dann griff er nach seiner Pistole und fragte sich, ob sie wohl Bier im Haus hatten. Ein Bier könnte er jetzt gut gebrauchen, aber er durfte nicht riskieren, seine Sinne zu vernebeln.

Der Mann ging nach draußen, und Rand schlich sich hinter ihm an, als er die Autotür öffnete. Er verpasste ihm mit der Pistole einen Schlag, und der Kerl fiel zu Boden wie ein Stein. Rand schleppte ihn über groben Kies ins Gebüsch und fesselte seine Hand- und Fußgelenke mit einer Angelschnur, die er von einer auf der Veranda liegenden Angelrute nahm. Er zog dem Mann eine Socke aus und stopfte sie ihm in den Mund. Dann wickelte er ihm wiederholt Schnur um den Kopf, bis er sicher war, dass der arme Trottel keinen Lärm mehr machen würde. Danach spannte er ihn zwischen zwei Bäumen ein. Dieser Idiot würde ohne Hilfe nirgendwo hingehen. Verdammt, er sollte dankbar sein, dass er ihm nicht gerade die Kehle aufgeschlitzt hatte. Ein kaltes Lächeln umspielte seine Mundwinkel, als er sich wieder dem Haus zuwandte. Sein Atem war heiß und verkrampft in seiner Lunge. Er ging die Treppe hinauf und öffnete leise die Tür. Warme Luft traf mit einem willkommenen Schlag auf seine feuchte Kleidung. Der Ort war abgenutzt und rustikal, aber gemütlich. Es fühlte sich sicher an.

Er verschloss gerade die Tür, als die Frau rief: „Das ging aber schnell. Was hast du vergessen?"

Sie kam mit einem Lächeln und rosigen Wangen aus dem Schlafzimmer. Er hob die Pistole. Sie war nutzlos, aber das wusste sie nicht. Sie blieb wie angewurzelt stehen, und ihr Gesicht verlor jegliche Farbe. Ihr Blick huschte zum Fenster.

„Er wird dir nicht helfen können."

Ihre Augen weiteten sich und blitzten dann vor Wut. „Was haben Sie mit ihm gemacht?" Sie machte einen Schritt auf ihn zu und hob ihre Hand, als wollte sie ihn schlagen.

Er gab ihr eine harte Ohrfeige, und sie ging zu Boden. Er mochte den Anblick von ihr da unten, sehr sogar. Die Wut verwandelte sich in etwas anderes. Etwas Ursprüngliches und Unbarmherziges. Uralt und animalisch. Rand ging in die Knie und senkte seine Stimme. Der Abdruck seiner Hand war knallrot auf ihrem milchweißen Fleisch. „Wo sind deine Autoschlüssel?"

Ihre Augen blitzten zum Schlüsselbrett. „Da drüben. Nehmen Sie sie einfach und verschwinden Sie."

Kleines Miststück. Er packte sie an den Haaren und drehte sie herum, sodass sie sich in einem unbequemen Bogen aufrichtete und sich an seinem nassen Hemd festhalten musste, um das Gleichgewicht zu halten. Er konnte die Abscheu in ihrer Berührung spüren, selbst als sie sich ihm widersetzte, aber er wusste, wie er sie brechen konnte.

„Wo ist das Schlafzimmer?"

Sie fing an, nach ihm zu schlagen, und er schlug sie so hart, dass ihr Kopf auf das Linoleum prallte.

„Wir können es auf die harte oder auf die leichte Tour machen", sagte er ihr, denn das hier *würde* passieren, obwohl er nicht viel Zeit hatte, um den Druck in seinen Eiern abzubauen und die Wut, die in seinem Blut pochte, zu besänftigen. „Wenn wir es auf die einfache Art machen, braucht dein Alter es nicht einmal zu erfahren." Er hielt ihrem Blick stand. Verständnis drang durch die Verwirrung und die Angst.

Erstens war ihr Mann noch nicht tot. Zweitens hatte sie keine Wahl, und ein Kampf würde es nur noch schlimmer machen. Die Emotionen, die aus ihrem Blick sickerten, waren faszinierend zu beobachten, aber Rand hatte keine Zeit für langfristige Forschungen. Sie nickte langsam und erhob sich ruckartig auf ihre Füße. Er ergriff ihr Handgelenk, als sie ihm den Weg zum Schlafzimmer wies, obwohl sie an der Tür in Panik geriet, da das Bett nur wenige Meter entfernt stand.

Er bändigte sie mit Leichtigkeit und brachte sie zu Boden. Dann begann er, sich aus seinen nassen Klamotten zu schälen, war dankbar, dass er sie bald los war. Fünf Minuten länger zu brauchen, würde seinen Fluchtplänen nicht schaden, und im Moment war sein Schwanz so hart, dass er sich wie ein Bleigewicht zwischen seinen Beinen anfühlte. Er zog die Frau hoch, drückte sie auf das Bett und riss ihr die Jeans bis zu den Knöcheln herunter. Sie strampelte, und er schlug sie erneut, sodass sie durch die Wucht benommen wurde. „Halt still."

Schließlich blieb sie unbeweglich liegen und er tat, was er tun musste. Als er fertig war, zog er die Kleidung ihres Mannes an, die ihm an den Armen und Beinen zu kurz, aber wenigstens trocken war. Er zwang sie, sich anzuziehen und drängte sie mit vorgehaltener Waffe ins Auto. „Wir beide machen jetzt eine Spritztour. Wenn die Polizei dich anhält, bin ich dein Bruder, der aus Victoria zu Besuch ist, und du fährst mich gerade nach Hause. Wenn du irgendetwas tust, was ihren Verdacht erregt, bringe ich sie um, und dann werde ich dich nackt ausziehen und das, was gerade passiert ist, wie eine verdammte romantische Komödie aussehen lassen. Verstehst du mich?"

Ihr Blick war düster, als sie ihm zunickte. Sie startete den Wagen und bog auf die Hauptstraße ein.

Ja, er wusste verdammt gut, wie man sie brechen konnte, aber Rand war sauer, dass es sich nur um eine rothaarige Fremde handelte und nicht um die Brünette, die er jagte. Er mochte es nicht, wenn jemand an seiner Kette ruckte, und er mochte es noch viel weniger, wenn jemand auf seine Kumpels schoss.

ACHT

Anna saß auf dem Beifahrersitz von Brents Truck und hatte die Knie bis zum Kinn hochgezogen. Der saubere Jeansrock war eng über ihre Beine gezogen. Er mochte ihre femininen Klamotten – nicht, dass es ihn verdammt nochmal etwas anging.

„Woher willst du wissen, dass Holly uns nicht daran hindern wird, ein Flugzeug zu besteigen?" Sie biss sich auf die Unterlippe, und er musste seinen Blick wieder auf die Straße lenken.

„Sie könnte zum Flughafen fahren, aber sie wird nichts riskieren, was mich wieder ins Gefängnis bringen könnte, denn das würde bei ihrem Verlobten nicht gut ankommen. Nicht, dass sie mir nicht den Arsch aufreißen würde, wenn sie herausfindet, dass ich gegen das Gesetz verstoßen habe", fügte er hinzu. Er hatte ein paar Anrufe getätigt, als sie Annas „anderen" Pass besorgt hatten. „Aber das ist egal, denn wir reisen nicht über die üblichen Kanäle aus." Und er war sich ziemlich sicher, dass Finn das auch wissen würde. Er hatte seinem Bruder wehgetan, indem er dessen Pläne, ihm zu helfen, abgelehnt hatte, aber er hatte sein Leben lang niemandem vertraut und wollte sich jetzt nicht ändern, auch wenn ein Teil von ihm das in Betracht zog. Nein, er konnte es nicht tun.

Nicht einmal für einen Bruder, dessen unerschütterliche Loyalität er sich nicht verdient hatte.

In der Dunkelheit war der Innenhafen beleuchtet wie ein Weihnachtsbaum. Sie hatten einen kurzen Abstecher zum Büro von Brents Agenten in Victoria gemacht, um seine Reiseunterlagen abzuholen, und obwohl der Mann nicht da gewesen war, war seine Sekretärin begeistert gewesen, ihm bei all dem Papierkram zu helfen, den er so kurzfristig erledigen musste. Brent fuhr zum Kai und sah Annas Überraschung, als er in eine Parklücke fuhr und den Motor abstellte. Er hob die Tüte mit den Utensilien, die sie am Morgen gekauft hatte, vom Rücksitz.

„Gehen wir."

Der Ort war immer noch von Touristen überschwemmt. Zu viele Menschen. Zu viel Lärm. Brent verdrängte alles. Er konzentrierte sich auf Anna.

Auf ihren Duft. Ihr Lächeln. Darauf, sie in Sicherheit zu bringen.

Sie folgte ihm, wenn auch etwas zögerlich.

Er machte ihr keine Vorwürfe. Die Situation war beschissen. Polizistenmordende Kriminelle hatten sie aufgespürt, nachdem er ihr versichert hatte, dass das nicht passieren würde, und er hatte gerade das einzige Schutzangebot, das sie erhalten hatte, ausgeschlagen. Vielleicht war es keine so gute Idee, an den Tatort zurückzukehren, aber es war der letzte Ort, an dem man sie erwarten würde. Und verdammt, er musste herausfinden, wohin Davis die Beweise geschickt hatte, und er musste mit Jack Panetti sprechen, falls und wenn er aufwachen würde. Jack musste jemandem zu nahe gekommen sein. Und Brent musste herausfinden, wem.

Wenn Holly den toten Polizisten in Chicago mit Davis in Verbindung bringen würde – was früher oder später der Fall sein würde –, würde sie ihn oder Anna auf keinen Fall aus den Augen lassen. Er würde essen, schlafen und von Mounties träumen. Nein, niemand würde ihn einsperren – nicht einmal zu seinem eigenen Besten.

Sie gingen den Kai entlang, vorbei an den millionenschweren Booten an ihren erstklassigen Liegeplätzen, zu den Anlegern, an denen die Wasserflugzeuge auf dem Wasser dümpelten. Sie kamen an einem Streifenpolizisten vorbei, der auf dem Kai patrouillierte, und Brent zog Anna näher an sich heran und legte seinen Arm um ihre Schultern. Er verkürzte seine Schritte, damit sie sich nicht beeilen musste, um Schritt zu halten. Ihre Muskeln fühlten sich so hart an wie Stahl.

„Entspann dich", hauchte er in ihr Haar. Eine Strähne verfing sich auf seinen Lippen, und er musste sich zwingen, den Kopf wegzubewegen und nicht einfach dazustehen und wie ein Narr ihren Duft einzuatmen.

Brent führte sie zu einem leuchtend roten Wasserflugzeug, das am Ende eines kurzen Anlegers festgemacht war. Der Pilot stand am Ende eines Stegs, seine Augen verschlangen Anna wie ein Bonbon. Brents Finger krallten sich an ihrer Schulter fest, doch dann ließ er sie los. Sie gehörte ihm nicht. Aber sie war die Tochter seines besten Freundes, die in einem ziemlichen Schlamassel steckte, und sie verdiente es, mit Respekt behandelt zu werden.

Er nickte dem anderen Mann zu. Es war schon ein paar Jahre her.

„Ich hätte nie gedacht, dass ich den Tag erlebe, an dem du die Insel verlässt, Carver." In seinem Akzent war ein Hauch von Australien zu hören.

„Bist du sicher, dass diese Schrottkiste hier überhaupt fliegt?"

Der Pilot grinste Anna an, doch in seinen Augen schimmerte Verärgerung. „Charmant wie immer, wie ich sehe." Er streckte seine Hand aus, um die von Anna zu schütteln. „Und wer sind Sie?"

Brent legte Anna mahnend die Hand auf den Rücken, als sie dem Piloten die Hand schüttelte. „Schön, Sie kennenzulernen", war alles, was sie sagte. Brent versuchte herauszufinden, wann er und Anna diese stumme Form der Kommunikation entwickelt hatten. Die Tatsache, dass er selbst in den harmlosesten Situationen nicht die Finger von ihr lassen konnte, sagte ihm, dass er in Schwierigkeiten steckte, aber zum Glück war sie vernünftig genug für sie beide.

Der Pilot ergriff ihre kleine blasse Hand für eine weitere Sekunde. „Sie sind also hier, weil Sie nicht hier sein wollen, richtig? Dieser Typ entführt Sie?" Seine Augen wirkten besorgt.

Brent nahm seine Hände von Anna und drehte ihnen beiden den Rücken zu. Verdammter Mistkerl.

„Ich würde nicht behaupten, dass ich hier sein will, aber Brent hilft mir bei etwas", antwortete Anna leise.

Brent wirbelte zurück und sah sie beide an. „Sind wir jetzt bald soweit, oder willst du, dass ich einen Lügendetektortest bestehe, bevor du mich an Bord lässt?"

„Hey, ich versuche nur, das Richtige zu tun, Kumpel."

Brent verdrehte die Augen. Er wollte keinen Smalltalk, keine Fragen und keine Erinnerung daran, was für ein Mann er einmal gewesen war. Obwohl er dem kleinen Mann nie etwas angetan hatte. Auch hatte er noch nie eine Frau im Zorn angefasst. Aber man zeigte seine Schwächen nicht vor Leuten, die sie gegen einen verwenden könnten.

„Ich muss nur noch die obligatorische Inspektion vor dem Flug abschließen, dann kann es losgehen."

Sie kletterten an Bord, verstauten ihr Gepäck und setzten sich in die leuchtend roten Ledersitze. Brent schnallte sich an, lehnte den Kopf zurück und starrte an die Decke der kleinen Blechkiste, in der sie gleich in die Lüfte steigen würden. Jeder Muskel in seinem Körper spannte sich an, und seine Hände umklammerten das Ende der Armlehnen so fest, dass es wehtat.

„Ist es das erste Mal, dass du fliegst?", fragte Anna leise.

Er zuckte beim Klang ihrer Stimme zusammen und wünschte, der Geschmack in seinem Mund wäre nicht der von Angst. „Als Kind bin ich nie irgendwo hingegangen, und als ich aus dem Gefängnis kam, wollte ich auch nichts erkunden." Oder vielleicht war er einfach zu feige, um sich der Welt zu stellen. Er setzte sich aufrechter hin. Diese Option hier gefiel ihm nicht.

„Vertraust du ihm?" Anna lehnte sich an ihm vorbei und versuchte, den Piloten draußen zu sehen.

Brent zuckte mit den Schultern. „Ich zahle ihm gutes Geld, und er würde es sich zweimal überlegen, bevor er mir in die Quere kommt. Mehr traue ich niemandem."

„Haben die meisten Leute Angst vor dir?" Annas Augen waren groß, aber er konnte sie nicht lesen.

Im Gefängnis hatte er sich darauf spezialisiert, sich aus Schwierigkeiten herauszuhalten, indem er ein harter Kerl war. Das hatte ihn am Leben erhalten. „Sechzehnjährige, die ihre Väter umbringen, werden sogar im Gefängnis gemieden." Die Worte hatten ihren üblichen bitteren Beigeschmack.

Helle grüne Augen bohrten sich in ihn. „Du hast ihn geliebt, nicht wahr?"

Er fühlte sich, als hätte sie ihm in den Magen geschossen. Oh Gott. „Ja", gab er zähneknirschend zu, „ich habe ihn geliebt."

„Warum hast du ihn dann umgebracht? Was hat er dir angetan?"

Er zuckte mit den Schultern.

Sie sah erst verletzt, dann wütend aus. Er ergriff ihre Hände, um sie zu beruhigen, und atmete tief durch, denn er gab den Kampf auf, alles geheim halten zu wollen. Wen interessierte das schon? Es änderte nichts, und wenn jemand die Wahrheit verdiente, dann war es Anna.

„Mir hat er nichts angetan. Nicht in dieser Nacht jedenfalls", spuckte er aus, als wäre es ein Fluch.

„Deinem Bruder also", vermutete Anna.

Die Erinnerung daran ließ ihm das Blut in den Adern gefrieren. Der Gedanke, ein Kind zu schlagen, war für die meisten schockierend, aber in seiner Jugend war es alltäglich gewesen. Selbst jetzt tat es weh, daran zu denken, was sein Bruder durchgemacht hatte. „Als ich klein war, war alles in Ordnung, aber dann verlor mein Vater seinen Job als Lkw-Fahrer und fing an, viel zu trinken. Er fing an, Mama zu schlagen, und ich konnte ihn nicht davon abhalten."

„Aber sie hat dich mit ihm allein gelassen ...?" Sie klang ungläubig.

„Er hat Finn und mich erst geschlagen, nachdem sie gegangen war. Ich glaube nicht, dass sie uns verlassen hätte, wenn sie gewusst hätte, was dann passieren würde." Vielleicht dachte er das nur gern, und ihm war nicht klar, dass er immer noch so naiv war. „Sie tat, was sie tun musste, um zu überleben. Das haben wir alle getan."

„Keiner hat je versucht zu helfen?"

„Damals waren die Menschen noch nicht so sehr mit dem Thema Kindesmissbrauch oder häuslicher Gewalt vertraut. Außerdem mochten die Leute meinen Vater. Ich und Finn waren beide ein bisschen wild." Er hatte einmal versucht, um Hilfe zu bitten, und bekam gesagt, er solle aufhören, Geschichten zu erzählen. Diese elende Schlampe leitete immer noch das Postamt.

„In der Nacht, in der du deinen Vater getötet hast, hat er Finn angegriffen?" Sie musterte sein Gesicht. Sie hatte die freundlichsten, grünsten Augen der Welt. Den weichsten Mund, den er je gesehen hatte. Oh Gott. *Denk nicht an ihren Mund.*

Kalter Schweiß brach ihm auf dem Rücken aus. Er begann zu erzählen. „Nachdem Mom weg war, hat der Mistkerl seinen ganzen Hass auf Finn übertragen, und wenn ich ihm im Weg war, hat er mir auch ein paar spaßige Stunden bereitet. Ich werde nie vergessen, wie er mich das erste Mal geschlagen hat. Es fühlte sich an, als wäre ich gegen eine Tanne gelaufen." Seine Stimme wurde leiser. Verdammt, er wollte all diese Erinnerungen nicht wieder an die Oberfläche zerren, aber vielleicht würde es ausreichen, um ihn vom Gedanken an das Fliegen abzulenken und sie dazu zu bringen, ihm zu vertrauen. Denn sie mussten sich jetzt gegenseitig vertrauen, um aus dieser Situation lebend herauszukommen.

„Normalerweise haben wir uns Freitag- und Samstagabend rargemacht, weil er dann trank. Wir schlichen uns erst nach Hause, nachdem er irgendwo bewusstlos zusammengebrochen war. Jahrelang haben wir das gut hinbekommen, aber dann fing ich an, mit Gina auszugehen und habe nicht mehr so auf Finn aufgepasst, wie ich es hätte tun sollen." Er lachte bitter auf. „Die Entdeckung von Sex hat mein Gehirn kurzgeschlossen." Herr im Himmel. Wenn er es damals nur besser gewusst hätte. „Finn muss vor dem Fernseher eingeschlafen sein, und Dad hat ihn erwischt. Ich bin gerade reingekommen, als Finn ihm sagte, er solle sich ficken." Dreizehn Jahre alt, und der Junge war bereits gebrochen und blutete. „Wenn man Finn jetzt ansieht, würde man es nicht glauben, aber damals war er ein hundert Pfund schwerer Schwächling. Unser Daddy war eher die Sorte Ziegelstein-Scheißhaus." Brent hatte seine Größe geerbt. Er schüttelte den Kopf, als er sich an die Schreie und die noch schockierendere Stille danach erinnerte. „Ich dachte damals, Dad würde ihn sicher umbringen, also nahm ich eine Flasche – ich war groß für mein Alter und ein verdammt guter Baseballspieler – und schlug sie ihm auf den Kopf, damit er aufhörte. Nur einmal, aber es hat gereicht." Das Gemetzel jener Nacht war für immer in sein Gedächtnis eingeprägt.

Anna saß da wie erstarrt, aber er sah sie nicht an. „Ich wusste, dass ich ihn verletzen würde. Er wollte mich nicht gehen lassen. Er zwang mich, seine Hand zu halten, bis ..." Er krümmte seine Finger, und sie nahm seine Hand in ihre.

Speichel sammelte sich in seinem Mund. Sein Inneres war schon beim bloßen Gedanken ans Fliegen unruhig. Und jetzt fühlte er sich, als müsste er sich gleich übergeben. „Finn war zu schwer verletzt, um Hilfe zu holen, also habe ich Dad einfach gehalten, bis er aufgehört hat zu atmen, und dann habe ich Finn zur Küstenwache getragen und auf die Polizei gewartet." Er ließ ihre Hand los und fuhr sich mit den Fingern durch die Haare. „Ich war mit seinem Blut durchtränkt. Es sah aus wie in einem Schlachthaus. Finn wurde mit dem Flugzeug ins Krankenhaus geflogen, und ich wurde ins Gefängnis verfrachtet."

„Das klingt nach Notwehr." Sie schien mit ihm mitzufühlen.

Einige Leute taten es. Aber nicht die Geschworenen oder der Richter.

„Die Staatsanwaltschaft sagte etwas anderes. Dad hat mich selten geschlagen." Er warf ihr einen Blick zu. „Normalerweise konnte er mich nicht erwischen. Ich habe im Zeugenstand nichts anderes als die Wahrheit gesagt."

„Wie kannst du einen solchen Mann lieben?", fragte sie leise.

Brent versuchte zu schlucken, konnte es aber nicht. Wenn es in seinem Leben eine echte Schande gab, dann war es diese. Es fühlte sich wie ein Verrat am Schmerz seiner Mutter und seines Bruders an. „Wenn er nüchtern war, behandelte er mich wie seinen besten Kumpel. Er hat mir beigebracht, wie man angelt, wie man ein Auto und ein Boot fährt." Vielleicht hatte er seinen Vater nicht geliebt, vielleicht hatte er nur die Erinnerung an den Mann geliebt, der er einmal gewesen war.

In ihren Augen bewegte sich etwas. Ein Schatten von Schmerz, der ihn aufrüttelte.

„Solange du also nicht anfängst, Kinder mit Eisenstangen zu verprügeln, bist du wahrscheinlich vor meiner dunklen Seite sicher." Ein Anflug von Entsetzen überzog ihre Züge, gefolgt von Mitleid, was ihn wütend machte. Um dem entgegenzuwirken, ließ er all die sexuelle Erregung, die er verspürte, seit er sie kennengelernt hatte, erkennen, als er seinen Blick langsam auf ihren Mund senkte. „Aber mehr kann ich nicht versprechen." Denn er war fertig damit, so zu tun, als ob das Bewusstsein, das zwischen ihnen schwelte, nicht existierte.

Sie wandte sich nicht ab, wie er erwartet hatte. Stattdessen hielt sie seinem Blick stand und suchte in seinen Augen nach etwas, das er nicht verstand. Und als sie dann schließlich doch wegschaute, fühlte er sich leer und ein wenig verloren.

______

Nach stundenlangem Flug in zwei verschiedenen Flugzeugen übergab Anna der Hotelrezeptionistin in Chicago ihren neuen gefälschten Reisepass. Hannah Sylvester. Der Unterschied zu ihrem richtigen Namen war nicht so groß, aber Brent meinte, es sollte ausreichen, um sie bei der Computersuche zu verlangsamen – wer auch immer *sie* waren –, vor allem, wenn sie nicht damit rechneten, dass sie an den Tatort zurückkehren würde. Sie wohnten in einem ziemlich noblen Hotel. Es gab einen großen, in Marmor gehaltenen Eingangsbereich mit einem tollen Wasserfall in der Mitte.

Die Rezeptionistin warf einen kurzen Blick auf ihr Gesicht und tippte schnell in ihren Computer. Es war drei Uhr morgens, und Anna konnte sich kaum noch auf den Beinen halten. „Wir haben eine Suite für Mr. Smith reserviert." Die Frau warf einen Blick auf Brent, der im Foyer saß und ein klobiges Chicago-Bears-Sweatshirt trug, das sie am Flughafen gekauft hatten, die schwarze Baseballkappe tief ins Gesicht gezogen, die Lippen zusammengepresst und die Augen hinter einer riesigen schwarzen Brille verborgen, wie sie Blinde trugen.

Ihr Herz hämmerte, als sie eine Kreditkarte auf den Namen von B.C. Wilkinson – er war ein eingetragenes Unternehmen – aushändigte und als seine neue persönliche Assistentin unterschrieb, die am Vortag von seinem Agenten dazu autorisiert worden war. Die verschiedenen Identitäten beunruhigten die Empfangsdame nicht. Offenbar reisten die Reichen und Berühmten oft unter falschem Namen und bekamen auch noch verdammt guten Service.

„Ich hoffe, Sie genießen Ihren Aufenthalt hier." Die Frau reichte ihr die Unterlagen zurück, und Anna steckte sie in ihre Handtasche. Ihre Handflächen waren feucht, obwohl die Klimaanlage offenbar auf „Kühlraum" eingestellt war.

Dann ging sie zurück zu Brent, packte seinen stählernen Arm und half ihm auf die Beine.

„Sag mir noch einmal, dass das hier nicht illegal ist", zischte sie.

„Schlimmstenfalls eine Ordnungswidrigkeit", flüsterte er zurück.

Das Blut wich aus ihrem Gesicht. „Ich hätte dich da nicht mit hineinziehen sollen. Wenn wir nicht aufpassen, wirst du wegen dieser ganzen Katastrophe noch eingesperrt."

Er räusperte sich. „Technisch gesehen bin ich nicht derjenige, der unter falscher Identität reist." Er grinste plötzlich, und sie bemerkte seinen Blick über die Brille hinweg, als sie zu den Aufzügen schlenderten.

„Oh, Scheiße." Ihre Karriere blitzte vor ihren Augen auf. Obwohl Anna die Notwendigkeit der Tarnung und Täuschung verstand, wenn sie die Wahrheit über den Tod ihres Vaters herausfinden wollte, war sie nicht gut darin. Sie war gut darin, Kindern Mathe und Rechtschreibung beizubringen und ihnen zu zeigen, wie man Konflikte ohne Gewalt löste. Sie hielt immer noch Brents Arm, als sie den Aufzug betraten – zum Glück allein. Das Bewusstsein kribbelte auf ihrer Haut, und sie wollte ihre Hand zurückziehen, aber Brent fing ihre Finger ein und hielt sie an seinem Arm fest.

„Kameras", murmelte er.

Anna neigte den Kopf. Sie hatte Schmetterlinge im Bauch. Oder war es ein Strudel aus Angst und Anziehung, der ihr Übelkeit und Schwindelgefühle bereitete? Der Aufzug hielt an, und sie stiegen aus. Langsam. Sie biss sich frustriert auf die Lippe, als sie in aller Ruhe den Korridor in Richtung ihrer Suite entlanggingen. Sie wollte Brent hineindrängen, aber er bewies eine Geduld, die sie nicht aufbringen konnte.

Sie brauchte drei Anläufe, um die Schlüsselkarte in den Schlitz zu bekommen, und dann war auch schon der Page mit dem Gepäck da, das sie am Flughafen besorgt hatten. Sie knirschte mit den Zähnen, weil sie diese kühne Scharade aufsetzen musste, aber sie wollten keine unerwünschte Aufmerksamkeit auf sich ziehen. Sie mussten in der Lage sein, sich in Chicago in relativer Anonymität zu bewegen und sich notfalls an einem sicheren Ort zu verstecken. Diese ganze blöde Situation ging ihr auf die Nerven, und sie wollte einfach nur nach Hause gehen und ihr Leben weiterführen.

Ihr Vater hatte gesagt, sie würde wissen, wohin er die Beweise geschickt hatte, warum wusste sie es also nicht? Was, wenn er sie versehentlich an eine falsche Adresse geschickt hatte? Was, wenn die Post den Brief irgendwie verloren hatte? Es könnte Jahre dauern.

Niemals.

Brent zog sie in das Wohnzimmer der Suite, sein Arm lag warm an ihrer Seite.

„Es könnte schlimmer sein", flüsterte er ihr ins Ohr. „Wir hätten uns auch ein Doppelbett im Motel Eight teilen können."

Ein unerwarteter Anflug von Verlangen bahnte sich seinen Weg durch ihren Körper, aber sie ignorierte es. Sie lächelte sanft. „Aber dann könnten die Leute sagen, ich hätte mich in den Job geschlafen, und das könnte doch deinen brillanten Ruf besudeln, oder?"

Er schob die Brille zurück auf seine perfekte Nase. „Ich könnte ein wenig Besudelung vertragen", murmelte er gereizt.

Anna half ihm ziemlich gewaltsam auf die Couch und ignorierte sein protestierendes Grunzen, als sie sich umdrehte, dem Pagen ein Trinkgeld gab und ihn aus dem Zimmer geleitete. Dann schloss sie die Tür und lehnte sich gegen die kühle Oberfläche, während Brent die Brille, die Kappe und das Sweatshirt abnahm.

„Die Scheiße war verdammt heiß."

Sie warf ihm einen langen Blick zu und wünschte, er wäre nicht so schroff und unerwartet ehrenhaft. „Du fluchst zu viel."

„Ja, Ma'am." Er fuhr sich mit der Hand durch die Haare. Sein Gesicht war blass. Er sah müde aus.

Sie wurde nachsichtiger. Verdammt, sie fühlte sich wie die Arktis, die jeden Tag ein bisschen mehr auftaute.

Auf dem Papier war sein Hintergrund kriminell. Schrecklich. Selbst das Wissen um die Gründe, aus denen er seinen Vater getötet hatte, änderte nichts an der Tatsache, dass er das Gefängnis nur überlebt hatte, weil er einer der härtesten Männer in einer Arena gewesen war, die pure Gewalt hervorgebracht hatte. Keine dieser Tatsachen passte zu dem Mann, der alles tat, um sie zu beschützen. Er hatte getötet, schien aber nicht grausam zu sein. Er lebte zurückgezogen und hasste es zu reisen, und doch war er den ganzen Weg nach Chicago mitgekommen, um ihr zu helfen. Er war ein komplizierter Mann, der ihr von Anfang an nichts als Rücksicht und Respekt entgegengebracht hatte. Anna wusste nicht, was das aus ihm machte, aber er war definitiv kein Monster.

Sie kannte Monster.

Er hatte verborgene Tiefen – unerwartete Reservoirs voller Freundlichkeit, Mitgefühl und Humor. Und er beunruhigte sie, weil er scharfsinnig genug war, ihre Geheimnisse herauszufinden. Wenn man bedachte, dass sie ihn so lange bedrängt hatte, bis er ihr von der Nacht, in der sein Vater starb, erzählt hatte, wusste sie nicht, ob sie noch ein Recht auf Geheimnisse ihm gegenüber hatte. Aber sie hatte Jahre damit verbracht, so zu tun, als wären die Ereignisse in der Nacht ihres Abschlussballs nie passiert. Es war fast unmöglich, sie einfach zur Sprache zu bringen und mit ihnen herauszuplatzen.

Trotz ihrer Müdigkeit ging sie im Raum auf und ab.

Brents düstere und ferne Vergangenheit war irrelevant. Sie machte sich mehr Sorgen um seine Zukunft in diesem gefährlichen Spiel, das sie zu spielen begonnen hatten.

„Ich sollte im Leichenschauhaus anrufen."

„Und ich sollte mich nach Jack Panettis Zustand erkundigen."

Diese Schießerei hatte sie aufgewühlt. Diese Leute meinten es definitiv ernst. Warum zum Teufel hatte ihr Vater das Geld verschoben? Oder gestohlen? Warum war er nicht einfach zu den Cops gegangen? Aber sie wusste warum.

Er war ein Ex-Häftling. Sie hätten ihm nicht geglaubt.

„Meinst du, wir sollten ins Krankenhaus fahren?", fragte sie.

„Ja, aber wir sollten uns erst etwas ausruhen." Sie sah ihm zu, wie er seinen durchtrainierten Körper bewegte. „Jemand sollte mich besser erschießen, bevor ich alt werde, hm?"

„Das dürfte kein Problem sein." Gott, hatte sie ihn wirklich in diesen Schlamassel hineingezogen? Sie starrte ihn mit großen Augen an.

„Es war ein Scherz." Er blinzelte sie besorgt an. „Hey, das war nur ein Scherz."

Anna schluckte und nickte. Aber plötzlich war das nicht mehr das Problem. *Er* war das Problem. Seine Augen brodelten. Er bewegte sich wie flüssige Sünde. Einhundert Prozent unverfälschtes Alphatier. Groß, schroff, blond und tödlich. Jedes Mal, wenn dieses grüblerische, grimmige Gesicht in ein Lächeln ausbrach, wurden ihre Knie weich.

Was war mit ihr geschehen? Diese düstere Art von Lust hatte sie nicht mehr verspürt, seit sie sechzehn gewesen war. Sie verschränkte die Arme über ihren verräterischen Brüsten. Verdammt. Warum fühlte sie es jetzt? Eine Frau mit ihrer Vergangenheit? Die sich vor Mördern versteckte? Mit einem Mann, der zwanzig Jahre im Gefängnis gesessen hatte?

Sie wusste eben, wie man sich Männer aussuchte.

Er machte einen Schritt auf sie zu, und sie wich zurück und stolperte. Er erstarrte.

„Anna." Schon die Art, wie er ihren Namen aussprach, war sexy, und sie glaubte nicht, dass er es absichtlich tat. Er runzelte grimmig die Stirn. „Du brauchst dir keine Sorgen zu machen. Entspann dich, ich werde dir nichts tun."

Diese Worte riefen eine lebhafte Erinnerung hervor. Sie schwankte, und er streckte die Hand aus, um sie aufzufangen. Das schnelle Pochen ihres Herzens und das zackige Timbre ihres Atems erinnerten sie an die Macht der Flashbacks, und obwohl sie mit der Zeit verblasst waren, waren sie nie ganz verschwunden. Seine Hände waren groß und lagen beruhigend auf ihren Schultern.

„Was ist los?" Er klang verwirrt, als er sie zum Sofa führte.

Kein Wunder.

Wo war die kluge, fähige Frau, zu der sie herangewachsen war? Wo war das Herz aus Stahl, das ihr jeden Tag geholfen hatte? Sich wie das idiotische Mädchen zu benehmen, das sie einmal gewesen war, war demütigend, ja erbärmlich, und sie wollte nicht länger erbärmlich sein.

„Mir ist nur ein bisschen schwindlig geworden, das ist alles."

Sie konnte es sehen, er wusste, dass sie log. Er dachte, er wüsste alles über sie. Sie sah genau den Moment, in dem er merkte, dass er sich irrte.

„Ich will nicht darüber reden." Sie mochte den Anflug von Verzweiflung nicht, der ihre Stimmbänder anspannte.

Brent biss die Zähne zusammen und gab nach, obwohl sie ihn um seine Geheimnisse gebracht hatte. Sein Haar fiel ihm in die Augen, und er strich es mit ungeduldigen Fingern zurück. „Wo ist die Schere? Diese Haare machen mich wahnsinnig."

Er wechselte das Thema, um sie atmen zu lassen. Eine Wärme erfüllte sie, die nichts mit Lust oder Angst zu tun hatte. Er war ein guter Mann. Kein Wunder, dass ihr Vater ihn geliebt hatte.

Er holte seine Reisutensilien heraus – eine Plastiktüte mit Dingen, die sie am Flughafen gekauft hatte. Dann schwenkte er einen elektrischen Rasierapparat. „Ich könnte mir eine Glatze rasieren."

„Wage es ja nicht." Er machte einen Scherz. Sie hoffte es zumindest.

Doch er griff nach der Schere, ging ins Bad, nahm eine blonde Haarsträhne und schnitt sie ab. „Warum nicht?" Er schnippte wieder.

Anna schüttelte den Kopf. „Gib mir die Schere."

Er hielt sie aus ihrer Reichweite heraus. „Ich weiß nicht so recht. Das letzte Mal, als mir jemand die Haare geschnitten hat ..." Seine Stimme stockte, als ihn die Erinnerung einholte.

„War es Gina?" Anna hasste den Ausdruck von Trauer und

Verlust, der über seine Züge huschte. Dieser Mann verdiente Frieden, er sollte nicht in eine Situation mit Leuten hineingezogen werden, die keine Skrupel hatten, zu töten. Er hatte zu viel zu verlieren – aber das hatte sie auch. Ihre einzige andere Möglichkeit war, zur Polizei zu gehen, aber den Cops traute sie nicht.

Sie nahm ihm die Schere aus der Hand und ging unbeholfen hinter ihn.

Er setzte sich auf den Toilettendeckel und hielt ihr Handgelenk fest. „Hast du das schon mal gemacht?"

Sie schüttelte den Kopf.

„Verletz nur keine Arterie, dann wird alles gut." Sein Humor kam unerwartet, und ihre Anspannung löste sich.

Er ließ sie los, und sie rückte näher, wobei sie versuchte, ihn nicht mit ihrem Körper zu berühren, als sie nach der ersten Haarsträhne griff. Sein Haar war weich und lag zwischen ihren Fingern wie ein Band aus Seide. Sie schnippelte. Zunächst zaghaft, dann schnitt sie fast zehn Zentimeter ab, bis es oben kurz und stachelig war. Er sah albern aus, weil die Seiten noch lang waren, und sie unterdrückte ein Lachen.

Brent warf ihr einen strengen Blick zu. „Dir wird das Lachen vergehen, wenn du an der Reihe bist." Er zog eine Augenbraue hoch.

„Nur über meine Leiche."

„Das wollen wir ja gerade vermeiden."

Sie berührte ihr Haar. Bei dem Gedanken, es abzuschneiden, wurde ihr übel. „Das wäre wie ein Identitätsverlust." Anna holte tief Luft, als sein Blick langsam den ihren traf. Sie las das Verständnis in seinen Tiefen, und Scham stieg in ihr auf. Das Gefängnis hatte ihn seiner Identität beraubt. Es hatte auch ihren Vater seiner Identität beraubt. Bis jetzt hatte sie keine Ahnung, wie schwer es gewesen sein musste – sie war zu sehr damit beschäftigt gewesen, sich selbst zu bemitleiden.

„Für den Anfang werde ich einen Hut tragen, aber ich werde

sie abschneiden oder färben, wenn du der Meinung bist, dass ich das muss." Sie hielt seinen Blick noch einen Moment lang fest, bevor er seine Augen mit einem Nicken schloss.

Es war ein solches Zeichen des Vertrauens, dass sie eine kleine Verschiebung in der Region ihrer Brust spürte. Ihre Hüften berührten seine Seite, was sich in diesem kleinen Raum sehr intim anfühlte. Sie erstarrte einen Moment lang und überwand sich dann. Sie wollte gute Arbeit leisten, wollte nicht, dass er albern aussah oder gedemütigt wurde. Er hatte das schon oft durchmachen müssen, und Anna wollte verdammt sein, wenn ein einfacher Haarschnitt ihn wieder dorthin bringen würde.

Als sie fertig war, strich er sich mit den Händen über Kopf und Nacken und befreite sich von verirrten Haaren. „Nicht schlecht für dein erstes Mal."

Sein Haar war nun verführerisch gekräuselt, am Ansatz dunkler, aber immer noch mit diesen sonnengebleichten Spitzen. Er hätte direkt von einem Modeljob kommen können.

„Wir werden nicht einfach unbemerkt herumlaufen können", stellte sie plötzlich fest.

Er grinste, und sie stieß sich den Ellenbogen an der Wand. „Weil ich so ein gutaussehender ...", er unterbrach sich, „Teufel bin", beendete er den Satz mit einer Grimasse.

Er hatte einen Scherz gemacht und versucht, auf seine Ausdrucksweise zu achten. Ein doppelter Wermutstropfen. Warme Gefühle überschwemmten sie, und sie fühlte sich hilflos. Aber es war ihr ernst. Er war zu groß und zu gutaussehend, um unbemerkt zu bleiben. „Du musst wohl eine Perücke tragen."

„Auf keinen verdammten Fall." Er stand auf und stieß mit ihr zusammen.

Sie stieß mit den Knien an den Wannenrand und knickte ein.

„Hoppla." Er hielt sie fest und drehte sie so, dass sie mit dem Rücken zur Wand stand.

Jedes Sauerstoffatom verpuffte aus dem winzigen Raum. Seine

Augen glühten. Die Hitze seiner Hände auf ihren Armen war wie ein Brandmal, das wie eine Sonneneruption über ihre Nerven brannte. Ihre Lippen öffneten sich, und sein Blick fiel auf ihren Mund. Sie zitterte, als er sich ihr näherte. Die ganze Welt schien stillzustehen. Brents Augen wurden dunkel, und seine Nasenlöcher blähten sich. Seine Hand verkrampfte sich für den Bruchteil einer Sekunde, bevor er den Kopf senkte und sie küsste, ganz sanft. Die Wand in ihrem Rücken verhinderte, dass sie vor Schreck umkippte. Seine Lippen waren warm und fest. Der Kuss war eine Mischung aus der Ehrfurcht vor einem Märchenprinzen und dem Abenteuer eines Indiana Jones. Er kam nicht näher und drang nicht in ihren Raum ein. Er strich nur mit seinen Lippen über ihre, während er sie sanft aufrecht hielt. Kein Frontalangriff. Keine „Hallo, wie geht's?"-Erektion, die sich gegen ihren Bauch drückte.

Es war nur ein schöner Kuss. Süß. Möglicherweise der perfekteste Moment ihres Lebens.

Er zog sich zurück und sah genauso verblüfft aus, wie sie sich fühlte. Ihr Herz pochte, als sie sich in die Augen sahen.

Oh, Gott.

Sie berührte ihren Mund.

Sie hatte ihn geküsst. Einen Mann, der genauso düster und gequält war wie ihr Vater es gewesen war. Schlimmer noch, sie hatte das schreckliche Gefühl, dass sie mit Brent Carver noch viel mehr tun könnte, wenn sie es nur zuließe.

Es war nicht mehr die Angst vor körperlichen Übergriffen, die sie verspürte. Es war die emotionale Anziehungskraft, die er auf sie ausübte, das Wissen, dass sie sich in ihn verlieben könnte, was sie nicht wollte. Liebe war ein Gefühl, dem sie nicht traute. Und obwohl Sex meilenweit von Liebe entfernt war, konnte sie es nicht riskieren. Sie konnte nicht riskieren, ihre Rüstung fallenzulassen, nur um ein körperliches Verlangen zu befriedigen. Denn etwas an diesem Mann sprach sie auf einer Ebene an, von der sie nicht einmal gewusst hatte, dass sie existierte, bis er sie geküsst hatte.

„Lass mich los", flüsterte sie.

Er ließ sie los, und sein Gesicht wurde bleich. „Anna, es tut mir leid.“

Aber sie hörte nicht zu. Sie rannte aus dem Bad in ihr Schlafzimmer und schlug die Tür zu.

Er ließ sie gehen.

NEUN

Brent und Anna saßen in der Limousine, die er gemietet hatte, vor Davis' rotem Backsteinwohnhaus. Ein nahe gelegener YMCA und ein mittelgroßer Supermarkt sorgten für so viel Publikumsverkehr, dass niemand bemerkte, dass sie dort warteten. Er und Anna hatten den Vormittag damit verbracht, das Bürogebäude zu überwachen, in dem Davis gearbeitet hatte, und dann hatten sie die Stelle besucht, an der er gestorben war. Brent hatte auf die Gleise gestarrt und sich schlecht gefühlt, während die Züge durch die Tunnel rasten und die Fahrgäste an der Haltestelle ein- und ausstiegen und ihrem normalen Leben nachgingen, ohne zu wissen, dass dort vor wenigen Tagen ein Mann gestorben war. Seitdem war Anna sehr ruhig und nachdenklich gewesen.

Am Nachmittag hatten sie im Krankenhaus vorbeigeschaut, aber es waren zu viele Polizisten da, um auch nur in die Nähe von Jack Panetti zu kommen, und nach Angaben von Jacks Sekretärin lag der Mann immer noch im Koma. In einem Internetcafé in der Innenstadt hatten sie beide ihre E-Mails gecheckt. Sein Agent machte ihn immer noch wahnsinnig wegen dieser Ausstellung. Brent hatte ihm versichert, dass er dort sein würde. Der Typ musste ihm einfach vertrauen. Nach ein paar Stunden Ruhe im Hotel, wo er und Anna sich in getrennte Zimmer zurückgezogen hatten, waren sie nun wieder in erzwungener Zweisamkeit und überwachten Davis' Wohngebäude. Brent öffnete das Fenster und tauschte den Plastikgeruch eines neuen Autos gegen den Geruch von Abgasen ein. Er war sich des Pochens seines Herzens übermäßig bewusst. Auch der fließende Verkehr und sogar das leise Ticken von Annas Armbanduhr in der dichten, angespannten Stille drangen auf ihn ein. Sein Magen knurrte. Das Frühstück war ein schnelles Herunterschlingen mit vorprogrammierter Verdauungsstörung gewesen, und das Mittagessen hatten sie ausgelassen, sie waren beide zu aufgewühlt gewesen, um überhaupt an Essen zu denken.

Das war der Grund, warum er nicht gern mit Menschen zu tun hatte.

Wie war er nur auf die Idee gekommen, Anna zu küssen? Er war eben ein verdammter Narr. Eine Frau, die auf so vielen Ebenen so falsch für ihn war. Sie schmeckte wie für ihn gemacht, und wenn schon? Sie waren in keiner Weise kompatibel, außer in der Horizontalen.

Und jetzt dachte er an sich und Anna im Bett, und seine Jeans waren so eng, dass er sicher war, dass jeder Tropfen Blut nach Süden abgeflossen war. Wenn es nur um Sex ginge, wäre das kein Problem. Er konnte definitiv unkomplizierten Sex haben, aber einfach alles an Anna schrie nach Komplikationen.

Es war offensichtlich, dass sie Probleme hatte. Er hatte es in der Nacht zuvor in ihren Augen gesehen, als sie in Panik von ihm weggestolpert war und so getan hatte, als sei ihr schwindlig. Verdammt, er hatte die Lügen erkannt, bevor sie ihr überhaupt über die Lippen gekommen waren. Aber er hatte sie mit diesem „Ich will nicht darüber reden"-Scheiß davonkommen lassen, weil sie instabil genug ausgesehen hatte, um daran zu zerbrechen.

Irgendwann war ihr etwas Schlimmes zugestoßen, aber er hatte sie nicht gedrängt, es ihm zu erzählen. Er wollte unbedingt alles über Anna Silver wissen, genauso wie er sich nach ihren Briefen gesehnt hatte, als er in diesem Höllenloch festgesessen hatte. Aber er verstand ihr Bedürfnis nach Privatsphäre – verdammt, er sehnte sich selbst nach Privatsphäre. Es war nicht seine Angelegenheit. Aber in seinen Nerven brannte mehr als nur Neugierde.

Das Konzept von „einfach nur Sex" war damit in weite Ferne gerückt.

Es war dunkel. Die Straßenlaternen beleuchteten den kohlschwarzen Asphalt. Roter Backstein verwandelte sich in verbranntes Orange. Die Temperatur war in die Höhe geschossen, und ein Sturm zog auf. Es war heiß, feucht und drückend und erinnerte ihn so sehr an das Gefängnis, dass er am Smog und den Erinnerungen fast erstickte.

Brent hasste die Stadt. Er spürte, wie die Mauern die Ränder seiner Seele berührten.

Er ließ seinen Blick über Annas Profil gleiten. Sie war süß. Wunderschön. Nicht für jemanden wie ihn. Er würde sie zerstören, so wie er Gina zerstört hatte. Das würde nie passieren.

Allein die Vorstellung, dass Anna wirklich an ihm interessiert sein könnte, war lächerlich. Er war nicht nur ein Ex-Häftling, er war ein Mörder und war zu lebenslanger Haft verurteilt worden. Sicher, die Frauen mochten seine äußere Erscheinung. Er müsste schon blind sein, um nicht zu bemerken, wie die Frauen ihn ansahen. Aber er wusste besser als jeder andere, dass Schönheit von innen kam. Und er war mit Sicherheit nicht schön in seinem Inneren. Er war ein dunkles Durcheinander aus kochender Wut und brodelnder Angst.

Die Wut, die er gebändigt hatte. Die Angst, die er tief vergraben hatte, um nicht zerstört zu werden.

Ein Auto fuhr vorbei und parkte um die Ecke. Sie zuckten beide zusammen und entspannten sich dann wieder, als eine Mutter mit zwei Kindern ausstieg. Niemand sonst schien den Komplex zu beobachten, aber Brent wollte stets besonders vorsichtig sein, wenn es um Anna ging. Normalerweise stieß er Leute weg, aber sie saßen gemeinsam in diesem Schlamassel fest, bis sie gefunden hatten, was immer Davis ihr geschickt hatte, und er konnte es sich nicht leisten, sie zu verärgern. Sie war resolut genug, um allein loszuziehen, und er würde es sich nie verzeihen, wenn sie verletzt würde. Erinnerungen an Gina versuchten ihn wieder zu überrennen, aber er weigerte sich, sie zuzulassen. Wenn es ihm gelänge, Anna in Sicherheit zu bringen, würde ihn das vielleicht ein wenig wiedergutmachen, dass er Gina so furchtbar enttäuscht hatte.

„Gehen wir", sagte sie.

„Noch nicht."

Sie stieß ihre Tür auf, und er verdrehte die Augen. Keine Geduld. Er hatte fünf Jahre in der Hölle gebraucht, um Geduld zu lernen, und das war ein Geschenk, das er aus seiner Zeit im Gefängnis mitgenommen hatte. Ein anderes war Davis gewesen.

Er folgte ihr über die Straße und sah sich die Umgebung an, ohne dabei zu auffällig zu wirken. Anna ging zur Tür und schloss sie auf. Ihr alter Herr hatte ihr einen Schlüssel zu seiner Wohnung gegeben, denn so war er immer gewesen – vertrauensvoll und offen.

Brent schüttelte den Kopf. Warum konnte sie nicht erkennen, dass ihr Vater all die Jahre über die Wahrheit gesagt hatte?

Sie kontrollierten den Briefkasten, der aber leer war.

Anna führte sie zum Aufzug, und sie fuhren schweigend in den vierten Stock. Sie trug eine schwarze Hose und ein schwarzes Button-up-Hemd, das vorne tief ausgeschnitten war. Einbrecherkleidung, hatte sie es genannt, als sie sie in der Hotelboutique gekauft hatte. Sie waren eng geschnitten, und der Schweiß auf Brents Stirn stammte nicht nur von der Schwüle vor dem aufziehenden Sturm. Sie hatte sich von einer Lehrerin in eine Sexbombe verwandelt.

Verdammt. Was für eine Folter.

Sie gingen den charakterlosen Korridor entlang bis zu einer Holztür, die einen neuen Anstrich benötigte. Annas Hände zitterten, als sie den Schlüssel in das Schloss steckte. Er wollte ihr helfen, ihre Hand beruhigen, aber der Gedanke, sie zu berühren, war ihm unangenehm, und er nahm sich vor, es nie wieder zu tun – niemals.

Er mochte sein Leben. Er war glücklich. Okay, glücklich war vielleicht ein bisschen zu optimistisch für ihn, aber es ging ihm gut. Besser als gut. Er ließ seinen Blick über den Korridor schweifen und betrachtete dann Annas Profil, während sie ihre Unterlippe zwischen die Zähne presste.

Diese vollen, ungeschminkten Lippen machten schreckliche Dinge mit seiner Libido. Aber die Frau selbst passte nicht zu seinem Bedürfnis nach Ruhe und Frieden, denn egal aus welchem Blickwinkel man sie betrachtete, Anna war kompliziert. Sie hatte eine starke „Fass mich nicht an"-Ausstrahlung, die er nicht nur respektierte, sondern für die er dankbar war. Bis auf diesen verdammten Kuss ...

Schließlich steckte sie den Schlüssel ins Schloss und öffnete die Tür. Es roch schal und muffig. Sie traten ein, und Brent wollte ein Fenster öffnen, aber das hätte sie verraten.

„Mach nicht das Hauptlicht an", warnte er, während er die Vorhänge schloss. Mit dem Licht aus der offenen Tür fand er eine Schreibtischlampe und schaltete sie ein. Dann schloss er die Tür und verriegelte sie von innen. Jeder Muskel in seinem Körper spannte sich an. Brent schloss seine Türen zu Hause selten ab. Allein der Gedanke daran schnürte ihn mehr ein als Stacheldraht an Gefängnismauern. Er lenkte sich ab, indem er sich in dem kleinen, beengten Raum umsah. Es gab keinen Stapel Post, der auf ihre Durchsicht wartete.

„Das hier ist nicht viel größer als die Zelle, die wir uns geteilt haben", kommentierte er. Ihm juckte die Haut. Er wäre wahnsinnig geworden, wenn er hier hätte wohnen müssen. Er musste die Weite des Ozeans sehen, nur um atmen zu können.

In der Ecke standen ein kleiner Fernseher und eine ausgeleierte orangefarbene Couch. Dazu ein billiger Couchtisch aus Holz, poliert, bis er glänzte. Auf dem Regal darunter befanden sich Zeitschriften in ordentlichen Stapeln – Reise- und Fotomagazine,

Davis hatte sich für beides interessiert, als er im Gefängnis gesessen und sich geschworen hatte, diesen beiden Leidenschaften nachzugehen, wenn er herauskäme.

Das war nicht geschehen.

Sein bester Freund war zwar nicht mehr im Gefängnis gewesen, aber er hatte es hier in dieser Einzimmerwohnung nachgestellt.

„Dieser Ort ist ein Höllenloch", sagte er.

Anna sah ihn mit Augen so dunkel wie ein Winterwald an.

Brent nahm ein abgenutztes Taschenbuch aus dem Regal. „Ich habe ihm angeboten, ein Haus zu kaufen, aber er hat mich nicht gelassen. Es wäre eine gute Investition gewesen." Der Gedanke daran quälte ihn. „Ich habe ihn jeden Sommer für einen Besuch ausgeflogen." Davis hatte nie woanders hingewollt. Eine Garotte schnürte sich um seine Kehle. Er hatte ihn im Stich gelassen. Davis war der Mann, dem er alles verdankte, und er hatte ihn enttäuscht.

Anna hob eine Jacke auf, die über das Ende des Sofas gehängt worden war, und strich über den Stoff. „Er mochte keine Almosen."

Warum sollte er dann stehlen? Brent wollte schreien, aber er unterdrückte es. Sie wollte es nicht hören. Aber warum sollte ein Mann, der von niemandem Hilfe annehmen würde, das Geld anderer Leute stehlen?

Er würde es nicht tun.

Brent wusste – und er hatte immer gewusst –, dass Davis unschuldig gewesen war, obwohl er lügen würde, wenn er behauptete, er sei nicht dankbar für die Gesellschaft des Mannes im Gefängnis gewesen. Die Vollzugsbeamten hatten sich damit begnügt, sie in Ruhe zu lassen – zwei vorbildliche Häftlinge, denen es in einem System, das nicht für lebenslängliche Gefangene inmitten der allgemeinen Gefängnisbevölkerung ausgelegt war, tatsächlich gut ging.

Davis hatte sich selbst bestraft, indem er hier lebte. Brents Magen zog sich zusammen. Wegen Anna. Wegen dem, was sie nach seiner Verhaftung durchgemacht hatte. Überall hingen Fotos von ihr. Einige erkannte er aus dem Gefängnis, andere waren neu.

Er blickte auf, als sie begann, die Schubladen des Schreibtisches zu öffnen. Ein Karton, den er wiedererkannte, stand neben einem Laptop. Ein alter Schuhkarton, den Davis mit Brents Farben in leuchtendem Rot angemalt hatte, als stille Rebellion gegen das institutionelle Grün. Brent trat neben sie und streifte ihre Schulter, als er sich nach vorne beugte. Sie zuckten beide zusammen, dann nahm er den Deckel ab. Anna erstarrte, als ein ordentlich gebündelter Stapel von Briefen zum Vorschein kam, der mit einem Stück brauner Schnur zusammengebunden war. Auf der Vorderseite der Umschläge stand in sauberer Schulmädchenschrift die Gefängnisadresse.

„Er hat sie die ganze Zeit über behalten?" Sie streckte einen unsicheren Finger aus und zog ihn dann zurück.

„Ich sagte doch, du warst sein Rettungsanker im Gefängnis." Brent nahm einen Brief in die Hand und öffnete ihn. Er grinste, als die Erinnerungen wie Schneeflocken über ihn hinwegschwebten. „Dein erstes Avril Lavigne-Konzert. Ich erinnere mich gut daran. Hast du dunkles Augen-Make-up und enge Jeans getragen?"

„Kann sein." Sie schob die Hände in ihre Gesäßtaschen und runzelte die Stirn. „Ich habe ihm die CD geschickt."

„Ich weiß." Sein Ton war abfällig.

„Du magst Avril Lavigne nicht?" Sie klang schockiert über diese Vorstellung.

„Sagen wir einfach, es war für alle besser, dass Avril einen kleinen Unfall im Pausenraum hatte."

Ihre Augen verengten sich. „Ich habe ihm auch ihre zweite CD geschickt, als die herauskam."

Er schnitt eine Grimasse. „Was soll ich sagen? Das Gefängnis ist kein Ort für eine Frau."

Sie presste die Lippen zusammen, als er den Brief zurücklegte. Brent bezweifelte, dass die Informationen, die sie suchten, in dieser Schachtel waren.

Er blickte sich angewidert in der Wohnung um. „Ich hatte keine Ahnung, dass er so lebte."

Große Augen trafen seine. „Ich war ein paar Mal da, aber wir haben uns immer in der Stadt oder in der Kunstgalerie zum Mittagessen getroffen. Ich weiß nicht mehr, wann ich das letzte Mal in dieser Wohnung war." Schuldgefühle ließen ihre Worte verstummen.

Brent klappte die Kinnlade herunter. Er wusste, dass Davis' und Annas Beziehung nicht einfach gewesen war, nachdem der Mann entlassen worden war, aber ehrlich gesagt hätte es ihn auch überrascht, wenn es so gewesen wäre. Das Gefängnis veränderte einen Menschen. Die Menschen entwickelten sich weiter. Er hingegen war ein Feigling, weil er sich nicht um den Mann gekümmert hatte, den er als Freund bezeichnet hatte. Er war zu feige, sein kleines Strandversteck zu verlassen. Mein Gott, er hatte gedacht, er könnte sich nicht mehr hassen, als er es ohnehin schon tat. Er hatte sich geirrt. „Ich werde mich umsehen und herausfinden, ob er ein paar Notizen darüber versteckt hat, was bei der Arbeit passiert ist. Du überprüfst den Laptop."

Sie stand einfach nur da und sah verzweifelt aus. Winzig. Große, dunkle Augen, die von Reue durchtränkt waren.

Jeden Tag wurden Familien auseinandergerissen. Er wusste das aus eigener Erfahrung. Zum Teufel, man musste sich nur sein Verhältnis zu seinem Bruder ansehen – es war immer noch gestört. Nach seiner Verhaftung hatte er absichtlich versucht, Finn auf Abstand zu halten, weil er ihn nicht mit in die Gosse ziehen wollte. Finn war von Thomas Edgefield gerettet worden. Anna hatte ihre Mutter gehabt, aber nachdem die Frau wieder geheiratet hatte, wusste er, dass sie sich mehr darum bemüht hatte, die Dinge mit ihrem neuen Ehemann zum Laufen zu bringen, als sich Zeit für den Teenager zu nehmen, der mit all dem zu kämpfen hatte.

Die Erkenntnis ließ ihn mit Bedauern zurück, auch wenn er nichts hätte tun können, um dem Mädchen zu helfen, das Anna damals gewesen war. Er war nicht die Art von Mann, die Menschen rettete. Er tat nur sein Bestes, um zu überleben.

Brent wandte sich ab. Die Wände fingen an, ihn zu bedrängen, also begann er zu suchen. Schnell. Er überprüfte alle offensichtlichen Stellen und begann dann mit denen, die gerne von Kriminellen benutzt wurden. Hinter Beleuchtungskörpern, entlang der Rückseite von Rohren, in der Matratze und den Bettpfosten. Er fing an, an die Wände zu klopfen. Er hatte einige maßgeschneiderte Verstecke in seiner Wohnung, obwohl er jetzt den größten Teil seines Arsenals in dem lagerte, was eigentlich Laura Prescotts Hinterhof war.

Im Alter von sechzehn Jahren war er wegen Mordes ins Gefängnis gekommen und hatte sich seinen harten Ruf auf die schlimmste Weise verdient. Damals hatte er nichts zu verlieren und keine Hoffnung für die Zukunft gehabt. Aber als er älter wurde, blieb dieser Ruf haften, und es gab immer irgendeinen Idioten, der beweisen wollte, dass Brent Carver eigentlich ein Weichei war. Das Überleben war eine seiner Hauptprioritäten gewesen, als er aus dem Knast kam, und ein paar Regeln zu brechen war ihm vernünftig erschienen. Jetzt wollte er es nur hinter sich bringen. Er wollte, dass seine Vergangenheit weit hinter ihm lag. Genauso gut konnte er sich den Mond oder Plätze in der ersten Reihe bei der Victoria's Secret Christmas Show wünschen.

Er musste unbedingt Finn anrufen und ihn fragen, ob sie die Typen gefasst hatten, die Anna auf die Insel gefolgt waren, aber er konnte ihm noch nicht gegenübertreten. Nein, er wollte nicht die Anschuldigung – oder schlimmer noch, die Enttäuschung – in der Stimme seines Bruders hören.

„Hier gibt es nichts." Anna klammerte sich an den Türrahmen und lehnte sich ins Schlafzimmer. „Was machst du da?", fragte sie, als er die Matratze in die Höhe hielt. Ihre Lehrerinnenstimme jagte ihm einen Schauer über den Rücken, und er versuchte, ihn abzuschütteln. Er musste eine Frau finden. Eine Frau, die nichts gegen eine lockere und unpersönliche Beziehung hatte. *Als Gegenleistung für was, Arschloch? Geld?* So tief war er noch nicht gesunken. Also konnte er sich genauso gut an die Abstinenz gewöhnen. Noch einmal.

Er ignorierte Annas Frage, denn es war offensichtlich, was er tat, ließ die Matratze fallen und beschloss, Finn anzurufen. Er benutzte eines der Wegwerfhandys.

Finn meldete sich beim ersten Klingeln mit einem vehementen: „In was zum Teufel bist du da verwickelt?"

Das Grauen kroch in ihm hoch. „Warum?"

„Du hattest recht damit, dass jemand zu dir nach Hause kommt. Freddy hat einen Mistkerl erwischt, der die Treppe hochging und mit einer Halbautomatik an die Tür klopfen wollte." In der Stimme seines Bruders lag ein Hauch von Wut.

Verdammt.

„Aber sie haben seinen Partner übersehen, der daraufhin einen der Polizisten ausgeschaltet hat und dann geflohen ist, nachdem er einen Einheimischen angegriffen und seine Frau entführt hat."

„Wen hat er überfallen?"

„Mitch und Megan Teague."

Brent fühlte sich, als hätten sie ihm das Innerste herausgerissen. „Ist Megan in Ordnung?"

„Der Hurensohn ist schlau wie ein Fuchs. Er hat sie zwölf Meilen westlich von Lake Cowichan im Busch abgesetzt. Von einer Tankstelle aus tätigte er einen Anruf, der die eigentliche Fahndung in eine Such- und Rettungsaktion verwandelte, und stahl ein anderes Auto. Du weißt selbst, wie viele Schotterstraßen es da draußen gibt. Wir haben seine Spur verloren, aber wir suchen in allen Hotels und Flughäfen der Insel nach jemandem, auf den die Beschreibung passen könnte." Der Kerl war schon lange weg, und das wussten sie beide.

„Konnte Megan ihn erkennen?" Er erinnerte sich an Megan Teague als ein kleines rothaariges Kind, das ihm als Teenager immer gefolgt war. Niedlich mit Sommersprossen und einem aufbrausenden Temperament.

„Wir wissen es nicht." Finns Stimme wurde grimmig.

„Hat er sie verletzt?" Brents Stimme sank bis knapp über ein Flüstern.

„Sie spricht nicht."

Anna trat näher heran. „Was ist los?", fragte sie leise.

Aber er konnte es ihr nicht sagen. Ein weiterer Polizist war getötet und eine junge Frau traumatisiert worden. Und wenn er gestern Morgen nicht zu seinem Bewährungshelfer gegangen wäre, wenn der Vollzugsbeamte ihn nicht sofort angerufen hätte ... nun, die Chancen standen gut, dass Anna dann trotz seines Versprechens, sie zu beschützen, bereits tot wäre. Übelkeit stieg in seiner Kehle auf, und er musste sie zurückdrängen, um sich auf das zu konzentrieren, was Finn ihm erzählte.

„Du kannst dich nicht mit diesen Leuten anlegen, Brent."

„Das tue ich auch nicht." Schweiß brach ihm aus. „Ich schwöre, das habe ich nicht vor. Ich weiß nicht, wer sie sind oder was sie wollen. Ich habe keine Gesetze gebrochen, Finn."

„Gut zu wissen." Das war eine andere Stimme. Holly, kalt und entnervt. „Ich habe einen toten Polizisten und eine Menge wütender Kollegen. Ich muss mit dir reden, Brent."

„Du redest schon mit mir."

„Ein Mann ist tot. Ein Mann mit einer schwangeren Frau und einem Kleinkind zu Hause. Glaubst du, ich würde dich nicht in den Knast stecken, wenn das nötig wäre, um diese Kerle zu fangen?" Ihre Wut vibrierte durch die Telefonleitung, und er konnte beinahe hören, wie der Anruf zurückverfolgt wurde.

Er saß auf dem Bett seines Freundes und überlegte, was Davis in dieser Situation tun würde. Anna saß neben ihm. Ihre Hände zitterten, obwohl sie nicht das ganze Gespräch hören konnte.

„Ich weiß nur, dass Davis tot ist und Anna vor ein paar Tagen vor meiner Haustür aufgetaucht ist. Davis hat ihr eine Nachricht hinterlassen und gesagt, dass er ihr Beweise über einen Gelddiebstahl geschickt hat, aber er hat nicht gesagt, wohin. Sobald wir herausgefunden haben, wo diese Beweise sind, werden wir sie direkt zur Polizei bringen."

Er konnte hören, wie Hollys Gehirn arbeitete. „Das ist alles?"

„Ja." So ziemlich jedenfalls. Bis auf den toten Polizisten in Chicago und seinen Privatdetektiv mit einer Kugel im Rücken. Brent spielte mit dem Gedanken, ihr das zu sagen, aber dann würde sie nicht lange brauchen, um herauszufinden, wo sie waren, und er wollte nicht ins Gefängnis gehen. Nicht einmal zu seinem eigenen Besten.

„Sagt Anna die Wahrheit, Brent? Bist du sicher, dass du ihr vertrauen kannst?"

„Absolut." Er sah die Frau an seiner Seite an. Verdammt, ja, er vertraute ihr. Er hatte seine Instinkte an Mördern und Verbrechern geschärft. Jede Emotion zeigte sich in diesen großen grünen Augen – von unkontrollierbarer Angst über eine angepisste Haltung bis hin zu einem zufälligen Aufblitzen von körperlicher Anziehung. Ja, sie wäre eine beschissene Pokerspielerin, aber er vertraute ihr. Wenn es jemanden gab, dem er nicht vertraute, dann war es Holly. Denn sie trug dieselbe Uniform wie die Leute, die ihn vor all den Jahren verhaftet hatten. Aber er arbeitete daran, und sie auch.

Es folgte eine lange Stille. Sein Magen war wie zugeschnürt. Was, wenn sie darauf bestand, dass sie sich stellten? Die Sekunden tickten wie ein Bombencountdown. Wartete sie darauf, dass die Rückverfolgung abgeschlossen wurde? Bei dem Gedanken hätte er fast aufgelegt. Vertrauen war so verdammt schwer.

„Wer auch immer den Polizisten letzte Nacht getötet hat, war ein Profi. Wir haben Straßensperren errichtet, aber nach dem, was Finn mir erzählt hat, gehen die Chancen, ihn zu finden, gegen Null. Er ist hinter Anna her, Brent."

„Ohne diese Beweise wird sie niemals sicher sein. Sobald wir sie finden, übergeben wir sie der nächsten Polizeiwache, und alles wird wieder normal." Oder zumindest so normal, wie es vorher war.

„In Schutzhaft wärt ihr sicherer."

Er war nicht davon überzeugt – nicht, wenn diese Leute so entschlossen waren, Anna zu finden, dass sie bereits zwei Polizeibeamte getötet hatten, die ihnen in die Quere gekommen waren. Wenn er seine Zweifel äußerte, würde Holly es als persönliche Herausforderung auffassen, und er hatte nicht vor, die Frau, die sein Bruder liebte, in Gefahr zu bringen. Es war schon schlimm genug, Anna in Gefahr zu bringen. „Aber dann sucht niemand nach dem, was Davis Anna geschickt hat. Und das ist der Schlüssel, um diese Arschlöcher zu schnappen. Das weißt du ganz genau."

„Gut. Ich werde an dem Ort, an dem Davis Silver gearbeitet hat, weitere Fragen stellen. Halte mich auf dem Laufenden. Wenn du meine Hilfe brauchst, ruf an. Hier ist wieder dein Bruder."

„Du musst deinen Arsch wieder hierher bewegen, Bruder", sagte Finn.

„Ich brauche höchstens ein paar Tage."

„Anna braucht angemessenen Schutz."

Und er war dieser Aufgabe nicht gewachsen. Gut zu wissen.

„Lass dich nur nicht anschießen. Das tut verdammt weh." Finn war letztes Jahr angeschossen worden. „Und stirb bloß nicht."

Brent lachte nicht. Der Besuch bei seinem Bruder im Krankenhaus im letzten Jahr war eine weitere Lebenserfahrung, auf die er hätte verzichten können. „Ich werde mein Bestes geben, um genau das nicht zu tun." Er beendete das Gespräch und begegnete Annas ernstem Blick.

„Sie waren in deinem Haus?"

„Sie haben einen Polizisten getötet."

Ihre Hand fuhr zu ihrem Mund. „Das ist furchtbar."

Er erwähnte weder Megan noch ihren Mann. „Unsere beste Chance, hier lebend herauszukommen, ist es, diese Beweise zu finden, die Davis geschickt hat."

„Du könntest einfach abhauen. Das ist nicht dein Problem." Ihre Augen glitzerten.

„Davis war mein bester Freund. Ich habe ihm ein Versprechen gegeben. Und ich werde ihn nicht im Stich lassen." Er nahm ihre

Finger in seine und drückte sie. „Ich lasse dich nicht im Stich, Anna."

Es klopfte an der Tür, und beide sprangen auf. Es war fast Mitternacht. Die Wohnung war nur schwach von ein paar Lampen beleuchtet, aber vielleicht hatte jemand Stimmen gehört oder ihn gegen die Wände klopfen hören. Sein Herz pochte wie wild. Sie waren im vierten Stockwerk. Wenn das diese Typen waren, waren sie aufgeschmissen. Brent schlich zur Wohnungstür und benutzte den Türspion, das Handy in der Hand, bereit, 911 zu wählen.

Eine kleine alte Dame mit lila Haaren stand im Korridor. Sie hatte mandarinenfarbenen Lippenstift aufgetragen. Die Spannung löste sich in einer Welle von ihm. Dies war wahrscheinlich die alte Dame, von der Davis gesprochen hatte. Die Nachbarin, mit der er sich angefreundet hatte.

Anna stand neben ihm. Brent beugte sich hinunter und flüsterte ihr ins Ohr. „Alte Frau auf zwölf Uhr. Soll ich sie ausschalten?" Er schenkte ihr ein kühles Lächeln, und Anna blickte ihn an, als sie die Tür öffnete. Brent blieb außer Sicht. Es hatte keinen Sinn, mehr Informationen als nötig preiszugeben.

„Kann ich Ihnen helfen?", fragte Anna höflich.

„Du musst Anna sein, meine Liebe. Ich hatte ja so gehofft, dich einmal kennenzulernen." Die alte Dame packte Annas Fäuste und drückte sie kräftig. „Es tat mir so leid, das mit deinem Vater zu hören. Er war ein guter Mann. Tragisch. Einfach tragisch."

Annas Mund öffnete und schloss sich, und sie versuchte offenbar, eine Lücke im Gespräch zu finden.

„Ich habe mich schon gefragt, wann du kommen würdest, um seine Sachen zu sortieren." Die alte Dame schlurfte herein, und Anna war weder dem Alter noch den lila Haaren gewachsen.

Die Frau schielte mit ihren winzigen Augen auf Brent. Sie reichte kaum bis zu seinem Bauchnabel. „Und ich erkenne auch dich, junger Mann. Du bist ein Freund von Davis." Sie nickte und ihr Kinn wackelte. „Er würde sich freuen, dass du Anna hilfst. Es ist so schwierig, alles durchzusehen und auszusortieren." Ihre

Stimme brach für eine Sekunde, und Brent wollte sie unterbrechen, aber sie ließ das nicht zu.

„Ich helfe gerne, wenn ihr mich braucht. Ihr müsst mir sagen, wann die Beerdigung stattfinden wird."

„Sie haben seinen Leichnam noch nicht freigegeben, aber ich werde es Ihnen sicher sagen, sobald alles arrangiert ist", meldete sich Anna kurz zu Wort.

„Tragisch." Der Frau schienen die Adjektive auszugehen.

„Einige Leute aus seinem Büro haben versucht, seine Post durchzusehen."

„Haben sie gesagt, warum?" Brent stieß sich von der Wand ab.

„Sie erzählten mir irgendeinen Blödsinn darüber, dass Davis versehentlich etwas von der Arbeit verschickt hat. Etwas sehr Wichtiges." Sie rollte mit ihren kleinen Augen. „Warum sollte er sich etwas von der Arbeit *schicken*? Er würde es einfach mit nach Hause nehmen."

Es sei denn, er wollte es nicht bei sich haben, wenn die Bösewichte ihn erwischten. Es sei denn, er hatte nicht vor, nach Hause zu gehen.

„Ich sprach mit einem netten jungen Mann, der behauptete, ein Privatdetektiv zu sein. Er sagte mir, er halte diese Leute für gefährlich, und ich solle vorsichtig sein. Aber ich habe ihm gesagt, dass ich zu alt bin, um mir über so etwas Gedanken zu machen." Sie winkte mit neonfarbenen Nägeln ab. „Ich habe als kleines Kind die Nazis in Berlin überlebt, und gefährlicher geht es nicht."

Vielleicht, aber Brent wollte sie trotzdem am liebsten einpacken und an einen sicheren Ort schicken. „Haben sie gefunden, was sie gesucht haben?"

Die alte Dame lächelte verschmitzt. „Ich wohne seit zwanzig Jahren in diesem Haus, junger Mann, und ich kenne den Postboten ziemlich gut. Wir haben beschlossen, dass er die Post von Davis in meinen Briefkasten steckt, bis seine Angehörigen eintreffen. Und jetzt seid ihr beide hier."

„Ich bin kein Angehöriger", meinte Brent.

„Er hat euch beide als nächste Angehörige angegeben, als er einzog. Er sagte, du seist der Sohn, den er nie gehabt hatte." Die alte Dame tippte ihm auf die Hand, und Brent fühlte sich, als hätte man ihm in den Bauch getreten. Seine Augen brannten.

Verachtung war immer leichter zu ertragen als Zuneigung.

„Kommt mit mir", sagte sie.

Sie schnappten sich ihre Sachen, schalteten das Licht aus, schlossen ab und folgten ihr durch den Flur in eine Wohnung, die wahrscheinlich vor zwanzig Jahren zum letzten Mal eingerichtet worden war, als sie eingezogen war.

Viola Bernstein reichte Anna einen dicken Stapel Briefe und Werbung. „Ich habe überlegt, ob ich die Werbung aussortieren soll, aber dann dachte ich mir, dass das deine Sache ist und nicht meine."

Anna wühlte sich durch den ganzen Stapel und zog alle Briefe heraus. Aber nichts sah so aus, als wäre es von Davis selbst gekommen.

„Vielen Dank, dass Sie für ihn da waren, Mrs. Bernstein." Annas Gesichtsausdruck zeugte von Reue und Schuldgefühlen. Brent wusste genau, wie sie sich fühlte.

„Wenn Sie jemals etwas brauchen, lassen Sie es mich wissen", sagte Brent zu ihr.

Ein Lächeln verzog die furchteinflößenden Lippen und enthüllte ein leuchtendes Gebiss. „Jetzt, wo du es erwähnst, mein Müllschlucker funktioniert nicht. Wie wäre es, wenn ich eine Kanne Kaffee aufsetze und du siehst zu, ob du ihn frei bekommst? Normalerweise würde Davis das für mich tun, aber ..." Sie schlurfte davon, immer noch redend.

Das war nicht ganz das, was er sich vorgestellt hatte. Brent beugte sich hinunter und flüsterte Anna ins Ohr. „Wenn sie wüsste, dass ich ein verurteilter Mörder bin, wäre sie sicher nicht so scharf darauf, mich in ihrer Küche zu haben."

„Ich weiß nicht recht." Amüsement umspielte Annas Lippen.

„Sie sieht noch gefährlicher aus als du. Und wer weiß, was sie in ihrem Müllschlucker loszuwerden versucht."

„Igitt. Danke für die Bilder in meinem Kopf." Er krempelte seine Ärmel hoch, straffte die Schultern und ging in die Küche. „Lass mich nicht mit ihr allein", knurrte er über die Schulter.

„Angsthase", flüsterte sie, als sie ihm folgte. Am kleinen Küchentisch begann Anna, Umschläge zu öffnen. Brent nahm Mrs. Bernstein den Schraubenschlüssel aus ihren arthritischen Fingern. Da konnte er auch gleich eine gute Tat vollbringen. Er hatte, weiß Gott, viel wiedergutzumachen.

———

MUSIK DRÖHNTE, UND EINE DISCOKUGEL GLITZERTE über ihren Köpfen. „Du tanzt nicht?", fragte Katherine Harvey, der eine Grimasse zog. Nach der Episode mit der Walbeobachtung hatte sie ihn gemieden. Es war ihr intim und irgendwie falsch vorgekommen, obwohl es völlig unschuldig gewesen war.

„Entschuldige bitte, ich bin unhöflich, wenn ich hier nur mit dir herumsitze, während dein Mann mit meiner Frau auf der Tanzfläche ist. Möchtest du tanzen?", fragte er höflich, aber sichtlich erschöpft.

Katherine lächelte. „Nein. Danke. Meine Füße bringen mich um." Sie beugte sie unter den Tisch. *Verflixte Absätze.* „Aber es gefällt mir auch so ganz gut." Sie tanzte nicht gerne. Davis hatte es geliebt zu tanzen, doch sein Verbrechen hatte ihr den Spaß daran verdorben. Trotzdem tanzte sie mit Ed, um ihn bei Laune zu halten. Sie biss sich auf die Lippe. Sie tat viele Dinge, die ihr nicht gefielen, um Ed bei Laune zu halten.

„Was ist denn los?" Harveys Stimme wurde leiser, und er beugte sich näher heran.

Sie wich erschrocken zurück, weil sie sich ihre Gedanken im Gesicht hatte anmerken lassen. „Nichts. Ich, äh, habe diese Woche schlechte Nachrichten bekommen, das ist alles. Ich bin ein wenig aufgewühlt." Warum erzählte sie ihm das? Sie warf Ed einen nervösen Blick zu, aber er und Barb erleuchteten die Tanzfläche mit einem Two-Step.

„Und Ed weiß es nicht?"

Ihre Augen blitzten zurück zu Harvey.

„Keine Sorge, ich werde nichts sagen." Die freundlichen Augen funkelten, dann wurden sie traurig. „Barb ist meine zweite Frau. Meine erste Frau ist heute vor sechs Jahren an Krebs gestorben."

„Oh, das tut mir sehr leid."

Er nickte. „Melanie wäre stinksauer, wenn sie mich jetzt sehen würde." Seine Augen waren auf Barb gerichtet, die auf der Tanzfläche herumhüpfte. „Es ist nicht einmal so, dass der Sex gut wäre, weißt du?" Sie verschluckte sich an einem Schluck Wein.

„Tut mir leid." Er lachte. „Geht es dir gut?"

Sie nickte und tupfte sich den Mund mit einer Serviette ab.

Harvey sah entspannter und attraktiver aus, als er es hätte sein dürfen. Er kratzte sich im Nacken. „Irgendetwas an dir scheint die Ehrlichkeit in mir herauszukitzeln."

Ihr Lachen war scharf und bitter. „Das ist ironisch, denn mein erster Mann kam ins Gefängnis, weil er der Stadt eine Million Dollar gestohlen hat." Sie schlug sich die Hand vor den Mund. Sie erwähnte Davis sonst nie. Sie hatte nie zugegeben, was er ihr und ihrer Tochter angetan hatte. Anna. Sie musste immer noch mit Anna sprechen. Sie konnte sie nicht erreichen. Harvey warf ihr einen langen Blick zu. „Liebst du deinen Mann?"

Welchen?

„Wie bitte?" Sie hatten einen sehr bewegenden Moment bei der Walbeobachtung geteilt, aber keine dunklen Geheimnisse. Und das gedämpfte männliche Interesse in seinen Augen machte sie doppelt misstrauisch. „Ich glaube wirklich nicht, dass dich das etwas angeht."

„Ich frage nur, weil ich dich mit ihm beobachtet habe. Und

obwohl du auf ihn hörst, ihm sogar gehorchst, spüre ich keine große Zuneigung und schon gar keine Lust – jedenfalls nicht von deiner Seite."

Lust? Ihr Gehirn kreischte auf. Sie hätte nicht gedacht, dass sie viel schockieren könnte, aber die Worte dieses Mannes trafen sie wie ein Blitz aus heiterem Himmel. „Ich glaube nicht, dass dich das etwas angeht."

Er legte seine Hand über ihre, die auf dem weißen Tischtuch ruhte. Elektrizität brannte auf ihrer Haut. „Ich wollte dich nicht verärgern oder dir auf die Nerven gehen. Ich bin kein Widerling, der dich anmacht." Katherine rutschte unruhig auf ihrem Stuhl hin und her. Sie war verheiratet, um Himmels willen. Er drückte ihre Finger und ließ sie dann los. „Wenn ich sehe, wie du mit Ed umgehst, dann sehe ich meine eigene Ehe in einem anderen Licht. Du hast mich dazu gebracht, mir Dinge einzugestehen, die ich versucht hatte zu ignorieren." Seine Lippen verzogen sich zu einem traurigen Lächeln. „Jetzt denke ich, dass ich besser etwas dagegen tun sollte, solange ich noch jung genug bin, um meine Freiheit zu genießen."

Sie saß fassungslos da. „Du willst Barb verlassen?"

Sein Gesicht wurde ernst. „Bitte sag es ihr nicht."

„Das werde ich wohl kaum tun, oder?" Das Gespräch war ihr äußerst unangenehm und ging ihr ein wenig zu nahe. Sie begann, ihre Sachen zusammenzusuchen. „Kannst du Ed bitte ausrichten, dass ich Kopfschmerzen habe?"

„Katherine, bitte geh nicht", bat Harvey mit leiser Verzweiflung.

Sie hielt inne. „Soll die Nachricht, dass du deine Frau verlässt, mich dazu bringen, mit dir ins Bett zu gehen?"

„Willst du nicht mehr vom Leben als das, was du gerade hast?", konterte er.

„Wie eine geschmacklose Affäre mit einem Mann, den ich kaum kenne?", blaffte sie zurück.

Ihr Kopf pochte, als würde er gleich explodieren.

„Das habe ich nicht gemeint ... hier geht es nicht um Sex." Er sah wütend aus, aber das war ihr egal.

Männer.

Sie stand auf, warf ihren Stuhl dabei um und wollte unbedingt aus diesem stickigen, heißen Raum entkommen. Dieses intime Gespräch mit Harvey und eine Flut unwillkommener Fragen wollten sie dazu bringen, immer weiter zu rennen und niemals stehenzubleiben. Aber sie war auf diesem verdammten Schiff gefangen.

Und okay, sie war nicht bis über beide Ohren in Ed verliebt, aber sie hatten eine stabile Beziehung. Als Davis sie bankrott gemacht hatte, ohne Hoffnung auf einen Job in der Stadt, war Ed da gewesen, um ihr zu helfen. Er war der einzige Freund gewesen, der ihr beigestanden hatte. Diese Art von Loyalität vergaß man nicht.

Katherine ging an Deck des Schiffes und starrte in den Nachthimmel. Dann zog sie einen tiefen Atemzug in ihre Lunge. Sie fühlte sich wie eine Närrin.

Harvey war reich. Glaubte sie wirklich, er wolle mit ihr ins Bett gehen?

An manchen Tagen war sie eine Idiotin – an den meisten Tagen, wie es schien.

Ihr Herz zog sich zusammen, als sie sich daran erinnerte, wie es war, sich zu verlieben und dann herauszufinden, dass der Geliebte einen betrogen hat. War es nicht das, was Harvey mit Barb vorhatte? Selbst wenn sie ein schrecklicher Mensch war – und das war sie –, hieß das, dass es in Ordnung war, sie einfach wie ein Stück Müll wegzuwerfen?

Ist es nicht das, was du mit Davis gemacht hast?

Ihre Kehle fühlte sich an, als hätte sie Stacheldraht geschluckt, während sie ihre Verzweiflung zurückhielt.

Sie konnte den Gedanken nicht ertragen, in das Zimmer

zurückzukehren, das sie mit Ed teilte, also begann sie zu laufen und ließ die kühle Nachtluft, die von den nahen Gletschern herüberwehte, ihre überhitzte Haut kühlen. Sie ging weiter und fand einen Platz, um dort um einen Mann zu trauern, der es nicht verdient hatte.

ZEHN

Sie wollten gerade über die Straße gehen, als Brent Anna am Arm packte und sie gewaltsam zu ihrem Auto zog.

Autsch. „Was ist denn los?", fragte sie.

„Da hinten sitzt jemand in einem Jeep und beobachtet die Eingangstür des Wohnkomplexes." Das Geräusch eines startenden Motors war zu hören, und Brent fluchte leise vor sich hin und kramte die Schlüssel hervor. „Beweg dich." Sie riss ihm die Schlüssel aus den Fingern. „Ich fahre."

„Was zum …?"

Anna kletterte auf den Fahrersitz, und er starrte sie an.

„Steig schon ein." Sie rückte den Fahrersitz näher ans Steuer, damit sie die Pedale erreichen konnte.

Er stieg schnell ein. Sie setzte den Blinker und fuhr los, hielt dann aber für einen Radfahrer an. Brent sah sie an, als hätte sie sich in eine fremde Spezies verwandelt.

„Was?", fragte sie und reihte sich gemächlich in den fließenden Verkehr ein.

„Wenn diese Typen die Leute sind, für die ich sie halte, musst du deinen inneren Indy-500-Fahrer entfesseln und die brave Lehrerin loswerden."

Ihre Wangen fühlten sich heiß an. „Ich sagte doch, ich bin nicht dafür gemacht, das Gesetz zu brechen."

Er blickte über seine Schulter. „Nun, sieh es mal positiv. Du wirst zu tot sein, um verhaftet zu werden, wenn diese Typen uns einholen. Warum zum Teufel hast du darauf bestanden zu fahren?" Er klang sauer und aufgebracht, und in ihrer Brust breitete sich Schmerz aus.

„Weil ...", begann sie mit bedächtiger Langsamkeit, „... *ich* nur einen Strafzettel bekomme, wenn ich erwischt werde. *Du* hingegen würdest wohl zurück ins Gefängnis wandern."

Er schaute noch einmal in den Spiegel. „Besser so als tot. Obwohl ... vielleicht doch nicht. Fahr los!"

Sie drückte aufs Gaspedal und fuhr eine Kurve, dann noch eine, bis sie fast ein ganzes Viereck gefahren waren.

Brent schaute immer wieder hinter sich. „Nicht schlecht. Hast du das im Fernsehen gelernt?"

„Hawaii Five-0." Sie fuhr auf die Hauptstraße. „Eine der seltenen Sendungen, die bei ausgeschaltetem Ton genauso gut sind." Sie fluchte, als sie den dunklen Jeep hinter ihnen auf die Straße einbiegen sah.

„Was machen wir jetzt?" Für diese Art von Aufregung war sie nicht gerüstet. *Danke, Dad.*

Brent lehnte sich vor. „Wenn sie einen Polizisten erschossen haben, werden sie sich nicht allzu viele Gedanken darüber machen, unschuldige Zivilisten zu verletzen." Anna schaute sich die Minivans und Autos an, die selbst zu dieser späten Stunde noch voller Menschen waren.

„Sie können wahrscheinlich das Kennzeichen an unserem Fahrzeug nachverfolgen, wenn sie nahe genug herankommen, um es zu lesen. Aber so wie sie sich zurückhalten, glaube ich nicht, dass sie wissen, dass wir sie entdeckt haben. Vielleicht denken sie, wir hätten uns einfach verfahren." Er warf ihr einen Blick zu. „Versuch, sie nicht so nah an uns heranzulassen, dass sie unser Kennzeichen sehen können."

Anna biss sich auf die Lippe und nickte. Das bedeutete, vom Freeway herunterzufahren. Und zwar sofort. Sie nahm die nächste Ausfahrt, fuhr weiter in die Vorstadt und bog auf einen Supermarktparkplatz ein, in der Hoffnung, dass sie über ein paar Hintergassen abkürzen und den Kerl abhängen konnte.

„Da drüben." Brent zeigte auf die Eisenbahngleise, die am südlichen Rand entlangführten.

Anna hörte das leise Rumpeln und Pfeifen eines Zuges.

„Wir schaffen es, wenn du schnell bist", drängte Brent.

War er verrückt?

„Die Schranken gehen schon zu." Annas Herz hämmerte. Sie warf einen Blick in den Rückspiegel und sah, dass der Jeep immer näherkam. In der Dunkelheit war es schwer, die Entfernung einzuschätzen, aber der Jeep sah viel näher aus als der Zug.

Rote Lichter blinkten und die Schranken waren fast unten. Es hieß jetzt oder nie.

„Tu es."

Anna hielt das Lenkrad fest, für den Fall, dass die Schienen es ihr aus den Händen rissen, und drückte mit dem Fuß auf das Gaspedal. Brent stützte seinen Arm gegen das Armaturenbrett. Vor ihnen befand sich ein Auto, und von der anderen Seite näherte sich ein Wagen der Kreuzung. Anna sah viele helle Lichter und spürte das Rumpeln der Lokomotive zwischen ihren zusammengebissenen Zähnen. Sie beschleunigte stark und drückte das Gaspedal bis auf den Boden durch, wobei sie an dem Kompaktwagen vor ihr vorbeischoss und den Fahrer dazu brachte, mit einem entsetzten Blick den Kopf in ihre Richtung zu drehen. Ihre Kehle wurde trocken, als sie durch die erste Schranke krachte, das Geräusch war trotz des Dröhnens des Zuges hart und laut. Beim Aufprall auf die erste Schiene verlor sie die Kontrolle, und der Wagen verlangsamte sich. Sie drehte sich zur Lokomotive hin. Erst vor ein paar Tagen hatte ein Zug ihren Vater getötet, und jetzt starrte sie in ihr eigenes Albtraumszenario. Es ging viel schneller, als sie gedacht hatte. Ihr Herz klopfte wie wild.

Schwarze Punkte tanzten vor ihren Augen, während sie hyperventilierte.

Der Zug hupte und seine Bremsen kreischten durch die Nacht.

„Gib Gas!", brüllte Brent. Wenn sie auf dem Beifahrersitz gesessen hätte, wäre sie ausgestiegen und weggelaufen.

Der Zug heulte wieder wütend auf. Sie gab Vollgas und durchbrach schließlich die Schranke auf der anderen Seite und schoss mit nur wenigen Augenblicken Vorsprung davon. Hinter sich hörte sie das Quietschen der Bremsen. Aber ein kurzer Blick in den Rückspiegel verriet ihr, dass sie ihre Verfolger abgehängt hatten, und nach der mehrere hundert Meter langen Reihe von Containern auf der Bahnstrecke zu urteilen, würden sie diese Typen weit hinter sich lassen.

„Gut gemacht, Bruchpilot."

Sie versuchte zu sprechen, konnte aber kein Wort herausbringen. Ihre Haut dampfte vor Schweiß.

„Ist schon okay. Für Täter, die zum ersten Mal auffällig geworden sind, gibt es selten Gefängnisstrafen."

Anna versuchte zu schlucken, aber ihr Mund war zu trocken. „Wenn du versuchst, mich aufzumuntern, dann funktioniert das nicht."

Brent legte ihr eine große Hand auf die Schulter. Sie brannte durch die Baumwolle ihrer Bluse. „Wir müssen hier weg, bevor sie Verstärkung schicken."

Verdammt. Ihr Puls pochte und ihre Haut wurde feucht. „Ich will nach Hause." Eine tiefe Sehnsucht stieg in ihr auf. Sie wollte zurück in ihr normales Leben.

Er sah sie an, als würde er darüber nachdenken. „Vielleicht ist das gar keine so schlechte Idee. Wir können in ein paar Stunden in Minnesota sein. Aber du kannst nicht nach Hause zurückkehren, bis das hier vorbei ist."

„Wir könnten die Post in der Schule und bei mir zu Hause überprüfen." Das waren die wahrscheinlichsten Orte, an die ihr Vater die Beweise geschickt hatte, und verdammt, sie würde nicht zulassen, dass diese Kerle den Umschlag fanden und mit einem Mord davonkamen.

„Wir können uns irgendwo anders in der Stadt verstecken und überlegen uns, was wir als Nächstes tun. In der Wohnung deines Vaters ist mit Sicherheit nichts zu finden."

Das Bedürfnis, ein Stück Normalität zurückzugewinnen, schwoll in ihr an. „Lass uns das machen." Anna sehnte sich nach ihrem weißen Lattenzaun und den wuchernden Rosen. Mit Menschen zu sprechen, die sie kannte und denen sie vertraute. Orte aufsuchen, mit denen sie vertraut war. Und wenn sie den Umschlag nicht finden würde, würde sie zur Polizei gehen. Sie hatte es satt, von Mördern gejagt zu werden.

———

Es war noch früh am Morgen. Rand stieg aus der Dusche und trocknete sich ab. Er hatte ein kurzes Nickerchen gemacht. Anspannung und Wut hatten sich immer weiter aufgestaut, bevor sie sich zu einem festen Kern aus Verärgerung verdichtet hatten. Er hatte die Rothaarige – mehr oder weniger lebendig – im Busch abgesetzt und war nach Victoria gefahren, wo er dann seine und Marcos Sachen aus dem Motel geholt hatte. Dann hatte er ein kleines Flugzeug von einem Mann gestohlen, der es nicht so bald melden würde, und sich auf den Weg zurück zum Festland gemacht, um über die Grenze nach Seattle zu fahren und einen Linienflug zu nehmen.

Es war ein gutes Gefühl, zu Hause zu sein.

Die Cops sagten, Marco sei tot. Kudrow hatte einen Anruf erhalten, in dem er gefragt wurde, ob er bei der Identifizierung der Leiche helfen könne. Es tat Kudrow natürlich sehr leid, dass er nicht helfen konnte. Aber es warf die Frage auf, woher sie wussten, dass sie die Firma mit dem fehlgeschlagenen Anschlag auf Brent Carvers Haus in Verbindung bringen konnten. Anna Silver hatte sich bei jemandem verplappert, aber Rand bezweifelte, dass sie ihnen die ganze Wahrheit gesagt hatte.

Er ging die Ereignisse noch einmal im Kopf durch.

Gestern Abend hatte Kudrow angerufen und ihm mitgeteilt, dass Anna Silver und ein unbekannter Mann – wahrscheinlich Carver – in der Wohnung ihres Vaters in Chicago aufgetaucht waren. Vic hatte eine wahre Litanei von Fehlern begangen und sie aus den Augen verloren. Aber dass sie dort auftauchte, bedeutete, dass sie den Umschlag noch nicht gefunden hatte, denn wenn sie ihn gefunden hätte, würde sie ihn entweder den Bullen übergeben und sie wären alle am Arsch, oder sie würde mit ihrem ganzen hart verdienten Geld verschwinden. Sechzig Millionen waren eine Menge Geld, und er wettete auf Letzteres. Anna war immer noch auf der Suche danach, genau wie er selbst, aber jetzt war er nicht nur einfach sauer. Er wollte Vergeltung.

Es war Mittwoch. Angesichts des Schneckentempos der Post konnte es noch ein paar Tage dauern, bis das verdammte Ding ankam, aber mit zwei toten Polizisten lief ihnen die Zeit davon, und die Strafverfolgungsbehörden würden anfangen, schwierige Fragen zu stellen. Petrie untersuchte andere Möglichkeiten, um herauszufinden, wohin Davis das Geld verschoben haben könnte, aber Rand saß nicht nur einfach so herum und drehte Däumchen.

Er zog sich an und nahm auch seine Strickmütze. Dann ging er die sechs Blocks zu einem süßen kleinen Ranchhaus mit weißem Lattenzaun und duftendem Garten. Dort überprüfte er gleich den Briefkasten, bevor er mit einer Handvoll nutzlosem Zeug nach hinten ging. Verdammte Werbung.

Cauldwell Lake war nichts weiter als ein Außenbezirk der Twin Cities. Annas Haus gab es schon seit den fünfziger Jahren, und die Stadt war jetzt scheinbar an ihre Grenzen gestoßen.

Er zog sich Latexhandschuhe an und holte sein Dietrich-Set aus der Gesäßtasche. Es dauerte keine dreißig Sekunden, bis er sich Zutritt verschafft hatte, und dank des üppig bewachsenen Gartens konnte keiner der Nachbarn etwas sehen. Die Küche war strahlend weiß mit Eichenholzarbeitsplatten. Schön, edel. Er sah sich um und hörte angestrengt in die Stille hinein, alle Sinne in höchster Alarmbereitschaft für eine Überraschungsparty. Er spürte und hörte nichts und durchsuchte jeden Raum sorgfältig, bevor er sich erlaubte, seine Wachsamkeit zu lockern. Als er das erste Mal hier gewesen war, hatte er nur schnell nach offensichtlichen Verstecken gesucht. Jetzt wusste er, dass sie schlauer war als das und dass sie Hilfe hatte. Er musste also tiefer graben, um herauszufinden, wie sie tickte und wohin sie gegangen sein könnte. Rand begann im Schlafzimmer. Ein riesiges Gemälde hing über dem Bett. Auf dem kleinen Schminktisch standen hübsche Parfümflaschen und ein gerahmtes Hochzeitsbild ihrer Mutter und ihres Vaters. Er öffnete den Schrank und sank auf die Knie, als er begann, ihren ganzen Krempel zu durchwühlen. Schuhkartons, Schuhe, Schmuck, Taschenbücher. Nichts.

Er erhob sich, ging zu ihrem Büro und sah sich die Bücher in den Regalen an. Eine Menge Selbsthilfebücher, auch darüber, wie man Missbrauch überlebte. Ein kleines Lächeln umspielte seine Lippen. Zumindest wäre sie dem Spiel weit voraus, wenn er mit ihr fertig wäre – außer natürlich, sie wäre dann tot. Er starrte auf den Aktenschrank, öffnete die Schublade und fand ihre Bankdaten und Kreditkartenabrechnungen. Petrie hatte das alles schon, also ignorierte er es und grub tiefer. Alles war alphabetisch geordnet und sauber abgelegt.

Allerdings gab es kein Adressbuch.

Er legte die Postkarten beiseite, die sie sich selbst aus verschiedenen Orten des Landes geschickt hatte – traurig –, und ein paar von Freunden. Er notierte ihre Namen. Als Nächstes würde er ihre Telefondaten überprüfen, um festzustellen, ob sie Anrufe von Wegwerfhandys erhalten hatten.

Die Zeit wurde knapp, und das Team musste Chicago so schnell wie möglich verlassen. Was die Wohltätigkeitsorganisation anging, war das Spiel vorbei. In der Vergangenheit hatten die Steuerbehörde und das Finanzministerium es vermieden, zu tief in die

Bücher der Wohltätigkeitsorganisationen einzudringen. Die Regierung nahm ihre Dienste oft genug in Anspruch, sodass sie nicht wollte, dass ihre Geschäfte öffentlich bekannt wurden. Aber da sich die Leichen nun häuften, würde es eine Untersuchung geben. Er konnte fast hören, wie das FBI mit den Zähnen knirschte, wenn es um Vorladungen und Haftbefehle ging. Wenn sie herausfänden, für wen Rand und seine Partner in den letzten achtzehn Monaten noch gearbeitet hatten, wäre das ganze Team unweigerlich am Arsch. Und Rand hatte ganz sicher nicht die Absicht, sich in den Nahen Osten ausliefern zu lassen, um sich dort einer Anklage zu stellen, wenn die aktuelle Regierung beschloss, ein politisches Druckmittel zu suchen. Er wusste, wie man verschwand, aber er wollte zuerst sein verdammtes Geld.

Er lehnte sich zurück und betrachtete einen Stapel farblich abgestimmter Kartons. *Verdammte Scheiße.* Schmerz schoss durch seinen Kiefer, als er die Zähne zusammenbiss. Trotz ihrer Organisation behielt sie immer noch zu viel Krempel. Warum taten die Leute das?

Er hörte ein Geräusch von der Eingangstür und zog seine Waffe.

„Anna? Anna! Ich weiß, dass du da drin bist. Es tut mir so leid. Bitte, können wir darüber reden?"

Ein Lächeln umspielte Rands Lippen. *Romeo, Romeo. Oh, verdammter Romeo.*

„Ich habe es vermasselt. Es tut mir leid, aber ich habe mich noch nie mit einer Frau wie dir verabredet und ich bin ... irgendwie überfordert damit. Du spielst in einer anderen Liga."

Rand zupfte an der Gardine im Wohnzimmer. *Da hast du recht, Kumpel.*

„Ich bin auf dem Weg zur Arbeit, aber ich gehe nirgendwohin, bis wir das besprochen haben. Ich bleibe genau hier." *Hartnäckiges kleines Arschloch. Und laut ist er auch noch.*

Rand dachte drei Sekunden lang darüber nach und öffnete

dann die Tür. Der Typ blinzelte, als er ihn mit einer Hand hineinzog und die Tür mit dem Fuß schloss.

„Wer zum Teufel sind Sie? Wo ist Anna?"

Rand steckte seine Pistole hinten in den Hosenbund und beugte sich vor, bis sie Nase an Nase waren. „Sie hat dich schon längst vergessen, Arschloch."

Die kleine Kröte begann zu krabbeln, die Beine suchten nach Halt auf dem Boden, fanden ihn aber nicht.

„Okay, wir machen jetzt Folgendes." Rand packte Romeo am Kragen und führte ihn in die Küche. Dort drückte er ihn auf einen Stuhl und schloss die Jalousien.

Der Kerl versuchte, zur Tür zu flüchten, aber Rand schlug ihm mit dem Ellenbogen ins Gesicht und hörte den Knochen brechen. Der Mann schrie auf, und Rand packte ihn mit einer Hand, das Geschirrtuch in der anderen. Blut floss über das weiße Hemd des Mannes. Rand stopfte ihm das Geschirrtuch in den Mund, drückte ihn mit dem Gesicht nach unten auf das Linoleum und knebelte ihn. Um die Handgelenke schlang er ein weiteres Geschirrtuch. Der Mann wehrte sich vergeblich und zappelte wie ein Wurm an einem Haken.

Nachdem er seine Hand- und Fußgelenke gesichert hatte, stand Rand auf. Auf dem Küchenboden begegneten ihm ängstliche Augen. Rand zog das Ka-Bar-Messer aus der Scheide, die an seinem Bein befestigt war.

„Du wirst mir jetzt sagen, wo Anna sein könnte, und wenn ich glaube, dass du die Wahrheit sagst, lasse ich vielleicht deinen Schwanz dran." Er hockte sich neben den Mann. „Wie ist dein Name?"

Der Kerl grunzte und Rand zog den Knebel für eine Sekunde heraus.

„Peter", keuchte der Kerl.

Rand setzte ihm den Knebel wieder ein und nickte. „Okay, Peter. Folgendermaßen wird es laufen." Peter versuchte, über den Boden zu rutschen, aber es ging nicht. „Ich werde dir jedes Mal einen Schnitt verpassen, wenn du eine Frage nicht wahrheitsgemäß beantwortest. Verstanden?"

Peters Augen wurden groß. Rand lächelte. „Zu langsam." Er strich mit dem Messer über Peters Wangenknochen und sah zu, wie er blutete. „Hast du es jetzt verstanden?" Peter nickte schnell und heftig.

Jemanden so zu dominieren, war ein Höllenrausch. Kein Wunder, dass es so viele Serienmörder auf der Welt gab. Aber er machte das nicht zum Spaß. Er dachte an die Rothaarige und grinste. Das hatte Spaß gemacht. Anna würde auch Spaß machen. „Wo würde Anna wohl hingehen?" Er zog das Tuch ein Stück heraus, aber er wusste bereits, dass der Kerl keinen Schimmer hatte. Peter schüttelte den Kopf, und Rand hielt sich mit der Hand den Kiefer, während er sich nachdenklich die Ohrmuschel rieb. „Du glaubst vielleicht nicht, dass du es weißt, aber denk lieber noch einmal gut nach, okay Peter?"

Der arme Kerl nickte verzweifelt, Blut und Rotz tropften ihm vom Gesicht.

Rand wischte sein Messer an Peters teurer Hose ab. „Sag mir einfach, was du weißt, ja?"

Wieder das hektische Nicken.

„Wie lange gehst du schon mit Anna aus?"

„Sechs Monate."

„Und du treibst es mit ihr?", fragte Rand.

Peters spastisches Kopfschütteln ließ Rand das Messer stillhalten. „Sechs Monate und du hast sie noch nicht gefickt?"

Peter holte tief Luft. „Sie mag es nicht, wenn man sie berührt. Sie lässt mich nicht ran."

Rand setzte den Knebel wieder ein. Die Vorstellung, dass Anna frigide war, machte ihn unerwartet an. Der Gedanke daran, wie verzweifelt sie sich gegen ihn wehren würde ... Scheiße. Er bewegte sich unbehaglich. Er würde eine andere Rothaarige brauchen, wenn Anna nicht bald auftauchte.

Er lächelte. Vielleicht würde er Peter am Leben lassen, den

armen Kerl. „Sie hat etwas von mir." Sechzig Millionen – durch fünf geteilt, jetzt wo Marco tot war – und einen Haufen verletzten Stolz. „Ich muss sie finden und es zurückholen." Rand nahm den Knebel ab, um seine Aufrichtigkeit zu zeigen. Er half dem Mann, sich mit dem Rücken gegen den Küchentisch zu setzen.

„Aber ich weiß doch nicht, wo sie ist."

„Was weißt du über sie?", fragte Rand.

„Sie arbeitet an der Oakwood School. Sie hat ein paar Freundinnen, ich kann Ihnen sagen, wo sie wohnen. Sie trainiert dreimal pro Woche in einem Fitnessstudio zwei Blocks von hier entfernt."

Nach nur fünf Minuten packte er also alles aus. So war das Leben.

Er nickte aufmunternd. „Mach weiter, Peter. Du machst das toll. Aber gib mir jetzt ein paar Namen und Adressen. Details."

Blut bedeckte die Vorderseite des Hemdes, das Kinn und den Hals des Mannes. Rand begann, den Kerl ein wenig zu bemitleiden. Sechs Monate zusammen und nichts war passiert? Oh Gott. Er hätte sie nach dem zweiten Date ausgesetzt – irgendwo, wo es wild und abgelegen war. Die Frau war eine gottverdammte frigide Schlampe.

———

Brent hatte Angst um Annas Sicherheit und um seine eigene Freiheit, denn schon der Gedanke an ein Gefängnis war wie eine Schlinge um seinen Hals. Er fuhr. Verdammt, er war schon seit Stunden unterwegs. Sie hatten nicht aus dem Hotel in Chicago ausgecheckt. Tatsächlich hatten sie die Suite für die ganze Woche gebucht und den Mietwagen im Parkhaus stehenlassen – nur für den Fall, dass jemand sie zu diesem Hotel verfolgt hatte. Sie sollten denken, dass er und Anna sich dort versteckt hielten und schmutzigen Marathon-Sex hatten. Stattdessen hatten sie ihre Sachen gepackt, ein anderes Fahrzeug gemietet und waren losgefahren.

Die fremde Landschaft hatte seine Stimmung nicht verbessert. Er vermisste das Meer. Diese riesige Landfläche fühlte sich zu statisch und klaustrophobisch an. Wie konnte man das aushalten, ohne verrückt zu werden? Und dann waren da noch all die Autos, die in alle Richtungen fuhren. Autos auf seinen beiden Seiten, dicht gedrängt, vorne und hinten. Sein Magen begann, sich zu verknoten.

Was für ein Weichei hatte Angst vor dem Autofahren?

Mit mürrischem Blick setzte er den Blinker und hielt an einem Drive-Through an, um einen Kaffee zu bestellen. Er warf einen kurzen Blick auf Anna, die auf dem Beifahrersitz döste, und kam nicht umhin zu denken, dass dies die Art von Zukunft war, die er sich selbst verwehrt hatte, als er seinen Vater getötet hatte.

So ein Pech. Finde dich damit ab.

Er bestellte ihnen beiden einen Kaffee, und Anna wachte auf und blinzelte. „Wo sind wir?"

„Dreißig Minuten entfernt. Willst du fahren?"

„Sicher, du musst erschöpft sein."

Er war nicht müde. Sein Gehirn fühlte sich an, als sei es kurzgeschlossen worden, doch bis diese Sache beendet war, hatte er nicht vor, die Augen zu schließen.

Aber eine mentale Pause würde helfen, und sie kannte sich in der Stadt aus.

Du Weichei.

Sie tauschten die Plätze, und es dauerte nicht lange, bis sie in einer Gegend mit Bungalows und Schaukeln im Garten anhielten. Er runzelte die Stirn. „Wo willst du hin?" Sie hatten sich darauf geeinigt, ein Motel zu suchen und einige ihrer Freunde und Kollegen aus der Schule zu kontaktieren.

Ihr Rücken war gerade. Der Kiefer war fest. „Es ist noch früh. Wir sollten bei mir zu Hause nach der Post sehen, bevor zu viele Leute da sind. Und ich kann ein paar Sachen aus meinem Haus holen."

„Was für Sachen?"

„Arbeit. Für die Schule." Die Sehnen an ihren Fingerknöcheln schimmerten weiß durch die Haut. Das war ihre Art, die Kontrolle über die Situation zu erlangen. Er verstand das, aber ... „Es wird nur ein paar Minuten dauern. Ich habe alles auf einem externen Laufwerk und in einem einzigen Aktenschrank. Das ist alles, was ich brauche." Ihr Blick war hart und entschlossen. „Wir holen es, sehen die Post durch und verschwinden wieder."

Sein Herz wurde zu einem Stein, der in seiner Brust rumpelte. Er hätte wissen müssen, dass sie so etwas tun würde, und mit ihren Händen am Lenkrad war er machtlos. Er konnte sie nicht aufhalten, ohne das verdammte Auto zu demolieren. Aber vielleicht war es besser, die Sache hinter sich zu bringen. Ein schnelles Rein und Raus am frühen Morgen. Er fuhr sich mit der Hand durch sein kurzes, stacheliges Haar. „Gut. Halte aber nicht vor deinem Haus an. Fahr vorbei, und wir werden sehen, ob jemand vor dem Haus Stellung bezogen hat. Wir parken dann um die Ecke." Er griff nach seiner Kappe und setzte sie ihr auf den Kopf. „Behalte die auf", befahl er, als sie sie abnehmen wollte.

„Aber die Autoscheiben sind getönt." Anna blickte finster drein, ließ die Kappe aber aufgesetzt. Sie bogen in eine ruhige Straße ein, die von alten Bäumen gesäumt war. Brent sah den weißen Lattenzaun auf der rechten Seite und wusste sofort, dass es ihr Haus war.

„Nicht langsamer werden."

Sie fuhr vorbei und Brent schaute sich das Haus an. Rosafarbene Rosen lugten zwischen grünen Blättern hervor und sahen aus wie eine idyllische Grotte. Es war zwar nicht sein Strand, aber es war hübsch. Er hasste es und wusste nicht, warum.

Von der Straße aus schien niemand das Haus zu beobachten. „Halte da vorne an." Sie waren weit genug entfernt, um nicht aufzufallen.

Die Stille war intensiv. „Die Kerle können ja nicht überall gleichzeitig hinschauen, oder?"

„Sie haben dich bis nach Bamfield verfolgt. Jemanden auf dein Haus anzusetzen, wird für sie eine Selbstverständlichkeit sein."

Sie wurde blass. Diese Typen machten keine halben Sachen. Er hatte nicht vor, ihr gegenüber die Realität zu beschönigen, nur damit sie sich leichtsinnig umbringen konnte. Es war früh. Die Nachbarschaft war ruhig. Das perfekte Morgenlicht fiel durch das Laubdach der Bäume.

„Es ist ein schöner Ort", räumte er ein.

„Ich weiß, es ist keine Millionen-Dollar-Villa, aber mir gefällt es." In ihren Augen lag Sehnsucht, als sie auf ihr Haus starrte, und sein Herz zog sich ein wenig zusammen. Brent wusste genau, was es hieß, einen Ort zu lieben. Ein weiterer Grund, warum es zwischen ihnen nie klappen würde, auch wenn er kein verurteilter Mörder und sie nicht auf der Flucht wäre.

„Wie lange sitzen wir hier noch herum?", fragte Anna nach einer Minute des Schweigens.

Brent lachte. „Nun, eine Stunde wäre vernünftig, aber ich denke, du hast höchstens noch dreißig Sekunden Geduld."

Er konnte spüren, wie ihre Energie zunahm und in unsichtbaren Wellen von ihrer Haut abstrahlte. Ihre Hand glitt zum Türöffner.

„Das war's dann wohl." Junkies, die sich nach einem Schuss sehnten, hatten mehr Geduld als Anna. Verdammt, Geisteskranke, die einen psychotischen Zusammenbruch hatten, hatten mehr Geduld als diese Frau. Er atmete tief durch, kletterte aus dem Auto und streckte den Rücken, als die kühle Morgenluft ihn traf. Anna kam vorne herum, immer noch in figurbetontes Schwarz gekleidet und mit der Kappe auf dem Kopf. Heiß, selbst nach einer Nacht im Auto.

Scheiße.

Brent nahm ihre Hand, damit sie nicht plötzlich davonrannte. Anstatt bis zur Haustür zu gehen, ging er die Straße hinter ihrem Grundstück entlang. Er fühlte sich hier draußen auf dem Asphalt ungeschützt. Der Wunsch, eine Waffe zu tragen, war überwältigend, aber er wusste, dass er irgendwann auf die Cops treffen würde, und er wollte nicht bewaffnet sein, wenn es soweit war. Schon das bloße Zusammensein mit Anna war gefährlich, wenn sie in Davis' Missgeschicke verwickelt war. Aber er packte ihre Finger fester und sie drückte zurück. Das schockierte ihn fast so sehr wie der Kuss im Hotel.

Denk nicht an den Kuss. Es war einer der unschuldigsten Küsse seines Lebens gewesen und hatte ihn ziemlich geerdet.

„Lass uns durch den Garten der Nachbarn gehen", schlug er vor.

„Ich glaube nicht, dass es den Radmundsens gefallen wird, wenn zwei Leute durch ihren Garten schleichen."

„Der Sinn des Schleichens ist, dass sie es nicht mitbekommen."

Sie lachte leise. Oh Gott. War das das erste Mal? Er war nicht gerade für sein sonniges Gemüt bekannt.

Sie schlichen sich über den ordentlich gemähten Rasen der Nachbarn, der mit Kinderfahrrädern und Bällen übersät war. Ein Tor stand am hinteren Zaun. Er streckte seine Hände aus, um Anna einen Schubs über den Zaun zu geben, und ignorierte das Gefühl ihres Körpers.

Zu gut für dich, Kumpel.

Brent kletterte über den Zaun und ließ sich neben Anna fallen, die stirnrunzelnd auf ihre Hintertür starrte.

„Was ist?", flüsterte er.

„Etwas sieht anders aus ..."

„Was?"

„Ich weiß es nicht."

„Jalousien? Blumentöpfe? Die Länge des Rasens?"

„Ich weiß es nicht", blaffte sie.

„Mach dir deswegen nicht ins Höschen."

Ihre grünen Augen verengten sich zu einem tödlichen Blick.

„Du trägst doch ein Höschen, oder? Denn ich habe Geschichten über Lehrerinnen gehört ..."

Ihr Ellenbogen traf seinen Solarplexus, und er hörte auf zu reden.

Anna erreichte die hintere Veranda knapp vor ihm. Er hielt sie mit einer Hand an der Schulter auf. „Lass mich zuerst gehen." Er nahm ihr die Schlüssel aus den Fingern und trat einen Schritt vor.

Sie ergriff seinen Arm. „Sei vorsichtig." Sie spürte etwas, und er spürte es auch. Ein Hauch von Gefahr, eine Unterströmung von Warnung.

Brent öffnete die Tür und sah ein Blutbad. Der Geruch schlug ihm zuerst entgegen. Ein Mann lag in einer purpurnen Lache. Seine Ohren waren verstümmelt, sein Gesicht aufgeschlitzt. Er hatte überall am Körper flache Schnitte, aus denen Blut quoll. Rote Schlieren auf dem Boden ließen darauf schließen, dass er sich lange Zeit im Todeskampf gekrümmt und versucht hatte, zu entkommen – Schleifspuren zeigten, dass er nicht weit gekommen war.

Anna keuchte. Er versuchte, sie zu packen, bevor sie hineinging, aber verdammt, sie war wendig.

„Peter? Oh, nein, Peter!" Ihre Hände fuhren zu ihrem Mund.

„Er ist tot", sagte Brent grob. Seine Haut kribbelte mit etwas, das sich sehr nach Angst anfühlte. Er ergriff ihre Hand und wollte sie von dieser Gewaltszene wegziehen, als ihn ein winziges Geräusch aus der Fassung brachte.

Der Mann auf dem Foto von der U-Bahn-Station stand in der Küchentür, lächelte und hielt ein Messer in der rechten Hand. Er trug Handschuhe und eine Wollmütze. Und er hatte die kältesten Augen, die man sich vorstellen konnte. „Anna."

Brent stürzte sich auf den Fremden. Er hatte den Vorteil der Größe, der Überraschung und zwanzig Jahre Erfahrung in einer der härtesten Überlebenssituationen der Welt. „Lauf!", rief er Anna zu.

Er traf den Kerl hart und sie flogen beide durch die Tür. Das Arschloch drehte sich im Fall und sie krachten auf den Boden und rollten herum, wobei sie die Hälfte von Annas Wohnzimmermöbeln mit sich rissen. Brent verpasste dem Kerl eine Gerade gegen die Nase, und Blut floss über seinen Kiefer.

„Das ist deine DNA, die über den ganzen Tatort verteilt ist, Kumpel. Du bist erledigt." Brent schlug ihn erneut.

Schwarze Augen verhärteten sich, und Brent wurde in die Luft geschleudert. „Das bin ich nicht. Es sei denn, sie kriegen mich. Arschloch." Der Typ hatte den Vorteil einer militärischen Ausbildung und den Wunsch, nicht dort zu enden, wo Brent den größten Teil seines Lebens verbracht hatte. Anna stand in der Tür, als der Mörder sich erhob. Sie schrie – was nicht wirklich nützlich war, wenn es darum ging, von hier wegzukommen. Brent stieß ein Brüllen aus, und schon lag er wieder auf dem Boden, die Arme fest um den Hals dieses Bastards geschlungen, während das Messer viel zu nah an ihm vorbeiblitzte. Das Adrenalin bereitete seinen Körper auf den weiteren Kampf vor. Sein Herz pochte. Die Lunge brannte. Dieser Kerl durfte auf keinen Fall zu Anna vordringen.

Ein Faustschlag in die Eier ließ weißglühende Qualen in jedem Nerv aufblitzen, aber er ließ nicht los. Er wusste, wenn er es tat, waren sowohl er als auch Anna tot. Wo war sie überhaupt? Warum zum Teufel wollte sie hier nicht weg?

Herr im Himmel.

Brent hatte den Messerarm des Mannes unter sein Bein geklemmt. Sie waren sich so nahe, dass er den Schweiß und die Seife des Mannes riechen konnte. Sie stöhnten beide, die Muskeln spannten sich an, als sie um die Vorherrschaft rangen. Mit einem tierischen Grunzen riss sich der Kerl los und drehte sich zu ihm hin. Beide knieten sich jetzt gegenüber, das Messer blitzte auf und Brent zischte vor Schmerz auf, als die Klinge sein Kinn traf. Die Wucht reichte aus, um ihn auf den Rücken zu werfen. Der Typ ragte über ihm auf und wollte ihm die Klinge direkt in den Bauch rammen, aber es gab einen lauten Aufprall und er brach schlaff auf dem Boden zusammen, während Weintropfen und Glassplitter um ihn herum zu Boden regneten.

Brent kletterte auf die Beine, Alkohol und grüne Scherben fielen zu Boden.

„Ist er tot?" Annas Augen waren groß. Sie hielt die zerbrochene Flasche in ihrer rechten Hand. Dann ließ sie sie fallen und sie rollte über den Boden.

Brent überprüfte den Puls des Mannes. Er fühlte ihn flattern. „Nein." Dann hob er den unversehrten Flaschenhals auf, wischte die Fingerabdrücke mit seinem T-Shirt ab und ließ das Glasstück wieder fallen. „Nur für den Fall", sagte er und fing ihren Blick auf. Sie würde auf keinen Fall ins Gefängnis gehen, weil sie ihm den Arsch gerettet hatte. Dann hörte er Sirenen. „Einer deiner Nachbarn muss den Lärm gemeldet haben. Lass uns hier verschwinden." Er handelte aus purem Instinkt heraus. Er würde nicht hier herumsitzen, um von der Polizei verhört und für Gott weiß wie lange in eine Zelle gesteckt zu werden. Die Angst ließ sein Herz auf Hochtouren laufen. Er zerrte Anna aus dem Haus. Beide waren mitgenommen und mit dunklen Flecken übersät. Blut. „Bist du verletzt?", fragte er, als sie über den Zaun sprangen und zu ihrem Mietwagen joggten.

Sie schüttelte den Kopf. Es war also Peters Blut. Wer auch immer dieser verdammte Peter war. Der arme Kerl. Sie stolperte, aber er zog sie mit sich.

„Schlüssel", verlangte er.

Anna fischte in ihrer Tasche herum, die Sirenen kamen zu nahe. Er ließ seine Hand in ihre Tasche gleiten und erwischte die Schlüssel. Dann setzte er sie auf den Beifahrersitz, stieg ein, startete den Wagen, wendete und fuhr langsam davon. „Welche Richtung?", fragte er.

Anna saß in fassungslosem Schweigen da, während Brent die Gegend nach einem Anhaltspunkt absuchte, in welche Richtung er fahren sollte. Er wollte auf den Highway und sie so weit wie möglich von hier wegbringen. „Wo geht es zum Freeway, Anna? Oder zu einem Einkaufszentrum?" Sie mussten sich waschen, Vorräte kaufen und sich sammeln. Und sie mussten verdammt noch mal von hier verschwinden. Er brauchte Hollys Hilfe, um Anna in Schutzhaft zu nehmen. Das war der einzige Ort, an dem sie sicher sein würde. Er war fertig mit diesen Arschlöchern. Davis hatte es geschafft, einen Stock in das falsche Hornissennest zu stoßen.

Anna war wie benommen. Sie fuhren an einem Streifenwagen vorbei, der auf ihr Haus zuraste. Brent überprüfte seine Geschwindigkeit. Er sah Schilder zur 494 und zur Mall of America. Das war der richtige Ort, um zu verschwinden. Sie mussten untertauchen, bis die Cops diese Scheiße in den Griff bekamen. Hoffentlich würde es schneller gehen, wenn man dieses Arschloch bewusstlos in Annas Haus und einen toten Mann in der Küche fand.

„Wer war Peter?", fragte er.

Keine Antwort. Nicht einmal ein winziges Aufflackern einer Reaktion. Sie hatte abgeschaltet, sich zurückgezogen, und würde in absehbarer Zeit nicht wieder auftauchen.

Er folgte den Schildern und parkte das Auto unter Tausenden von anderen vor dem riesigen Einkaufszentrum. Dann schnappte Brent sich ihre Tasche vom Rücksitz und zog sich um. Er öffnete die Knöpfe von Annas schwarzem Hemd und zog es ihr über die Schultern. Sie saß unbeweglich in einem hübschen marineblauen BH da und er konnte an nichts anderes denken, als daran, wie verletzlich sie aussah. Er holte ein schlichtes blaues T-Shirt aus der Tasche und zog es ihr über den Kopf. Danach stülpte er ihr die Kappe wieder über ihr langes Haar und richtete sie so aus, dass ihr Gesicht verdeckt war.

Er kletterte aus dem Auto und warf sich die Tasche über die Schulter, während er Anna aus dem Auto half. Dann führte er sie ins Einkaufszentrum.

Brent hatte gerade den Schauplatz eines Verbrechens verlassen, und das reichte aus, um ihn auf unbestimmte Zeit wieder hinter Gitter zu bringen. Zeit zu verschwinden.

———

EIN OHRENBETÄUBENDES GERÄUSCH RISS RAND AUS DEM Nebel, und er war auf den Beinen und zur Hintertür hinaus, bevor er überhaupt herausgefunden hatte, was es war. Cops. Er kletterte über zwei Zäune, riss sich die Mütze vom Kopf und wischte sich das Blut aus dem Gesicht. Er stank nach Alkohol und hatte eine Beule am Hinterkopf, die wie eine Granate pochte.

Er hatte den großen Kerl gehabt und war kurz davor gewesen, ihn auszuschalten, als dieses Miststück ihn niedergestreckt hatte. Jetzt steckte er noch tiefer in der Scheiße und musste verdammt noch mal verschwinden und herausfinden, wohin Anna Silver dieses Mal geflohen war.

Peter war eine Zeitverschwendung gewesen. Er hatte wirklich nichts gewusst. Und der Idiot hatte sich genau im falschen Moment gedreht, und ein harmloser Stich hatte in der Niere des Kerls geendet. Bye-bye Peter. Armer Trottel. Anna hatte Peter so lange hingehalten. Verdammt, Rand hatte ihm einen Gefallen getan und ihn aus seinem Elend befreit.

Er hatte sein Messer im Haus fallenlassen. *Scheiße!* Und er hatte das ganze Wohnzimmer vollgeblutet. Die Cops würden ihn wegen Mordes drankriegen, wenn sie ihn finden würden.

Aber sie würden ihn nicht finden.

Er hatte mehr falsche Identitäten als Jason Bourne. Rand zwang sich, anzuhalten und eine Zeitung zu kaufen. Er änderte seinen Gang vom Verlassen eines Tatorts zu einem Morgenspaziergang. Kudrow würde stinksauer sein. Im Moment war die Lage so angespannt, dass er nicht einmal mit dem Kerl reden wollte, aber er hatte keine Wahl. Er ging zurück in sein Motelzimmer und stieg voll bekleidet unter die Dusche. Als das Wasser lief, zog er sich aus und schamponierte sich die Haare. Erst als er gründlich sauber war, stieg er heraus, trocknete sich ab und tippte die Nummer ein.

„Sie ist in Minneapolis", sagte er.

„Hast du sie?", fragte Kudrow.

„Nein."

Kudrow begann zu fluchen.

„Sie sucht immer noch nach dem Umschlag. Sie hat einen Mann im Schlepptau – Carver."

„Ich habe zwei tote Polizisten. Ein Privatdetektiv liegt auf der Intensivstation. Marco ist tot, und die verdammte RCMP schnüffelt herum." Kudrow klang, als würde er gleich einen Schlaganfall erleiden.

„Die Polizei wird jetzt vielleicht mit ihr reden wollen. Es gab einen Mord in ihrem Haus ..."

Kudrow knurrte. „Du baust Scheiße, Rand."

„Es war von Anfang an beschissen, und das weißt du." Wut schwoll in ihm an. Er war derjenige, der über Kontinente jagte und um sein Leben kämpfte, und dieser Typ kritisierte ihn? Er behielt seine Fassung. Gerade noch. „Der Typ, der ihr hilft, ist ein Ex-Häftling. Er muss damit zu tun haben."

„Uns läuft die Zeit davon", sagte Kudrow leise.

Rand hörte den subtilen Anflug von Verzweiflung in seiner Stimme.

„Ihr arbeitet an einem Plan B, richtig?"

„Wir ordnen die Dinge hier im Büro." Das bedeutete, wir packen zusammen und verkriechen uns. Kudrows Stimme wurde leiser. „Du musst das Mädchen finden."

Das muss ich.

„Wir brauchen das Geld, Rand." Kudrow wusste, dass es nur eine Frage der Zeit war, bis das FBI ihnen auf die Schliche kam.

„Haben wir Beziehungen zu Polizisten in Minnesota?", fragte Rand.

Kudrow dachte einen Moment nach. „Nein, aber Petrie behauptet, er könne sich in jede Polizeidatenbank des Landes hacken. Mal sehen, ob er seine großmäuligen Angebereien zur Abwechslung mal einlösen kann. Sechzig Millionen Dollar. Das ist eine Menge Geld."

Sechzig verdammte Millionen. Kein Scherz.

„Die Post braucht manchmal eine Woche, bis ein Brief zugestellt wird." Rand stand nackt da, schaute aus dem Motelfenster und versuchte nachzudenken.

„Wir haben keine Woche mehr."

„Sie werden ein Transportmittel brauchen. Einen Ort, an dem sie bleiben können. Sie kann nicht ewig mit dem Geld davonlaufen." Und er wollte dabei sein, wenn sie aufhörte zu laufen. Er presste den Kiefer zusammen, als er daran dachte, wie nahe er ihr gewesen war. Er hatte gesehen, wie sich ihre Pupillen weiteten, wie ihre Haut rosig geworden war. Er hatte den leichten Moschusgeruch ihres Schweißes gerochen. Sie war zum Greifen nah gewesen. So nah. So verdammt nah. Er würde sie auf keinen Fall gewinnen lassen. Aber seine oberste Priorität war es, das Geld in die Hände zu bekommen, denn er konnte sich jederzeit an ihr rächen, wenn sie es am wenigsten erwartete. Plötzlich kam ihm ein Gedanke. „Wir gehen das ganz falsch an."

„Was du nicht sagst", knurrte Kudrow.

Rand lächelte. „Aber ich weiß jetzt, wie es funktioniert." Endlich.

ELF

Anna folgte Brent wie betäubt durch die hell erleuchteten Gänge eines großen Kaufhauses. Peter. Tot. Blut auf dem Küchenboden. Die Bilder ekelten sie an. Der Ausdruck der Erregung in den Augen des Mörders, als sie seinem Blick begegnete – als würde er sie kennen, als würde sie ihm gehören. Sie erschauderte. Sie erkannte dieses raubtierhafte Glitzern.

Tränen traten ihr in die Augen. Armer Peter. Sie hatte ihn furchtbar behandelt. Er hatte nichts für seine Mühe bekommen, außer dem zweifelhaften Vergnügen ihrer Gesellschaft, und als er sie das erste Mal geküsst hatte, hatte sie ihn weggestoßen. Jetzt war er tot. Sie war das nicht wert. Keiner war das wert.

Brent hatte sie geküsst. Sie berührte ihre Lippen.

Warum hatte sie so schlecht darauf reagiert, von einem netten Kerl wie Peter geküsst zu werden, aber die Berührung von Brents Lippen auf ihren genossen? Hatte Peter einfach falsch geschmeckt? Oder bestrafte sie sich immer noch für die Vergangenheit, indem sie sich zu jemandem hingezogen fühlte, der so völlig unpassend war?

„Reiß dich zusammen, Anna." Brent schnippte mit den

Fingern unter ihrer Nase. „Ich brauche deine Aufmerksamkeit, bis wir aus der Stadt raus sind."

Sie blinzelte. Brent. Sie waren in Gefahr. *Er* war in Gefahr. Sie schluckte und nickte. Sie trugen beide Baseballkappen und hatten ihre Hemden gewechselt. Sie runzelte die Stirn. Wann hatten sie das getan?

Er holte einen großen Karton aus dem Regal. „Halte den Wagen."

Anna griff nach dem Einkaufswagen. Brent stellte den Karton ab und holte Schlafsäcke aus einem Regal und einen Erste-Hilfe-Kasten. Er nahm den größten vom Regal und dann erinnerte sie sich an das ganze Blut.

„Ich glaube, mir wird schlecht." Ihre Hand schoss zum Mund, und er ergriff ihr Handgelenk und schritt einen Gang entlang, der zu den Toiletten führte. Er zögerte nicht einmal, ging einfach in die Damentoilette und hielt ihr Haar, während sie sich in die Toilette erbrach.

Zum Glück war es noch früh, und niemand sonst war da.

Er wickelte ihr Haar um seine Hand und streichelte ihr den Rücken.

Nach einem Moment riss sie sich wieder zusammen und wischte sich den Mund ab. Er errötete und manövrierte sie zu den Waschbecken. Anna wich vor dem Spiegel zurück. Sie sah beschissen aus, aber das war es nicht, was sie beunruhigte. Der Ausdruck in ihren Augen erinnerte sie an eine Zeit, die sie jahrelang zu vergessen versucht hatte. Verloren. Besiegt.

Brent ließ ihr Haar los und strich es ihr über den Rücken, während sie sich den Mund mit kaltem Wasser ausspülte. Dann beugte er sich über das Waschbecken und wusch sich das Gesicht, wobei er besonders auf die Wunde an seinem Kiefer achtete. Danach trocknete er sich ab und drehte sich zu ihr um. Sein Gesichtsausdruck verriet, dass er nicht darüber reden wollte, aber sie konnte nicht anders.

„Habe ich ihn umgebracht?" Ihre Stimme war rau wie ein Sägeblatt. „Diesen Mann?"

Er schüttelte den Kopf. „Er hatte noch einen Puls. Hoffentlich haben die Cops ihn erwischt."

Anna fasste sich an den Bauch, als die Übelkeit zurückzukehren drohte. Sie hatte einem Mann mit einer Flasche auf den Kopf geschlagen. Genau das Gleiche hatte Brent seinem Vater angetan. Sein Vater war gestorben, und er war ins Gefängnis gegangen. Und er könnte wieder dorthin zurückgehen, wenn die Polizei ihn jetzt erwischte. Die Flucht von einem Tatort war illegal, das wusste sogar sie. Sie packte ihn am Arm. „Du musst gehen. Geh zurück über die Grenze."

Er schüttelte den Kopf. „Ich lasse dich damit nicht allein, Anna."

„Aber wenn sie dich jetzt erwischen ..."

Sein Griff wurde fester. „Dann lass uns eben sicherstellen, dass sie uns *nicht* erwischen."

Sie blinzelte. Er würde sie nicht verlassen. Er hatte das, was er am meisten schätzte – seine Freiheit – für sie aufs Spiel gesetzt. Verdammt, er hatte sogar sein Leben aufs Spiel gesetzt, als er mit diesem Monster in ihrer Küche gerungen hatte. „Aber–"

„Nein." Er lächelte und sah so zärtlich aus, dass Emotionen in ihr hochkamen, aber sie wollte nicht anfangen, wie ein Baby zu heulen. Er würde sie nicht verlassen. Der Gedanke erfüllte sie mit Erleichterung und Schrecken zugleich.

Sie erinnerte sich an diese erbarmungslosen schwarzen Augen. „Wir müssen zur Polizei gehen." Abscheu kroch über jeden Zentimeter ihrer Haut. Sie wusste, was dieser Kerl tun würde, wenn er sie erwischte.

Sie war überrascht, als Brent nickte. „Aber nicht hier. Wir müssen uns mit Holly treffen und über die Grenze nach Norden fahren." Sie fand, dass sie nicht so lange warten sollten, und in ihrem Kopf begann sich ein Plan zu formen.

Ihre Zähne klapperten. „Ich habe Angst", gab sie zu.

Brent zog sie an seine Brust und legte sein Kinn auf ihren Kopf. Und verdammt, es fühlte sich so gut an, so richtig, dass sie sich einen Moment lang an ihm festhielt. Wann war das letzte Mal gewesen, dass sie sich auf jemanden verlassen hatte? Bevor ihr Vater ins Gefängnis gegangen war, ja. *Und sie wusste ja, wie das ausgegangen war.*

Stimmen vor der Tür ließen sie zusammenzucken.

Eine Frau kam mit einem Kinderwagen in die Toilette. Ihr blieb der Mund offenstehen, als sie Brent sah. Er legte seinen Arm um Annas Schultern und lächelte. „Morgenübelkeit", log er leichthin. Er brachte sie dazu, aus der Tür zu gehen. „Sie hält es nicht länger als eine Stunde aus, ohne zu spucken."

Der Gesichtsausdruck der Frau wurde mitfühlend, aber Annas Herz klopfte unruhig, als sie daran dachte, schwanger zu sein. Kinder. Sie hatte immer gedacht, sie wolle keine Kinder. Sie hatte Schüler, die sie liebte, aber ein eigenes Baby? Die Verantwortung für ein ganzes Leben zu tragen? Sie hatte gedacht, dass sie das nicht wollte, aber jetzt ... die Begegnung mit dem Tod ließ sie erkennen, dass ein Baby etwas war, mit dem sie tatsächlich eines Tages umgehen könnte. Mutter zu sein war etwas, das sie gerne ausprobieren würde. Wenn sie aus diesem Schlamassel lebend herauskämen, würde sie einige ihrer Lebensziele neu definieren. Das war das einzig Gute an Nahtoderfahrungen: Sie brachten einen dazu, herauszufinden, was wirklich wichtig war. Freundschaft. Loyalität. Sich um die Menschen zu kümmern, die einem wichtig sind.

Wie sollte sie Brent also aus diesem Schlamassel herausholen?

Sie fanden ihren Einkaufswagen dort, wo sie ihn im Gang abgestellt hatten.

„Ich hole mir ein paar Klamotten", sagte sie ihm, wobei sie darauf achtete, dass ihre Stimme fröhlich klang, obwohl sie sich innerlich elend fühlte. „Wir treffen uns in fünfzehn Minuten in der Herrenabteilung. Dann besorgen wir uns etwas zu essen und verlassen die Stadt."

Dunkle Augenbrauen hoben sich, aber sein Blick wich nicht

von ihrem. „Okay – fünfzehn Minuten. Aber denk nicht daran, mich sitzen zu lassen und dich zu stellen. Ich folge dir sonst einfach bis zur nächsten Polizeiwache." *Oh, verdammt.* War sie so leicht zu durchschauen?

Blaue Augen durchbohrten sie. „Ich brauche keine Opfer, Anna. Ich verdiene sie nicht. Zur Polizei zu gehen, ohne diese Beweise zu haben, lässt deinen Vater – und möglicherweise dich – schuldig aussehen."

Eine Gänsehaut kroch über sie. „Es lässt *mich* schuldig aussehen?"

„Dein Vater hat ihr Geld ‚gestohlen'. Ich schätze, es ist eine Menge Geld, sonst hätten diese Arschlöcher sich auf Schadensbegrenzung konzentriert und wären weitergezogen. Er sagte, er hätte dir die Details geschickt. Was ist, wenn sie es auf eine Art Beihilfe abgesehen haben? Ohne die Beweise können wir Davis' gute Absichten nicht beweisen. Und im Gefängnis ist man angreifbar für jeden, den sie kaufen können."

Sie würde ins Gefängnis kommen? „Es tut mir leid, dass ich dich in diesen Schlamassel hineingezogen habe."

Er hob ihr Kinn an, und ihr Herz setzte einen Schlag aus. „Du warst das nicht. Davis war es."

Anna blinzelte die dummen Tränen weg, die ihre Augen füllen wollten. Sie fing an, sich in Brent zu verlieben – in einen Mann, der für ihr Wohlergehen genauso gefährlich war, wie es die Liebe ihres Vaters gewesen war. Liebe war ein instabiles, flüchtiges Gefühl, dem sie nie trauen konnte.

Sie war ihr ganzes Erwachsenenleben lang allein gewesen. Sicher, sie hatte Freunde und Kollegen, aber sie hatte sich nie wirklich geöffnet. Sie vertraute niemandem. Nach dem körperlichen und emotionalen Missbrauch, den sie als Teenager erlitten hatte, waren die Barrieren, die sie aufgebaut hatte, zu einer unsichtbaren Festung geworden. Doch irgendwann in der letzten Woche hatte Brent diese Mauern durchbrochen und war ihr nähergekommen als je ein anderer Mensch zuvor.

Jetzt verdunkelten sich diese blauen Augen mit etwas, das sie erkannte. Etwas, das tief in ihr nachhallte. Ihr Herz machte einen schmerzhaften Sprung. *Großartig. Einfach großartig.*

———

Sie steckten tief in der Scheisse.

Verletzung der Bewährungsauflagen? Darauf konnte er seinen verdammten Arsch verwetten. Aber er konnte Anna nicht den Wölfen zum Fraß vorwerfen und sich darauf verlassen, dass das System sie retten würde. Es hatte niemanden gerettet. Es sperrte sie ein und warf den Schlüssel weg. In der Zwischenzeit kamen diese Arschlöcher mit Mord davon. Er und Anna waren vorerst untergetaucht, zelteten in der Provinz und hofften, dass sie dort lange genug von der Bildfläche verschwinden würden, um sich etwas zu erholen. Aber er war nicht näher daran, die Beweise zu finden oder Davis' Namen reinzuwaschen, als zu Beginn der ganzen Aktion. Jacks Privatdetektei ermittelte zwar immer noch, aber jetzt, wo Jack nicht mehr im Einsatz war ... Scheiße.

Was zum Teufel war hier los? Wer waren diese Leute? Worüber war Davis gestolpert?

Er betete, dass diese Typen den Namen Brent Carver nicht mit B.C. Wilkinson in Verbindung gebracht hatten. Er hatte seine Identität tief vergraben, weil die Leute neugierig waren und er nicht wollte, dass ein Haufen Ex-Sträflinge bei ihm auftauchte und hoffte, ein paar Leinwände zu klauen oder ihm ein Loch in den Kopf zu schlagen. Und auch wenn die Gründe dafür nicht unbedingt selbstlos waren, so lief es im Moment doch alles zu seinen Gunsten. Aber wenn sein beschissener Bewährungshelfer davon erfuhr, war er auf dem besten Weg zurück in den Hochsicherheitstrakt, und allein der Gedanke daran ließ einen heißen Brechreiz in seinem Bauch aufsteigen.

Vor einer Woche hatte Brent sich noch Sorgen darüber gemacht, irgendwo in der Öffentlichkeit aufzutauchen. Jetzt versuchte er zu vermeiden, bei *America's Most Wanted* zu erscheinen.

Plan A und B waren beide gescheitert, und jetzt versuchten sie etwas Neues. Völlig unter dem Radar zu fliegen. Er wollte kein Risiko eingehen.

Er hatte Finn angerufen und ihm gesagt, was los war und wo und wann er hoffte, die Grenze überqueren zu können. Dann hatte er alles Elektronische weggeworfen und bar für ein paar neue Prepaid-Handys bezahlt. Sie hatten ihre blutigen Klamotten in den Müll geworfen, ihren Mietwagen im Einkaufszentrum stehenlassen – er hatte seinem Agenten eine E-Mail geschickt, damit er ihn an die Firma zurückschickte – und einen Bus bis zu einem Gebrauchtwagenhändler genommen. Mit der Kreditkarte seines Alter Egos hatte er einen zwei Jahre alten Jeep gekauft, und sie waren nach Westen in die Dakotas gefahren. Theoretisch musste er in ein paar Tagen immer noch in New York auftauchen. Doch die Wahrscheinlichkeit, dass dies geschah, war ungefähr so groß wie die, dass der Typ auf Annas Küchenboden wieder aufstand und nach Hause ging.

Wer zum Teufel war Peter überhaupt?

Sie waren stundenlang unterwegs gewesen, im Zickzackkurs durch drei Staaten. Jetzt wurde es schnell dunkel und Brent fühlte sich wie ein Zombie. Er ließ seinen Frust daran aus, einen Zeltpflock einzuschlagen. Anna saß in einem Klappstuhl und beobachtete ihn. Sie trug eine dunkle Brille, die ausgehöhlte, erschöpfte Augen verdeckte, und sah so kurz vor dem Zusammenbruch aus, dass es ihn fast umbrachte.

Sie hatten Junkfood gegessen und ein paar Grundnahrungsmittel fürs Zelten mitgenommen – Kaffee, Instantnudeln, Brot –, aber keiner von ihnen hatte die Energie, mehr zu tun, als aus Wasserflaschen zu schlürfen.

„Ich habe genau das getan, was du auch getan hast." Ihre Stimme war heiser. „Du hast zwanzig Jahre Gefängnis dafür bekommen."

Das war es also, was sie beunruhigte. „Bei mir war es Mord. Bei dir nicht." Er sah auf. „In deinem Fall war es Notwehr, und es gab mildernde Umstände."

Anna nahm ihre Brille ab und zeigte ihre blutunterlaufenen Augen. „Bei dir galten auch mildernde Umstände."

Aber niemand hatte ihm zugehört, und das war genau der Grund, warum er sie heute Morgen aus ihrem Haus gezerrt hatte. Der Gedanke, in einer Arrestzelle zu sitzen, während die Cops diesen Schlamassel aufklärten, war so, als hätte man ihm Elektroden an die Eier geklebt. *Nein, danke.*

„Der Kerl ist noch am Leben. Hör auf, dich selbst fertigzumachen." Der Scheißkerl war Brent gegenüber im Vorteil gewesen. Hätte sie nicht zugeschlagen, wäre er jetzt tot und sie wäre …

Bis jetzt erwies er sich nicht gerade als ein guter Bodyguard.

„Ist der Grat denn wirklich so schmal?" Ihre Stimme war so sanft wie der Nebel, der über dem nahen See hing.

„Zwischen Gut und Böse?" Brent hielt inne. Er versuchte nicht, sein Verbrechen zu verharmlosen, aber … „Nein. Aber die Grenze zwischen einem Kriminellen und einem aufrechten Bürger? Darauf kannst du deinen süßen Arsch verwetten."

Selbst wenn der Mistkerl tot war, hatte Anna Silver es nicht verdient, ins Gefängnis zu gehen. Sie rannte ohne eigenes Verschulden um ihr Leben, und dieser Bastard hatte es verdient.

Je länger der Tag dauerte, desto mehr sah sie aus, als würde sie gleich zusammenbrechen. Sie brauchten Schlaf, und dieser Campingplatz an der Route 94 war der letzte Ort, an dem man sie vermuten würde. Der Platz war voll mit Familien, aber es gab gerade genug Platz, um ein Zwei-Mann-Zelt in einer abgelegenen Bucht am Wasser aufzustellen. Hier unten war es ruhig. Keine Wohnmobile. Ein paar große Familienzelte waren durch einen dichten Baumbestand kaum zu erkennen.

„Wer war Peter?", fragte er und zurrte die Abspannleinen fester.

„Meine Güte. Ich hatte Peter fast vergessen." Sie verlor das bisschen Farbe, das sie noch hatte. Ihre Hände gruben sich in ihre

Kopfhaut. „Wir waren etwa sechs Monate zusammen, aber ich habe am Freitagabend mit ihm Schluss gemacht, nachdem er mich geküsst hatte." Da war etwas in ihrer Stimme, und sein Magen krampfte sich zusammen.

„Hat er versucht, dich zu bedrängen?"

„Nein." Sie schüttelte den Kopf. „Es hat mir einfach nicht gefallen." Ihr Atem ging stockend. „Er muss zu mir nach Hause gekommen sein, um sich mit mir zu versöhnen. Ich habe kaum einen Gedanken an ihn verschwendet, seit ich ihn das letzte Mal gesehen habe."

„Du hattest andere Dinge im Kopf", erinnerte Brent sie sanft.

„Verdammte Scheiße!"

Das Schimpfwort aus ihrem Mund schockierte ihn. Er hatte sie noch nie fluchen hören. Sie war kurz davor, die Fassung zu verlieren, und sie wollten wirklich keine unerwünschte Aufmerksamkeit erregen. Er sprach schnell. „Ein Kuss sagt viel über jemanden aus. Das weißt du doch, oder?" Er nahm sie an den Schultern. Gott, sie fühlte sich so winzig klein und so verdammt perfekt an. „Ich habe ganze Bücher über das Küssen gelesen, als ich gesessen habe." Nur um sich selbst zu quälen. „Es geht nicht nur um die Berührung der Lippen. Es ist eine Verbindung, vielleicht eine Art genetischer Lackmustest. Peter", der arme Kerl, „hat den Test nicht bestanden. Es lag an ihm, nicht an dir." Er schüttelte sie leicht.

„Aber er ist meinetwegen tot."

„Sei jetzt still." Er zog sie an sich, wiegte sie, um sie zu beruhigen, und hoffte, die Lautstärke niedrig zu halten. „Er ist tot, weil irgendein Bastard es mag, Menschen zu verletzen." Sie zuckte zurück, aber er hielt sie fest. „Keiner macht das für Geld. Sie tun es, weil sie es genießen." Ginas Lächeln blitzte in seinen Gedanken auf. Finn hatte ihm versichert, dass sie nicht gelitten hatte, aber manchmal beschwor seine Fantasie die schlimmsten Bilder herauf.

Brent ließ sie los und trat zurück. Sie musste sich ausruhen. Er schnappte sich zwei dünne Luftmatratzen und die Schlafsäcke und warf sie ins Zelt. Er räumte auf, während Anna auf die Toilette ging. Er war gerade unruhig wegen ihr geworden, als sie endlich zurückkam. Er hielt die Zeltklappe weit auf.

„Schlafenszeit", sagte er entschlossen. Sie kletterten hinein und machten sich nicht einmal die Mühe, sich auszuziehen. Die Luftmatratzen waren nebeneinander geschoben und es gab kaum genug Platz für ihn, um sich zu bewegen, ohne auf Anna herumzuklettern. Oh Gott. Angesichts der Tatsache, dass er sich zu ihr hingezogen fühlte, war das nicht einfach, aber er war kein Tier. Er zog seinen Gürtel und seine Schuhe aus und legte die Taschenlampe neben die Klappe. Dann legte er sich auf den Rücken und starrte auf die über ihm gespannte Zeltplane.

Es war eine warme Nacht. Sie lagen beide auf ihren Behelfsbetten. Ihre Arme berührten sich in dem engen Zelt. Sie schreckte nicht zurück und flippte nicht aus, was ihm zeigte, wie erschöpft sie war.

Er hatte den Vorfall im Hotelzimmer – vor einem halben Jahrtausend – nicht vergessen, als sie kreidebleich geworden und vor ihm zurückgewichen war, als wollte er sie schlagen. In ihren Augen war blanke Panik zu sehen gewesen, als sie sich an etwas Schreckliches erinnerte.

Brent ging in seinem Kopf eine kurze Liste von Möglichkeiten durch. Keine davon war gut.

Er konnte sie in der Dunkelheit atmen hören. Leise. Wachsam.

Als junger Kerl im Gefängnis hatte er viel Zeit damit verbracht, seinen Arsch zu schützen. Buchstäblich. Nach dem ersten Vorfall in der Dusche, bei dem er einen Kerl halb blind geschlagen hatte, der dachte, Brent wäre eine leichte Beute, hatte er sich den Ruf erworben, die Mühe nicht wert zu sein. Er hatte Glück gehabt. Sein erster Zellengenosse, Ian, war ein Lebenslänglicher gewesen, der ihn unter seine Fittiche genommen und ihm geholfen hatte, die Regeln zu lernen. Ian hatte von Brent nichts anderes gewollt als einen ordentlichen Mitbewohner, der nicht quasselte. Kein Problem für Brent. Der Mann wurde vier Jahre später ausgerechnet bei einem Streit um ein Brathähnchen erstochen, aber da hatte Brent schon gelernt, auf sich aufzupassen. Doch nicht jeder hatte so viel Glück gehabt, und er hatte viele Misshandlungen miterlebt.

Es war beschissen, im Gefängnis zu sein, aber manche Leute wussten nicht, wie sie draußen leben sollten. Er schon. Bis vor einer Woche war es ihm noch gut gegangen. In der Dunkelheit ballte er die Fäuste. Jetzt riskierte er alles wegen eines Versprechens an einen toten Mann. Das Problem war, dass es um mehr als das ging, und egal wie sehr Brent vorgeben wollte, dass er das für Davis tat, in Wirklichkeit tat er es für Anna – oder vielleicht, wenn er ganz ehrlich war, für sich selbst.

Er schloss die Augen gegen die Erinnerungen, die noch immer in seinem Kopf herumschwirrten.

Seit Gina im letzten Jahr ermordet aufgefunden worden war, hatte er versucht, sich ein wenig zu rehabilitieren. Er hatte sein ganzes Leben damit verbracht, Menschen wegzustoßen, um sie zu schützen, aber es hatte nicht funktioniert. Jetzt hielt er Anna in seiner Nähe und hoffte, dass dies ausreichen würde, um sie zu schützen.

Die Nachtluft kühlte ab.

Er drehte sich auf die Seite und rückte so nah an Anna heran, wie er sich traute. Er legte seine Hand auf ihre Taille, und ihre Muskeln erstarrten unter seiner Berührung.

„Wirst du mir jemals davon erzählen?", fragte er schließlich.

Ihr Atem stockte. Die Stille wurde noch schwerer, und einen Moment lang dachte Brent, sie würde nicht antworten – oder vielleicht sogar so tun, als ob sie schliefe, obwohl es offensichtlich war, dass sie es nicht tat.

„Ich wurde vergewaltigt", gab sie leise zu. „Aber ich glaube, das hast du schon geahnt, oder?"

Bedauern krallte sich mit wütenden Klauen in ihn. Bedauern über Dinge, die er nicht ändern konnte. Seine Brust zog sich schmerzhaft zusammen. Er wollte schreien und mit den Fäusten auf etwas einschlagen, aber das würde Anna nicht helfen, also riss er sich zusammen und schob es in eine Ecke, damit er sich später damit befassen konnte.

„Möchtest du mir erzählen, was passiert ist?", fragte er.

Sie drehte sich auf die Seite, und er zog seine Hand zurück, aber sie tastete in der Dunkelheit danach und drückte sie. „Ich habe es nie jemandem erzählt. Niemals."

All die Jahre der aufgestauten Gefühle, die Erniedrigung, die Demütigung. Zum ersten Mal empfand er Wut auf Davis, weil er sie in Gefahr gebracht hatte. Weil er sich nicht besser um seine Tochter gekümmert hatte. Er fuhr mit der Handfläche über ihre Wangen, verankerte seine Finger in ihrem Haar. „Du musst mit jemandem reden, es muss nicht ich sein ...“

„Ich möchte es dir erzählen." Ihre Handfläche legte sich auf sein Herz. „Das könnte erklären, warum ich so verkorkst bin. Oder zumindest einiges davon."

———

Anna rollte sich auf die Seite und wandte sich von Brent ab. Jahrelang hatte sie die Vergewaltigung verleugnet, als ob sie so tun könnte, als wäre sie nie passiert, wenn sie nie darüber sprach. Aber ohne es zu merken, hatte diese Entscheidung all ihre nachfolgenden Beziehungen beeinträchtigt, weil sie unbewusst immer darauf wartete, dass sich die Regeln änderten und sie wieder vergewaltigt wurde. Indem sie die Realität dessen, was ihr passiert war, leugnete, verleugnete sie auch das Ausmaß des Traumas und die Auswirkungen, die es auf ihr Leben hatte. Doch sie war fertig mit der Verleugnung.

Sie wusste nicht, wer sich zuerst bewegte, aber plötzlich waren Brents Arme um sie geschlungen und sein Kinn ruhte in ihrem Haar. Anna lehnte sich zurück gegen die feste Wand seiner Brust und nahm etwas von seiner Kraft in sich auf. Sie schmiegten sich aneinander, seine Brust drückte fest an ihren Rücken, und trotz des Schimmers sexuellen Bewusstseins zwischen ihnen fühlte es sich sicher und beruhigend an.

Wie war es möglich, sich nach allem, was passiert war, sicher zu fühlen? Diese Typen hatten versucht, sie zu töten, aber es war ihnen noch nicht gelungen, weil dieser Mann an ihrer Seite war. Aber wie war es möglich, sich von einem Mann wie Brent beschützt zu fühlen?

Ihre Angst vor ihm war verschwunden – falls sie jemals existiert hatte. Er hatte ihr nettes, behäbiges kleines Leben in die Luft gesprengt, und trotz der schrecklichen Situation, in der sie sich jetzt befand, genoss sie es, einige der Regeln loszulassen, die sie bisher geleitet hatten. Auf der Flucht fiel es ihr leichter, sich daran zu erinnern, was wichtig war, und das Leben stand ganz oben auf dieser Liste. Seltsam, dass das vorher nicht der Fall gewesen war. Jetzt war sie bereit, diesen speziellen Dämon aus ihrer Vergangenheit zu vertreiben und ein besseres, freieres Leben zu beginnen. Vorausgesetzt, sie bekam die Chance dazu.

Ihr Herz klopfte unruhig, aber sie ballte die Fäuste. Sie konnte es schaffen.

„Erinnerst du dich an irgendwelche Details aus meinen Briefen über meinen Highschool-Ball?", fragte sie.

„Ich weiß, dass dein Arschloch-Freund dich zwei Tage vorher abserviert hat." Seine raue Stimme zerzauste ihr das Haar. „Und kurz darauf hast du versucht, Selbstmord zu begehen." Seine warmen Arme legten sich um sie, vielleicht hatte er die Verbindung bereits hergestellt.

„Ich bin ein paar Jahre mit Sam gegangen, und er hat behauptet, mich zu lieben. Dann wurde Dad verhaftet." Sie konnte Sam kaum einen Vorwurf machen, denn auch sie hätte alles getan, um der Situation zu entkommen. Er war ein netter Junge gewesen. Sie hatte ihm ihre Jungfräulichkeit geschenkt, aber das hatte nicht ausgereicht, um sie über den Skandal hinwegzubringen. „Er hielt die Hänseleien und Spötteleien eine Zeit lang aus, aber dann konnte er es nicht mehr ertragen. Ich war eine sozial Ausgestoßene.

Vielleicht haben ihn seine Eltern dazu gezwungen, aber als er mit mir Schluss gemacht hat, war ich nicht überrascht. Ich war eher überrascht, dass wir es so lange ausgehalten haben."

„Rückgratloses Wiesel."

„Er war noch ein Kind." Sie merkte, dass Brent widersprechen wollte, aber er schwieg, also fuhr sie fort. Sie war bespuckt, geohrfeigt und schikaniert worden. Von Sam und ihren Freundinnen abserviert zu werden, hatte damals wehgetan, aber im Vergleich zu den späteren Ereignissen verblasste es zur Nebensache. „Also, dieser andere Typ hat mich gefragt, ob ich stattdessen mit ihm zum Abschlussball gehen will."

„Wer?"

„Das spielt keine Rolle." Anna zitterte, als eine kalte Erinnerung über ihre Haut wehte. Brent zog sie näher an sich, seine Haut war so heiß wie offenes Feuer.

„Für mich spielt es aber eine Rolle."

„Warum? Damit du weitere zwanzig Jahre für etwas bekommen kannst, das acht Jahre her ist?"

„Du denkst, du bist es nicht wert?", fragte er.

„*Er* ist es nicht wert."

„Und wenn ich verspreche, ihn einfach nur zu verprügeln?"

Die Bosheit in seiner Stimme machte ihr Angst. „Ich habe es Dad nie erzählt, weil ich wusste, dass er ihn sich dann vorgenommen hätte, und das wollte ich nicht. Du musst mir versprechen, dass du ihn nicht anfassen wirst." Ihr Atem ging ruckartig. „Ich will mir keine Sorgen um dich machen müssen." Ihre Stimme brach, und sie vergrub ihr Gesicht im Schlafsack. Was war das für ein Eingeständnis? Dass sie sich sorgte. Zu sehr um ihn sorgte.

Was auch immer geschah, sie würden nicht glücklich bis ans Ende ihrer Tage leben. Sie führten getrennte Leben in unterschiedlichen Ländern. Wenn man bedachte, was dem armen Peter widerfahren war, konnten sie froh sein, wenn sie diesen Schlamassel überhaupt überlebten.

Als sie sich zurückziehen wollte, hielt er sie fest und murmelte:

„Gut. Ich werde den Bastard nicht anfassen." Sein Atem strich über ihre Wange, und sie erschauderte. Sein Duft umhüllte sie, tröstete sie. Er war so groß. So männlich. Keine Kanten, sondern sanft und unerwartet freundlich. Sie vertraute ihm mehr, als sie jemals jemandem in ihrem Leben vertraut hatte. Mehr als sie sich selbst vertraute.

Ihr Herz pochte, aber sie musste diese Geschichte loswerden. Sie musste die Worte herauspressen.

„Dieser Typ lädt mich also zum Abschlussball ein, obwohl es offensichtlich war, dass er das nicht wirklich wollte." Sie überprüfte seinen Gesichtsausdruck. Mürrisch. Wütend.

„Ein Freund meiner Mutter hat uns verkuppelt. Wir fuhren in seinem Auto, und ich war einfach so dankbar, dass ich hingehen konnte. Ich dachte vielleicht würde ich tanzen können, verstehst du? So tun, als wäre alles normal, und als würde ich noch dazugehören."

Die Art und Weise, wie Brents Finger sich um ihre legten, erinnerte sie daran, dass er es nicht verstand. Mit sechzehn war er nicht zum Abschlussball gegangen. Er war im Gefängnis gelandet, und seine Jugendliebe hatte ein Leben lang auf den Jungen gewartet, den sie verloren hatte, und dann war sie ermordet worden. Es war eine viel traurigere Geschichte als ihre. Die Dunkelheit gab ihr die Kraft, dies zu beenden. Das und die Tatsache, dass er schon viel Schlimmeres durchgemacht hatte. Sie begann zu zittern.

„Du musst es mir nicht erzählen." Seine Stimme dröhnte in ihrem Rücken.

Ein Kloß blieb ihr im Hals stecken. Zum ersten Mal in ihrem Leben musste sie es loswerden. Es war wie ein Tumor, der in ihr gefangen war, und sie musste ihn loswerden, bevor er ihr Leben übernahm und sie für immer zerstörte.

„Wir machten uns auf den Weg zur Schule, aber dann änderte er seine Meinung. Er sagte, wir sollten erst zwei der Jungs am Strand treffen. Ich glaube, ich war ein bisschen nervös. Ich wollte so sehr, dass alles wieder normal wird. Dass meine Freundinnen wieder mit mir redeten. Vielleicht, dass ich Sam zurückgewinnen würde, wenn er mich mit einem anderen Kerl sah." Die Erinnerungen kamen immer wieder und füllten die Leere in ihrem Leben. Die kühle Brise des Wassers, der körnige Sand auf ihrer nackten Haut. „Als wir dort ankamen, war der Strand leer, also schlug er vor, dass wir unsere Füße ins Meer tauchten. Ich fand das eine süße Idee – so schick zurechtgemacht am Strand zu sein."

Das Gewicht von Brents Schweigen erdrückte sie und machte es ihr schwer zu atmen.

„Ich trug dieses blaue Seidenkleid und silberne Heels – passend zu meinem Namen." Sie hatte sie gekauft, um sich aufzumuntern, und gewusst, dass sie gut darin aussah. „Er öffnete eine Flasche Bier und gab sie mir. Ich wusste nicht, dass er etwas hineingetan hatte. Drogen oder so." Verdammt, sie fühlte sich innerlich kalt an. Als hätte man ihre Knochen in die Tiefkühltruhe gelegt. Selbst all die Jahre später konnte sie nicht aufhören zu zittern. „Ich habe nur ein paar Schlucke getrunken – ich mag kein Bier –, aber danach konnte ich kaum noch stehen. Ich wusste nicht einmal, was er tat, als er anfing, den Reißverschluss meines Kleides zu öffnen." Sie lachte, aber es kam verstümmelt heraus, wie ein Würgen, und sie drückte in der Dunkelheit ihre Augen zu. „Ich glaube, ich dachte, wir würden schwimmen gehen, aber danach wurde alles verschwommen." Nicht verschwommen genug.

Brents Arme zogen sich weiter zusammen, die Kraft der Umarmung war fast schmerzhaft, aber sie half ihr, sich im Hier und Jetzt zu verankern und verhinderte, dass sie schreiend in die Vergangenheit abdriftete.

„Er faltete mein Kleid ordentlich zusammen und legte es in den Sand. Ich weiß noch, dass ich das sehr nett von ihm fand. Er faltete mein Kleid, damit es nicht knitterte. Dann fing er an, an meinem Höschen herumzufummeln, und mir wurde klar, dass ich nicht einmal einen BH trug, weil das Kleid ihn nicht erforderlich machte. Ich geriet in Panik und versuchte aufzustehen und wegzulaufen, aber ich hatte meine blöden Absätze an und er erwischte mich ..." Ihre Finger fuhren zu ihren Lippen. „Er riss mir das Höschen herunter, sodass ich nackt war, bis auf diese Fick-mich-Absätze. Das waren seine Worte, nicht meine. Dann vergewaltigte er mich im Sand."

Sie presste ihre Schenkel zusammen, als ob das die Vergangenheit ändern würde.

Es hatte wehgetan, sehr sogar. Raue, brutale Gewalt, die sich über die Konventionen der Gesellschaft hinwegsetzte und ihre schwachen Versuche, sich zu wehren, überwältigte.

Sie konnte Brents Atem hören und spüren, wie sich sein Brustkorb ausdehnte. Er wiegte sie sanft in seinen Armen. „Als er fertig war, warf er mir mein Kleid zu und stopfte mein Höschen in seine Tasche. Er sagte mir, er würde es den Jungs zeigen und ihnen sagen, dass er mich am Strand gefickt hat, weil ich ihn angefleht hatte, und dass mir niemand glauben würde und es niemanden interessieren würde, selbst wenn ich die Wahrheit sagen würde." Ihre Lippen kräuselten sich in erinnertem Entsetzen. „Und dann hat er mir gesagt, dass ich sowieso nicht gut bin. Und ich habe ihm geglaubt."

Brent streichelte ihren Nacken mit seinem Kinn. Er schwieg. Aber sie konnte seine Wut spüren.

„Er fuhr zur Schule und ließ mich in seinem Auto zurück wie ein Stück Müll. Ich bin barfuß nach Hause gelaufen." Sie hatte sich ins Haus geschlichen und ihrer Mutter gesagt, sie hätte Kopfschmerzen. Dann hatte sie sich im Badezimmer gewaschen, als ob Wasser und Seife alles wegwaschen könnten. Sie wollte das Kleid verbrennen, aber sie hatte keinen Zugang zu Feuer gehabt. Stattdessen hatte sie es in einer Schachtel auf dem Dachboden verstaut.

„Du hast es nie jemandem erzählt. Es nie gemeldet?" Seine Stimme war ein dunkles Raspeln.

„Nein. Er hatte recht. Alle hassten mich, und ich hatte nicht vor, zur Polizei zu gehen." Aus Angst, er würde sie wieder angreifen, hatte sie sich in ihrem Zimmer eingeschlossen und war einsamer gewesen, als sie es sich je hätte vorstellen können.

Eine lange Pause entstand.

„Was ist mit deiner Mutter?"

„Sie hat mich nicht gehasst, aber sie war ein Wrack. Ich konnte es ihr nicht sagen." Ihre Mutter war durch den Verrat ihres Mannes bereits am Boden zerstört gewesen. Zu erfahren, dass ihre Tochter angegriffen worden war, hätte alle Fortschritte, die Katherine gemacht hatte, umgehend zunichtegemacht. Anna war nicht in der Lage gewesen, mit dem Gedanken umzugehen, all das noch zusätzlich bewältigen zu müssen.

Sie strich sich ihr verworrenes Haar hinters Ohr. Sie musste noch mit ihrer Mutter über ihren Dad sprechen. Musste einen Weg finden, ihre zerrüttete Beziehung zu reparieren.

„Und zwei Tage später hast du versucht, dich umzubringen." Brents Stimme war so rau wie das Meer vor langer Zeit.

Es war die schwärzeste Zeit ihres Lebens gewesen, und wenn sie jetzt daran zurückdachte, war es ein Wunder, dass sie überlebt hatte. „Er hat vor seinen Kumpels damit geprahlt, dass wir Sex hatten, und sie haben ihm geglaubt. Alle flüsterten und zeigten auf mich, aber dieses Mal war es noch schlimmer als zu dem Zeitpunkt, als Dad verhaftet wurde, weil nichts davon wahr war. Und es tat so weh. Es war ... Gott, es war furchtbar." Ihr Inneres krampfte sich zusammen, wenn sie sich nur an die Scham und den Ekel erinnerte. Und dann war da die Angst, dass es wieder passieren würde. „Ich ging zurück an den Strand und versuchte, mir über alles klar zu werden. Und dann kam der Sturm." Ihre Tränen versiegten. „Ich wollte nur, dass alles verschwindet."

Die stille Unterstützung von Brent gab ihr Auftrieb.

„Sobald ich im Wasser war, wusste ich, dass ich einen Fehler gemacht hatte. Ich wollte nicht sterben und habe hart gekämpft, um zu überleben." Die Worte kamen jetzt schnell. Sie hatte Glück gehabt, von einem Fischerboot entdeckt worden zu sein. Mehr als Glück. „Alle nahmen an, ich hätte wegen Dad versucht, Selbstmord zu begehen. Ich weiß, dass er das auch geglaubt hat." Das war, was er geglaubt hatte, als er gestorben war. Ein weiteres schmerzliches Bedauern, das sie mit ins Grab nehmen würde. „Im Krankenhaus sagten sie mir immer wieder, wie ‚gut‘ es mir ginge, und das machte es noch schwerer, ihnen zu sagen, was wirklich passiert war. Am Ende war es einfacher, sie glauben zu lassen, dass Dad daran schuld war ...“

Lange Zeit herrschte Schweigen. Nichts als das Rauschen des Windes in den Bäumen und ihr eigenes leises Atmen war zu hören. Hatte er sie für diese Täuschung, für diese Schwäche gehasst? Das alles erschien jetzt so unbedeutend.

„Ich bin froh, dass dich jemand aus dem Wasser gezogen hat, Anna.“

Er urteilte nicht und verurteilte auch nicht die Fehler, die sie gemacht hatte. Er strich mit seinen Händen über ihre Arme, und etwas rührte sich in ihr. Etwas Aufregendes. Etwas Unbekanntes.

Etwas Gutes.

Ihre Emotionen überschlugen sich. Der Schmerz über die Erinnerungen ließ nach. Der Wunsch, die Vergangenheit hinter sich zu lassen, wurde von Sekunde zu Sekunde stärker, trotz der Angst und der Ungewissheit über ihre Zukunft.

Anna drehte sich zu ihm um, berührte seine Wange und küsste ihn sanft. Sie war so lange ein Feigling gewesen. Er hatte ihr in den letzten Tagen so viel gegeben. So viel geopfert. Aber darum ging es hier nicht. Brent Carver weckte in ihr gierige Lust und heißes Verlangen, und das war so neu, so unerwartet, so kostbar, dass sie es einfach erkunden musste. Ein paar Sekunden lang blieb er unter ihr unbeweglich. Dann bewegten sich seine Lippen sanft über die ihren und brachten etwas tief in ihrem Inneren zum Platzen, etwas, das sie sehr lange gefangen gehalten hatte. Das Eis in ihrem Blut verwandelte sich in Dampf. Die Unsicherheit verwandelte sich in ein Bedürfnis, das durch ihren Bauch kroch und mit scharfer Erregung nach unten schoss. Sie fuhr mit ihrer Zunge an seinen Lippen entlang und spürte, wie sich etwas veränderte, als er sie hineinließ, damit sie ihn langsam schmecken konnte.

Ein starker, kräftiger Mann. Ein sanfter Beschützer.

Ein leises Knurren drang durch seine Brust, und dann küsste er sie hart und innig, seine Zunge verwickelte sich mit ihrer in einen brennenden Tanz. Der Hunger explodierte in ihren Nerven. Ihr Herz hämmerte. Ihr Atem kam röchelnd. Ihre Finger fuhren unter sein Hemd, glitten über die straffe, heiße Haut. Sie spürte, wie er zitterte, obwohl er keine Anstalten machte, sie zu berühren. Er ließ sie alles in ihrem Tempo machen und gab ihr die Art von Kontrolle, nach der sie sich sehnte.

Neugierig ließ sie ihre Hand tiefer gleiten, ihre Fingerknöchel streiften die flachen Bauchmuskeln und die glatte Haut, ihre Brustwarzen zogen sich zu empfindlichen Spitzen zusammen, die sie von ihm berühren lassen wollte. Vorsichtig berührte sie die Ausbeulung an der Vorderseite seiner Jeans, und seine Hüften wippten nach vorn. Sie streichelte ihn durch den Jeansstoff, fasziniert von seiner Länge. Er wurde größer und härter und presste sich gegen ihre Handfläche. Die Vorstellung, ihn in sich zu haben, erschreckte sie nicht. Es machte sie heiß. Seine Finger gruben sich in ihre Hüften und hielten sie an Ort und Stelle fest. Er zog sie nicht näher heran.

Was sehr schade war.

Annas ganzer Körper pulsierte bei der Vorstellung, mit Brent zu schlafen. Vor der Vergewaltigung hatte sie mit ihrem Highschool-Freund ein paar Mal herumgemacht und Sex gehabt. Es war nicht ihre klügste Entscheidung gewesen, aber bei allem, was danach kam, hatte sie es nicht bereut. Sie wusste, dass Sex Spaß machen und sogar angenehm sein konnte. Vor ein paar Jahren hatte sie sich einige Sexspielzeuge gekauft, um herauszufinden, was mit ihr nicht stimmte – es stellte sich heraus, dass es nicht an ihr lag, sondern an den Männern, denen sie nicht vertraute. Sie wusste, dass man Freude dabei haben konnte. Und sie hatte sich jahrelang vorgestellt, wie ein Mann sie begehrlich berühren würde und wie sie wie eine normale Frau darauf reagieren könnte. Aber bis zu diesem Moment war es noch nie passiert.

Sie ließ sich nicht durch Angst oder Unerfahrenheit abschrecken. In letzter Zeit hatte es so viele Todesfälle gegeben, dass sie wusste, dass es keine Garantie für morgen gab. Vielleicht bekam sie nie wieder die Chance, mit diesem Mann so zusammen zu sein, wie sie es brauchte. Ein leiser Laut des Verlangens drang aus ihrer Kehle, ihre Hände wanderten zum Knopf seiner Jeans. Das leise Geräusch des Reißverschlusses ertönte. Aber er schob sie weg und sie wurde schnell umgedreht, sodass sie von ihm abgewandt und dann fest gegen seinen Körper gepresst war. Sie versuchte, sich zu drehen, aber seine Arme waren wie Stahlbänder.

„Wir tun jetzt nichts, was du morgen bereuen könntest", knurrte er knirschend.

„W-warum nicht?" Das Zittern in ihrer Stimme verriet ihre Erregung. Sie presste ihre Beine zusammen, aber ihr Geschlecht pochte immer noch.

„In der letzten Woche ist viel passiert, und du kannst nicht klar denken." Sein Körper zitterte. Er wollte sie. Der unübersehbaren Erektion nach zu urteilen, die sich gegen ihren Hintern presste, wollte er sie sogar sehr. „Ich möchte nicht, dass du Dankbarkeit mit Lust verwechselst."

Sie verschluckte sich fast an ihrer Empörung. „Was?" Die wütende Verärgerung in ihrer Stimme brachte ihn zum Lachen, und sie spürte es mit ihrem ganzen Körper. „Ich kenne den Unterschied zwischen Dankbarkeit und Lust, Brent. Und zwischen Vergewaltigung und Sex. Die Tatsache, dass ich etwa dreißig Sekunden vor meinem ersten Orgasmus seit Monaten stehe, macht mir das alles sehr deutlich."

„Verdammt." Seine Lunge pumpte. „Warum musstest du den Orgasmus erwähnen?"

„Geht es nicht genau darum bei dem, was wir hier tun?" Oder zu tun versuchten, in ihrem Fall. Obwohl es noch andere Gründe gab, an die sie nicht denken wollte – Bindung, Intimität, Liebe.

Sie griff nach hinten, um ihn zu berühren, aber er ergriff ihre Hände und hielt sie fest umklammert vor ihr. „Wir werden das nicht tun, Anna."

„Ich habe endlich die ganze Sache mit der ungebundenen Lust verstanden, und du bist nicht interessiert?“

„Ich habe nicht gesagt, dass ich nicht interessiert bin.“ Seine Stimme klang rau in ihrem Ohr. Mit einer Hand öffnete er geschickt den Knopf ihrer Jeans und schlüpfte in ihr Höschen. Sie wölbte sich gegen ihn, als er einen Finger tief in sie hineinschob. „Oh, Gott.“ Sie spreizte ihre Beine weiter. Vertraute ihm. Wollte ihn. Es war so lange her, dass jemand sie berührt hatte, und es hatte sich noch nie so gut angefühlt.

Sein Herz klopfte gegen ihren Rücken. „Du bist so eng.“ Seine Stimme klang heiser, als er hinein- und herausfuhr und ihre Feuchtigkeit über ihre Falten verteilte. Sogar ihre Brüste schmerzten vor Verlangen. Sie war so erregt, dass es noch etwa zehn Sekunden dauern würde, bis sie zum Höhepunkt kam.

„Ich will, dass du mich berührst, Brent. Ich will dich in mir haben.“

„Ich berühre dich ja.“ Er war dabei, sie zu vernichten. Er ließ ihre Handgelenke los und neckte mit einer Hand eine steife Brustwarze. „Und ich bin in dir.“ Seine Zähne streiften ihren Hals. Zwei große Finger tauchten tief ein, der Handballen drückte gegen ihre Klitoris, gerade fest genug, um sie unter dem Ansturm der Empfindungen Feuer fangen zu lassen. Jeder Nerv explodierte wie ein Feuerwerk, weißes Licht blendete sie, und sie öffnete ihren Mund zu einem stummen Schrei, als es weiter und weiter ging. Langsam holte er sie auf den Boden der Tatsachen zurück. Ihr Herz schlug immer noch wie wild, und seine Finger waren immer noch tief in ihr. Sie hielt seine Hand mit ihren Schenkeln fest, als er sich zurückziehen wollte, genoss die Nachbeben und wollte mehr. Doch nach einem Moment rückte er ihre Kleidung zurecht, zog sie wieder an sich und schloss sie in seine Arme.

„Und was ist mit dir?“ Verdammter Sturkopf.

„Ich bin nicht bereit, das Risiko einzugehen, dass du einen großen Fehler machst.“

„Ist das nicht mein Problem?“

Brent drückte sie für eine lange Sekunde an sich und ließ dann von ihr ab. „Nicht heute Nacht."

„Ich glaube nicht, dass es ein Fehler wäre", sagte sie.

Sein Schweigen sagte ihr, dass er etwas anderes glaubte.

Allmählich normalisierte sich ihr Herzschlag, und ein Gefühl der Erschöpfung machte sich in ihren entspannten Muskeln breit. Ihre Augenlider fielen zu. Anna stieß einen friedlichen Seufzer aus, als er sie schließlich an sich drückte. Dann schlief sie ein.

Zweifellos, dachte Katherine, war Anchorage eine wunderschöne Stadt. Das kalte blaue Wasser des Pazifiks umgab die Küste, und riesige, imposante schneebedeckte Gipfel umrahmten die Stadt unter einem strahlend blauen Himmel. Die Sonne schien, und die Temperaturen bewegten sich auf die zwanzig Grad zu. Der Tag versprach, perfekt zu werden. Ganz zu schweigen von dem Gefühl, festen Boden unter den Füßen zu haben. Sie eilte den Bürgersteig entlang in Richtung des Blockhauses, in dem sich das Besucherzentrum befand. Sie wollte Informationen über den Alaska Botanical Garden und wusste, dass Ed nicht daran interessiert war. Er wollte lieber einen Hubschrauberflug über einen Gletscher machen, aber beim Gedanken daran wurde ihr mulmig. Hubschrauber jagten ihr eine Heidenangst ein. Sie hatte gehofft, er würde mit den Montgomerys gehen und sie einen Tag lang sich selbst überlassen.

Er mischte sich stets in alles ein, was sie tat. Das hatte er schon immer getan. Manche würden sagen, dass er zu sehr involviert war. Sie dachte an Harvey. Normalerweise machte ihr das nichts aus. Die meisten ihrer Freunde hatten sie im Stich gelassen, als Davis verhaftet worden war, und obwohl Katherine sich jetzt wieder in denselben Kreisen bewegte, hatte sie diesen Verrat nie verziehen. Es bedeutete, dass sie keine engen Vertrauten hatte. Sie presste ihre Lippen aufeinander, um einen plötzlichen Gefühlsausbruch zu unterdrücken. Sie war nicht einmal annähernd so weit wie Anna, und das war ihre eigene Schuld. Ihre Beziehung hatte sich verändert, als sie Ed geheiratet hatte, und dabei hatte sie ein wertvolles Stück von sich selbst verloren, ohne es zu diesem Zeitpunkt zu wissen.

Jetzt, so wurde ihr klar, wollte sie dieses Stück zurück.

Harvey hatte recht, verdammt. Sie war nicht verliebt in ihren Mann, aber sie teilten ein gemeinsames Leben, Gesellschaft und Sicherheit. Und vielleicht war das nicht die romantischste Einstellung, aber Romantik hatte ihr nichts als Kummer und Herzschmerz gebracht, und das wollte sie nie wieder durchleben. *Verflucht noch mal.* Sie zog sich ihren Fleece-Pullover um die Schultern.

Sie war verunsichert und verwirrt über diese Gefühle, die sie immer noch für Davis hegte und die sie so überrascht hatten. Sie blickte auf und blieb abrupt stehen, verzaubert vom Anblick der Blockhütte mit ihrem Wildblumendach. Blumen wogten im Wind und Insekten schwirrten durch die prächtige Szenerie. Ein Lieferwagen hielt an und parkte am Bordstein neben ihr.

„Katherine!", jemand rief ihren Namen, und sie drehte sich um, um Harvey zu entdecken, der ihr nacheilte.

„Verdammt."

Plötzlich öffnete sich die Seitentür des Wagens, und jemand packte sie und zog sie hinein. Was um alles in der Welt passierte gerade? Ihre Hüfte schlug gegen den Metallrand der Tür, und Schmerz schoss durch ihren Körper. Etwas Dunkles und Schweres verdeckte ihr Gesicht, und sie begann sich zu wehren, während sie an dem modrigen Geruch zu ersticken drohte. Ihr Herz zog sich hart und schnell zusammen. Panik schoss durch alle Nerven und Adern. Dann wurde die Tür auf einen männlichen Befehl hin zugeschlagen, und sie hörte Gerangel und Schläge, während jemand weiter versuchte, sie zu zerquetschen.

Harvey. Sie hatte Harvey gehört.

Das Geräusch der sich öffnenden Tür war zu hören. Der

Aufprall eines Körpers, der auf Stahl traf. *Was ist hier los?* Der Druck ließ nach und Katherine fand sich auf dem harten Boden liegend, während jemand ihre Hände und Füße mit Kabelbindern fesselte.

Oh, mein Gott. Ich werde entführt. Das ergab keinen Sinn. Sie war nicht reich. Aber Harvey war es. Ein stechender Schmerz ließ sie zusammenzucken. Dann überrollte Schwärze sie in einer einzigen Welle.

ZWÖLF

Anna wachte auf, und Brent war weg. Sie setzte sich auf und ließ sich dann wieder zurückfallen. Der gestrige Tag war der Stoff, aus dem Albträume waren, aber die letzte Nacht war unglaublich gewesen. Die Erleichterung darüber, ihre bittere Geschichte mit Brent geteilt zu haben, gefolgt von der heißesten Knutschsession aller Zeiten, hatte dazu geführt, dass sie, als sie endlich abgedriftet war, geschlafen hatte wie ein Stein. Sie grinste wie eine Verrückte und hoffte, dass Brent auch etwas Ruhe bekommen hatte.

Ein Rotkehlchen sang auf dem Baum. In der Ferne lachten Kinder. Das Zelt roch nach warmem Segeltuch und Sonnenschein. Sie atmete tiefer durch, und ein anderer Duft betörte ihre Nasenlöcher. Anna warf die Decke zurück und kletterte aus dem Zelt. Brent hockte über dem Kocher, den er gestern gekauft hatte, und brutzelte Speck auf einem Bratrost. Er hatte entweder geduscht oder war schwimmen gewesen, denn sein Haar war nass.

„Ich bin am Verhungern, und du bist mein Lebensretter."

Er warf ihr einen amüsierten Blick zu. Anna lief das Wasser im Mund zusammen, und das hatte nichts mit den breiten Schultern oder den definierten Muskeln zu tun. Sie war so hungrig, dass ihr

Magen Bettelgeräusche von sich gab – genau wie gestern Abend. Aber sie bereute es nicht. Nicht einmal einen Moment lang. Sie saß mit wirren Haaren auf der Picknickbank, trug die Kleidung von gestern und streckte ihre Hände aus. Er stand auf und brachte ihr einen Kaffee.

„Er ist heiß", warnte er sie, als er ihr den Becher in die Hand drückte.

Es war Instant-Kaffe, aber er schmeckte fantastisch. Sie begegnete seinem leuchtend blauen Blick. „Danke." Für den Kaffee. Für den Orgasmus. Dafür, dass er sie zusammenhielt und daran glaubte, dass sie es wert war, dass man ihr half, und sei es nur wegen eines Versprechens, das er ihrem Vater gegeben hatte.

„Gern geschehen." Die Worte vibrierten über ihre Nervenenden, die sich ihrer üblichen Panzerung beraubt fühlten.

Brent wandte sich wieder seinem Speck zu, und sie zwang sich, den Blick von all der männlichen Perfektion abzuwenden und die andere Szenerie zu betrachten. Sie waren von Bäumen umgeben und im Süden durch den Jeep verdeckt. Ein Pfad führte durch die Pappeln – vermutlich zu einem kleinen See. Die frühen Sonnenstrahlen versprachen Wärme für den bevorstehenden Tag.

„Glaubst du, wir sind hier sicher?", fragte sie leise.

Brent sah auf. „Für den Moment." Er schnappte sich drei Stücke knusprigen Specks und stopfte sie in ein frisches Weißbrötchen. Anna sabberte schon beinahe, als er es herüberbrachte. Sie biss hinein und der salzige Genuss ließ sie vor Glückseligkeit fast schielen. Sie leckte sich die Lippen, als der Geschmack ihren Mund überflutete. „Wo hast du kochen gelernt?"

Er beobachtete ihren Mund, zog aber dabei eine Augenbraue hoch.

„Im Gefängnis", vermutete sie.

„Nein. Obwohl ich mir nicht sicher bin, ob das Braten von Speck als Kochen zählt." Er nahm einen Bissen von seinem eigenen Brötchen und kaute. „Als Mom wegging, wurde es in der Küche ein bisschen mager", gab er zu. „Ich habe damals die Grundlagen herausgefunden."

„Hat nie jemand versucht, euch Kinder zum Sozialdienst zu bringen?" Er warf ihr einen Blick zu, der vermuten ließ, dass sie verrückt war.

„Wie alt warst du, als sie ging?"

„Sechs. Finn war noch nicht einmal aus den Windeln heraus. Er war in dieser Hinsicht ein Spätentwickler." Er schenkte ihr ein Grinsen.

„Du hasst sie nicht?"

Er schüttelte den Kopf. „Sie war eine misshandelte Ehefrau. Ein Opfer."

„Sie war deine Mutter", entgegnete Anna wütend. „Sie hätte sich um dich kümmern müssen."

„So wie deine Mutter sich um dich gekümmert hat?", fragte er.

Okay. Es war schwer gewesen, als sie von beiden Elternteilen verlassen worden war, als sie sie am dringendsten gebraucht hatte. Aber sie war ein Teenager gewesen und hatte schließlich gelernt, auf eigenen Beinen zu stehen. „Das ist kein Vergleich. Wenn deine Mutter euch Jungs mitgenommen hätte, dann hätte dein Vater Finn nicht missbrauchen können, und du hättest ihn nicht umgebracht. Und du hättest nicht zwanzig Jahre deines Lebens im Gefängnis verbracht."

„Wenn sie uns mitgenommen hätte, hätte er nie aufgehört, sie zu suchen. Er war ein Arschloch." Brent zog eine Grimasse. „Ich gebe meiner Mutter nicht die Schuld für das, was ich getan habe. Das wäre Feigheit."

„Gut, dann gebe *ich* ihr die Schuld."

„Zu spät." Er aß sein Brötchen auf und leckte sich die Finger ab.

Annas Augen weiteten sich. „Du weißt, wo sie ist?"

„Wo sie war."

„Sie ist tot?"

Brent nickte, stand auf und schüttete die Reste seines Kaffees aus.

„Krebs. Vor drei Jahren."

„Hast du sie besucht?" Ihr Herz pochte.

Er schüttelte den Kopf, weigerte sich aber, ihr in die Augen zu sehen.

„Sondern?"

Zuerst dachte sie, er würde nicht antworten. „Ich habe Jack Panetti beauftragt, sie aufzuspüren. Als er sie fand, war sie bereits in einem Hospiz."

„Und weiter?" Aus Brent Informationen herauszubekommen, war wie einen Stein auszuwringen. Aber dann erinnerte sie sich daran, wie sehr er sich ihr in den letzten Tagen geöffnet hatte, und bemühte sich um Geduld.

Die blauen Augen täuschten über die Emotionen hinweg, die irgendwie durch die Luft schimmerten. „Sie hatte eine neue Familie. Warum sollte ich sie an all die schlechten Zeiten erinnern wollen?", fragte er schlicht. „Sie lag im Sterben."

Anna fuhr sich mit der Hand zum Mund.

„Ich hatte vor, Finn zu sagen, wo sie ist, falls er sie kontaktieren will, aber ..." Er zuckte mit der Schulter. „Sie ist gestorben."

„Du hast es ihm also nicht gesagt?"

Er schüttelte den Kopf. „Wir haben damals nicht wirklich miteinander gesprochen."

„Weil ...?"

Er lachte, und ein Teil der Anspannung wich aus seinem Gesicht. „Weil ich ein Trottel bin."

Einige Aspekte in Brents Leben waren so tragisch, und doch gab er nie anderen die Schuld. Er übernahm immer die volle Verantwortung. Emotionen überfluteten sie aus allen Richtungen. Ein Heulkrampf würde helfen, aber sie musste sich zusammenreißen und ihr und Brent helfen, sich aus dieser Situation zu befreien, in die sie sie gebracht hatte. „Also", begann Anna, während sie die Frühstückssachen abräumte, „wohin gehen wir heute?"

„Ich möchte es nicht riskieren, die Grenze zu überqueren, wenn ich nicht sicher weiß, dass Holly in derselben Provinz ist. Ich werde Finn später kontaktieren." Er blickte in Richtung des Sees. „Das ist ein guter Platz. Ich denke, wir sollten erstmal hierbleiben."

„Ist das dein Ernst?" Die Vorstellung, ein paar Stunden lang nicht davonzulaufen, so zu tun, als wäre alles normal und sie wären nur im Urlaub, klang wunderbar. „Was ist, wenn die Polizei hinter uns her ist?"

Seine Lippen wurden schmaler. „Sie suchen nach dir." Er reichte ihr eine Zeitung. Jeder Tropfen Blut floss in ihre Zehen und sie schwankte. Sie war auf der Titelseite, ihr Passbild, grimmig und ohne Lächeln. Es gab ein Bild von ihrem Haus, aus dem eine Leiche auf einer Bahre herausgefahren wurde. Es wurde nicht erwähnt, dass jemand am Tatort verhaftet worden war, sondern nur, dass sie seit Freitagabend niemand mehr gesehen hatte. Die Polizisten wussten nicht, ob sie ermordet worden war oder ob sie selbst der Mörder war. Ihr Inneres verdrehte sich. Die Reporterin hatte es geschafft, die zweifelhafte Vergangenheit ihres Vaters und seinen kürzlichen Tod auszugraben. Alle ihre Freunde und Kollegen würden die schmutzigen Geheimnisse ihrer Familie erfahren, aber das war das geringste ihrer Probleme.

Das Lachen der Kinder, die zwischen den Bäumen spielten, kam näher. Sie neigte den Kopf. Brent kramte im Inneren des nahegelegenen Jeeps und holte eine große Tasche mit Toilettenartikeln und Handtüchern heraus, bevor er ihr die Kappe sanft über ihr dunkles Haar stülpte. „Wir beide gehen jetzt zu den Duschen, um uns ein wenig zu verschönern." Ein verschmitztes Glitzern funkelte in seinen Augen. „Du solltest vielleicht deinen Badeanzug holen."

Zehn Minuten später stand sie in T-Shirt und Unterhose da, weil sie beim Einkaufen keinen Strandausflug eingeplant hatten,

Brent schielte auf die Verpackung des Haarfärbemittels. „Warum müssen die alles so verdammt klein schreiben?", brummte er.

Der Raum fühlte sich warm und feucht an, wohl von der Dusche des vorherigen Bewohners.

„Lass mich mal sehen."

„Ich weiß, wie es funktioniert." Er hielt die Schachtel hoch über ihren Kopf. „Du hast es mit mir gemacht, jetzt bin ich dran."

Es fühlte sich an, als hätte jemand ein Feuer unter ihnen entzündet, als seine Augen aufflackerten und sie schwer schluckte. Sein Kiefer verkrampfte sich, als er sich wieder der Anleitung widmete. Er hatte sein Hemd ausgezogen und trug nur Boardshorts, die sich an seine schmalen Hüften und kräftigen Oberschenkel schmiegten. Jeder Muskel war von gebräunter Haut bedeckt, helle Haare verteilten sich über Unterarme und Beine. Robuste männliche Perfektion. Alle ihre weiblichen Teile wachten auf und nahmen Notiz.

„Keine Tattoos?" Anna versuchte, sie beide wieder auf den Boden der Tatsachen zu bringen, aber es gelang ihr nicht, weil ihr Puls immer wieder aussetzte und ihre Hände ihn immer wieder berühren wollten.

„Woher weißt du, dass ich keine Tattoos habe?" Seine Augen lachten, als sie ihn angrinste.

„Ich habe dich nackt gesehen, weißt du noch?"

Brent runzelte die Stirn und erinnerte sich daran, wie sie sich kennengelernt hatten. „Nicht mein bester Moment. Unter anderem", ahmte er ihre Worte aus jener Nacht vor weniger als einer Woche nach und lachte. „Gefängnistattoos sind nicht meine Art von Kunstwerken."

Gott, er war gutaussehend und unerwartet gut gelaunt. Für einen Ex-Häftling. Selbst die Bezeichnung fühlte sich wie ein Verrat an. Er hätte nicht lebenslänglich sitzen sollen, er hätte nicht verurteilt werden dürfen. Und jetzt war sie diejenige, die von der Polizei gesucht wurde, und er konnte verhaftet werden, nur weil er mit ihr zusammen war. Aber er hatte ihr bereits gesagt, dass er sich stellen würde, wenn sie zur Polizei ginge. Mit Holly hatte sie wenigstens die Chance, ihre Geschichte zu erzählen, bevor man sie einsperrte und den Schlüssel wegwarf.

„Was auch immer du denkst, es wird nicht passieren", sagte Brent.

Ihre Augen blitzten zu seinen auf.

„Komm her." Ein Grübchen zeigte sich auf seiner Wange, als er lächelte.

In der Enge des Raumes trat sie noch einen Schritt näher. Er zog die Plastikhandschuhe an, wickelte das Handtuch um ihre Schultern und rückte sie etwas näher heran. Dann mischte er das Haarfärbemittel und begann, die dicke Creme von den Wurzeln aufwärts auf ihr Haar aufzutragen. „Das Tolle am Blondwerden ist, dass man nicht so tun muss, als wäre man schlau, es ist einfach ein unerwarteter Bonus." Er lächelte, sein eigenes blondes Haar wirkte durch die Feuchtigkeit dunkler. Seine Finger fuhren fort, ihre Kopfhaut zu massieren. Nachdem er jede einzelne Strähne bearbeitet hatte, hüllte er ihr Haar in die bereitgestellte Plastikhaube und trat zurück.

Herr im Himmel, sie kam sich lächerlich vor, hier mit einem hinreißenden Mann zu stehen, während sie eine Plastiktüte auf dem Kopf trug. Aber selbst jetzt erwachte die Anziehung, die in allen falschen Momenten zwischen ihnen aufflammte, zum Leben. Als sie sich daran erinnerte, was letzte Nacht geschehen war, begann Anna zu zittern.

Brent wandte sich ab, um sich die Hände in dem kleinen Waschbecken neben der Duschkabine zu waschen. „Kalt?"

Wie ein aktiver Vulkan. „Ein bisschen", antwortete sie, weil sie ein Feigling war und nicht wusste, wo sie standen oder was er wollte.

Brent nahm sein Handtuch von der Stange und schlang es um ihre Taille. Seine Finger berührten die Seiten ihrer Brüste, und sie zuckten beide zusammen.

„Du übernimmst jetzt besser." Er trat einen Schritt zurück

hinter den Duschvorhang. Seine Stimme wurde tiefer, und die Boardshorts erzählten ihre eigene Geschichte. Sie war nur mit einem T-Shirt und zwei dicken Handtüchern bekleidet, mit einer Plastiktüte auf dem Kopf, und er war immer noch erregt?

Sie wusste nicht, ob sie sich geschmeichelt oder erschrocken fühlen sollte. Vielleicht war sein Sexleben genauso verkorkst wie ihres. Da er zwanzig Jahre im Gefängnis verbracht hatte, war das wahrscheinlich eine Selbstverständlichkeit. Sie setzte sich auf die kleine Holzbank. Nach einigen Augenblicken schaute Brent auf seine Uhr und setzte sich neben sie. Das Holz ächzte.

Sein Arm berührte ihren. Von der Schulter bis zum Ellenbogen. Noch vor einer Woche wäre sie vor dieser Verbindung geflüchtet. Heute ließ sie sich darauf ein und stellte sich vor, wie normale Menschen ihr Leben lebten. „Ich nehme an, du hast kein Sudoku-Rätsel mitgebracht?"

Brent schüttelte den Kopf, schloss die Augen und lehnte sich gegen die kahle Wand.

„Wie lange müssen wir noch warten?"

„Fünfundzwanzig Minuten und achtzehn Sekunden." Er hatte nicht einmal auf seine Uhr geschaut.

Sie rutschte unruhig auf der Bank herum. Die Stille schien an den Backsteinmauern abzuprallen. „Gibt es etwas, worüber du reden möchtest?"

Er stieß ein leises Lachen aus. „Nein."

„Bist du sicher?"

„Ich sitze nur hier und versuche, nicht an Sex zu denken."

Ihr Mund wurde trocken. „Und funktioniert das?" Ihr Blick fiel automatisch auf seine Shorts.

Er verschränkte seine Hände und legte sie über eine ziemlich beeindruckende Ausbeulung. Ein Schauer lief ihr über den Körper, der nichts mit Kälte zu tun hatte. Sie war erregt. So erregt, dass sie sich anstrengen musste, um sich nicht auf dieser verdammten Sitzbank zu winden. Niemand sonst hatte sie jemals so beeinflusst.

Er hielt seine Augen geschlossen. „Zum ersten Mal, seit ich ein halbwüchsiger Junge war, macht mir der Gedanke an Sex unter der Dusche keine Angst mehr." Diese hellblauen Augen bemerkten, dass sie ihn beobachtete und schimmerten. „Auch wenn ich mich wie ein schmutziger alter Mann fühle, weil du ungefähr zehn bist ...", seine Lippen kräuselten sich. *Du Arsch.* „... fühle ich mich immer noch verdammt gut."

Sie war sechsundzwanzig Jahre alt, und er dachte, der Altersunterschied zwischen ihnen sei ihr größtes Problem?

„Wir sind beide mündige Erwachsene." Sie hob eine Hand, um sein Gesicht zu berühren.

„Nicht." Er ergriff ihre Hand.

„Warum nicht?", fragte sie leise.

„Ich bin nicht der Typ, mit dem ein Mädchen wie du herumspielen sollte." Ein kleines Rinnsal von Feuchtigkeit rann an seiner Schläfe hinunter.

„Ein Mädchen wie ich?" Ihr Rückgrat versteifte sich und sie versuchte, ihre Hand wegzuziehen, aber er ließ sie nicht los. „Was für ein Mädchen soll das sein?"

„Ein gutes Mädchen." Seine Fingerknöchel berührten ihre Wange. Die Energie in seinen Augen brannte. „Eine Frau, die Probleme erkennt und klug genug ist, sie zu vermeiden."

„In der normalen Welt hättest du wahrscheinlich recht." Der Schmerz flackerte über seine Züge, aber er verbarg ihn. Er verbarg eine Menge Dinge. „Denn in der normalen Welt hättest du mich nicht einmal zur Tür hereingelassen. Aber du hast es getan. Und jetzt steckst du mit mir fest."

Er strich sich mit den Fingern durch die Haare, sodass sie sich aufstellten. „Ich bin nicht irgendein ‚Typ', Anna. Ich bin ein verdammter Killer. Ein Lebenslänglicher." Der Zorn brach in Wellen aus ihm heraus.

„Du hast deine Zeit abgesessen."

„Ich werde meine Zeit nie ganz absitzen." Er starrte ihr tief in die Augen, als wolle er ihr ein wichtiges Geheimnis mitteilen.

Und dann verstand sie es. „Es geht dir nur darum, dich selbst zu bestrafen? Du stößt mich körperlich weg, obwohl ich weiß, dass du mich willst, weil es Teil einer selbst auferlegten Buße für den Mord an deinem Vater ist?"

Seine Lippen verzogen sich zu einem grausamen Grinsen. „Vielleicht will ich dich ja gar nicht."

Mein Gott, er hätte ihr Angst machen müssen, aber sie wusste, dass er ihr nie etwas antun würde.

Anna drückte ihren Mund auf seinen, bevor er sich abwenden konnte, entschlossen zu beweisen, dass er sich geirrt hatte. Sie ließ ihre Zunge über seine Oberlippe gleiten und spürte, wie ein Zittern durch seine Schultern und über seine Wirbelsäule lief. Er hielt still, aber wenn er glaubte, sie täuschen zu können, war er verrückt, denn das Verlangen schwirrte so stark in der Luft, dass sie kaum atmen konnte.

Und plötzlich war sie an seine Brust gepresst, sein Mund war auf ihrem. Große Hände umklammerten ihre Schultern und Hüften. Das Handtuch rutschte weg, sodass nur noch die dünne Baumwolle ihres T-Shirts und ihres Slips sie bedeckte.

Ihre Brustwarzen drückten sich fest gegen seine Brust. Sie rieb sich an ihm, wollte ihn unbedingt berühren, Haut an Haut. Brent zog sich zurück, seine Augen waren dunkel wie Indigo, und sie dachte, er würde aufhören, um ihr zu sagen, dass er sie wirklich nicht wollte. Dann senkte sich sein Blick, und er spannte den dünnen Baumwollstoff ihres T-Shirts über ihren Brüsten. Ein scharfer, stechender Blitz der Begierde ließ Anna in Erwartung den Atem anhalten.

Er senkte seinen Mund, erregte sie durch die nasse Baumwolle, rieb an ihrem empfindlichen Fleisch, bis sie sich wand und keuchte und fast auf dem Boden landete. Dann zog er sie auf sich, sodass sie auf seinen Oberschenkeln saß. Die Enge der Bank hinderte sie daran, ihm so nahe zu kommen, wie sie wollte, und sie stöhnte frustriert auf. Kräftige Hände umklammerten ihre Hüften, als er sich an ihren Brüsten labte und ihr ein Gefühl entlockte, das bis in ihr Innerstes zog. Anna hielt sich an seinen Schultern fest, wollte ihn berühren, aber sie wusste, wenn sie loslassen würde, würde sie fallen, und wenn sie fiel, würde er aufhören, sie zu berühren.

Und Anna wollte nicht, dass er aufhörte.

Eine seiner Hände wanderte nach Süden und glitt in ihr Höschen. Ihr Rücken wölbte sich, als er einen Finger in sie schob. „Du bist so verdammt heiß.“

„Ich bin heiß auf dich“, keuchte sie und ließ ihren Kopf zurückfallen, als er seinen Finger in ihr bewegte und dann einen weiteren hinzufügte. Sie grub ihre Nägel in seine Schultern. „Ich will dich, Brent.“

Sie hätten überall sein können und es wäre ihr völlig egal gewesen. Er hatte sie vollkommen in seiner Gewalt, aber das machte ihr keine Angst.

Tatsächlich wollte sie mehr, sie wollte alles von ihm. Dann hob sie ab, geriet außer Kontrolle, ihre inneren Muskeln krampften sich um seine Finger in einer langen, rollenden Explosion der Lust. Sie sackte gegen ihn, und er schlang beide Arme um sie und hielt sie fest. Sie spürte, wie sein Herz neben dem ihren pochte, seine Erektion drückte gegen ihren Bauch.

Anna griff nach ihm, aber er nahm ihre Hände und hielt sie fest. Sein Blick war gequält.

„Ich glaube, wir wissen beide, dass du mich willst.“ Sie beugte sich vor und nahm sein Ohrläppchen zwischen ihre Zähne. Mit einem Schaudern hob er sie hoch und setzte sie zielstrebig von ihm ab.

„Vielleicht“, erwiderte er, „aber ich habe vor langer Zeit gelernt, dass man nicht immer bekommt, was man will.“

Er verließ die Duschkabine und rannte sowohl vor sich selbst als auch vor ihr davon. Wie ironisch, dass sie endlich einen Mann gefunden hatte, mit dem sie wirklich Liebe machen wollte, und er war genauso verkorkst wie sie.

———

„Wo zum Teufel ist sie nur?", fragte Ed Barb, während er zum millionsten Mal in den letzten drei Stunden auf seine Uhr sah. Sie hatten beide das riesige Schiff nach ihren jeweiligen Ehepartnern abgesucht, aber es gab nirgendwo eine Spur. Er ging zurück in ihre Kabine, um sich zu vergewissern, dass Katherine ihr Handy nicht mitgenommen hatte. Wie konnte sie es wagen, einfach so zu verschwinden? Er wusste, dass sie in letzter Zeit etwas niedergeschlagen war. Deshalb hatte er diese Kreuzfahrt gebucht, um sie aufzumuntern. Aber ohne ein Wort zu verschwinden? Dieses Maß an Egoismus war zum Verrücktwerden und entsprach überhaupt nicht ihrem Charakter. Wut pochte durch sein Blut. Die Tatsache, dass Harvey Montgomery ebenfalls abwesend war, ließ ihn die Zähne zusammenbeißen. Er hatte bemerkt, wie der Kerl seine Frau ansah. Katherine war das Nonplusultra, wenn es um natürliche Schönheit ging, und jeder wollte ein Stück davon haben. Aber Ed teilte nicht. Das hatte er nie getan.

Ed hatte seine erste Frau an den Krebs verloren, als sein Sohn noch ein Teenager gewesen war. Es war eine schreckliche Zeit gewesen, aber sie hatten sie überstanden. Sie wusste es nicht, aber Katherine hatte ihn davor bewahrt, einen kolossalen Fehler zu begehen, als Eleanor im Sterben gelegen hatte. Er war fast weggelaufen. Beinahe wäre er unter dem Druck zusammengebrochen, die Frau, die er zu lieben geschworen hatte, zu einem skelettartigen Schatten verkommen zu sehen. Aber als er Katherine kennengelernt hatte, hatte er gewusst, dass er das durchstehen und auf der anderen Seite als besserer Mensch herauskommen würde. Also hatte er ihr und ihrer Tochter auch nach Davis' Verhaftung und Inhaftierung geholfen. Und er war mehr als bereit gewesen, die Scherben aufzusammeln.

Verdammter Davis Silver, der ihnen den Urlaub verdarb. Er und Davis hatten zusammengearbeitet, obwohl sie sich nie wirklich verstanden hatten. Selbst nach all den Jahren machte der Schwachkopf ihm das Leben noch schwer. Was zum Teufel Katherine in ihm gesehen hatte, konnte Ed nicht begreifen. Der Typ war ein totaler Narr gewesen. Idealistisch und dumm. Jetzt war Davis tot. Jemand von der Arbeit hatte ihn angerufen, um ihm die Nachricht zu überbringen. Ed knirschte mit dem Kiefer. Er wünschte, der Bastard wäre schon vor Jahren im Gefängnis gestorben. Jemand musste es Katherine erzählt haben, wahrscheinlich Anna. Deshalb verhielt sich seine Frau auch so untypisch unkooperativ.

Er machte sich keine Sorgen darüber, dass Katherine untreu sein könnte. Schon der Gedanke, den damit verbundenen Skandal auszulösen, ließ sie in Panik ausbrechen. Aber das hielt die Männer nicht davon ab, um ihre Aufmerksamkeit zu werben.

„Vielleicht sind sie und Harv zusammen durchgebrannt." Barb lächelte ihr bissiges Lächeln, aber es wirkte angestrengt. Sie war ihm bei seiner Suche gefolgt, und normalerweise genoss er ihre Gesellschaft und ihre markige Art. Sie flirtete mit ihm, und er wollte, dass seine Frau wusste, dass andere Frauen ihn attraktiv fanden. Barb war lustig und energisch, aber im Moment wünschte er sich, sie wäre woanders.

Beispielsweise dabei aufzupassen, dass ihr Mann nicht fremdging.

„Hast du Harvey angerufen?", fragte er Barb.

Sie zuckte mit einer zarten Schulter, und die Falten an ihrem Hals verrieten ihr Alter. „Ich habe ihm eine Voicemail hinterlassen. Ich vermute, er hat einen Hubschrauber gechartert und ist irgendwo auf einen Berg geflogen. Wir haben uns gestritten."

In Eds Nacken wurde es heiß. Harvey war reich wie Krösus, woran Barb jeden in Hörweite gerne erinnerte.

Nun, er hätte besser nicht Eds verdammte Frau mit auf seinen Ausflug genommen. Wut und Groll nagten an ihm. Was hatte Harvey Montgomery jemals getan, um sein Geld zu verdienen? Nicht das Geringste. Er wurde mit einem silbernen Löffel im Mund geboren. Plötzlich überkam ihn eine Welle der Eifersucht. Was, wenn Katherine bei ihm war? Was, wenn sie eine Affäre hatte und er zu dumm war, das zu erkennen?

Herrgott noch mal. Ihm wurde schwindlig, und seine Knie

gaben nach. Er sackte auf das Bett und stützte sein Gesicht in die Hände.

Dann spürte er Finger in seinem Haar. „Mach dir keine Sorgen, Ed, mein Lieber. Ich bin sicher, es ist nichts Ernstes."

Er stieß ihre Hand weg. Sein Handy klingelte und er nahm das Gespräch an. Es war dieser verdammte Harvey Montgomery. „Wo zum Teufel bist du, und wo ist meine Frau?"

Ein Fremder antwortete: „Komisch, dass Sie das fragen, Mr. Plantain."

Ed wich einen Moment überrascht zurück, dann legte er das Telefon wieder an sein Ohr. „Wer ist da?", fragte er.

„Halten Sie die Klappe und hören Sie zu. Ich habe Katherine." Die Stimme war tief und ruhig. Das Unbehagen traf Ed mitten in die Brust. „Wenn Sie Ihre Frau lebend wiedersehen wollen, müssen Sie Folgendes tun. Bringen Sie Anna Silver bis morgen um vierzehn Uhr nach Vancouver Island. Wenn Sie die Tochter Ihrer Frau nicht zu uns bringen können, werde ich Katherine töten." Ausdrucksloser Tonfall, keine Emotion. „Wenn die Polizei davon erfährt, bringe ich Katherine um. Wenn ich auch nur einen Moment lang glaube, dass Sie mich verarschen wollen, werde ich Katherine töten."

Wer zum Teufel war das? War das sein Ernst? War es ein Scherz? „Können Sie nicht einfach zu Annas Haus gehen?"

„Nun, ich glaube, das habe ich bereits versucht, Einstein."

Oh, mein Gott. „Ist Harvey auch bei Ihnen?"

Ein kleiner Anflug von Belustigung war zu hören. „Ich rufe Sie wieder an und sage Ihnen, wohin Sie Anna bringen sollen, wenn Sie sie haben. Und ich schlage vor, Sie behalten das für sich, Ed, denn ich möchte nicht, dass Sie einen Fehler begehen, den Sie nicht wiedergutmachen können."

Der Mann legte auf, und Ed starrte auf das Handy, zitterte und fragte sich, ob das ein kranker Scherz war. Dann erhielt er eine weitere eingehende Nachricht mit einem Foto im Anhang. Er öffnete es und zuckte zusammen, als er Katherine und Harvey nebeneinanderliegen sah, an Händen und Füßen gefesselt.

Barb blickte über seine Schulter. „Lieber Gott. Wir müssen die Polizei rufen."

„Keine Polizei."

Sie stemmte die Hände in die Hüften. „Hör zu, Ed. Harvey und ich werden uns wahrscheinlich scheiden lassen. Tatsächlich wäre ich finanziell viel besser dran, wenn ich so täte, als hätte ich das Foto nie gesehen. Aber sie wurden *entführt*. Du kannst nicht einfach denken, dass du wüsstest, wie man mit einer solchen Situation umgeht."

Ihre scharfen Augen blickten ihn an und zeigten mehr Mitgefühl und Verständnis, als er ihr je zugetraut hätte. Er nickte. Er wusste genau, was er zu tun hatte.

FEUER BRANNTE ÜBER JACK PANETTIS RÜCKEN, ABER was er zuerst bemerkte, war dieser grässliche Geruch. Antiseptika und kranke Menschen. Sein Magen rebellierte. Es gab ein ständiges irritierendes Piepen. Wo zum Teufel war er? Er blinzelte gegen blassblaue Wände.

„Er kommt wieder zu sich", rief jemand. Zu verdammt laut.

Er wandte den Kopf vom Lärm ab und schloss die Augen. Verdammt. Sein Inneres fühlte sich an wie Wachs, und sein Gehirn war so betäubt, dass er kaum die Augenlider heben konnte. Er versuchte es erneut. Er sah einen Fremden, der sich über ihn beugte. An dem billigen Anzug und den dunklen Rändern unter seinen Augen erkannte er, dass es sich um einen Polizisten handelte.

„Wie fühlen Sie sich, Mr. Panetti?"

„Als ob ich angeschossen worden wäre. Schon wieder." Er hob den Kopf lange genug, um mit den Zehen zu wackeln. Gott sei Dank. Eine Lähmung war das, was er am meisten befürchtet hatte, als er im Krankenwagen das Bewusstsein verloren hatte und sein Unterkörper taub geworden war. Die Tatsache, dass seine Beine funktionierten, brachte ihn dazu, tanzen zu wollen, auch wenn er dazu noch nicht ganz in der Lage war.

Ein halbes Lächeln zupfte an den Lippen des Detectives. „Das dritte Mal, laut den Ärzten."

Jack nickte, hielt dann still und wartete darauf, dass die Welt aufhörte zu explodieren. „Zweimal als Polizist." Wahrscheinlich der unglücklichste Polizist der Welt. Oder vielleicht der glücklichste, je nachdem, wie man es betrachtete. Jack war schon immer ein Typ, bei dem das Glas stets halb voll war. Er sah seine Sekretärin und den Computerguru des Büros in Denver, die in der Tür standen. Er warf ihnen einen besorgten Blick zu und versuchte, sich stumm dafür zu entschuldigen, dass er ihnen Kummer bereitet hatte.

„Was ist passiert?", fragte er. Seine Zunge war dick vom Geschmack des Betäubungsmittels.

„Wir hatten gehofft, dass Sie uns das sagen könnten."

Schnell schoss ihm das Bild eines uniformierten Polizisten durch den Kopf, der ruckartig zuckte. Oh, Gott! Plötzlich war er dankbar für die Schmerzen in seinem Rücken, denn sie bedeuteten, dass er nicht tot war. Jack schloss die Augen. „Der Polizist?", fragte er. Die Schwere in seinem Gehirn hatte nicht nur mit den Drogen zu tun.

„Tot." In der Stimme des Detectives schwang das Wissen mit, dass er dieser Polizist hätte sein können. Jack hätte auch dieser Polizist sein können. Der Mann hatte nie eine Chance gehabt. „Was können Sie uns sagen?"

Er holte tief Luft, aber vielleicht hatte er eine durchbohrte Lunge, denn es schien nicht zu helfen. „Ich habe das Haus des Sicherheitschefs der Holladay Foundation observiert." Er spulte die Adresse ab. Der Polizist tauschte einen Blick mit jemandem auf der anderen Seite des Bettes aus, der hinter Jack stand. Er hatte nicht die Kraft, sich umzudrehen und nachzusehen. „Ich wollte gerade abbrechen, als ein Typ auf den Rücksitz kletterte, mir eine

Pistole an den Kopf hielt und sagte, ich solle losfahren." Scham durchströmte ihn. „Ich konnte nicht glauben, was für ein Glück ich hatte, als der Streifenwagen auf dem Highway auftauchte. Ich habe ihn seitlich gestreift, um seine Aufmerksamkeit zu erregen."

Er hatte den Polizisten damit umgebracht, und alle Anwesenden wussten das.

Der Detective schrieb in sein Notizbuch. „Können Sie sein Gesicht beschreiben?"

Jack runzelte die Stirn. „Vielleicht. Es war dunkel." Er musste sich mit seinem Auftraggeber in Verbindung setzen. Brent Carver hatte es mit etwas viel Größerem zu tun, als einer von ihnen sich vorgestellt hatte. Verdammt, er hoffte, dass der Kerl noch am Leben war.

„Warum haben Sie diese Typen observiert?"

Jacks Gesicht verzog sich, als er versuchte zu lächeln. „Es war nur eine Vermutung. Letzte Woche ist ein Mann unter mysteriösen Umständen in der U-Bahn umgekommen ..."

„Der Kerl, der behauptete, er würde ihr Geld stehlen?" Der Detective wurde hellhörig.

Jack nickte. „Ich wollte nur sicherstellen, dass es ein Unfall war, das ist alles. Sie müssen mit den Sicherheitsleuten dieses Unternehmens sprechen."

„Der Tod wurde als Unfall eingestuft, wenn ich mich recht erinnere."

Es tat weh zu reden, aber Jack war dankbar, dass er noch lebte. Der Polizist war tot. „Sie müssen genauer hinsehen."

„Ja, versuchen Sie mal, das der Staatsanwaltschaft zu sagen", murmelte der junge Detective vor sich hin. „Haben Sie gesehen, wie der Schütze aus dem Haus kam?"

Jack schüttelte den Kopf. „Hatte er eine Familie? Der Polizist?"

Der Detective starrte auf die weißen Laken von Jacks Bett. „Eine Frau und zwei Jungs."

Auf dem Herzmonitor war eine scharfe Spitze zu sehen.

„Wer ist Ihr Auftraggeber?" Die Stimme war härter, Verurteilung lag in jedem Wort. Es waren immer die Stillen, auf die man aufpassen musste. Jack drehte vorsichtig seinen Kopf. Ein weiterer Detective stand am Fenster. Eine große Frau mit kurzgeschnittenem kupferfarbenem Haar. Eher kantig als kurvig.

„Das kann ich Ihnen nicht sagen."

Die Frau beugte sich über ihn, und Jack bekam ein Gesicht voller bitterer Missbilligung zu sehen. „Wir haben einen toten Polizisten ..."

„Und Ihr Klient könnte in Gefahr sein", warf der jüngere Mann mit mehr Taktgefühl ein.

Jack drückte den Rufknopf für die Krankenschwester. Er verriet nie den Namen eines Kunden. „Wenn ich der Meinung bin, dass es dazu beiträgt, den Bastard zu finden, der diesen Polizisten ermordet hat, werde ich es Ihnen sagen. In der Zwischenzeit werde ich sehen, was mein Team ausgraben kann."

Das Auge dieser Hexe zuckte. „Die Einmischung in polizeiliche Ermittlungen ist eine Straftat."

Jacks Temperament kochte hoch. „Denken Sie, ich wüsste das nicht? Denken Sie, ich will diesen Bastard nicht mehr als Sie?"

„Halten Sie uns auf dem Laufenden, wenn Sie irgendwelche handfesten Hinweise bekommen, okay?" Der jüngere Mann war offensichtlich der Friedensstifter und das Gehirn des Teams.

„Natürlich." Jack hielt dem Blick der Rothaarigen stand, während sie sich zur Tür begab. „Einen schönen Tag noch, Detectives."

So wie ihre Augen ihn ansahen, dachte er, es sei gut, dass er schon horizontal lag. Als sie weg waren, kamen seine Sekretärin Ramona Stone und sein Technikguru Trace Maddox in den Raum. „Danke, dass ihr mich vor diesem Verhör gerettet habt."

„Hey, du hättest einfach weiterschlafen sollen. Dieser Detective ist eine echt miese Schlampe." Traces inbrünstige Worte deuteten darauf hin, dass sie ein paar schöne Stunden miteinander verbracht hatten.

Ramona legte ihre Hand auf seine Stirn und küsste ihn dann

auf die Wange. „Schön, dass du dich entschlossen hast, wieder unter die Lebenden zu treten.“

„Ja.“ Er lehnte seinen Kopf gegen das Kissen und lächelte die Krankenschwester an, die sich ihm näherte. Dann wandte er sich Ramona zu und fragte: „Hast du mit dem Klienten gesprochen?“

„Er hat ein paar Mal angerufen, aber ...“ Ramona hielt eine Zeitung hoch, auf deren Titelblatt Davis Silvers Tochter abgebildet war. *So ein verdammter Mist.* „Ihr Freund wurde tot in ihrem Haus gefunden. Die Polizei bittet um Informationen über ihren Aufenthaltsort.“

Sie war vermutlich bei seinem Klienten.

„Versuche, den Klienten zu erreichen. Wir müssen weiter an seinem Fall arbeiten.“

„Keine Arbeit mehr für Sie“, sagte die Schwester streng.

„Wir sind schon dabei“, raunte Ramona ihm leise zu. Er ergriff ihre Hand.

„Nicht auffallen. Keine Verfolgung dieser Cowboys.“ Er blickte Trace an. „Nichts für ungut.“

„Schon gut.“ Trace tippte an seinen Cowboyhut.

„Diese Leute müssen doch eine Art Online-Spur hinterlassen haben.“

Trace lächelte. „Ich bin schon dran, Boss. Entspann dich.“ Er zwinkerte der Krankenschwester zu. „Genieß die Aussicht.“

———

IHR HAAR WAR NICHT WIRKLICH BLOND GEWORDEN, sondern honigbraun. Der Farbton brachte ihre dunklen Augen und Brauen zur Geltung und stand ihr gut. Brent hatte nur gegrunzt.

Seit dem Ausbruch des Verlangens in der Dusche hatten sie es geschafft, einen Ort zu finden, an dem sie zwischen der glühenden Anziehung und der blinden Angst koexistieren konnten. Eine unausgesprochene Auszeit, losgelöst von der Realität, die in den letzten achtundvierzig Stunden so erschreckend geworden war. Aber Anna war noch nicht fertig mit Brent Carver. Bei weitem nicht.

Sie schlenderten hinunter zum Campingladen, und Brent fand billige Wasserfarben und einen Skizzenblock. Er sah aus wie ein Kind am Weihnachtsmorgen, aber sie bezweifelte, dass er jemals ein richtiges Weihnachten erlebt hatte. Sie erinnerte sich an die Jungen auf dem Foto in Brents Haus und verglich es mit ihrer eigenen idyllischen Kindheit. Die Erinnerungen schienen weit weg zu sein, lösten aber dennoch ein wehmütiges Gefühl der Sehnsucht aus.

Anna fand ein Taschenbuch, und sie besorgten Sonnencreme und einen billigen Badeanzug für sie und ein paar Strandtücher. Sie schnappte sich auch einen großen Schlapphut und setzte ein Lächeln auf, denn sie wollte nicht, dass jemand sie von dem grimmigen Porträt auf der Titelseite der Zeitung erkannte.

Dann schlenderten sie langsam zum Strand, nicht händchenhaltend, sondern im Gleichschritt und nah genug, um sich beinahe zu berühren. Sie gingen durch den Wald und fanden einen ruhigen Platz im warmen Sand. Es waren Leute da, viele Kinder und ab und zu ein Hund, aber niemand schenkte ihnen Beachtung.

„Meinst du, wir sind sicher?" Anna breitete ihr Handtuch aus und ließ sich mit ihrem Buch in den Sand fallen.

„Das ist der letzte Ort, an dem ein Bösewicht erwarten würde, uns zu finden. Ich kann es ja selbst kaum glauben."

Brent ging hinunter zum Wasser und füllte einen kleinen Plastikbecher. Dann setzte er sich neben sie und begann zu malen. Sie sah ihm zu, wie er den Himmel verwischte. Schon ein paar Pinselstriche verrieten sein unglaubliches Talent. Er trug seine Boardshorts und ein T-Shirt mit einem Zebra auf der Vorderseite, das sie gestern gekauft hatten. Es war egal, was er trug, er sah immer gut aus. Die Muskeln in seinen Armen spannten sich an, während er malte. Er ließ ein Bild trocknen, während er ein anderes begann, fast fieberhaft in seiner Intensität. „Das hast du vermisst, nicht wahr?"

Er sah sie kurz an. „Das ist meine Lieblingsdroge." Die beruhigende Befriedigung, einen Schuss zu bekommen, entspannte die müden Falten in seinem Gesicht.

Anna plagte das schlechte Gewissen. Sie hatte ihn aus seinem Zuhause geholt, ihn in Gefahr gebracht und ihn seiner Leidenschaft beraubt. Einer lukrativen Leidenschaft. Seines Lebensunterhalts. Was würde passieren, wenn er wieder im Gefängnis landete? Der Gedanke drückte ihre Lungen so fest zusammen, dass sie kaum atmen konnte.

Das war kein Spiel. Es ging um Leben und Tod und um Jahre im Gefängnis.

Sie vergrub ihre Nase in ihrem Buch und versuchte zu lesen, aber als die Sonne weiter aufging, schlief sie ein. Als sie aufwachte, stand Brent am Ufer und warf einen Stock für einen schokoladenbraunen Labrador, der um seine Beine tanzte, sodass das Wasser spritzte und beide glücklich grinsten.

Anna ging zu ihm hinunter, der Sand war heiß unter ihren Füßen.

Er warf den Stock und der Hund sprang ins Wasser.

„Wer ist dein neuer Freund?"

„Nur irgendein Köter." Aber er täuschte sie nicht.

„Warum legst du dir keinen Hund zu? Du liebst sie offensichtlich." Eine kilometerbreite Schulter rollte sich zusammen.

Dann verstand sie es. „Du verweigerst dir all die Dinge, die dich glücklich machen. Und du hast Angst, dass du alles aufgeben musst, wenn dir etwas zustößt."

Er warf ihr einen finsteren Blick zu, hielt aber seinen Mund.

Der Klang aufgeregter Kinderstimmen hallte über den See, und ein paar von ihnen rannten aus den Bäumen.

„Da ist er! Boomer! Boomer!", rief ein Kind.

Anna bemerkte, wie sich Brents Mund vor Enttäuschung verzog, obwohl er versuchte, dies zu verbergen.

„Du verweigerst dir selbst ein wenig Gesellschaft, für den unwahrscheinlichen Fall, dass–"

„So unwahrscheinlich ist es nicht."

Ihretwegen. Ihr Magen krampfte sich zusammen und sie verschränkte die Arme vor der Taille, als die Kinder und der Hund auf sie zukamen.

„Ist das euer Hund?", fragte Brent die Kinder. Er hielt den Stock fest, während der Hund herumtanzte.

„Ja, Sir. Wir haben schon auf dem ganzen Campingplatz nach ihm gesucht", antwortete der Älteste, ein Junge um die zwölf Jahre. Der Hund wedelte mit dem Schwanz, sein Maul stand offen, die Augen blickten hoffnungsvoll auf den Stock. Der Junge legte dem Tier mit Mühe ein Halsband an und begann, an der Leine zu zerren.

Anna zuckte zusammen.

„Wenn er das nächste Mal wegläuft, solltet ihr zuerst am Strand nachsehen", rief Brent. „Er ist ein Wasserhund." Seine Stimme verstummte, als sie das arme Tier wegzogen.

Anna legte eine Hand um Brents Ellenbogen. „Du solltest dir einen Hund zulegen. Finn würde für dich auf ihn aufpassen, wenn etwas passiert ..."

„Ich will keinen verdammten Hund", knurrte er und war wieder der verbitterte Mann, dem sie zuerst begegnet war.

Sie suchte nach etwas, das sie sagen konnte, aber Brent hatte sich zurückgezogen und sich hinter seinen großen Steinmauern eingeschlossen. Er riss sich sein T-Shirt vom Leib. „Ich gehe schwimmen. Willst du mitkommen?"

Sie schüttelte den Kopf. „Ich bin seit Jahren nicht mehr geschwommen. Nicht seit der Nacht, in der ich fast ertrunken wäre."

Er starrte sie einen langen Moment lang an, sagte aber nichts. Sie hatte den Fehler gemacht, ihn an die Person zu erinnern, die er normalerweise der Welt zeigte, und er war dabei, seine Rüstung wiederaufzubauen. Er reichte ihr die Autoschlüssel aus seiner Tasche. „Ich bin in einer Stunde zurück. Geh nicht weg", warnte er.

Anna sah ihm zu, wie er losging und dann in das sanft plätschernde Wasser eintauchte. So hatte er all diese Muskeln bekommen, wurde ihr klar. Schwimmen. Er glitt über die Oberfläche des Sees und schien nicht müde zu werden. Nachdem sie ein paar Minuten lang dagestanden und ihn angestarrt hatte, ging sie zurück zu ihrem Handtuch. Sein Skizzenblock war geschlossen, aber sie sah eine blau umrandete Seite herausragen. Sie betrachtete die weit draußen schwimmende Gestalt, nahm den Farbkasten von der Decke und öffnete den Block.

Die ersten vier Bilder zeigten den See, jedes ähnlich und doch anders. Das fünfte Bild zeigte sie, wie sie unter ihrem übergroßen Hut döste. Es schockierte sie. Er hatte eine ruhige, heitere Person gezeichnet. Weiche Linien, lange, schlanke Beine, die ihre kleine Statur verleugneten. Sein Blick auf sie war beunruhigend. Es war nicht so, wie sie sich selbst sah – streng, akribisch. Sein Bild zeigte jemanden, der sie sein wollte – entspannt, schön.

Sie klappte den Block zu und versuchte, ihren Roman zu lesen. Aber als er zurückkam, mit nassen Shorts, die an jedem kräftigen Zentimeter klebten, konnte sie sich nicht konzentrieren.

Dieser Körper machte ihr klar, dass sie immer mit Jungs ausgegangen war. Jungs, die taten, was man ihnen sagte. Jungs, die sie kontrollieren konnte.

Brent Carver war kein Junge.

Und er war entschlossen, sie auf Abstand zu halten, obwohl sie beide wussten, dass die Zeit, die sie zusammen hatten, nur kurz war. Sie bezweifelte, dass sie jemals wieder einen Mann wie Brent treffen würde. Die Frage war nur, was sie dagegen tun würde.

DREIZEHN

Katherine öffnete schläfrig die Augen und drehte ihren Kopf, um zu sehen, wo sie war. *Scheiße.* Auf einem harten Betonboden, der sie jedes ihrer fünfzig Jahre spüren ließ. Über ihr war ein gewölbtes Blechdach, und etwa zehn Meter von der Stelle entfernt, an der man sie abgelegt hatte, sah jemand fern.

Sie versuchte, ihre Arme zu bewegen, aber sie waren hinter ihrem Rücken gefesselt. Ihre Knöchel waren eng zusammengeschnürt. Die Position und die fehlende Durchblutung waren unerträglich.

„Katherine", flüsterte jemand.

Harvey.

Sie drehte sich in die andere Richtung und versuchte, den Schmerz in ihren gefesselten Handgelenken zu ignorieren.

„Geht es dir gut?", fragte er.

„Ja", flüsterte sie zurück. „Und dir?"

Er nickte, aber er trug ein zerrissenes Hemd und hatte eine blutverschmierte, geschwollene Nase. Jemand hatte ihn entweder geschlagen oder mit dem Gesicht gegen eine Wand gedrückt.

„Warum tun die das? Was wollen sie?" Hysterie schlich sich in ihre Stimme, und ihr Herz pochte.

Er schüttelte den Kopf, machte aber nur eine kleine Bewegung, während er ein Auge auf den Mann vor dem Fernseher richtete. „Ich weiß es nicht."

„*Ich* bin nicht reich", zischte sie, und es klang wie eine Anschuldigung.

Harvey hob eine Augenbraue. „*Du* bist diejenige, die sie in den Van gestopft haben. Sie haben mich nur geschnappt, weil ich zu viel Aufmerksamkeit auf sie gelenkt habe."

Sie runzelte die Stirn. Das ergab keinen Sinn.

„Ich habe Barb gestern Abend gesagt, dass ich die Scheidung will." Er sah sich im Lagerhaus um. „Aber ich glaube nicht, dass sie Zeit hatte, *das hier* zu organisieren."

Katherine öffnete schockiert den Mund. Er hatte es tatsächlich getan. Er hatte seine Frau verlassen. Und er dachte, sie könnte ihn entführen, um sich zu bereichern. Das war definitiv keine glückliche Ehe. „Das tut mir leid", sagte sie leise. Es war ihr klar, dass sie etwas mit seiner Entscheidung zu tun hatte, obwohl sie nicht genau wusste, was.

„Muss es nicht." Seine Augen waren warm. „Ich habe es schon seit ein paar Jahren vorgehabt. Ich hatte nur noch nie den Mut, es zu tun."

Ja, es brauchte Mut, das wurde Katherine klar. Ein Leben zu verlassen, das man sich selbst geschaffen hatte, in der Hoffnung, ein besseres zu finden. Sie versuchte, nicht an ihr Leben mit Ed zu denken. Es war gut gewesen. In den letzten neun Jahren hatte Ed sich um sie gekümmert, sie durch Herzschmerz und Verrat gebracht, aber ... Und genau dieses *aber*, das war das Problem.

Die meiste Zeit über war sie eine schwache, gebrochene Kreatur gewesen. Jämmerlich und nervös wie ein Reh. Davis' Verrat hatte jeden Glauben, den sie an sich selbst gehabt hatte, zunichtegemacht. Nachdem sie sich jahrelang eingeredet hatte, dass er ihr gleichgültig war, hatte sein Tod sie schwer getroffen. Und in letzter Zeit hatte Eds starre Kontrolle angefangen, sich erdrückend anzufühlen. Erstickend. Aber diese Gedanken gaben ihr das Gefühl, undankbar zu sein, weshalb sie das Problem immer ignoriert hatte. *Welches Problem?*

Sie hatte es satt, so zu leben. Davis' Tod erinnerte sie daran, dass das Leben zerbrechlich und endlich war. Es gab keine zweiten Chancen. „Warum bist du mir gefolgt?"

Seine Augen funkelten. „Ich habe gesehen, wie du das Schiff verlassen hast. Und ich wollte mich bei dir entschuldigen, weil ich dich gestern Abend verärgert habe. Es war nie meine Absicht, dich ins Bett zu bekommen. Ich habe eigentlich nur die Tatsache genossen, dass ich so frei mit dir reden konnte – über alles. Was wohl ziemlich dumm und höchst unangebracht war, wenn man bedenkt, dass du aus dem Raum gerannt bist, als hätte ich dich unter dem Tisch begrapscht."

Wäre sie nicht gefesselt gewesen und hätte nicht auf einem Betonboden gelegen, wäre sie vielleicht rot geworden. „Es tut mir leid." Sie hielt seinem Blick stand. Es tat ihr alles leid. Dass sie gestern Abend überreagiert hatte und ihn heute in diese Sache verwickelt hatte.

Harvey schien aufrichtig nett zu sein. Er sprach mit ihr, als ob er ihre Meinung schätzte, was Ed nie tat. Oh, und er hatte versucht, Entführer daran zu hindern, sie in einen Lieferwagen zu stopfen, was eine ziemlich große Sache war, da sie jetzt beide hier gefesselt waren.

Sie waren sich nahe, so nahe, dass sie seinen Atem an ihrer Wange spüren konnte. Es fühlte sich intim an, und doch war Katherine froh, dass sie nicht allein war. Und das machte sie in der Tat sehr egoistisch.

„Was glaubst du, was sie von uns wollen?" Ihre Nerven meldeten sich zurück, und sie konnte nichts tun, um die Vorstellung von abgeschnittenen Ohren oder fehlenden Fingern zu verdrängen.

„Hat Ed irgendwelche Feinde?"

„Nein", antwortete sie, und dann fiel es ihr ein. „Aber mein Ex-Mann ist letzte Woche gestorben ..."

„Der Dieb?"

Sie nickte. Die Trauer verwandelte sich in Wut. „Wenn jemand in etwas Dubioses verwickelt war, dann Davis." Die Bitterkeit schmeckte sauer auf ihrer Zunge. Gott, sie war so dumm gewesen, all seine Lügen zu glauben und dann um ihn zu trauern. Sie verdrängte ihn aus ihren Gedanken. Jemand würde sie retten, wenn sie nur lange genug am Leben blieben. „Was sollen wir tun?"

Er lehnte sich näher an sie heran. Wenn er nicht hier gewesen wäre, wäre sie bereits durchgedreht. „Sieh zu, dass du etwas Scharfes findest, um diese verdammten Fesseln durchzuschneiden, aber lass sie nicht wissen, dass du wach bist."

Er schloss die Augen und sah aus, als wäre er plötzlich eingenickt. War er krank? Dann spürte sie eine Präsenz hinter sich und drehte ihren Kopf. Offensichtlich war sie nicht sehr gut als Entführungsopfer, aber sie wusste, wie sie ihre Würde bewahren konnte. „Könnte ich bitte einen Schluck Wasser haben?"

Der Mann hatte eine Glatze, war muskulös und sah aus wie ein Biker. Er zuckte mit den Schultern und wandte sich ab. Einen Moment später hörte sie den Wasserhahn laufen. Er kam zurück und half ihr, sich aufzusetzen. Das Glas, das er ihr an die Lippen hielt, sah trüb aus. Sie beschloss, dass dies eine Zeit in ihrem Leben war, in der sie es sich nicht leisten konnte, wählerisch zu sein. Also schluckte sie das Wasser gierig hinunter. Ihr Mund war knochentrocken. Das Wasser glitt mit köstlicher Zufriedenheit ihre Kehle und ihren Hals hinunter.

Harvey tat so, als würde er schlafen.

„Danke. Können Sie mir sagen, warum Sie uns entführt haben?" Der Glatzkopf schüttelte den Kopf.

„Sie können uns doch nicht einfach von der Straße holen und uns nicht sagen, warum!" Ihre Stimme ertönte laut in dem offenen Raum.

Der große Kerl ging neben ihr in die Hocke, und Katherine

roch einen starken Hauch von ungewaschenem Mann. Sie zwang sich, seinen Blick zu erwidern. Seine Augen waren intelligent und sympathisch, aber sie waren auch entschlossen. Sie konnte ihn auf keinen Fall umstimmen. Er hielt ihr eine Pistole ins Gesicht, und ihr Herz begann sich in ihrer Brust zusammenzuziehen, als er die Waffe auf Harvey richtete. „Dein Kumpel hier hat sich freiwillig für diese Mission gemeldet, und wir brauchen ihn nicht."

„Bitte tun Sie ihm nicht weh." Der Gedanke, dass jemand ermordet werden könnte, weil er versuchte, sie zu verteidigen, war unerträglich.

„Benimm dich und niemand wird verletzt."

„Er ist Millionen wert", nickte sie in Richtung Harvey, der zu husten begann. „Seine Familie wird dafür bezahlen, ihn zurückzubekommen."

Der Glatzkopf sah nicht beeindruckt aus. „Wenn er keine sechzig übrighat, ist es aussichtslos."

„Sechzigtausend?" Sie sah Harvey mit einem hoffnungsvollen Lächeln an. Seine Augen öffneten sich und leuchteten auf.

„Sechzig Millionen", höhnte der Typ.

Harveys Miene verfinsterte sich und Katherine schürzte die Lippen.

„Das würde wohl ein paar Tage dauern", sagte Harvey, als ob er im Geiste sein Vermögen durchgehen würde. „Lassen Sie Katherine gehen, und ich fange an, die Vorbereitungen zu treffen."

Katherine starrte ihn an. Das musste ein Bluff sein. Der Blick des kahlköpfigen Mannes verengte sich. Er überlegte.

Sie wusste nicht, ob das gut oder schlecht für ihre Überlebenschancen war, also beschloss sie, das Thema zu wechseln. „Warum sollte meine Entführung Ihnen helfen, sechzig Millionen Dollar zu bekommen?" Und plötzlich wusste sie es, und wenn Davis nicht schon tot gewesen wäre, hätte sie ihn selbst umgebracht.

„Wie ich schon sagte, benimm dich und niemand wird verletzt. Du bist nur hier, um jemand anderem einen kleinen Anreiz zu geben."

Die einzigen Menschen, die sich für sie interessierten, waren Ed und Anna. Anna. Großer Gott. „Wenn Sie meine Tochter anfassen, schwöre ich bei Gott-" Er drückte seinen schmutzigen Schuh auf ihre Schulter und stieß sie. Sie fiel hart gegen Harvey und er versuchte, ihren Sturz mit seinem Körper abzufedern.

Ihr Entführer lächelte. „Wir wollen nur unser Geld zurück, Lady. Keiner muss verletzt werden."

Dann drehte er sich um und ließ sie in einem verworrenen Haufen zurück. Sie spürte, wie Harveys Herz gegen ihre Rippen schlug und nahm etwas von seiner Wärme auf, während sie versuchte, ihre Gefühle und Glieder wieder unter Kontrolle zu bekommen.

„Ich wusste nicht, dass du eine Tochter hast", sagte Harvey sanft.

Katherine lachte kurz leise auf. „Ich sehe sie nicht sehr oft." Und dann brach sie in Tränen aus.

———

BRENT HÖRTE DIE KINDER, BEVOR ER SIE SAH, UND bemerkte, wie Boomer wie ein Torpedo aus dem Wald in den See schoss. Er grinste. Das Leben konnte nicht viel glücklicher sein als ein Hund sich fühlte, der einem Stock ins Wasser nachjagte.

Vielleicht sollte er sich einen Hund zulegen. Verdammt, wenn er die nächste Woche überleben würde, ohne ins Gefängnis zu kommen, würde er ein ganzes Rudel adoptieren. Sie wären eine gute Sicherheitsvorkehrung.

Als er vom Schwimmen zurückkam, hatte Anna gedöst, und als sie aufgewacht war, hatte er ihr aus den mitgebrachten Vorräten ein Schinkenbrötchen zum Mittagessen gemacht. Ein mageres Friedensangebot, aber ein notwendiges.

Er war ein Arschloch gewesen, und sie hatte etwas Besseres verdient. Er wusste nicht, wie jemand, der sich selbst einen Mann nannte, sich einer Frau aufzwingen konnte, aber er kannte viele

Tiere, die gerne die Schwachen ausnutzten. Aber er war kein Tier, und er hatte nicht die Absicht, Anna auszunutzen, egal wie sehr er sie auch begehrte. Sie war durch die Hölle gegangen, und er war entschlossen, sie durch diesen Schlamassel zu bringen und auf der anderen Seite wieder herauszukommen – lebendig, unversehrt und bereit, ein besseres Leben zu beginnen. Das Problem war nur, dass Anna andere Vorstellungen hatte.

Sie hatten sich beide entspannt und etwas Sonne getankt, und sie waren im Begriff, für die Nacht zum Zelt zurückzukehren, nachdem sie so lange wie möglich am Strand geblieben waren – und die Intimität der kleinen Zeltunterkunft gemieden hatten, weil er nicht wusste, wie lange er es aushalten würde, wenn sie wieder anfing, ihn zu küssen.

„Warte auf mich", befahl er. Anna blieb stehen, die Hände voll mit Handtüchern und Büchern und der Tasche mit dem Nötigsten, die sie für den Fall einer Flucht mitgenommen hatten.

Sie stand vor ihm, ihr helles, honigfarbenes Haar glitzerte in den verlöschenden Sonnenstrahlen, die intelligenten grünen Augen waren hinter einer Filmstar-Sonnenbrille verborgen. Brent drückte eine Tube Sonnencreme aus und bestrich damit ihre Nase, um einen Sonnenbrand abzumildern, der sich zu bilden begann. Sie schüttelte nur den Kopf und ging weiter den Strand hinauf.

„Kann ich deine Bilder sehen?" Eine schrille Stimme quietschte laut hinter ihm. *Scheiße.* Wo kam das denn her?

Das kleine Mädchen reichte ihm kaum bis zum Oberschenkel. Sie schaute mit großen braunen Augen zu ihm auf. Brent räusperte sich. „Sicher." Kinder gingen ihm normalerweise aus dem Weg, nicht, dass er so viele an seinem Privatstrand gesehen hätte.

Er ließ sich auf die Knie fallen und breitete die Bilder aus. Es waren nur Skizzen. Eher eine Erinnerung an Farbe und Form. Er konnte etwas Größeres ausarbeiten, wenn er nach Hause kam. *Falls er nach Hause kam.* Er stieß einen tiefen Atemzug aus.

„Das hier gefällt mir." Das Mädchen zeigte auf eines, auf dem ein winziges Abbild von Boomer zu sehen war, der neben einer

Gestalt am Wasser tanzte. Er kniete nieder, suchte einen Stift und signierte es. „Hier. Es gehört dir." Er hielt es ihr hin, aber sie weigerte sich, es zu nehmen.

„Mama sagt, ich darf keine Geschenke von Fremden annehmen."

Toll, jetzt würde er bestimmt als Perverser auffliegen. Er hörte, wie die anderen Kinder dorthin kamen, wo er im Sand kniete. Der älteste Junge warf den Stock weiter für Boomer, der wie ein Verrückter herumplanschte. Ein wankelmütiger Freund. Brent grinste trotzdem. Der Enthusiasmus des Hundes, den Moment zu leben, war einfach ansteckend.

„Mir gefällt dieses." Ein anderes Mädchen, wohl eine ältere Schwester, nach den passenden braunen Augen zu urteilen, zeigte auf ein Bild, das er für das technisch beste hielt, dem es aber an Gefühl fehlte.

„Das mag ich." Der kleine Junge zeigte auf ein Bild, das die Felsen am Rande des Sees zeigte.

Brent unterschrieb sie alle. Ein viertes war für den Jungen mit dem Hund.

„Bist du ein Künstler oder sowas?", fragte das ältere Mädchen, während sie das Bild bewunderte, das er ihr geschenkt hatte.

„Etwas in der Art."

Ihre Augen leuchteten und waren fasziniert. Es war irgendwie cool, ihre Reaktion auf seine Arbeit zu sehen. Das war eine Million Mal befriedigender als jede New Yorker Galerieeröffnung.

„Ihr solltet immer gut auf die Bilder aufpassen", sagte er zu den Kindern. „Hebt sie gut auf." *Sie könnten euch eines Tages das Studium finanzieren.* Er sammelte seine anderen Bilder ein, darunter auch das von Anna, von dem er sich nie trennen würde, hob seine Sachen auf und drehte sich zu ihr um. Sie beobachtete ihn von einem Sitzplatz auf einem umgestürzten Baumstamm aus.

„Deine Freundin sieht komisch aus mit dem Zeug auf der Nase", verkündete das jüngste Mädchen, mit dem das alles angefangen hatte.

Der Gedanke, dass Anna seine Freundin sein könnte, brachte etwas in ihm durcheinander, aber das hier war wohl das Traumland, also lächelte er und hoffte, dass der Junge den Glanz in seinen Augen nicht bemerkte. „Ich finde sie trotzdem schön." Sein Herz krampfte sich unangenehm zusammen. Was er fühlte, fühlte sich nicht wie eine Täuschung an, es fühlte sich wie warme Sehnsucht und verzweifeltes Verlangen an. Und er hatte eine Frau wie Anna nicht verdient. Das würde er wohl nie.

Als er den Strand hinaufjoggte, zwang er sich, sich zu beruhigen. Er musste nur die nächsten paar Tage überstehen, dann würde er vielleicht mit einem gewissen Maß an Wiedergutmachung für all die Fehler, die er in der Vergangenheit gemacht hatte, nach Hause kommen. Annas Leben war in den Staaten, wo sie kleine Kinder unterrichtete. Selbst wenn sie das hier lebend überstanden, war er Gift für ihr Leben und ihre Karriere, und er hatte nicht die Absicht, sie auf sein Niveau herabzuziehen.

An diesem Abend schlichen sie höflich umeinander herum, als ob sie beide merkten, dass sich ihre Beziehung verändert hatte, aber keiner wusste, wie er damit umgehen sollte. Anna ging zu Bett, als es dunkel wurde, aber er blieb draußen, bis er sicher war, dass sie schlief. Dann lag er auf der Schlafmatte und war fasziniert vom Geräusch ihres Atems, so dicht neben ihm.

———

Brent wachte auf und wusste sofort, dass Anna weg war. Er tastete in der Dunkelheit herum. Die Taschenlampe war verschwunden. Sein Puls pochte. Er kämpfte mit dem Reißverschluss und versuchte, die blöde Zeltklappe zu öffnen. *Nur keine Panik.* Sie war wahrscheinlich nur auf die Toilette gegangen.

Klar, keine Panik, Arschloch. Man wollte sie umbringen, und Anna war nach allem, was sie durchgemacht hatte, psychisch nicht ganz auf der Höhe. Er steckte seinen Kopf aus dem Zelt, die frische Brise peitschte ihm ins Gesicht. Da. Ein Lichtblitz unten am

Wasser. Ein Gefühl des Grauens ergriff seine Brust und drückte auf sein Herz.

Er eilte aus dem Zelt und stolperte über die Abspannleine. Helles Mondlicht leitete ihn, obwohl er sich beim Laufen auf dem unebenen Boden den Knöchel verstauchte. Er sprang über den umgestürzten Baumstamm auf den Sandstrand. Ein kleiner Stapel Kleidung lag ordentlich gefaltet in der Mitte des Strands, die Taschenlampe war darauf abgelegt. Sein Herz hörte auf zu schlagen. Sie war wütend. Ihr Vater war gestorben und er hatte sie zurückgewiesen. Er war so ein verdammtes Arschloch.

Sie hatte gesagt, sie sei seit der Nacht, in der sie fast ertrunken war, nicht mehr geschwommen. Er suchte das dunkle Wasser ab, aber es gab keine Spur von ihr.

Sie durfte das nicht tun.

Er rannte, sein Puls pochte so stark, dass es in seinen Ohren ein furchterregendes Dröhnen bildete. Er würde sie nicht aufgeben lassen. Brent riss sich das Hemd vom Leib, rannte mit voller Geschwindigkeit weiter und tauchte ins Wasser. Sein Körper durchbrach die Oberfläche und er ignorierte den Kälteschock, der seine Sinne betäubte. Er sah blasse Haut aufblitzen. Schnell schwamm er darauf zu und griff nach ihrem Arm. In einer verwirrenden Gischt durchbrachen sie die Oberfläche des Wassers.

„Lass mich los!" Anna kämpfte und trat, und als er nicht loslassen wollte, wehrte sie sich so heftig, dass sie beide untergingen.

Als sie wieder an die Oberfläche kamen, zog er sie an sich. „Ich lasse dich das nicht tun." Sie tauchten wieder unter.

„Du wirst mich noch ertränken", stotterte sie, als sie wieder auftauchten.

Sie war nackt. Er wusste das, weil sein Arm um ihre Brust geklemmt war. Ihre Haut war wie glatte Seide. Ihre Nägel waren nicht ganz so sinnlich, denn sie krallten sich in seine Arme, als sie versuchte, ihn loszuwerden. Er ließ aber nicht los.

Er zerrte sie strampelnd und fluchend ans Ufer. Ihre Beine

verhedderten sich mit seinen, und sie gingen beide im seichten Wasser unter. Er drückte sie unter sich, war so wütend auf sie, dass sie sich das selbst und ihm antun würde. Als ob das Leben nichts für sie wäre. Als ob *er* nichts für sie wäre.

„Warum willst du alles wegwerfen, Anna? Warum willst du einfach aufgeben?" Er packte sie an den Schultern, und in ihren Augen wandelte sich Wut zu plötzlichem Verständnis.

Sie berührte sein Gesicht, ihr Gesichtsausdruck wurde weicher. „Ich war nur schwimmen, Brent." Ihr Daumen berührte seine Lippen, und ein heißer Schauer durchfuhr ihn – vollkommen im Gegensatz zur Kälte des Sees. Ihr Haar wogte im Wasser. Ihre Augen, farblos im silbrigen Licht, glitzerten vor Erinnerungen. „Ich musste alles abwaschen, was passiert ist, wieder ins Wasser gehen und beweisen, dass ich keine Angst mehr habe." Sie reckte ihm ihr Kinn entgegen. Sie hatte guten Grund, Angst zu haben.

Verdammt.

Er schloss die Augen. Er hatte gesehen, dass sie weg war und war in Panik geraten wie ein Narr.

Sie lagen einen Moment lang am Ufer, zwischen Wasser und Sand. Dann wurde sein Mund trocken, als er sich vorstellte, dass sie nicht nur nackt war, sondern dass er auf ihrer Hüfte lag wie ein Mann auf dem Weg in den Himmel. Diese intime Verbindung reichte aus, um jemanden, der ein Jahr lang keine Frau gehabt hatte, völlig zu erregen.

Sie erstarrte. Er wollte von ihr herunterrollen, aber sie küsste ihn. Sie war wie Hitze und Mondlicht, als sie seine Lippen und seine Zunge schmeckte. Er schob den Schrecken, den er empfunden hatte, beiseite und ließ sie mit seinem Mund spielen. Lust und Verlangen durchströmten seinen Blutkreislauf, als sich ihre Zungen trafen. Aber sie würden das nicht tun. Er war nur ein weiterer Fehler für sie, eine weitere Möglichkeit, sich zu bestrafen.

Wem wollte er etwas vormachen? *Er* war derjenige, der sich selbst bestrafte, und es brachte ihn um, nicht einfach zu nehmen, was sie ihm anbot.

Ihre Hände berührten sein Gesicht, und er wiegte sie leicht in seiner Umarmung. Das Verlangen erhitzte seinen Körper, seine Haut war heiß genug, um sich daran zu versengen, und er wollte über sie kriechen und sich tief in sie versenken. Ihre Hände glitten über seine Brust. Dann tiefer.

Schließlich schnappte sie nach Luft. „Wenn Küssen so viel über eine Person verrät, warum fühlt es sich dann so gut an, dich zu küssen?"

Ihre Frage war ein Schlag in die Magengrube. Brent zwang sich, sich von ihr zu lösen und aufzustehen. Anna zu küssen fühlte sich gut an, es fühlte sich großartig an. Er wusste nicht, ob ihre Reaktion auf ihn normal war oder nicht, aber er genoss es verdammt noch mal, wie sie sich in seinen Armen anfühlte. Manche Leute hielten ihn vielleicht für weltgewandt und erfahren, aber wenn es um Frauen ging, war er alles andere als das. Er war mit Gina zusammen gewesen. Das war's. Frauen hatten ihm im Gefängnis geschrieben, aber er war der Meinung, dass jeder, der einem Fremden, der eine lebenslange Haftstrafe wegen Mordes verbüßte, schrieb, mehr als nur eine Schraube locker hatte – ja völlig durchgeknallt war. Oder einsam. Und er mochte es, allein zu sein, aber er war nicht einsam. Zumindest war er es nicht gewesen, bis er Anna getroffen hatte.

Sie rückte näher, ihre Brüste berührten seine Brust, und sein Blut geriet wieder in Wallung. Er wusste, wie man sich zurückzog, wie man Nein sagte und wie man jemanden zum Schweigen brachte. Trotz der Warnsignale seines Gehirns passierte nichts von alledem in diesem Moment. Ihre Arme legten sich um seinen Hals und sie stellte sich auf die Zehenspitzen, jeder Zentimeter ihres kleinen, perfekten, nackten Körpers rieb sich an seinem und ließ die Lust wie glühenden Whiskey durch sein Blut rinnen.

„Anna." Seine Stimme senkte sich zu einem rauen Knurren. „Du weißt nicht, was du tust."

„Nur für eine Nacht möchte ich mit dir zusammen sein. Ich möchte alles andere vergessen. Es muss nichts bedeuten. Könntest du dich nicht einfach zurücklehnen und mich mit dir schlafen lassen, damit ich mich daran erinnern kann, wie es ist, ganz und unbeschädigt zu sein?" Sie kam nicht an seine Lippen heran, und er weigerte sich, seinen Kopf zu senken. Sein Schwanz machte ihm schon genug Ärger für sie beide, sagte ihm, er solle sein verdammtes Gewissen beruhigen und zur Abwechslung mal wieder Sex haben. Er atmete erleichtert und verzweifelt aus, als sie sich einen Zentimeter entfernte. Dann packten ihre Hände seine Schultern und sie zog sich hoch, schlang ihre schlanken Beine um seine Taille und presste ihre Lippen auf seine.

Er klammerte eine Hand an ihren nackten Hintern, die andere um ihre Taille, während er unter dem Ansturm ihres Mundes taumelte. Die Hitze und die Inbrunst, die sie ausstrahlte, ließen seine Abwehr schwinden, und er erwiderte ihren Kuss. Er war fertig damit, nobel zu sein. Wem wollte er eigentlich etwas vormachen? „Lass uns zurück zum Zelt gehen", drängte er.

„Nein." Sie hörte nicht auf, ihn zu küssen – seine Lippen, seinen Hals, seine Ohren ... Scheiße! Seine Zehen krümmten sich. „Hier", verlangte sie, „auf dem Sand."

„Aber ..."

„Ich will die Erinnerungen auslöschen, Brent."

Auslöschen, nicht vergessen. Sie fuhr mit ihrer Zunge über seinen Hals. Verdammt. Sie musste gewusst haben, dass er sich daran erinnern würde, warum sie das nicht tun konnten, wenn sie ihren Mund von ihm nahm, wenn sie ihm die Chance zum Nachdenken gab. Sie war vierzehn Jahre jünger als er, ein reiner süßer Glanz, den er nicht berühren durfte. Aber mit ihren Lippen auf seiner Haut und ihren Händen, die die Muskeln auf seinem Rücken nachzeichneten, waren seine einzigen beiden Gehirnzellen hinüber.

Seine Finger kneteten ihren Hintern, und seine Erektion drückte gegen seinen Reißverschluss. Instinktiv versuchte er, ihrem heißen Kern, der sich an ihn presste, näher zu kommen.

„Es ist nur Sex", beteuerte sie und küsste erneut seine Lippen.

Seine Hände begannen über ihre Kurven zu fahren, über diese glatten, geschmeidigen Muskeln. Der Gedanke an „nur Sex" ging ihm durch den Kopf. Er wollte keine emotionalen Verstrickungen. Wollte keine Frau. Mit dieser Art von Verantwortung konnte man ihn nicht betrauen. Und Anna wegzuschieben war unmöglich, also würden sie es auf andere Weise versuchen.

Sie war zierlich, aber nicht zerbrechlich. Stark wie Eisen und rein wie das Silber, nach dem sie benannt war. Gelegenheitssex passte nicht in sein Bild von ihr, aber was wusste er schon? Vielleicht war es das, was sie beide brauchten. Obwohl er tief in seinem Inneren wusste, dass dies von seiner Seite aus alles andere als zwanglos war.

Anna musste seinen Widerwillen spüren. Sie nahm ihr Bein von seiner Taille und glitt an ihm hinunter, was tausend Nervenenden zu fassungsloser Aufmerksamkeit veranlasste. Dann öffnete sie den Knopf seiner Shorts und zog sie herunter. Der Sauerstoff verschwand, und er schwankte, als sie ihn in ihre Hände nahm.

Er sank auf den Sand, war willenlos. An dieser Frau war nichts kaputt. Verzweifelt zog er seine Shorts aus, und als sie über ihn krabbelte, zog er sie an seinem Körper hoch, sodass sie rittlings auf ihm saß. Sie schaukelte gegen ihn und seine Augen verdrehten sich. Es war zu dunkel, um wirklich etwas zu sehen, aber sie fühlte sich an wie rohe Seide, als sie sich über ihn erhob. Sie streichelte ihn, und er wollte sie am liebsten überall küssen. Ein Schlag der kalten, harten Realität traf ihn. „Ich habe kein Kondom", stieß er hervor.

„Aber ich." Sie kramte in ihrem Kleiderstapel, bis sie ihre Shorts fand und eines aus der Tasche zog.

„Wann hast du die gekauft?", fragte er.

„Im Laden. Vorhin." Sie hatte sich das gut überlegt.

Sie hatte es geplant. Sex. Mit ihm. Sein Mund wurde trocken. Sein Puls hämmerte.

Was zur Hölle?

Schweiß rann ihm über die Schläfen. Er packte ihre Hüften und hielt sie lange genug fest, um ihr ins Gesicht zu sagen: „Ich bin sauber." Er musste sie das wissen lassen. „Ich war seit über einem Jahr mit niemandem mehr zusammen."

Sie schaukelte gegen ihn, und er rollte sie auf den Rücken, dann zögerte er, weil er befürchtete, er könnte ihr wehtun. Sie lag auf ihren Kleidern, und er konnte gerade noch ihren Körper im Mondlicht ausmachen. „Du bist so schön." Er berührte mit seinen Fingern die Spitzen ihrer Brüste, und sie wölbte sich vom Boden weg, ihm entgegen. Dann liebkoste er sie mit seinen Lippen, fuhr über die Vertiefung ihres Schlüsselbeins und die Wölbung ihrer Brust, zurück zu der empfindlichen Kurve ihres Halses. Brent fuhr über ihre Hüfte und dann weiter hinab in die geheimen Tiefen zwischen ihren Schenkeln. Er führte einen Finger in sie ein und ließ ihn ganz sanft über ihr empfindliches Fleisch hin und her gleiten. Jedes Mal, wenn er sie berührte, wollte er, dass es ewig dauerte, denn sie reagierte mit solch verblüffender Kraft. Sie bockte und krümmte sich unter seinen Händen, gab wimmernde Laute von sich und stieß ihre Hüften sanft fordernd vor. Er schob einen weiteren Finger in sie hinein und öffnete sie weiter. Sie fühlte sich unglaublich an. Dann konnte er nicht mehr widerstehen. Er wollte mehr. Also wanderte er an ihrem Körper hinunter und spreizte ihre Schenkel, spürte, wie sie sich versteifte.

„Was machst du da?", fragte sie mit einem unsicheren Ton in der Stimme.

„Vertraust du mir?"

Sie lachte leise. „Meinst du, wir würden dieses Gespräch führen, wenn ich es nicht tun würde?"

„Nein, das würden wir wohl nicht." Er war frustriert, dass er sie nicht sehen konnte, aber Herrgott noch mal. „Ich möchte dich schmecken. Darf ich dich schmecken?" Er wartete nicht auf ihre Antwort. Er legte seinen Mund auf sie und küsste sie, war durchtränkt von ihrem Geschmack und ihrer Hitze. Es gab keine Beschwerden, keinen Widerstand. Ihr Körper entspannte sich, ihre Hüften hoben sich vom Sand, und er hielt sie fest an seinen Mund und labte sich an ihr.

Sie schmeckte nach Gewürz und Sünde und süßem, süßem Himmel. Ihre harten Brustwarzen riefen nach ihm, und er streichelte sie, schnippte sie, rollte sie, bis sie keuchte.

Sie war unglaublich, wie Quecksilber in seinen Händen. Aber sie war so winzig, dass er Angst hatte, sie zu verletzen oder zu zerquetschen, besonders nach allem, was sie ihm erzählt hatte. Dann legte sie ihre Beine über seine Schultern und ihre Fersen gruben sich in seinen Rücken, als sie ihren Kopf mit einem leisen Schrei zurückwarf und kam. Und er erkannte, dass sie nicht zart oder zerbrechlich war, sondern stark und geschmeidig und unverwüstlich.

Ungebrochen.

Anna löste sich fast sofort von ihm, setzte sich auf, sah schockiert aus und atmete schwer. Brent versuchte, die Glut in seinem Blut zu beruhigen. Er dachte, sie seien fertig, und er könne in dem kalten See seine rasenden Ständer loswerden. Dann drückte sie ihn auf den Rücken und spreizte erneut seine Oberschenkel.

„Du musst das nicht tun." Er verdiente eine Eins für seinen Einsatz. Vielleicht sogar olympisches Gold.

„Ich werde dir so viele Orgasmen schenken, wie du willst."

Ihre Hand schlang sich um ihn und er konnte den instinktiven Hüftschwung nicht aufhalten.

„Ich möchte mich nur revanchieren."

„Das ist kein Wettbewerb", stieß er hervor. „Ich zähle nicht mit, wie oft du kommst."

„Brent." Sie klang frustriert und ein bisschen sauer. Das gefiel ihm. Es gefiel ihm, wie sie sich in einer Situation, die sie eigentlich hätte verunsichern müssen, ganz herrisch und beherrscht gab. Wenn er so darüber nachdachte, war sie in seiner Gesellschaft nie besonders schüchtern und zurückhaltend. Er machte ihr keine Angst. Wie konnte eine Frau, die so gelitten hatte, wie sie es getan hatte, keine Angst vor ihm haben?

„Ich habe noch nie so etwas gefühlt", sagte sie. „Ich habe noch nie von innen heraus gebrannt oder einen Mann so verzweifelt begehrt wie dich. Das ist alles neu für mich, und ich fühle mich fabelhaft.“

Sie fühlte sich wirklich fabelhaft, und er kannte dieses Brennen von innen heraus. „Ich will dir nicht wehtun“, gestand er.

„Das wirst du auch nicht.“

Sie streichelte ihn, bis er so hart und pochend war, dass er dachte, er würde gleich ohnmächtig werden. Ihre Berührung mochte unerfahren sein, aber verdammt, er war einfach mehr als bereit. Er konnte kaum an etwas anderes denken, als in sie einzudringen. Er fühlte sich wie ein Tier, ganz verzweifelt und wild, das sich ein Grundbedürfnis verweigerte. Und wofür?

„Wenn du nicht in mir kommen willst, können wir andere Wege finden“, erklärte sie. „Ich werde dich nicht zwingen, aber ich möchte das mit dir teilen. Ich will dich.“

Er begegnete ihrem Blick im Mondlicht und sah das rohe Bedürfnis und die unbändige Lust. Sie war nackt und flehte ihn an, Sex mit ihr zu haben.

Offensichtlich hatte er seinen verdammten Verstand verloren. Er fuhr mit seinen Händen ihren Rücken hinauf, strich mit den Fingern über die schlanken Muskeln. „Scheiße. Ich will dich auch. Ich sollte es nur nicht tun.“

Sie fummelte an der Folienverpackung herum und rollte ihm dann das Kondom über. Auf ihrem Gesicht lag ein konzentriertes Stirnrunzeln. Jeder Muskel in seinem Körper zitterte. Dann positionierte sie seine Spitze genau dort, wo er sie haben wollte. Er gab es auf, so zu tun, als würde das nicht passieren, als sie langsam über seine Länge glitt.

Herr, hab Erbarmen.

Er umfasste ihre Taille, und sie zappelte, gewöhnte sich an seine Größe, und ihre inneren Muskeln spannten sich um ihn. Sie wippte mit den Hüften, und er drang tiefer ein. Dann fügte sie der Bewegung eine leichte Drehung hinzu, und er spürte, wie sich dieses strudelnde, eierquetschende, den Verstand sprengende animalische Bedürfnis in ihm immer weiter aufbaute. Brent wagte nicht, sie zu berühren, denn er hatte keine Kontrolle mehr über irgendetwas, außer dem Wunsch, dass es nicht enden möge – dass es niemals enden möge.

„Mache ich es richtig?", fragte sie zögernd.

„Willst du mich verarschen?" Er knirschte mit den Zähnen und starrte in die Sterne, entdeckte die Milchstraße, während die Lust durch jede Ader pochte, jeden Nerv zum Platzen brachte. Dann begann sie sich zu erheben und hinabzugleiten, und er dachte, er würde ohnmächtig werden. Er konnte es nicht mehr aushalten und packte ihre Hüften und stieß tiefer, weiter, härter. Er rieb sich an ihr, wollte mehr in sie eindringen, damit sie ihn ganz aufnehmen konnte. Dann schrie sie in diesen kleinen Atemzügen auf, die sich um ihn wickelten und ihn so fest zusammenpressten, dass er nicht mehr atmen konnte. Er ließ sich gehen, die harte Erlösung katapultierte ihn auf den Mond, während eine nukleare Explosion weißglühender Ekstase seinen Geist verbrannte und jeden Gedanken in seinem Kopf auslöschte, außer diesem. Außer ihr.

Sie sackte auf ihm zusammen, ihre Haut war glitschig von einer Mischung aus Schweiß, Sand und Sex. Ihre Herzen pochten gegeneinander, während die Brise ihre überhitzten Körper kühlte.

Heilige, verdammte Hölle.

Sie bewegte sich nur leicht gegen ihn. Ihre Hüften zuckten, und er spürte, wie er wieder hart wurde. Brent strich ihr das Haar von der Wange. Was zum Teufel hatte er getan? Er presste die Kiefer zusammen.

„Wir werden ein weiteres Kondom brauchen", erkannte er. Er würde sowieso dafür in der Hölle schmoren, also konnte er genauso gut gleich in Flammen aufgehen.

Anna beugte sich vor, fand ihre Shorts und durchsuchte noch einmal die Taschen. Er lag da und bewunderte die Aussicht. Sie zog zwei Kondome heraus und ließ sie mit einem Grinsen in der Dunkelheit auf seine Brust fallen. Er schützte sie beide und zog wieder eines über.

Er wusste nicht, was das zwischen ihnen war. Aber vielleicht sollte er sich keine Sorgen machen. Sex war ein großartiger Stress-abbau. Sie schaukelte gegen ihn, und seine Sicht verschwamm. *Oh Gott.* Seine Hände suchten ihre in der Dunkelheit, und er drehte sie so, dass sie auf dem Rücken lag und er tief in ihr steckte. Dann hielt er inne, denn er wusste, dass sie auf diese Weise vergewaltigt worden war – auf dem Rücken im Sand. „Ist das in Ordnung für dich?"

Sie nickte. In ihren Augen war kein Anzeichen von Schmerz oder Qual zu sehen. Nur Lust und helles, fieberhaftes Verlangen. Und vielleicht ging es gar nicht um ihn. Vielleicht ging es nur um Anna, und er konnte durchaus damit leben, einen kaputten Teil ihres Lebens zu reparieren. Ihre Knie zogen sich an, um ihm einen besseren Winkel zu verschaffen, und dann ließ er seine Hände unter sie gleiten und hob sie hoch, während er hart und härter stieß und nicht aufhören konnte. Der Sand war überall und fügte eine weitere feine Schicht der Reibung hinzu. Dieses Mal gab es kein Zögern. Sie hielt sich nicht zurück, als ihr Körper mehr verlangte. Finger krallten, Knöchel gruben sich in seinen Arsch. *Das* war Therapie. Ein Weg, um abzuschalten und etwas Schlaf zu bekommen. Es war roher Sex an einem einsamen Strand, und sie brauchten ihn beide.

Er trieb sie zu einem weiteren Orgasmus und folgte ihr über den Abgrund, wobei er seine Stirn in die Wölbung ihrer Schulter legte, während er zusammenbrach. Dann trug er sie ins Wasser und sie taten es noch einmal.

VIERZEHN

Anna hatte gerade die unglaublichste Nacht ihres Lebens verbracht, in der sie mit einem Mann geschlafen hatte, der nicht nur sanft und großzügig war, sondern – sobald er nicht mehr gedacht hatte, dass sie zerbrechen könnte, wenn er sie zu sehr bedrängte – auch rücksichtslos und fordernd. In den frühen Morgenstunden waren sie zurück ins Bett gestolpert und schließlich eingeschlafen. Sie waren bei warmem Sonnenschein und dem sanften Duft von Segeltuch aufgewacht und hatten sich noch einmal geliebt, bevor die Realität sie einholte.

Annas Körper schmerzte an ungewohnten Stellen, und jedes Stechen brachte eine Welle des Bewusstseins, eine Erinnerung an das, was sie miteinander geteilt und miteinander getan hatten. Sie fühlte sich frei. Befreit. Sie hatte nicht nur eine Menge alten Schmerzes begraben, sondern auch herausgefunden, dass sie ein fantastisches Sexleben haben konnte, eine Tatsache, die ihr all die Jahre verborgen geblieben war. Sie musste nicht ihre Gefühle unterdrücken oder immer alles unter Kontrolle haben. Sie brauchte nur den richtigen Mann.

Könnte Brent Carver dieser Mann sein?

Der Gedanke schien verrückt, und doch ... hatte sie keine Zeit zum Grübeln. Sie konnten nicht ewig hier bleiben und sich etwas vormachen. Die aufgehende Sonne hatte den Drang zum Handeln verstärkt.

„Ich gehe auf die Toilette", sagte Anna zu Brent, während er das Zelt zusammenpackte.

Er grunzte, ohne sich umzudrehen. Er hatte heute Morgen nicht viel gesagt. Anna wusste nicht, ob er müde war oder einfach nur darüber nachdachte, wie es war, verführt zu werden. Er war kein Mann, der es mochte, jemandem nahezukommen, und sie hatte letzte Nacht seine Mauern niedergerissen. Seinem Gesichtsausdruck nach zu urteilen, würde sie sie beim nächsten Mal wieder einreißen müssen.

Sie musste ihm klarmachen, dass er ein anständiger Mensch war, der gute Dinge in seinem Leben verdiente. Gute Menschen. Vorausgesetzt, sie würden sich jemals aus diesem Schlamassel befreien.

Anna ging die gepflasterte Straße entlang zu den nahegelegenen Waschräumen. In ihren steifen neuen Jeans und dem ausgebeulten T-Shirt hätte sie sich nicht weniger weiblich oder attraktiv fühlen können – nicht, dass es ihr im Moment wichtig gewesen wäre. Aber es war so ganz anders als die hübschen Röcke und Sandalen, die sie normalerweise trug, und machte deutlich, wie dramatisch sich ihre Welt verändert hatte. Sie wurde von der Polizei gesucht und reiste unter falscher Identität. Kleidung spielte keine Rolle mehr. Seriosität und ihr Ruf spielten keine Rolle mehr. Alles, was zählte, war, das zu finden, was ihr Vater ihr geschickt hatte, Brent vor dem Gefängnis zu bewahren und nicht zu sterben. Letzte Nacht hatte sie entdeckt, dass sie wirklich nicht bereit war zu sterben.

Sie hatte versucht, ihre Gefühle zu kontrollieren, aber es war ein großer Unterschied, sich einfach nur zu sagen, man solle sich nicht emotional in eine Sache verwickeln, oder es tatsächlich zu tun. Vor allem, wenn sie beide nackt waren. Nach dem, was sie in den letzten Tagen durchgemacht hatten, war es schwer, nicht doch etwas zu fühlen. Und nach der Art und Weise, wie sie sich letzte Nacht geliebt hatten und er ihre Dämonen weggebrannt hatte, würde sie lügen, wenn sie behaupten würde, dass sie nicht schon halb in ihn verliebt war. Aber vielleicht war das auch nur Dankbarkeit und postkoitales Nachglühen.

Sie ging auf die Toilette und wusch sich die Hände, wobei sie das kühle Wasser über ihre Handgelenke laufen ließ.

Ihr Plan war es, die Grenze zu überqueren und sich mit Brents zukünftiger Schwägerin in Emerson zu treffen. Es waren nur noch ein paar Stunden Fahrt bis zur Grenze, aber Brent befürchtete, dass der Übergang überwacht werden würde, also wollten sie warten, bis es wieder dunkel wurde, und während dieser Zeit würde Anna vermutlich verrückt werden. Hoffentlich würde Holly sie abholen und niemand würde verletzt oder verhaftet werden. Eine riesige eisige Klaue umfasste ihr Herz. Sie konnte den Gedanken nicht ertragen, dafür verantwortlich zu sein, dass Brent wieder ins Gefängnis musste. Das würde sie nicht zulassen, und mit ihren und Finns RCMP-Verbindungen würden sie dafür kämpfen, dass er in Sicherheit war.

War *das* Liebe?

Woher sollte sie das wissen? Wie konnte man auf so ein nebulöses Gefühl vertrauen?

Auf dem Rückweg von den Toiletten kam sie am Büro vorbei und bemerkte, dass der Computer, den die Gäste benutzen konnten, frei war. Sie biss sich auf die Lippe. Sie wollten sowieso abreisen. Was konnte es schon schaden, ihrer Mutter eine kurze E-Mail zu schicken, in der sie ihr mitteilte, dass sie sich keine Sorgen machen musste? Sie wusste nicht einmal, ob sie die erste Nachricht über Dad erhalten hatte.

Sie ging hinein und setzte sich. Sollte sie es tun?

Es war niemand zu sehen, als sie ihre Webmail öffnete. Sieben als dringend gekennzeichnete Nachrichten fielen ihr auf. Alle von Ed. Sie öffnete eine. Da stand nur „Ruf mich an" mit Eds Handynummer. Ihr Herz schlug ihr bis zum Hals. Sie und Ed standen sich nicht nahe, aber sie kamen gut miteinander aus. Warum schrieb *er* ihr E-Mails und nicht ihre Mutter? Sie entdeckte ein Münztelefon, kramte zehn Dollar aus ihrer Handtasche und ließ sich von dem Mann hinter dem Schalter das Geld wechseln. Sie wählte zuerst das Handy ihrer Mutter an, aber es war ausgeschaltet. Also versuchte sie es bei Ed. Er meldete sich nach dem dritten Klingeln.

„Hallo?"

„Ed, ich bin es, Anna."

„Gott sei Dank, Anna. Ich habe versucht, dich zu erreichen."

Aufgrund der Verzweiflung in seiner Stimme fragte sie sich, ob die Polizei ihn benutzte, um sie aufzuspüren. Wenn das Monster, das Peter getötet hatte, entkommen war, dann könnten sie Anna als Verdächtige betrachten.

„Deine Mutter ist krank." Seine Stimme zitterte in offensichtlicher Verzweiflung, und er schluchzte. Ed war kein besonders guter Schauspieler, und ihre Mutter war der Mittelpunkt seines Universums.

„Ich dachte, ihr wärt auf einer Kreuzfahrt?"

„Sie wurde in Anchorage krank, und wir flogen zurück auf die Insel. Du musst herkommen. Sie sagten, dass sie vielleicht nur noch ein paar Stunden durchhält." Er brach zusammen, völlig aufgelöst.

Ihre Mutter war krank, lag im Sterben. *Oh, Gott.* Nach dem Tod ihres Vaters vor einer Woche hatte sie das Gefühl, dass ihre Welt zusammengebrochen war.

„Welches Krankenhaus?"

Ed nannte ihr den Namen des Krankenhauses, in das sie vor all den Jahren eingeliefert worden war, und sagte ihr, sie solle ihn anrufen, wenn sie in Victoria angekommen sei. Sie legte auf, und etwas ließ sie aufblicken. Da war Brent, der sie beobachtete. Seine Augen waren zusammengekniffen, wirkten gar kalt. Nicht der Liebhaber, sondern der Ex-Häftling.

„Was machst du da?", fragte er.

„Planänderung", sagte sie ihm, als sie zu ihrem gemütlichen

kleinen Campingplatz zurückgingen. Es war jetzt alles zusammengepackt. Alle Spuren ihres Aufenthalts hier waren zusammengefaltet und im Kofferraum des Jeeps verstaut. Nur würde sie die Erinnerungen daran sicher nie wegpacken. Sie bedeuteten ihr mehr als alles Geld der Welt. Annas Hände zitterten, und sie versuchte, sie zu beruhigen, indem sie sie in die Hüften stemmte. „Ich habe mit Ed gesprochen. Mom ist schwerkrank. Sie ist ins Krankenhaus gebracht worden." Ihre Stimme brach, als sie in den Jeep kletterte. „Ich muss sofort zurück nach Victoria fliegen."

„Holly kann uns aber erst später am Tag treffen."

Sie schluckte das Knäuel aus Angst und Wut hinunter, das sich in ihrer Kehle festgesetzt hatte. „Es muss einen anderen Weg geben. Ed hat gesagt, sie hat vielleicht nur noch ein paar Stunden." Die Realität traf sie hart in der Brust. Sie wollte sich an ihn klammern, aber seinem Gesichtsausdruck nach zu urteilen, wäre das keine gute Idee. „Sie könnte sterben."

„Es ist aber nicht sicher." Er saß bereit, den Schlüssel im Zündschloss zu drehen, und sie wollte ihn anschreien, sich zu beeilen.

„Wie wäre es, wenn wir jemanden bezahlen, der uns in einem kleinen Privatflugzeug mitnimmt, so wie beim letzten Mal?"

Er schloss die Augen und schien zu versuchen, sein Temperament zu zügeln.

„Ich werde es dir zurückzahlen."

„Ich will dein verdammtes Geld nicht!", schrie er. Er fuhr sich mit den Händen über sein Gesicht. „Ich kenne hier niemanden. Ich habe keine Verbindungen. Die Grenze mit Holly zu überqueren, ist der sicherste Weg, dich in Schutzhaft zu nehmen." *Und sicherzustellen, dass ich nicht im Gefängnis lande.* Er sprach es nicht laut aus, aber der Satz hing still in der Luft.

Er ließ den Motor an und fuhr los. Nach Norden. Auf die Grenze zu.

Das Bild von Peter, der tot auf dem Küchenboden lag, wirbelte in ihrem Kopf herum, zusammen mit dem Bild des Mannes mit den eiskalten Augen, der sie ansah, als wäre sie nackt und er könnte mit ihr machen, was er wollte. Ihr Inneres wurde zu Eis. Aber was, wenn ihre Mutter starb, während sie sich vor diesen Leuten versteckte? Was wäre, wenn sie sie nie wiedersehen würde, nie die Chance hätte, sich dafür zu entschuldigen, dass sie so eine beschissene Tochter war? Denn mit einer Klarheit, die sie zuvor nicht gekannt hatte, verstand sie nun, dass sie eine große Rolle dabei gespielt hatte, wie weit sie sich auseinandergelebt hatten. Ihre Mutter hatte über all die Jahre versucht, ihr die Hand zu reichen, und sie hatte sie weggestoßen, aus Angst, verletzt zu werden. Und diese Distanz war auch eine Waffe gewesen, die sie mit kalter Präzision eingesetzt hatte, um Menschen fernzuhalten. Das musste aufhören.

Sie musste dafür sorgen, dass es aufhörte. „Du hast andere Verbindungen. Es muss doch andere Wege geben, diese Typen zu bekämpfen. Leute wie Holly, die sie finden können, bevor sie uns töten ...“

Er erstarrte und schüttelte dann den Kopf. „Das sind nicht die Leute, mit denen ich etwas zu tun haben will.“ Er schluckte. „Alles, was es braucht, ist ein schießwütiges Arschloch, und wir werden wegen Verschwörung zum Mord angeklagt. Ich werde sicher nicht allen beweisen, dass ich ein kaltblütiger Mörder bin.“ Die Anspannung in seinen Zügen ließ seinen Mund hart erscheinen. „Ich würde für dich sterben, Anna. Aber ich werde nicht für dich töten. Es sei denn, es gibt keine andere Möglichkeit.“

Innerlich bebte sie. Sie konnte nicht glauben, dass sie es überhaupt in Betracht gezogen, geschweige denn Brent gefragt hatte. Scham erfüllte sie. Was machte das aus ihr? Eine Lügnerin und ein Ungeheuer. Eine Heuchlerin und die schlimmste Sorte Mensch, die es auf diesem Planeten gab. Aber ihr gingen die Möglichkeiten aus, und diese Leute hatten keinen moralischen Kompass, um fair zu kämpfen. Es war wichtig, Brent in Sicherheit zu bringen und am Leben zu bleiben, aber wenn ihre Mutter starb, bevor sie die Chance hatte, sie zu sehen, könnte sie nicht mehr mit sich selbst leben.

„Es sind nur noch ein paar Stunden, bis Holly uns treffen kann …"

Die Worte ihres Stiefvaters fielen ihr wieder ein. „Ich kann nicht so lange warten. Setz mich am nächsten Flughafen ab, und ich fliege allein. Sie werden das nicht erwarten." Sie würde es so oder so tun. Und zumindest würde dieser Weg ihn aus ihrer Umlaufbahn heraushalten und ihn in Sicherheit bringen.

Brent war einen langen Moment lang still. „Du würdest dich für eine Frau in Gefahr begeben, die deine Existenz vergessen hat? Die nicht einmal bemerkt hat, dass du vergewaltigt wurdest und selbstmordgefährdet warst?"

Seine Worte trafen sie wie ein Schlag, aber es sagte viel über ihre innere Entschlossenheit aus, dass sie in der Lage war, ihm zu antworten. Sie hob eine Augenbraue. „Würdest du das nicht auch tun?"

Brent fluchte und wandte den Blick von ihr ab. Fünf Minuten später hielt er an und tätigte einen Anruf. Dreiundfünfzig Minuten später waren sie in der Luft.

JACK HASSTE KRANKENHÄUSER. ER HASSTE ÄRZTE, Stethoskope, Röntgengeräte, Krankenhausessen und – hatte er das schon erwähnt – *Ärzte*. Die Krankenschwestern waren allerdings nicht schlecht, besonders die kleine Blonde, die ihm vorhin angeboten hatte, ihn mit dem Schwamm zu waschen. Er hatte aus medizinischen Gründen abgelehnt, aber ihre Nummer bekommen.

„Wichser", murmelte er, als der letzte übergebildete, egoistische Arzt zur Tür hinausging.

„Weil er dir gesagt hat, du sollst dich ausruhen?" Seine Sekretärin schlug die Beine übereinander, und er war einen Moment lang abgelenkt. Wer hätte gedacht, dass Ramona Beine hatte? Wenn er sie sah, war sie normalerweise hinter ihrem Schreibtisch.

„Weil er mich wieder aufschneiden will", brummte Jack.

„Ich bin mir nicht sicher, ob der Wunsch, Kugelsplitter in der Nähe deiner Lunge zu entfernen, ihn zu einem Wichser macht", entgegnete Trace, ohne aufzusehen. „Aber dieser ganze Gott-Komplex tut es sicher." Er saß in einer Ecke und hatte drei Laptops in Betrieb.

„Ich dachte, er ist ganz nett." Ramona presste ihre Lippen zusammen, um ein Lächeln zu verbergen.

„Er hat dich angebaggert, während ich hier im Sterben lag."

„Du stirbst nicht", erwiderte Ramona. „Gott meint es nicht so gut mit mir." Ihr zaghaftes Lächeln verriet Jack, dass sie einen Scherz machte. Er hoffte es zumindest.

„Wirst du ihn anrufen?", fragte Jack sie. Nicht, dass es ihn interessierte, aber dass seine Sekretärin mit seinem Chirurgen zusammen war, war ein Worst-Case-Szenario, das er unbedingt vermeiden wollte.

Ihre Lippen schürzten sich. „Vielleicht hängt es von der Gehaltserhöhung ab, die du mir versprochen hast."

„Das ist Erpressung. Ich liege im Sterben und sie erpresst mich."

„Du stirbst nicht." Ramonas Stimme wurde lauter. Jack grunzte und Trace schenkte ihm ein Lächeln.

„Hast du schon was?", fragte er Cowboy. Sie hatten sich durch Traces Schwester kennengelernt, mit der Jack ein paar Monate lang zusammen gewesen war. Die Beziehung war im Sande verlaufen, aber er schickte ihr trotzdem Blumen zu ihrem Geburtstag, weil sie ihn mit ihrem Bruder bekannt gemacht hatte, der ein verdammtes Online-Genie war. Jack wusste gerade mal, was IP-Adressen waren, und ... nun ja, das war eigentlich auch schon alles.

Trace drückte einen Finger an jede Schläfe. „Kopfschmerzen von dem Versuch, das Geld durch so viele verschiedene Bankensysteme zu verfolgen, weil sich jemand verdammt viel Mühe gegeben hat, die Spuren zu verwischen."

„Wie hat Davis Silver die Konten eingerichtet, als er das Geld das letzte Mal gestohlen hat?"

Trace warf ihm einen kurzen Blick zu. „Er hat drei getrennte Privatkonten auf seinen Namen eingerichtet und war verdammt schlampig beim Verschieben des Geldes gewesen. Ein Kind hätte diese Spur nachverfolgen können. Oder sogar du", antwortete er mit Nachdruck.

„Ist jemandem aufgefallen, dass *ich* hier der Geschädigte bin? Dass *ich* angeschossen wurde?"

Sie machten beide unhöfliche Geräusche und Jack lachte, aber es tat weh. „Also, entweder hat Davis in den letzten zehn Jahren verdammt viel über Geldwäsche gelernt oder ..."

„Oder jemand anderes hat das Geld dieses Mal bewegt." Trace nickte.

Das hatte er bereits herausgefunden.

„Du hast nach anderen Bankkonten auf seinen Namen gesucht, richtig?"

Trace hob eine Augenbraue. „Einzig und allein weil du angeschossen wurdest, schlage ich dich nicht dafür."

„Lass dich davon nicht abhalten, es zu versuchen, Sonnenschein." Jack grinste. Es fühlte sich gut an, Witze zu machen. Es fühlte sich verdammt gut an, am Leben zu sein.

„Davis Silver hat immer seine Unschuld beteuert." Ramona legte ihre Hand auf ihre Brust und sprach leise. „Was, wenn er wirklich unschuldig war? Was, wenn ihn jemand vor neun Jahren reingelegt hat?"

„Dann ist er der wohl größte Pechvogel aller Zeiten." Jack stöhnte, als er sich mit dem Rücken gegen das Kissen lehnte. Er machte sich Sorgen um seinen Klienten. Und jetzt machte er sich Sorgen um einen Mann, den er noch nie getroffen hatte und dem ein Verbrechen angehängt wurde, das er nicht begangen hatte. Das waren die schlimmsten Fälle. Justizirrtümer zerfraßen ihn innerlich.

„Besteht die Möglichkeit, die IP-Adresse herauszufinden, die vor neun Jahren zur Erstellung dieser Konten verwendet wurde?"

„Netter Gedanke, Boss. Aber das haben sie bereits im Gericht mit der SID – der Sicherheits-ID – des primären Domänencontrollers von Windows gemacht, mit der sowohl der einzelne Computer als auch der Benutzer identifiziert werden kann. Es war einfach ein allgemein zugänglicher Computer in der Abteilung, in der er arbeitete.“

Brent hatte gefragt, ob es eine Möglichkeit gäbe, die Unschuld seines Freundes zu beweisen. „Haben die Cops nachgesehen, ob noch andere Konten von demselben Rechner aus eingerichtet wurden?“

Trace blinzelte ihn an. „Wow, das ist wirklich ein guter Einfall.“

Jack fühlte sich selbstgefällig und versuchte, sich aufrecht hinzusetzen, aber er krümmte sich vor Schmerzen zusammen.

Ramona wandte sich ihm zu. „Du musst dieses Kugelfragment entfernen lassen. Bevor es wirklichen Schaden anrichtet und in dein Gehirn vordringt oder sowas.“

„Machst du dir Sorgen um mich, Ramona?“ Er versuchte zu lächeln, aber er wollte verdammt sein, wenn es nicht zu sehr wehtat. „Na schön. Ruf den verdammten Arzt und sag diesem Metzger, dass er mich operieren darf.“ Ramona rief nach der Krankenschwester.

Jack wandte sich an Trace. „Führ diese Suche durch, auch wenn es die ganze Nacht dauert.“ Der Schmerz in seiner Brust wurde immer schlimmer, fast erdrückend. Dabei hatte er eigentlich gedacht, er würde bald aus dieser Todesfalle herauskommen. „Wenn du irgendetwas findest, ruf den Klienten so schnell wie möglich an. Wenn du ihn nicht erreichen kannst, ruf eine Frau namens Holly Rudd an. Ihre Nummer steht in seiner Akte.“ Jacks Sicht begann, sich zu verdunkeln. Das konnte nicht gut sein. „Wenn du niemanden erreichst, sag es der verdammten Chicagoer Polizei, aber verrate nicht den Namen unseres Klienten ...“ Und dann war er weg. Er versank in einer Welle von schwindendem Sehvermögen und piependen Maschinen, während Leute um ihn herumwuselten.

Das Erste, was Katherine registrierte, als sie wieder zu Bewusstsein kam, war ein tiefes, beißendes Frösteln, das den leichten Fleece durchdrang, den sie trug. Dann kam der Schmerz. Ihre Hände waren geschwollen und gefühllos, das harte Plastik schnitt in ihre Handgelenke, aber wenigstens lagen ihre Hände jetzt vor ihr. Ihre Knöchel rieben mit schmerzhaftem Druck aneinander. Ihre Hüfte pochte jedes Mal, wenn sie versuchte, sich zu bewegen, um es sich einigermaßen bequem zu machen.

Hatte sie einen Autounfall gehabt?

Es gab eine sanfte Schaukelbewegung, die ihr Übelkeit bereitete – nicht gut, wenn man einen Knebel trug. Es war dunkel, bis auf einen kleinen Lichtstreifen, der unter einer Tür hindurchschimmerte. Der Raum fühlte sich klein an, wie ein Wandschrank, der Boden war hart, aber nicht betonhart.

Wo war Harvey? Ein kurzer, heftiger Ausbruch von Panik traf sie, und sie stieß ihre Beine zur Seite, um verzweifelt nach ihm zu tasten. Sie berührte etwas Warmes und Festes und beruhigte sich sofort wieder. Atmete er? Sie schob sich näher heran, drückte ihren Körper gegen seinen Rücken, um zu spüren, ob sich sein Brustkorb bewegte. *Ja. Gott sei Dank.*

Ihre Berührung musste ihn geweckt haben, denn er drehte sich um. Obwohl sie das Gesicht des anderen in der Dunkelheit nicht sehen konnten, streckte er seine Hand aus, nahm ihre eisigen Finger in seine und massierte sie sanft. Er schob sich näher heran und bot ihr seine Wärme und seinen Trost an. Sie drückte seine Hand aus Dankbarkeit. Was für ein Durcheinander.

Harvey schaffte es, seinen Knebel auszuspucken, dann spürte sie seine Finger an ihren Lippen, als er ihren Knebel über ihr Kinn zog. „Sind wir auf einem Boot?“

„Ich glaube schon“, flüsterte sie. Das Letzte, was sie tun wollte, war, durch ein Geräusch Aufmerksamkeit zu erregen. Und das war der springende Punkt in ihrem ganzen Leben, wurde ihr klar. Das war es, was Davis ihr genommen hatte, und jetzt versuchten diese Tiere, dasselbe zu tun.

Katherine schaffte es, sich umzudrehen, um unter der Tür hindurchzuspähen, aber alles, was sie sehen konnte, war etwas, das wie ein schmaler Gang aussah. Und dann tauchten schwarze Stiefel auf, und sie wich vor dem Licht zurück, als jemand die Tür öffnete. Sie starrte in das harte, gutaussehende Gesicht eines Mannes mit einer verspiegelten Sonnenbrille. Er ging in die Hocke, sein Gesichtsausdruck zeigte keinerlei Emotion. Dann nahm er seine Brille ab, und seine Augen waren das Unheimlichste, was sie je gesehen hatte – viel kälter als die verspiegelten Brillengläser. Sie rutschte zurück neben Harvey, und der Kerl grinste, aber das erwärmte seine Augen immer noch nicht. „Planst du etwas Dummes?"

Katherine schüttelte energisch den Kopf.

„Es gibt viele Möglichkeiten, dich gefügig zu machen." Die Andeutung in seinen Augen erschreckte sie zu Tode, und sie drückte sich fest an Harvey.

Sein finsterer Blick wanderte zwischen ihnen beiden hin und her, und was immer er sah, musste ihn davon überzeugt haben, dass sie sich benehmen würden.

Er ging und schloss die Tür, und sowohl sie als auch Harvey stießen einen Seufzer der Erleichterung aus.

„Wer war das?", fragte Katherine.

„Ich weiß es nicht." Harvey rieb sein Kinn an ihrem Haar. „Der Teufel? Der kommt mir jedenfalls in den Sinn."

Ein Schauer lief ihr über den Rücken. „Es tut mir so leid, dass ich dich da hineingezogen habe."

„Ich habe mich selbst in diesen Schlamassel gebracht, weil ich hinter dir her war."

Wann sollte sie jemals etwas anderes sein als eine Belastung?

„Aber ich würde nichts daran ändern, Katherine. Der

Gedanke, dass du das hier allein durchstehen müsstest, macht mich krank.“

Sie lagen nebeneinander und drückten sich aneinander, um sich zu wärmen und zu stützen. Ed würde das hassen. Wahrscheinlich würde er die Tatsache, dass sie mit Harvey zusammen war, genauso hassen wie die Vorstellung, dass sie entführt worden war. Katherine wusste nicht, was sie davon halten sollte.

Sie rollten langsam über eine Landebahn in Victoria. Anna zitterte vor Nervosität und dem Mangel an Essen. Doch egal wie hungrig sie auch war, sie konnte sich nicht zwingen zu essen, bevor sie ihre Mutter gesehen hatte.

Sie waren in Vancouver mit Hilfe eines großen, kantigen Mannes durch den Zoll gekommen, der in Zivil gekleidet war, aber einen RCMP-Leibwächter hatte und von niemandem auch nur angesprochen worden war. Es stellte sich heraus, dass Hollys Vater eine große Nummer bei der RCMP war. Eine sehr große Nummer.

Sie hatte zufällig gehört, wie Brent zugestimmt hatte, dass sie in Schutzhaft gehen würde, sobald Anna ihre Mutter gesehen hatte. Anna zappelte in ihrem Sitz herum und konnte sich nicht entspannen. Noch bevor die Anschnallzeichen erloschen waren, hatte sie ihre Tasche mit den spärlichen Habseligkeiten unter dem Sitz hervorgeholt und war aufgestanden. Brent hatte seinen neuen Jeep und ihre gesamte Campingausrüstung in einer Scheune in North Dakota gelassen. Sie würde dafür sorgen, dass er ihn zurückbekäme, und wenn sie selbst den ganzen Weg hierherfahren müsste.

Im Moment war er immer noch wütend auf sie. Ihre Annahme, dass er mit dem Tod von Menschen einverstanden war, war egoistisch und beleidigend. Jetzt, da sie rational dachte, wusste sie, dass sie eigentlich vorschlagen wollte, sich Leibwächter zu suchen, aber ihr Mund hatte sich geöffnet, bevor ihr Gehirn sich eingeschaltet hatte. Die Ergebnisse von so etwas waren nie schön.

Außerdem machte er sich Sorgen um sie, weil sie aus ihrem Versteck auftauchte und nach Hause eilte, und da sie ohnehin vorhatte, sich in Schutzhaft zu begeben, sobald sie ihre Mutter gesehen hatte, wusste sie nicht wirklich, was das Problem war.

Seine Gesichtszüge waren starr und zornig. Er verhielt sich nicht so, als ob er sich gerade an die letzte Nacht erinnern würde.

Die Flugzeugtüren öffneten sich, und sie schritten durch die Flugtunnel in den kleinen Flughafen. Finn hatte dafür gesorgt, dass sie ein Auto abholen konnten. Er und Holly waren auf dem Rückweg von Winnipeg und offenbar nicht gerade die Gründungsmitglieder des Anna Silver Fanclubs.

Brent und Anna gingen zum Schalter der Autovermietung und fanden dann den Mietwagen auf dem Parkplatz. Anna stieg auf der Beifahrerseite ein und legte ihre Habseligkeiten auf den Rücksitz. Sie rutschte auf ihrem Sitz hin und her und warf Brent einen Blick aus dem Augenwinkel zu. Er sprach nicht mit ihr. Sie hatte es vermasselt.

„Danke."

Er warf ihr einen scharfen Blick zu.

„Für alles, aber besonders für letzte Nacht."

Seine Augenbrauen zogen sich über diesen unglaublichen blauen Augen zusammen, aber er sagte immer noch nichts. Sein Schweigen war voller grüblerischer Bedrohung. Warum erzwang sie dieses Thema? Ihr Magen knurrte, und sie legte ihre Hand darauf. Vor ihnen war ein Drive-Through, und er setzte den Blinker. Sie hielten vor dem Schalter, und er bestellte Kaffee und Muffins.

„Die letzte Nach hat mir geholfen", sagte sie, als der Mitarbeiter verschwand. Doch Brent sprach nicht. Er stellte nur den Kaffee in den Becherhalter und fuhr los. Sie wollte, dass er wusste, wie viel es ihr bedeutet hatte. Für sie war es nicht nur Sex gewesen, und da sie in naher Zukunft vielleicht getrennte Wege gehen würden, musste sie ihn das wissen lassen.

Anna hatte ein leichtfertiges „Jederzeit wieder" als Antwort erwartet. Aber diese launische Stille verunsicherte sie. Sie drehte sich um und sah aus dem Fenster, erhaschte einen Blick auf ihr Spiegelbild. Gott, sie sah beschissen aus. Sie verzog das Gesicht.

Die Landschaft war zerklüftet, die Bäume waren von sattem, gesundem Grün bedeckt. Ein paar Kilometer weiter hielt Brent an einer Abzweigung, von der aus man einen weiten Blick auf das Meer hatte. Seine Haut war blass, seine Kiefer so fest aufeinandergepresst, dass er wie erstarrt wirkte.

Dann sprach er doch.

„Wenn du das nächste Mal einen Therapiefick brauchst, such' dir jemanden, dem das scheißegal ist."

Er stieg aus dem Jeep, schlug die Tür zu und stellte sich an die Leitplanke, um auf die Klippen zu starren. Anna saß fassungslos da. Sie versuchte, sich mit einem Schluck Kaffee zu beruhigen, aber ihre Hand zitterte so sehr, dass der Becher schwappte. Sie wollte ihm nachgehen, ihn trösten.

Doch sie zwang sich, in dem verdammten Sitz zu verharren und keinen Muskel zu bewegen.

So war es besser. Sie war schlecht für ihn. Es war besser, dass er anfing, sie zu hassen, denn sie hatten keine gemeinsame Zukunft, und er hatte schon zu viel geopfert.

Obwohl sie zu ihm gehen wollte, ihn in die Arme nehmen und ihm sagen wollte, dass es nicht nur therapeutisch, sondern absolut fantastisch gewesen war, blieb sie sitzen. Das würde ihn nur noch weiter in das Chaos ihrer Welt hineinziehen, und das zu einem Zeitpunkt, an dem sie ihn wegstoßen musste – zu seinem eigenen Besten. Er trank seinen Kaffee aus und stieg wieder ins Auto, ohne sie anzusehen. Sein Eingeständnis, dass er etwas für sie empfand, schien ihn zu beschämen, und das wiederum beschämte sie. Aber sie musste einen sauberen Schlussstrich ziehen, und ihm zu sagen, was sie für ihn empfand, würde den Abschied nur noch schwerer machen, als er ohnehin sein würde.

Es dauerte nicht lange, bis sie am Krankenhaus waren.

„Setz mich einfach am Eingang ab." Sie zwang das Zittern aus ihrer Stimme.

Er sah aus, als wolle er diskutieren, entschied sich dann aber dagegen, da sie ihre Tür bereits geöffnet hatte. „In welcher Abteilung liegt sie?"

„Zehn", antwortete Anna. Sie wollte nicht, dass Brents offensichtliche Missbilligung ihr Wiedersehen mit ihrer kranken Mutter beeinträchtigte. Sie wollte nicht, dass Brent sich aufregte oder wütend wurde. Sie hätte ihn nie um Hilfe bitten sollen, obwohl sie sonst wahrscheinlich bereits tot wäre. „Wenn es dir lieber ist, kann ich ein Taxi zum Hauptquartier der RCMP nehmen, während du deinen Truck abholst. Du könntest es immer noch zu deiner Ausstellung schaffen ..."

Holly hatte den Truck in einem Anfall von Wut beschlagnahmt.

Brent warf ihr einen Blick aus blauem Feuer zu, machte sich aber nicht die Mühe zu antworten. Dann zog er ein Wegwerfhandy aus seiner Jeanstasche und warf es ihr in den Schoß. Keine Berührungen. Sie fühlte sich wie eine Aussätzige und wusste, dass sie es verdient hatte.

„Dein Vater hat mich um Hilfe gebeten. Bis Holly dich sicher unter ihre Fittiche genommen hat, bleibe ich bei dir." Ob es ihm nun gefiel oder nicht. Was eindeutig nicht der Fall war.

Sie versuchte, sich nicht davon verletzen zu lassen. „Okay, gib mir nur ein paar Minuten, um mit Mom allein zu sprechen." Sie steckte sein Handy in ihre Jeanstasche. Er sagte nichts, wartete nur darauf, dass sie ausstieg.

Ihre Beine waren wackelig, als sie durch den großen Glaseingang des Krankenhausgebäudes ging. Das letzte Mal, als sie hier gewesen war, hatte sie in der Notaufnahme gelegen und war dann eine Woche lang in der Psychiatrie eingesperrt worden. Sie zitterte. Das hatte keinen Spaß gemacht.

„Anna!"

Beim Klang ihres Namens drehte sie sich um. Sie sah Ed in der Nähe der Cafeteria stehen und eilte auf ihn zu. Er sah aus, als hätte er seit einer Woche nicht mehr geschlafen. „Gott sei Dank bist du hier." Er packte sie am Arm und begann, sie in Richtung eines Notausgangs zu ziehen.

Sie wand sich aus seinem Griff, eilte aber neben ihm her. „Ist Mom okay?"

„Ich habe sie in eine private Einrichtung verlegt, die bessere Ärzte hat." Er begegnete ihrem Blick nicht.

Panik klammerte sich an ihre Brust. Oh, verdammt, das musste schlimm sein. Was auch immer sie sonst von Ed dachte, sie hatte nie an seiner Hingabe zu ihrer Mutter gezweifelt. Sie schritten durch die Seitentür auf den Parkplatz hinaus. Anna sah sich nach Brent um, konnte ihn aber nirgends entdecken.

„Was genau ist denn mit ihr los?"

Seine weiße Limousine war drei Reihen weiter geparkt. Er führte sie dorthin.

„Warte, ich muss jemanden anrufen und ihm sagen, wohin wir gehen." Sie zog das Telefon heraus, das Brent ihr gegeben hatte, und wählte seine Nummer. Ed sah so ungeduldig aus. Wahrscheinlich würde er ihr das Telefon gleich aus den Händen reißen. Seine Haut war aschfahl und seine Lippen blutleer. Es musste schlimm um ihre Mutter bestellt sein. Brents Handy war besetzt, also hinterließ sie ihm eine kurze Nachricht auf der Mailbox. „Wie heißt der Ort?", fragte sie Ed.

„St. Catherine's."

Hm. „Nie davon gehört." Sie sagte Brent, er solle die Adresse googeln und sie dort treffen. Der Abstand würde ihnen guttun.

Als sie auf dem Beifahrersitz Platz nahm, rechnete sie mit schlechten Nachrichten. „Also, was hat sie?"

„Brustkrebs, so wahr mir Gott helfe." Er stieß die Worte aus, als ob er körperliche Schmerzen hätte.

Kein Krebs. Bitte keinen Krebs. Ihre Mutter war immer die Gesundheit in Person gewesen.

Eds Hände zitterten. Seine erste Frau war an Brustkrebs gestorben, und jetzt ihre Mutter? Das war nicht fair. Die Emotionen brodelten in ihrer Kehle, zu schrecklich, um sie zu verarbeiten. Sie weigerte sich zu glauben, dass ihre Mutter sterben würde, obwohl sie Eds Gesichtsausdruck nach zu urteilen ...

Sie wollte sich am liebsten an Brent anlehnen, damit er ihr durch einen weiteren schrecklichen Moment in ihrem Leben half. Denn sie war egoistisch und feige. Als ob er noch mehr Ärger oder Qualen bräuchte, die ihm auf die Schwelle gelegt wurden. Sie richtete sich auf. Sie konnte damit umgehen. Sie hatte schon viele schlimme Dinge erlebt und war jetzt stärker. Stark genug, dass andere sich auf sie stützen können.

„Ich brauche einen Kaffee." Ed klang, als hätte ihm jemand die Stimmbänder zersägt. Sie hielten an einem Tim Horton's, und Anna sah sich um. Die Gegend war ihr vertraut, denn sie war in der Nähe des Hauses ihrer Großmutter. Als sie aufgewachsen war, hatte sie hier viel Zeit verbracht. Die meisten Geschäfte hatten sich verändert. An der Stelle des Eisenwarenladens waren nun ein Blumenladen und ein Café. Das Postamt war allerdings noch da.

Ihr Herz hörte für einen Moment auf zu schlagen, alles stand still. Dann raste es im dreifachen Takt. Alles passte zusammen, als sie auf die viktorianische Fassade des denkmalgeschützten Gebäudes starrte. Die schreckliche Wohnung ihres Vaters. Ihre alten Briefe in der verbeulten roten Schachtel. Die kryptische Botschaft ihres Vaters: „*Du wirst es wissen.*" Sie wusste es.

Und auf einmal wollte sie, dass es vorbei war. Dann könnte sie bei ihrer Mutter sein und sie wieder gesund pflegen, denn sie würde wieder gesundwerden, und sie würden eine richtige Beziehung haben. Anna hatte es satt, ihr Leben in kleinen, unbefriedigenden Stücken zu führen. Sie wollte auch mit Brent reden, denn sie hatte sich in ihn verliebt, und wenn sie die nächsten Tage überlebte, wollte sie mutig genug sein, ihm das ohne Erwartungen zu sagen. Vielleicht würde es zu nichts führen. Vielleicht war es eine dieser verrückten Verbindungen, die einfach auf intensiven Umständen beruhten, aber sie wollte es endlich herausfinden.

Sie hatte ihn verletzt, und dafür gab es keine Entschuldigung.

Gott, sie hatte es so sehr vermasselt.

Einen solchen Mann wegzustoßen, nachdem er ihr so viel gegeben hatte? Weil sie Angst hatte. Ein Feigling war. Nun, sie war es leid, ein Feigling zu sein. Sie war fertig damit, wegzulaufen.

Sie stieg aus dem Auto aus, als sie sich in der Schlange vor dem Drive-In anstellten. Ed rief ihr etwas nach. Sie ignorierte ihn, überquerte die Straße und ging in das alte Gebäude mit den vielen Reihen von Postfächern. Sie ging die Schritte ihres gequälten Teenager-Ichs zurück in eine Zeit, als ihre Mutter nicht einmal den Gedanken ertragen konnte, dass ein Brief von ihrem früheren Ehemann in ihr neu erfundenes Leben kam. Der Briefkastenschlüssel hing an ihrem Schlüsselbund, wo er seit so vielen Jahren hing, dass sie fast vergessen hatte, wofür er war. Ihre Großmutter war Ende Januar gestorben, und sie hatte dieses Postfach wahrscheinlich jedes Jahr automatisch verlängert. Anna würde all den Papierkram irgendwann zu Gesicht bekommen.

Überall waren Menschen. Studenten mit Rucksäcken, Senioren mit Scheckbüchern in der Hand. Die Atmosphäre war heiß und stickig, sie fühlte sich benommen und schwindelig. Sie stemmte sich gegen die Wand aus Metalltüren. *Bitte lass es hier sein.* Anna schob den Schlüssel an seinen Platz und öffnete das Fach. Darin befand sich ein Briefumschlag, auf dem ihr Name in der Handschrift ihres Vaters gekritzelt war. Ein Kloß von der Größe eines Apfels blieb ihr im Hals stecken.

Dies war das Letzte, was ihr Vater ihr geschickt hatte, und würde seine guten Absichten beweisen, als er das Geld verschoben hatte. Hatte er die Wahrheit gesagt? Denn wenn ja, hatte er vielleicht auch bei all den anderen Dingen die Wahrheit gesagt, aber niemand hatte ihm je geglaubt. Keiner, außer Brent.

Ihr Kopf begann zu pochen, Kopfschmerzen kündigten sich an. Ihre Hände zitterten, als sie nach dem Brief griff. Sie hatte keine Zeit, ihn zu lesen, und vielleicht war sie noch nicht bereit, sich dem zu stellen, was in diesem Schreiben stand. Vielleicht sollte sie es der Polizei geben oder zumindest warten, bis Holly eintraf, damit sie es vor Zeugen öffnen konnte? Das ergab tatsächlich eine Menge Sinn.

Sie faltete den Umschlag dreimal und steckte ihn in die Vordertasche ihrer neuen Jeans, die locker saß, wahrscheinlich weil sie in der letzten Woche durch den Stress zehn Pfund abgenommen hatte.

Sie schloss das Postfach ab, schlängelte sich um drei Schüler herum, die Rucksäcke trugen, und wünschte, ihr Leben wäre so unkompliziert. Aber schon damals hatte Anna eine Art gehabt, alles düster und ernst zu machen. Ein bitteres Lachen entwich ihr. So trostlos Brents Leben auch aussah, ihres war nicht viel besser. Sie hatte ihren Vater verloren und war vergewaltigt worden, und obwohl sie so tat, als hätte sie diese Probleme verarbeitet, war dies nicht der Fall. Anna hatte einfach alles sorgfältig verdrängt und versucht zu vergessen. Sie war nie mutig oder stark gewesen. Sie hatte nur alles verleugnet und sich zurückgezogen, bis es so sehr Teil ihres Charakters geworden war, dass sie nicht einmal mehr wusste, wer sie war. Vielleicht war es jetzt an der Zeit, es herauszufinden.

Fünfzehn

Draußen wehte eine frische Brise, die Anna in die Gegenwart zurückholte. Der Briefumschlag rieb an ihrer Hüfte und erinnerte sie daran, dass das Schlimmste dieses Albtraums vorbei war. Das würde hoffentlich helfen, die Männer zu identifizieren, die Peter und die Polizisten getötet und den armen Kerl in den Rücken geschossen hatten. Sie würden aufhören, sie zu verfolgen, und sowohl sie als auch Brent könnten in ihr altes Leben zurückkehren und vielleicht darüber nachdenken, das, was sie hatten, langsam und aus der Ferne weiterzuverfolgen.

Der Grund, warum sie nicht glücklich war, lag wahrscheinlich darin, dass ihre Mutter um ihr Leben kämpfte. Anna ballte ihre Finger zu Fäusten, als sie zu der Stelle ging, an der Ed illegal auf dem Bordstein geparkt hatte. Sie öffnete die Tür und kletterte in den Wagen.

„Ich dachte schon, du wärst weggelaufen", sagte er schlicht.

Denn das war es, was sie getan hatte. „Nein." Nicht mehr. Sie verschränkte die Arme vor der Brust. „Ich wusste nicht einmal, dass es hier draußen eine medizinische Einrichtung gibt." Ihre Stimme war rau. Sie wollte ihre Mutter nicht verlieren. Nicht jetzt.

Nicht, wenn sie ihr zum ersten Mal seit Jahren so viel zu sagen hatte.

„Es ist nicht weit."

„Soll *ich* lieber fahren?", fragte sie sanft. Er sah beschissen aus. Blasse Haut und eine Schweißperle auf der Stirn.

Ed schüttelte den Kopf und wischte sich mit dem Handballen über die Augen. Das Klingeln ihres Telefons riss sie in die Gegenwart zurück. Brent. Ihr Herz machte einen kleinen Sprung. Sie musste ihm von dem Fund des Umschlags erzählen, aber sie wollte es ihm eigentlich persönlich sagen. Oder vielleicht war das nur eine Ausrede, weil sie ihn wiedersehen wollte. *Wenn du das nächste Mal einen Therapiefick brauchst, such' dir jemanden, dem das scheißegal ist.* Nicht gerade die romantischsten Worte, aber wenigstens wusste sie jetzt, dass es ihn kümmerte, auch wenn er es nicht wollte. Sie wollte nach ihrem Handy greifen, doch plötzlich sah sie sich dem schwarzen Lauf einer Pistole gegenüber.

„Was ...?"

„Gib mir dein Handy."

„Ed, ich verstehe nicht ...“

„Gib mir einfach das verdammte Telefon!"

Sie kramte in ihrer Tasche und drückte auf die Antworttaste, während sie es weiterreichte. Ed kniff die Augen zusammen und kurbelte dann das Fenster herunter. Anna sah ihm mit offenem Mund zu, wie er das Handy aus dem Fenster warf. Es landete mit einem Krachen auf dem Bürgersteig.

„Sie haben deine Mutter", sagte er schroff. Seine Augen waren rot umrandet, die Lippen verschwanden beinahe, so fest hatte er den Mund zusammengepresst.

„Wer? Wer hat Mom?", fragte sie, aber instinktiv wusste sie es. „Sie ist also gar nicht krank?"

„Sie könnte tot sein, soweit ich weiß, Anna. Tot, wegen deines dummen Vaters und deiner eigenen verdammten Sturheit." Anna schüttelte den Kopf und rutschte näher an die Tür heran.

„Oh nein, das tust du nicht." Ed sperrte die Tür mit einem

Knopfdruck zu. Er hielt die Waffe auf sie gerichtet und schaffte es irgendwie, einige Plastikstreifen in ihre Richtung zu werfen.

Sie hob die Dinger auf und starrte sie an. Kabelbinder. Das Blut wich aus ihrem Kopf und machte sie schwindelig und ratlos. Verdammt. Sie hatte wieder einen Fehler gemacht. Einen großen. Einen tödlichen. Und sie musste allein mit ihm fertigwerden.

„Lege einen um deine Knöchel. Mach ihn fest. Ich will keinen Unfall bauen, denn wenn ich das tue, ist deine Mutter tot, und ich weiß wirklich nicht, was ich ohne sie machen würde."

„Wir müssen die Polizei anrufen. Sie können uns helfen, sie sicher zurückzubringen."

„Nein. Keine Polizei." Ihm flog Speichel aus dem Mund. „Du hast seine Stimme nicht gehört, als er mir sagte, was ich zu tun habe. Er sagte, du schuldest ihm etwas. Er wird sie umbringen, wenn ich nicht genau das tue, was er will."

Anna wusste genau, mit wem er gesprochen hatte. Der Mann ohne Seele. Der Mann, der Peter in ihrer makellosen weißen Küche ermordet hatte. Der Mann, dem sie eine Flasche Pinot Grigio auf den Hinterkopf geschlagen hatte. In diesem Augenblick wurde ihr auch klar, dass sie nie wieder in dieses Haus zurückkehren konnte. Ihr Leben hatte sich unwiderruflich verändert. Was auch immer sie als Nächstes tun würde, es würde nicht mehr dort sein.

„Mach schon", drängte Ed und deutete auf die Kabelbinder.

Anna wickelte einen um den unteren Rand ihrer Jeans.

„Fester." Eds Augen waren grimmig. Keine Spur von Mitleid darüber, dass er sie in den Tod trieb.

„Sie werden dich auch töten", sagte sie ihm leise.

„Nein. Sie haben es mir versprochen." Ed schüttelte den Kopf. „Ich werde deine Mutter da rausholen. Wir werden fliehen. Jetzt die Handgelenke auf beiden Seiten des Sicherheitsgurtes, damit du nicht wieder weglaufen kannst."

Weglaufen werde ich nicht mehr. Sie zog den Kabelbinder mit den Zähnen zusammen. „Was wird aus mir?", fragte sie leise.

„Ich habe immer mein Bestes für dich getan, Anna. Habe die

Schule bezahlt, Malcolm zum College in die Staaten geschickt. Du kannst nicht behaupten, dass ich nicht gut zu dir war."

„Du wusstest es?" Ihr Mund blieb offenstehen, als Eds Blick sich unangenehm von ihr abwandte. „Du wusstest, dass dein Sohn mich vergewaltigt hat?"

Eds Augen blitzten auf und er schüttelte den Kopf. „Ich weiß, dass ihr beide Sex hattet. Ich dachte mir, dass du nicht in der Lage warst, solche Entscheidungen zu treffen, also habe ich ihn wegge-schickt ..."

„Bullshit, Ed! Das ist verdammter Schwachsinn." Ihr Stiefvater wirkte wütend über ihre Worte, aber das war ihr egal. „Er hat mich vergewaltigt, und deshalb habe ich versucht, Selbstmord zu begehen – wegen deines abscheulichen, grausamen Sohnes."

„Sag das nicht."

„Warum nicht? Du bist dabei, mich in die Hände von Mördern auszuliefern. Mom könnte bereits tot sein. Was genau habe ich zu verlieren, wenn ich die Wahrheit sage?" Sie hätte schon vor Jahren die Wahrheit sagen sollen. Auch wenn ihr niemand glaubte. Aber die Vergangenheit spielte keine Rolle mehr. Der Gedanke, dass ihre Mutter in den Klauen dieses Monsters war, ließ sie vor Kälte erschaudern. „Wir müssen zur Polizei gehen und einen Plan machen. Wir dürfen nicht blindlings herumlaufen und uns auf das Wort von Männern verlassen, die bereits mindestens drei Menschen getötet haben."

„Halt die Klappe." Eds Hände umklammerten sowohl die Waffe als auch das Lenkrad so fest, dass sie entweder gleich erschossen wurde oder bei einem Zusammenstoß mit hoher Geschwindigkeit starb. Sie nahm ihr Kinn hoch. Sie kauerte nicht vor Ed oder den Typen, die ihre Mutter entführt hatten. Brent konnte ihr im Moment nicht helfen, aber sie erinnerte sich an einige der Lektionen, die er ihr beizubringen versucht hatte. Sie war zäh, sie war klug, und sie konnte verdammt geduldig sein.

Brent wäre stolz darauf, dass sie für sich selbst eintrat, und dieser Gedanke hinterließ ein großes Loch in ihrer Brust. Ihm zu erlauben, sie zu lieben, war so, als würde sie ihrem Vater verzeihen. Noch vor einer Woche war der Gedanke daran unmöglich gewesen. Aber irgendwie hatte sie schließlich die Kraft gefunden, nicht nur ihrem Vater, sondern auch sich selbst die Absolution zu erteilen. Diese Erkenntnis gab ihr Kraft in einer Zeit, in der sie sie dringend brauchte.

Sie hatte lange gebraucht, um zu verstehen, dass Glück nichts mit Anstand oder einer schönen Umgebung zu tun hatte. Äußeres Drumherum bedeutete wenig, wenn man innerlich nicht glücklich war. Für eine Frau, die sich mit Schönheit umgeben hatte und sich viel zu sehr darum kümmerte, was andere von ihr dachten, war das eine bittere Erkenntnis. Es waren nicht Häuser, Jobs oder Blumen, die zählten. Es waren persönliche Verbindungen. Die Fotos auf dem Kaminsims. Sich der Öffentlichkeit zu stellen. Sie dachte an Peter und daran, dass sie sich mit einer so faden Beziehung abgefunden hatte, weil es sicher gewesen war. Ja, sie hatte ihre Gründe gehabt, so zu leben, aber sie hatte es jetzt satt. Sie hatte genug von der Angst. Von den Einschränkungen. Wut brannte die Schichten weg, die ihr Herz umgaben. Sie wollte nicht mehr so oberflächlich sein. Sie wollte den Mut haben, ehrlich über ihre Gefühle zu sprechen. Wirklich zu fühlen. Sich hoffnungslos zu verlieben, auch wenn dieser Mensch sie nicht liebte. Aber sie dachte, Brent könnte es vielleicht. Sie erinnerte sich an sein zärtliches Liebesspiel vom Abend zuvor. Er könnte ihre Liebe vielleicht doch erwidern.

Brent hatte geglaubt, sie durch ihre Briefe an ihren Vater zu kennen, und sie wusste plötzlich, dass er recht hatte. Er kannte sie wirklich. Und sie kannte ihn – von dem Bild, das über ihrem Bett hing und sie jede Nacht in den Schlaf gewiegt hatte. Er war für sie da gewesen, so wie sie für ihn da gewesen war, bevor sie sich überhaupt kennengelernt hatten. Das bedeutete etwas. Sie brauchte nur die Chance, es zu beweisen.

Ed bog links ab und fuhr eine kurvenreiche Straße entlang. Sie verkrampfte sich, dann sah sie einen Hubschrauber am Boden, dessen Rotoren sich drehten. Bis sie Brent kennengelernt hatte war sie beschädigte Ware gewesen. Jetzt fühlte sie sich herzzerreißend heil, aber es könnte zu spät sein. Vielleicht würde sie nie die Chance bekommen, Brent zu sagen, was sie für ihn empfand.

Ed steckte seine Pistole in seine Jackentasche, aber er war ein Narr, wenn er glaubte, dass sie sie dort nicht finden würden. Ein großer, glatzköpfiger Mann zog ihn aus dem Auto und durchsuchte ihn, wobei er ihm die Waffe abnahm. Während er Ed abtastete, zappelte Anna, um an den Umschlag zu kommen, und schaffte es, ihn in die Vorderseite ihres Höschens zu schieben, direkt über ihr Schambein.

Der glatzköpfige Mann kam zu ihrer Seite des Autos und öffnete die Tür. Er schnitt die Kabelbinder durch und zog sie aus dem Auto. Sie suchte seinen Blick, aber seine Augen waren hinter einer dunklen Sonnenbrille verborgen. „Geht es meiner Mutter gut?"

„Es geht ihr gut. Wenn dein Vater nicht so ein Arschloch gewesen wäre, und wenn du uns nicht so viel Ärger bereitet hättest, würde deine Mutter noch immer ihre Kreuzfahrt genießen, und nichts von all dem wäre passiert."

Das war ihre Schuld? Sie öffnete erstaunt den Mund. Er ersetzte den Kabelbinder durch ein Paar Plastikhandschellen. Dann fuhr er mit seinen Händen über ihre Schultern, Brust, Taille, Oberschenkel, Rücken und Knöchel und übersah dabei auf wundersame Weise den Umschlag, der sich tief in ihren Schritt schmiegte. „Sie ist sauber", rief er aus.

Anna schaute sich um, um zu sehen, mit wem er redete, und bemerkte dann, dass er in ein Headset sprach. Wo wollte er sie hinbringen? Er verfrachtete sie und Ed in den Hubschrauber und setzte sich ihnen gegenüber, eine Halbautomatik auf dem Oberschenkel.

Verdammt. Wie um alles in der Welt konnten sie hier wieder herauskommen?

Ed sah verzweifelt aus, aber sie empfand im Moment kein wirkliches Mitgefühl für ihn. Ja, er liebte ihre Mutter, aber wahrscheinlich hatte er gerade für sie alle drei ein Todesurteil unterschrieben. Er hatte gewusst, was ihr als Teenager passiert war, es aber nie jemandem erzählt. Er hatte die Situation ausgenutzt, um sich ihrer Mutter zu nähern und sie weiter zu entfremden. Das Schlimmste aber war, dass sie ihn hatte gewähren lassen. Anna war an sich selbst gescheitert, und die einzige Person, die darunter gelitten hatte, war sie selbst.

In diesem Moment schwor sie sich, die Bösen nie wieder gewinnen zu lassen. Sie starrte die Waffe an. Vielleicht war es nicht der beste Zeitpunkt für eine solche Erkenntnis, aber sie hatte nichts mehr zu verlieren.

Brent schritt langsam über den Parkplatz des Krankenhauses. Er wusste nicht viel über Frauen, aber er wusste, dass es ihm nicht gefiel, ein Auffangbecken für Frauen mit Problemen zu sein.

Er hatte gewusst, dass „nur Sex" in einer Katastrophe enden würde. *Oh Gott.* Er strich sich mit den Händen über das Gesicht. Ja, es war fantastisch gewesen, nicht von dieser Welt, aber ... verdammt. Er biss die Zähne zusammen und verdrängte alle Gedanken an sie. Sie hatten also Sex gehabt. Eine verdammt große Sache. Ja, es war eine große Sache gewesen, für sie beide, und es würde nicht wieder vorkommen. Er mochte sein Leben ruhig und seine Frauen auf Distanz. Er musste nur herausfinden, in welchem Desaster Davis sie zurückgelassen hatte, dann konnte er wieder in der Einsamkeit sein Meer malen, was im Moment so verlockend klang wie eine Leibesvisitation.

Er blieb stehen und ging in die Hocke, die Hände über dem Kopf verschränkt. Was zum Teufel hatte er sich nur dabei gedacht?

Dass er mit Anna schlafen könnte dem Mädchen, in das er sein halbes Leben „verliebt" gewesen war – und ihr nicht völlig und unwiderruflich verfallen würde?

Mochte er es, gefoltert zu werden?

Offensichtlich tat er das.

Denn er wollte sich für den Rest seines dummen Lebens mit den Erinnerungen an die letzte Nacht quälen. Er atmete heftig aus und bemerkte, dass Leute stehengeblieben waren, um das Spektakel, das er aus sich machte, anzustarren. Er richtete sich auf und warf ihnen einen sauren Blick zu.

Die Leute starrten ihn schon sein ganzes Leben lang an, aus dem einen oder anderen Grund.

Brent ging weiter, durch den Haupteingang und folgte den Schildern zur Station Zehn. Er sollte bis morgen Abend in New York sein. Er fand den Aufzug und zwang sich, die Klaustrophobie zu ignorieren, als sich die Türen schlossen und die Wände auf ihn eindrückten. Wenn Anna in Schutzhaft war, würde er in den Big Apple fahren. Er wollte nicht im Mittelpunkt des ganzen Trubels stehen, und auf keinen Fall würde er seine wahre Identität vor einer Galerie voller Presseleute preisgeben, aber er wollte von der Insel weg. Vielleicht würde er auf dem Rückweg den Jeep in North Dakota abholen, und er und Finn könnten einen Roadtrip machen, ein letztes Band der Brüderlichkeit, bevor der arme Bastard heiratete.

Er schritt den Korridor entlang, aber als er auf Station Zehn ankam, war dort nur die Geriatrie. Davis' Ex-Frau hatte vielleicht vor Jahren den Verstand verloren, aber so alt war sie sicher nicht.

„Entschuldigen Sie bitte." Er hielt eine Krankenschwester an, die ihn gründlich musterte, bevor sie lächelte.

„Was kann ich für Sie tun?" Die Worte in Verbindung mit dem Blick waren suggestiv. Sehr anregend. Brent fühlte sich geschmeichelt, aber sein Körper reagierte nicht darauf.

Es waren nur die braven Mädchen, jedes verdammte Mal. Es war ein Fluch.

„Ich suche eine Patientin mit dem Namen Katherine Plantain. Man sagte mir, sie sei auf Station Zehn, aber ich bin hier wohl falsch." Brent benutzte einen Charme, der sich rostig wie alte

Nägel anfühlte. Er lehnte sich über den Schreibtisch und zeigte seine Grübchen. „Ich nehme nicht an, dass Sie mir helfen könnten?" Ein ungutes Gefühl hatte sich in seinen Bauch geschlichen.

„Gehören Sie zur Familie?" Ihre Augen funkelten.

„Ich bin ihr Lieblingsneffe."

„Das glaube ich gern." Sie blickte auf seinen Ringfinger, dann tippte sie mit den Fingernägeln auf die Tastatur. Falten erschienen neben ihren Augen. „Ich finde hier niemanden mit diesem Namen."

Er drehte den Monitor um, was ihm ein scharfes „Hey!" der Krankenschwester einbrachte, aber er rannte bereits zurück zum Aufzug und drückte auf die Knöpfe, die ihn zum Haupteingang brachten, wo er Anna zuletzt gesehen hatte, während sein Herz in der Brust raste. *Nein, nein, nein.* Brent setzte sein Handy wieder zusammen – Akku und SIM-Karte – und wählte die Nummer des Wegwerfhandys, das er ihr mitgegeben hatte, als er am Café vorbeiging. Er ärgerte sich über sich selbst. Es läutete und läutete und schließlich wurde abgenommen, aber es gab nichts als Stille und dann ein Rauschen und ein Krachen, als ob jemand es weggeworfen hätte.

Brent erstarrte, dann wirbelte er im Kreis herum und wusste nicht, was er tun sollte. „Nein!", schrie er. Die Sicherheitsleute kamen auf ihn zu, aber er rannte vor ihnen weg und hinaus an die frische Luft. Sein Herz pochte.

Wo war Anna? Wie hatte er sie auch nur für eine Minute aus den Augen lassen können? Natürlich war er wütend, aber er wusste, wie gefährlich diese Typen waren. *Dummes, dummes Arschloch.* Er rief Finn an.

Sein Bruder meldete sich mit einem verärgerten „Wir sind gerade gelandet. Und glaube nicht, dass ich die Nummer vergessen habe, die du mir neulich vorgespielt hast. Wir beide werden uns noch ein wenig unterhalten."

„Ich kann Anna nicht finden", unterbrach Brent einen weiteren verbalen Arschtritt.

„Wie meinst du das? Ich dachte, ihr würdet direkt ins Krankenhaus fahren."

„Das haben wir getan. Ich habe sie am Eingang abgesetzt, um das Auto zu parken, und jetzt ist sie verschwunden. Schlimmer noch, es gibt keinen Eintrag im System, dass die Mutter hier überhaupt eingeliefert wurde."

Finn fluchte. „Bleib, wo du bist. Ich komme und hole dich ab."

Brent hielt sich den Kopf, damit er nicht auf dem Bürgersteig explodierte. „Ich kann hier nicht einfach herumstehen und nichts tun."

„Holly wird ihren Vater anrufen", - den Deputy Commissioner - „und wir werden zusätzliche Sicherheitsvorkehrungen an den Flug- und Seehäfen treffen. Sie werden einen ruhigen Ort suchen." Das war nicht schwer auf einer Insel von der Größe Schottlands, aber mit nur einem Bruchteil der Bevölkerung. „Aber sie brauchen Internetzugang, wenn sie das tun, wovon wir ausgehen, und sie werden Waffen wollen." Finn dachte laut nach und nutzte seine Erfahrung als ehemaliger Soldat der Special Forces, um herauszufinden, was diese Kerle als Nächstes tun könnten. „Sie werden nicht über öffentliche Kanäle reisen. Sie werden einen anderen Weg finden." Genauso wie Brent es getan hatte.

„Anna hatte ein Handy dabei, aber ich glaube, sie haben es weggeworfen." Brent gab Finn die Nummer durch und hörte Holly im Hintergrund, dann gingen die Sirenen los.

„Nutze deine Kontakte, und ich nutze meine", rief Finn über den Lärm hinweg. „Ruf jeden an, der etwas über diese Bastarde wissen oder hören könnte. Ich werde in fünfzehn Minuten da sein. Warte auf mich."

Finn legte auf, und Brent starrte nur auf das Telefon. Er hatte die meiste Zeit seines Lebens damit verbracht, seinen Bruder wegzustoßen, weil er sich eingeredet hatte, dass er keine Familie und kein Glück verdiente. Er hatte ihren Vater umgebracht und sich das nie verziehen, egal wie viele Jahre er im Gefängnis gesessen hatte. Aber er hatte ihn nicht töten wollen. Und dieser besoffene

Wichser hatte ihm auch keine andere Wahl gelassen. Er hatte ein Kind beschützt, das zu klein und zu verletzt gewesen war, um sich zu wehren, und wenn er nicht zugeschlagen hätte, wäre Finn jetzt tot.

Es war an der Zeit zu akzeptieren, dass er genug bestraft worden war und vielleicht, nur vielleicht, eine weitere Chance verdiente. Aber Anna war entführt worden ...

Scheiße, ihm war schlecht vor Sorge.

Er hatte wieder einmal jemanden im Stich gelassen, den er liebte – und er machte sich nicht einmal die Mühe, so zu tun, als ob er sie nicht von ganzem Herzen liebte, auch wenn sie wahrscheinlich nie dasselbe für ihn empfinden würde. In den letzten Stunden, die er in ihrer Gesellschaft verbracht hatte, war er wieder zu seinem verbitterten, distanzierten Wesen zurückgekehrt, weil er so mit den Dingen umzugehen pflegte. In der Vergangenheit war es eine Schwäche gewesen, irgendeine Art von Gefühl zu zeigen, denn das hätte ihn umbringen können. Aber er war nicht mehr im Gefängnis. Er sollte frei sein, aber seine Vergangenheit hielt ihn genauso gefangen wie die Eisenstangen.

Es war an der Zeit, sich selbst eine Chance zu geben, aber zuerst musste er Anna finden. Er begann zu wählen, rief zwei alte „Freunde" an und bekam dann einen Rückruf. Aber es war keiner von seinen Kontakten. Er war von Jack Panetti.

„Tut mir leid, dass es so lange gedauert hat, bis ich mich bei Ihnen gemeldet habe."

Oh Gott. Brent schloss seine Augen. Der arme Kerl lag im Krankenhaus, weil diese Leute hinter Anna her waren. Diese Typen machten keine halben Sachen.

„Aber während ich hier herumlag und nichts tat, konnte ich beweisen, dass Ihr Kumpel, Davis Silver, höchstwahrscheinlich von einem Kerl namens Ed Plantain hereingelegt worden war, der ihm den Betrug angehängt hat."

„Was?" Brent ließ sich auf eine Bank in der Nähe sinken und

fühlte sich, als hätte man ihm den Schädel eingeschlagen. „Sprechen Sie weiter."

„Einer meiner Leute hat nach anderen Bankkonten gesucht, die mit demselben PC eingerichtet wurden, mit dem Davis angeblich vor neun Jahren die Bankkonten eingerichtet hat." Brents Kopf schmerzte. „Mein Computerfachmann ist fünfzehn Monate zurückgegangen und hat den Jackpot geknackt. Er fand eine weitere Reihe privater Bankkonten, die auf den Cayman Islands eingerichtet worden waren, aber das einzige Geld, das jemals darauf eingezahlt wurde, war der Eröffnungssaldo."

„Und sie wurden auf Eds Namen eingerichtet?"

„Korrekt. Er richtete sie im April ein, seine Frau starb im Mai."

„Und was denken Sie, bedeutet das?" Brents Gehirn war zu kaputt, um diese Information zu verarbeiten. Anna war verschwunden.

„Ich glaube, er wollte Geld stehlen, entweder um die Behandlung seiner Frau zu bezahlen oder um sich aus dem Staub zu machen und sie sich selbst zu überlassen. Aber sie ist gestorben. Ich spekuliere hier nur, aber ich vermute, dass er Davis ein Jahr später in die Falle gelockt hat, obwohl ich sein Motiv nicht kenne."

Die Frau, Katherine. Sie war das Motiv. „Ed Plantain war da, um die Scherben aufzulesen, als das Leben von Davis' Frau zur Hölle ging."

„Da ist noch etwas anderes."

Der Schmerz hatte Brents Brust im eisernen Griff, aber er hatte jetzt keine Zeit für einen Herzinfarkt.

„Letzten Freitag hat Davis Silver über sechzig Millionen Dollar auf die alten Konten von Ed Plantain eingezahlt." *Heilige Scheiße.* „Trace verfolgt das Geld, aber ich bin ziemlich zuversichtlich, dass uns die Spur zurück zur Holladay Foundation führt. Angesichts des Aufbaus und der Akteure denke ich an eine Art illegale Söldneroperation."

Diese Typen waren Killer, das war verdammt sicher.

„Davis wusste also, dass es Ed war, der ihn reingelegt hatte", kombinierte Brent. Wann hatte er es herausgefunden? Warum hatte er es niemandem gesagt?

Weil er die Frau, die er immer noch von ganzem Herzen geliebt hatte, nicht verärgern wollte.

Herrgott, Liebe war einfach zum Kotzen. „Ich werde dieses Arschloch in Stücke reißen." Ed Plantain hatte Davis' Leben gestohlen. Brent hörte Sirenen, stand auf und wedelte mit der Hand in der Luft, als der Streifenwagen in Sicht kam. Holly fuhr mit quietschenden Bremsen und einem Schwall von Auspuffgasen vor. Finn kletterte aus dem Wagen. Holly sprach weiter in ihr Funkgerät. Die Sirenen verstummten.

Jack sprach immer noch mit ihm am Handy. „Ich will diese Bastarde, Brent. Ich persönlich gebe einen Scheiß auf Plantain, aber ich will den Kerl, der den Polizisten vor meinen Augen erschossen und mir dann eine Kugel in den Rücken gejagt hat. Was auch immer hier los ist, ich will, dass diese Typen zur Verantwortung gezogen werden. Haben Sie mich verstanden?"

„Ich verstehe." Etwas Hässliches zog sich in Brents Bauch zusammen. „Diese Kerle werden für das, was sie getan haben, untergehen."

Finns blaue Augen fixierten ihn, während er darauf wartete, dass er den Anruf beendete. „Holly hat gerade mit dem Kapitän des Kreuzfahrtschiffs gesprochen, auf dem Annas Mutter und Stiefvater waren. Der Steward ging auf die Kabine der Plantains, um nach ihnen zu sehen, und entdeckte eine andere Frau gefesselt und im Badezimmer eingesperrt. Sie behauptet, Ed Plantain habe sie eingesperrt, als sie herausgefunden hatten, dass ihre jeweiligen Ehepartner entführt worden waren. Sie wollte es melden, aber Ed wollte es nicht. Er wurde gewalttätig, als sie ihm sagte, sie würde es trotzdem tun."

„Scheißkerl." All diese zerstörten Leben für sechzig Millionen Dollar. Kaum zu glauben, dass es das wert war.

„Laut den Aufzeichnungen der Fluggesellschaft flog Ed Plantain allein zurück und landete heute früh wieder in Victoria."

Das Szenario war leicht zu erraten. Die Typen hatten genug davon gehabt, Anna durch das Land zu jagen, und hatten stattdessen Annas Mutter als Druckmittel benutzt, um sie zu ihnen zu locken. Und Ed hatte Anna angelogen, um sicherzugehen, dass sie keinen Verdacht schöpfte oder einen Rückzieher machte. Brent konnte nicht glauben, dass er sie allein mit diesem Wiesel hatte zusammenkommen lassen, aber die Tatsache, dass er sich in sie verliebt hatte, nachdem er sich gesagt hatte, dass er es nicht tun würde, hatte ihn aus der Fassung gebracht. Er hatte sein Ziel aus den Augen verloren. Mist. Das war alles seine Schuld.

„Holly hat bereits eine Fahndung nach Ed und seinem Auto herausgegeben, das mit GPS-Tracking ausgestattet ist. Sie versuchen, die Handys aufzuspüren, aber es kann ein paar Stunden dauern, bis die entsprechenden Beschlüsse erwirkt und die Telefongesellschaften an Bord sind."

„In der Zwischenzeit könnten sie Anna alles Mögliche antun." Verdammt. Er erinnerte sich an den Kerl, mit dem er in Annas Haus gekämpft hatte. Der Gedanke, dass sie missbraucht oder getötet werden könnte, versetzte ihm einen Stich ins Herz. „Mein Privatdetektiv hat das Geld gefunden, das Davis verschoben hat. Ich denke, es sind Söldner." Holly hörte ihn und hob den Finger, um ihm zu bedeuten, dass er kurz warten sollte. „Die Cops müssen diese Gelder einfrieren." Obwohl das Anna vielleicht immer noch nicht schützen würde. Scheiße.

Finn ergriff seinen Arm und senkte seine Stimme. „Ich weiß, was du durchmachst, Brent. Ich war letzten Sommer in einer ähnlichen Situation, und es fühlt sich an, als würde dir jemand mit Nadeln das Herz herausreißen. Aber ich bin für dich da."

Brent hatte es nicht vergessen, obwohl er damals durch den Verlust von Gina wie betäubt gewesen war. Er wusste nicht, was er tun würde, wenn er Anna verlieren würde. Finn umarmte ihn fest, und Brent schloss die Augen, bevor er schließlich seine Arme um seinen Bruder schlang und ihn fest an sich drückte. Selbst nach allem, was er getan hatte, war Finn immer noch für ihn da. Er hatte das vorher nie ganz akzeptiert, aber jetzt schon.

„Wende dich weiter an deine Kontakte, von denen Holly gerne behauptet, dass es sie nicht gibt. Gib die Hoffnung nicht auf." Finn grub seine Finger in seine Schulter. „Wir werden sie finden. Sie brauchen einen ruhigen Ort. Einen Ort mit Computerzugang. Irgendwo, wo sie untertauchen können."

„Das könnte überall sein."

Holly gesellte sich zu ihnen und sah beängstigend offiziell aus, bewaffnet und in ihrer Uniform. Gott sei Dank war sie auf seiner Seite, obwohl er es hasste, sich an die Regeln halten zu müssen.

Finns Telefon klingelte und er blickte mit einem Stirnrunzeln auf das Display. „Es ist Laura Prescott aus Bamfield." Das Gesicht seines Bruders wurde hart, als er zuhörte, was Brents Nachbarin zu sagen hatte. „Laura, ich möchte, dass du mir ganz genau zuhörst. Ich möchte, dass du *jetzt sofort* zu Thomas ins Meereslabor gehst. Verschwinde von dort, aber lass es so aussehen, als würdest du nur zum Laden gehen. Keine Schnüffelei, verstanden? Keine Heldentaten."

Finn legte auf. „Ein verdammt großes Boot hat an deinem Dock festgemacht. Ein paar Typen, die sie nicht kennt, patrouillieren auf deinem Grundstück."

Holly ging zurück zu ihrem Funkgerät. Brent wurde innerlich eiskalt. Würden sie so dreist sein? Warum nicht? Sie hatten bereits eine Entführung und einen Mord begangen. „Es ist abgelegen und hat Internetzugang. Aber es könnte auch ein Ablenkungsmanöver oder ein Zufall sein."

„Wahrscheinlich nicht. Das ist ein guter Platz. Der letzte Ort, an dem wir suchen würden, da die Polizei gerade erst mit der Bearbeitung des Tatorts in den Wäldern dort fertig geworden ist. Und verdammt, es wäre ein Bonus, wenn du und Anna einfach unerwartet auftauchen würdet."

Brent schüttelte den Kopf. Er konnte sich das nicht erklären. „So schnell können sie mit Anna nicht dort sein."

„Es sei denn, sie hatten einen Hubschrauber", warf Finn leise ein.

Brent wich von Finn zurück. Finn beobachtete ihn mit seinem unverwandten blauen Blick.

„Ich habe einen Polizeihubschrauber in Bereitschaft", rief Holly durch das offene Fenster. „Und Leute, die das Gebiet um das Alberni Valley auf unbefugte Hubschrauberaktivitäten überprüfen."

Finn öffnete die Vordertür von Hollys Polizeiauto und bedeutete seinem Bruder, einzusteigen. „Ich setze mich zur Abwechslung mal hinten rein." Brent hielt in der Bewegung inne. Herr im Himmel, er hatte gar nicht bemerkt, wie sehr ihn der Gedanke, auf dem Rücksitz eines Polizeiautos zu sitzen, erschreckte. Aber sein Bruder wusste es. Sein Bruder hatte es immer gewusst.

„Lasst uns losfahren", befahl Holly.

Brent kletterte auf den Beifahrersitz und hielt sich fest, als Holly vom Parkplatz raste. Sirenen heulten, Lichter blinkten. Sein Herz klopfte, aber sein Verstand begann, sich zu konzentrieren. Solange sie nicht wussten, wo ihr Geld war, war Anna in Sicherheit. In Sicherheit war bestimmt nicht dasselbe wie unversehrt, aber er schob diese Gedanken beiseite, damit er funktionieren konnte. Mit etwas Glück hatten sie nicht zu viel Vorsprung und es würde keine große Verfolgungsjagd geben. Aber im Moment hatten sie keinen anderen Anhaltspunkt.

Anna war schon einmal durch die Hölle gegangen und hatte überlebt. Das war alles, was sie tun musste – überleben. Und er würde sich um den Rest kümmern.

ED FRÖSTELTE IN DER ECKE DES HUBSCHRAUBERS UND klammerte sich an den festen Glauben, dass das Schicksal auf seiner Seite war. Er hatte nicht mehr geschlafen, seit er den Anruf erhalten hatte, dass seine Frau entführt worden war. Als es ihm nicht gelungen war, Anna zu erreichen, war er bereit gewesen, ins Hauptquartier der RCMP zu gehen und um Hilfe zu bitten. Aber sie hatte endlich den Kopf aus ihrem Arsch gezogen, um ihre E-Mails zu checken, und indem er vorgegeben hatte, dass ihre Mutter dem Tod nahe war, hatte er sie vor der vereinbarten Zeit auf die Insel gebracht. Er hatte seinen Teil der Abmachung eingehalten. Diese Bastarde sollten nun besser ihren halten.

Anna waren vor ein paar Minuten die Augen zugefallen. Wie konnte sie nur schlafen? Kümmerte sie sich nicht um die Frau, die ihr das Leben geschenkt hatte? Undankbare Göre. Sie behauptete, Malcolm habe sie vergewaltigt? Vielleicht hätte er seinen Sohn nicht zwingen sollen, mit Anna zum Abschlussball zu gehen, aber der Junge hätte nie etwas genommen, das ihm nicht freiwillig ange-boten wurde. Die Mädchen hatten sich regelrecht darum gerissen, mit dem ehemaligen Highschool-Football-Star auszugehen.

Aber der Ruf eines Mannes litt nicht darunter, wenn er mit vielen Partnerinnen schlief, der eines Mädchens hingegen schon. Vielleicht hatte Anna sich eingeredet, sie hätte Nein gesagt, um ihren Ruf zu wahren. Ed hielt das nicht unbedingt für fair, aber so war nun einmal das Leben. Das Leben war nicht fair.

Katherine. Allein der Gedanke, dass seine zarte Frau in den Händen dieser Monster war, ließ die Wut in seinen Adern pochen. Wenn sie sie auch nur berührten ... Er biss bei dem Gedanken die Zähne zusammen. Harvey Montgomery sollte besser auch seine Finger von ihr lassen.

Das war alles Davis' Schuld. Vielleicht war das seine Art, sich zu rächen. Ihm eine Falle zu stellen, war ein Kinderspiel gewesen, aber vielleicht hätte er ihn stattdessen einfach umbringen sollen. Das wäre auf lange Sicht einfacher gewesen.

Als Eleanor krank gewesen war, hatte er Bankkonten auf den Cayman Islands eingerichtet, um die restlichen Ersparnisse zu retten, bevor sie für Arztrechnungen draufgingen. Dann hätte er das Haus verkauft und sich ein neues Leben im Paradies aufgebaut. Eleanor hätte das nicht interessiert. Sie hatte ihn kaum erkannt, so vollgepumpt war sie mit Drogen. Malcolm hätte nach dem Highschool-Abschluss zu ihm kommen können, und Eleanor wäre im Krankenhaus versorgt worden.

Dann, eines Tages, als er am Tiefpunkt war, hatte Katherine ihn an ihrer Brust getröstet, und er hatte gewusst, dass alles gut werden würde.

Also hatte er seinen Plan, zu gehen, nicht durchgezogen, und Eleanor war schnell gestorben. Ein Segen, sagten alle, und er hatte gewiss nicht widersprochen. Und man hatte ihm das Handwerkszeug und das Wissen gegeben, wie er das Leben, das ihm mit Katherine bestimmt war, führen konnte. Schicksal. Mit ein wenig Gerissenheit.

Sicher, er hatte ein Jahr gewartet, um seinen Plan in die Tat umzusetzen, und die Zeit genutzt, um Davis immer tiefer in den Sumpf zu ziehen, aber das war es wert gewesen.

Ed starrte den Wachmann an. Ein Mann, der Ed das Leben wegnehmen wollte, das er sich so mühsam aufgebaut hatte. Offensichtlich war er nur eine Hilfskraft, nicht das Gehirn der Operation. Ed musste sich mit den Verantwortlichen auseinandersetzen und sie davon überzeugen, dass er helfen konnte, solange seine Frau in Sicherheit war.

Der Pilot hielt den Blick abgewandt, und Ed hatte beim Einsteigen bemerkt, dass die Kennnummern des Hubschraubers mit Klebeband überklebt waren. Sie flogen im Tiefflug, um das Radar zu umgehen. Verdammt. Vor ihnen blitzte die Küste auf, und links war eine kleine Lichtung zwischen den endlosen Kiefern zu sehen. Der Hubschrauber neigte sich dorthin, und der Pilot setzte die Maschine so sanft ab wie ein schlafendes Baby in einer Krippe. Der Glatzkopf stieg aus dem Hubschrauber und zog Anna neben sich zu Boden. Sie stolperte, fiel auf die Knie, und er zerrte sie wieder auf die Beine.

Ed schnallte schnell seinen Gurt ab und lief ihnen hinterher. „Wir hatten eine Abmachung. Wo ist Katherine?", rief er über den Lärm der Rotoren hinweg. Der Pilot wartete nicht ab, bis die Luft rein war, er hob ab und die drei duckten sich vor dem gefährlichen Heckflügel.

„Wo ist meine Frau?", schrie Ed.

Der Glatzkopf richtete seine Waffe auf ihn. *Oh Scheiße.* Ed warf sich auf den Boden. Anna schubste den Mann und der Schuss ging daneben. Dann rannte sie los. Was zum Teufel dachte sie, was sie da tat?

„Ich muss nur mit Ihrem Boss reden", rief Ed dem Mann hinterher, der Anna verfolgte, als sie durch einen schmalen Pfad zwischen dem Feuerkraut rannte.

Ed joggte hinter den beiden her. Ein Teil von ihm wollte weglaufen und sich verstecken, aber er war kein Feigling. Das hatte er vor all den Jahren bewiesen, als er seiner sterbenden Frau beigestanden hatte. Er hatte es bewiesen, indem er seinen Teil der Abmachung mit diesen Leuten erfüllte.

Vor ihnen trat ein anderer Mann aus dem Wald und Anna blieb wie angewurzelt stehen. Der Glatzkopf packte sie am Arm.

„Ich habe nach dir gesucht, Anna Silver", knurrte der neue Mann.

Die Haare in Eds Nacken stellten sich auf. Das war der Typ, mit dem er reden musste.

„Wo ist meine Mutter?", wollte Anna mit so viel Haltung wissen, dass Ed die Stirn runzelte. Wollte sie ihre Mutter tot sehen?

„Ganz schön temperamentvoll", meinte der neue Mann genüsslich. „Das mag ich an einer Frau."

„Lassen Sie sie und Ed gehen, und ich erzähle Ihnen alles, was Sie wissen wollen", sagte Anna.

Ein Schock durchfuhr Ed, dass sie versuchen würde, ihn zu retten, nachdem er sie auf diese Weise geopfert hatte.

„Ich habe meinen Teil der Abmachung eingehalten", erhob Ed seine Stimme. „Sie haben mir im Gegenzug meine Frau versprochen."

Der Neue schien amüsiert, und seine Lippen zuckten.

„Ich kann Ihnen helfen. Was auch immer Sie vorhaben. Ich bin

Buchhalter. Bitte, ich werde alles tun, um Ihnen zu helfen, aber lassen Sie meine Frau gehen." Ed wusste, dass er bettelte, aber er konnte es nicht zurückhalten.

Der unheimliche Neuankömmling sah weiterhin amüsiert aus. „Wir haben bereits einen Buchhalter." Er hob seine Waffe und richtete sie auf Eds Gesicht.

„Nein", kreischte Anna, und der Schrei hallte über die Lichtung, bevor der Glatzkopf eine behandschuhte Hand über ihr Gesicht legte und das Geräusch unterdrückte.

Der Mann blufffte, aber Ed spürte, wie sich seine Eingeweide in Wasser verwandelten. „Sie haben mir versprochen, dass–"

„Ich habe gelogen." Und er drückte den Abzug.

Sechzehn

ie Polizisten wimmelten über jeden Quadratzentimeter der Station der Küstenwache und buchstäblich über Brents Haut. Sie waren hier und versuchten, so unauffällig wie möglich vorzugehen, aber in einer so kleinen Stadt wie Bamfield war selbst ein einzelner Fremder auffällig. Zum Glück waren die Beamten in Zivil gekommen und hatten schwere Ausrüstungstaschen mit sich herumgeschleppt. Jetzt saßen zwanzig schwerfällige, schwarzgekleidete Personen um eine Karte herum, die den Eindruck erweckte, als stünde ein Terroranschlag unmittelbar bevor. Holly stritt sich mit dem Leiter des Emergency Response Teams über ihr weiteres Vorgehen. Was auch immer vor sich ging, dem Kerl war es offensichtlich scheißegal, dass ihr Vater sein Vorgesetzter war.

Der Captain der Küstenwache, Cyrus Kaine, musterte Brent, der an der Treppe zum oberen Stockwerk stand. Sein Gesichtsausdruck zeigte einen dünnen Schleier der Verachtung, und das Gefühl beruhte ganz auf Gegenseitigkeit. Kaine war ein ehemaliger Polizist aus der Großstadt und dachte, er wüsste alles über alles. Die Welt war schwarz und weiß. Kein Grau war erlaubt. Sie hatten einander sofort gehasst.

In diesem Raum gab es so viele Dienstmarken, dass Brent allein dadurch schon Übelkeit bekam. Das Knirschen mit den Zähnen war auch nicht gerade hilfreich. Er steckte die Hände in die Taschen seiner Jeans und sah zu, wie sie die GPS-Geräte programmierten. Dann holten sie die Pläne seines Hauses hervor – ein Haus, an dem er mitgebaut hatte. Aber hatten die Cops ihn um seine Meinung gebeten? Nein, verdammt, das hatten sie nicht. Was eine Schande war, denn diese Pläne hier erzählten nur die Hälfte der Geschichte.

Draußen war es fast völlig dunkel. Die Polizisten hatten Nachtsichtgeräte, aber Brent konnte mit verbundenen Augen über die Insel gehen und trotzdem den Weg nach Hause finden. Aber er hatte bereits herausgefunden, dass er keinen Ton sagen konnte, ohne dass ihm jemand sagte, er solle die Klappe halten. Sie trauten dem Ex-Knacki nicht. Auch hier – mit Ausnahme von Holly und ihrem Vater – beruhte das Gefühl auf Gegenseitigkeit.

Zweifelsohne waren diese Jungs darauf aus, die Bösen zur Strecke zu bringen. Sie wollten Polizistenmörder mit so viel Gewalt wie nötig bestrafen. Was Anna nicht retten würde. Wenn überhaupt, geriet Anna dadurch in die Schusslinie zwischen zwei Gruppen, die sich einen Dreck um sie scherten, außer als Kollateralschaden. Das war nicht gut. Nichts davon war gut. Sein Inneres verdrehte sich vor Angst und Aufregung. Holly sah ihn alle dreißig Sekunden an, um sich zu vergewissern, dass er keine Dummheit begehen würde, und das machte ihn wütend. Er hasste es, wenn die Leute ihn durchschauten.

„Warum zum Teufel brauchen die so lange?", knurrte er leise. Finn warf ihm einen Blick zu und stand dann auf, um zu sehen, was der Plan war. Brent beobachtete, wie Finn den Mund öffnete, um etwas zu sagen, aber der Leiter des Teams ließ ihn verstummen. Sechs Jahre bei den Special Forces machten ihn ungefähr so beliebt wie einen Ex-Knacki. *Das dachte ich mir.*

Annas Leben stand auf dem Spiel. Es war nicht nur eine Mission, um irgendwelche Verbrecher zu fassen. Die Bösewichte konnten ruhig abhauen, soweit es ihn betraf – vorerst. Anna war alles, was zählte. Brent hatte endlich begriffen, dass er in den letzten vier Jahren zwar aus dem Gefängnis entlassen worden war, dass er aber immer noch nicht frei von Fesseln gewesen war, bis er die Entscheidung getroffen hatte, einer praktisch fremden Frau zu helfen.

Brent stand auf, streckte den Rücken durch und wünschte sich, er hätte das Rauchen nicht schon vor sechs Monaten aufgegeben.

Der Leiter der ERT ging mit Holly auf eine Art und Weise um, die seinen Bruder auf die Palme brachte, obwohl er es besser wusste, als sich in die Arbeit seiner Verlobten einzumischen. Er fing den dunklen Blick von Cyrus Kaine auf.

Ausnahmsweise sah der Typ nicht so aus, als wollte er ihn schlagen. Er sah eher aus, als wüsste er genau, was Brent dachte. Brent erstarrte und atmete dann wieder aus, als der Mann sich absichtlich abwandte und seine Stimme in die anwachsende Diskussion zwischen den Polizisten einbrachte.

Brent goss sich einen Kaffee aus der Kanne neben der Tür ein. Er fügte Zucker hinzu, rührte um und schlenderte die Treppe hinunter und zur Tür hinaus. Dort angekommen, ließ er den Kaffee stehen und joggte den Weg zur Hütte hinauf. Dann schlüpfte er zwischen die Bäume, die den nördlichen Rand der Halbinsel säumten, und hielt inne.

Die Ironie war ihm nicht entgangen, dass er jetzt wieder im Gefängnis landen könnte, weil er sich den Anweisungen der Polizei widersetzt hatte, aber das war ihm egal. Er hatte es vermasselt, hatte sein Versprechen, Anna zu beschützen, gebrochen. Lieber würde er für den Rest seines Lebens in einer Zelle verrotten, als sie im Stich zu lassen. Ein Geräusch hinter ihm ließ ihn herumfahren.

„Geh zurück", sagte Brent zu seinem Bruder.

„Du machst das hier nicht allein."

Brent schüttelte den Kopf. „Holly wird dich umbringen."

„Holly kennt mich besser als jeder andere."

„Ich will nicht, dass du verletzt wirst", murmelte Brent wütend. Finn mochte ein erwachsener Mann sein, aber er war immer noch sein kleiner Bruder.

„Ich kann auf mich selbst aufpassen, vor allem, wenn du ein paar Waffen versteckt hast, wovon ich ausgehe." Er nickte Finn schwach zu, gerade noch wahrnehmbar in der Dämmerung. „Und ich will auch nicht, dass du verletzt wirst."

Ein dicker Knoten bildete sich in seiner Kehle, aber er hatte keine Zeit, sich über etwas aufzuregen, das sie beide bereits vollkommen verstanden. Sie schlugen kaum sichtbare Pfade ein, bewegten sich lautlos durch den Wald und wichen den Polizisten aus, die zu wenige waren, um eine so große Fläche abzudecken. Sie mieden den Bären, der in einem nahen Dickicht Heidelbeeren naschte, und den Puma, der in einem Baum saß und die Dämmerung beobachtete.

Die Bucht, in der sie aufgewachsen waren, war abgelegen. Im Norden und Westen lag der Barkley Sound mit seinen wogenden, unberechenbaren Wellen. Zerklüftete, ungezähmte Klippen im Süden und Osten, und der Wald verdeckte jedes Detail. Sie arbeiteten sich zu Lauras Grundstück vor und entdeckten einen Mann, der auf der Nebenstraße Ausschau hielt, aber keine anderen offensichtlichen Wachen. Brent hatte keine Ahnung, wie viele Leute an der Sache beteiligt waren, aber sechzig Millionen waren genug, um eine kleine Armee zu finanzieren. Nur hatten diese Kerle keine sechzig Millionen. Sie hatten nichts, dank seines Freundes Davis.

Brent führte Finn zu seinem Mini-Arsenal. Damit würde man keine Armee ausschalten können, aber er hoffte, dass sie Anna finden und verteidigen konnten, bis Verstärkung eintraf. Wer wusste schon, wo Annas Mutter und ihr Stiefvater waren. Die SIG Sauer befand sich in der Hütte, in einem seiner speziell gebauten Verstecke. Angenommen, die Verbrecher waren unten, konnte er sie erreichen, ohne dass sie merkten, dass er im Haus war? Brent hatte drei weitere Handfeuerwaffen, zwei davon hatte er unwillkommenen Besuchern auf seinem Grundstück abgenommen.

Außerdem hatte er eine Schrotflinte und ein Jagdgewehr, um mit einem Bären fertigzuwerden – wie dem, an dem sie gerade vorbeigekommen waren. Wildtiere waren draußen in Ordnung, aber Brent wollte sein Haus nicht mit etwas teilen, das haariger war als er selbst.

Er übergab Finn eine Beretta und eine Smith & Wesson. Für sich selbst steckte er eine Glock ein.

„Lass dich damit nicht erwischen", sagte Finn grimmig zu ihm.

Brent nickte und führte ihn zu seinem Munitionslager. Sie packten in ihre Taschen, was hineinging. Finn nahm das Gewehr und begann es zu laden. Dann hockten sie sich neben eine riesige Fichte. „Auf dem Dach gibt es eine Luke zum Dachboden", erklärte Brent. „Wenn wir da durchkommen, ohne dass sie es merken, dann sind wir drin."

„Davon stand nichts auf den Plänen", murmelte Finn.

„Es gibt vieles, was nicht auf den Plänen steht", flüsterte Brent zurück. „Es gibt auch eine Falltür im Hauswirtschaftsraum, die in den Kriechkeller führt. Und da ist eine Verkleidung, die entfernt werden kann. Auf dieser Seite des Hauses, links vom Schornstein."

„Eine Sache noch", sagte Finn schnell. „Sie könnten Anna auf dem Boot versteckt haben. Das würde Sinn machen, wenn sie sich schnell aus dem Staub machen wollen. Wenn wir das Haus observieren und sie mit dem Boot abhauen, stehen wir wieder am Anfang."

„Ich glaube nicht, dass sie vorhaben, Anna mitzunehmen."

„Es sei denn, sie sagt ihnen nicht, was sie wissen müssen."

Das war richtig, aber Finn hatte die Typen, mit denen sie es zu tun hatten, noch nicht getroffen. Und auch nicht den Mann, der Annas Ex-Freund in ihrer hübschen kleinen Küche abgeschlachtet hatte. Dieser Kerl könnte Anna in einen lebenden, atmenden Zombie verwandeln, wenn sie sich nicht beeilten. Vielleicht hatte er es schon getan, aber Finn hatte trotzdem recht. Sie konnten es sich nicht leisten, ihnen einen einfachen Fluchtweg anzubieten.

„Wie lange würdest du brauchen, um das Boot zu überprüfen?", fragte Brent.

„Fünf Minuten. Ich kann dafür sorgen, dass es nicht weit kommt, falls eines von diesen Arschlöchern versucht zu fliehen. Warte auf mich."

Brent konnte die Gesichtszüge seines Bruders nicht sehen, aber er konnte ihn förmlich denken hören.

„Wir wissen nicht, wie viele Leute da drin sind oder wo Anna ist – oder ob sie überhaupt hier ist. Wir müssen in der Nähe bleiben und sehen, welche Informationen wir durch verdeckte Beobachtung herausfinden können." Seine Hand griff nach Brents Schulter. „Das bedeutet, dass du nicht wie ein Idiot da hineinrennst, wenn du siehst, dass sich jemand an Anna vergreift." Seine Finger krallten sich tief in ihn. „Du wirst ihr Leben nicht retten können, wenn du unsere Position verrätst. Das bedeutet, dass du einen kühlen Kopf bewahren musst, es sei denn, sie befindet sich in einer Situation, in der es um Leben und Tod geht."

Brent nickte. „Ich werde es versuchen." Das war das Beste, was er tun konnte, und er wollte keine wertlosen Versprechungen mehr machen. Brent und Finn luden beide ihre Waffen, das Geräusch erklang laut in der Nacht. Hoffentlich waren sie weit genug entfernt, um vom Lärm der Brandung übertönt zu werden, die mit ein wenig pazifischer Wut an den Strand schlug. Wenn das Boot der Fluchtplan der Bösewichte war, hätten sie besser Überlebensanzüge einpacken sollen.

Finn nahm das Gewehr und einige Patronen mit. Keiner der beiden war in der Schule ein guter Schüler gewesen, aber beide waren Naturtalente, wenn es um Sport jeglicher Art ging. In der Armee hatte Finn das Schießen auf ein ganz neues Niveau gebracht.

Sie schlichen sich vorwärts, dann raunte Finn Brent zu, er solle sich still verhalten, während er sich um das Boot kümmerte. Brent wollte nicht stillhalten, aber er hatte es mehr oder weniger versprochen. Also kauerte er sich in die Büsche, die voller Beeren hingen.

Er suchte die Fenster seines Hauses ab und wurde mit einem Blick auf den Hurensohn belohnt, der sie in Minneapolis angegriffen hatte. Erleichterung erfüllte ihn. Sie waren also am richtigen Ort. Er sorgte dafür, dass sich sein Herz beruhigte. Bis der Kerl eine Person auf die Füße zog und ihr eine Ohrfeige gab.

Verdammte Scheiße, das war Anna! Er sah sich hektisch um, aber Finn war noch nicht zurück. Also gut. Er blieb standhaft, auch wenn es gegen jeden Instinkt ging. Dann fuhr der Wichser mit seinem Messer an Annas Kiefer entlang und sie zuckte zurück. Brent konnte nicht mehr länger warten.

———

ANNA ZUCKTE VON DEM MESSER WEG, HIELT ABER IHR Kinn hoch. Der Mann, der Peter getötet hatte – Rand, wie sie ihn genannt hatten –, wandte sich auf das Kommando eines älteren, distinguiert aussehenden Mannes mit militärisch kurzem, grauem Haar und einer bulligen Brust von ihr ab. Sie nahm an, dass er der Boss dieses ganzen Albtraums war.

Sie sah sich in Brents schönem Haus um und konnte nicht glauben, dass diese Leute diesen Ort für ihre schmutzige Arbeit gewählt hatten. Und doch hatte Brent ihr in der ersten Nacht, als sie ankam – vor nur einer Woche – gesagt, es sei abgelegen und niemand würde sie hier schreien hören. Zwei Männer beugten sich über zwei Laptops, die auf dem Küchentisch standen, und ein weiterer hielt Wache, um die Einfahrt zu beobachten. Der Glatzkopf war nach oben gegangen, um ein kurzes Nickerchen zu machen. Offenbar hatte er die Hauptlast der Entführung getragen und war völlig erschöpft. Die arme Seele. Ihre Mutter kauerte auf der Couch. Anna schenkte ihr ein grimmiges Lächeln.

„Es tut mir leid, Anna", flüsterte ihre Mutter.

„Das ist nicht deine Schuld, Mom."

„Ich meine wegen vorhin ... wegen allem ..."

Die Gefühle des Grolls, die Anna jahrelang verfolgt hatten,

verflüchtigten sich. Vielleicht war sie sich dessen nicht bewusst, aber sie hatte ihren Eltern die Schuld dafür gegeben, dass sie sie in der Stunde der Not im Stich gelassen hatten. Sie war voller Bitterkeit und heimlicher Abscheu gewesen, die niemand zu durchdringen vermochte. „Es war auch meine Schuld", gab sie zu, obwohl sie sich am liebsten die Kehle zugeschnürt hätte. Dies war vielleicht ihre letzte Chance, ihrer Mutter etwas zu sagen. „Ich habe dich ausgeschlossen. Ich habe dich weggestoßen. Das bereue ich mehr als alles andere, seit Dad verhaftet wurde."

Ihre Mutter öffnete den Mund, um noch mehr zu sagen, aber Rand warf ihnen einen Blick zu, und sie erstarrten beide. *Oh Gott.* Er war verdammt unheimlich.

Ihre Mutter sah ziemlich gut aus, wenn man bedachte, dass sie sich unwohl fühlte, weil sie stunden- oder gar tagelang gefesselt war, einen Bluterguss auf der Wange hatte und ihr Haar durcheinander war, aber es gab keine wirklichen Schäden. Noch nicht.

Anna erwähnte Ed nicht. Auch nicht den seltsam sanften „Knall" der Waffe, als sie ihn tötete. Nicht das Entsetzen, als er langsam zu Boden sackte. Katherine war nicht der stärkste Mensch auf der Welt. Anna musste sicherstellen, dass sie nicht zusammenbrach.

„Lassen Sie sie gehen und ich erzähle Ihnen alles, was Sie wissen wollen", rief sie.

„Du hast ihn also gefunden?", fragte Rand. „Den Umschlag?" Die Art und Weise, wie seine Augen über sie wanderten, schickte einen kalten Schauder über ihre Haut. Sie zwang sich, nicht an den Umschlag zu denken, der gegen ihre Bikinizone gedrückt wurde.

„Wo war er?"

„Er hat den Brief an eine Freundin von mir in Minneapolis geschickt. Wir sind dorthin gefahren, nachdem wir ... Sie in meinem Haus gesehen haben." Sie schluckte, blickte aber nicht weg.

„Dafür schuldest du mir noch etwas." Er rieb sich eine Stelle am Hinterkopf. „Peter sagte, du wärst frigide und würdest keinen Sex mögen."

Sie versuchte, die Worte und die Bilder, die auf sie einstürmten, zu verdrängen, aber er war direkt vor ihr, und sie wusste, dass ihr Überleben davon abhing, dass sie ihm Aufmerksamkeit schenkte. „Sie haben ihn getötet. Sie haben einen Mann getötet, der halb so groß war wie Sie selbst."

Er zuckte mit den Schultern. „Wenn du nicht weggelaufen wärst, hätte ich ihn nicht töten müssen, oder?"

„Wollen Sie damit sagen, dass das meine Schuld ist?"

Er beugte sich vor, bis sie sich Auge in Auge gegenüberstanden. Sie konnte seine Haut riechen. „Eigentlich ist es die Schuld deines Vaters, der unser Geld gestohlen hat."

„Sie haben versucht, ihn hereinzulegen ..."

„Nein, das haben wir nicht. Wir haben seine Zugangscodes nur benutzt, um uns abzusichern. Hätte er die Sache in Ruhe gelassen und seine Nase da rausgehalten, hätte sich nichts geändert. Petrie hätte die Aufzeichnungen über die Aktivitäten gelöscht, und nichts von alledem wäre je passiert. Das Geld gehört uns, wir haben es uns redlich verdient."

Anna glaubte ihm nicht. „Wenn das Geld sauber wäre, wären Sie zur Polizei gegangen, als es verschwunden ist."

„Sauber? Wir haben unser Leben für dieses Geld riskiert. Nur weil die heutige Regierung es nicht sanktioniert hat, heißt das nicht, dass die letzte es nicht getan hätte – oder die nächste." Er berührte mit einem Finger ihr Haar und strich eine Strähne hinter ihr Ohr. Abscheu durchströmte sie. „Ich habe meinem Land gedient. Du lebst in deinem hübschen kleinen Haus, umgeben von hübschen Dingen, als wäre das ein gottgegebenes Recht und nicht etwas, wofür Männer wie ich mit Blut bezahlen müssen."

Anna verband mittlerweile Blut nur allzu sehr mit ihrem Zuhause. Aber er sah sich wirklich als einen tapferen Soldaten, dem zustand, was ihm bezahlt wurde.

Sie sah ihre Mutter an, die gegen diese brutale Kraft hilflos war.

„Jetzt sind Sie nur noch ein Feigling, der nur sich selbst dient."

Er wich einen Schritt zurück, als hätte sie ihn angespuckt, und hob dann die Hand, als wollte er sie ohrfeigen.

„Genug Gezänk. Gebt uns das, was Davis euch geschickt hat, und wir lassen euch beide am Leben", blaffte der Ältere. Der Boss.

„Lassen Sie meine Mutter gehen, und ich werde alles tun, was Sie wollen. So schnell Sie wollen."

Der grauhaarige Kerl tauschte einen Blick mit seinem Killer aus, und sie konnte sich eines Schauders nicht erwehren. Rand nahm ihr T-Shirt in eine Hand und hielt das Messer hoch. Sie wich zurück, als es den Ausschnitt durchschlitzte und nur knapp ihr Kinn verfehlte.

„Macht Sie das an?", fragte sie ihn ruhig. „Sich Frauen aufzudrängen, die Sie nicht wollen?"

Wieder dieses eiskalte Lächeln. Es schlängelte sich ihre Wirbelsäule hinauf und ließ ihre Tapferkeit wanken. „Manchmal."

Ihre Mutter versuchte aufzustehen, kämpfte aber mit ihren Fesseln.

Rand machte einen Schritt und stieß ihre Mutter mit dem Gesicht nach unten auf die Couch. „Nicht so eilig, Mom. Du kommst als Nächste dran."

„Rand", sagte sein Chef ungeduldig.

Anna bemerkte, wie sich die Lippen des Monsters zusammenzogen. „Tun Sie lieber, was Ihr Boss Ihnen sagt, sonst bekommen Sie noch Ärger", stachelte sie ihn an und hoffte, dass sie und ihre Mutter vielleicht einen Weg finden würden, zu entkommen, wenn sie sie dazu bringen könnte, sich zu streiten.

Der Puls in seinem Hals pochte ein paar Schläge lang sichtbar, aber die Kälte in seinem Blick wich nicht.

„Ich werde dich durchsuchen, Anna. Sehr gründlich." Er ging langsam um sie herum. „Ich muss sicherstellen, dass Vic nichts übersehen hat." Vic war der Glatzkopf, hatte sie herausgefunden. Es beruhigte sie gar nicht, dass sie vor ihnen ihre richtigen Namen benutzten. Mr. White und Mr. Black wären für sie in Ordnung gewesen.

Er drückte sein Messer zwischen ihre Brüste und stach in ihre Haut, bevor er den Stoff ihres BHs aufschlitzte. Absichtlich. Sie stand da mit entblößten Brüsten. Blut lief an ihrer Vorderseite herunter, und Anna bemerkte, dass es ihr egal war. Sie dachte an Brent. An sein Lächeln. Seine Augen. Seine warme, feste Unterstützung. Was auch immer mit ihrem Körper geschah, es würde sie nicht brechen. Diesmal nicht. Sie musste nur einen Weg hier heraus finden. Denn sobald sie den Umschlag gefunden hatten, war sie überflüssig.

„Sie haben das Foto im Haus meiner Mutter geküsst." Seine Augen flackerten überrascht auf.

„Die Polizisten haben Ihre DNA von dort und aus meinem Haus in Minneapolis. Sie wissen, wer Sie sind. Damit werden Sie nicht durchkommen."

„Das ist nur wichtig, wenn sie mich erwischen. Und sie werden mich nicht erwischen." Seine Lippen verzogen sich grausam. „Zieh deine Hose aus."

Anna leckte sich über die Lippen, denn die Angst machte ihr zu schaffen. Aber ihre Hand wanderte zum Knopf ihrer Jeans. Sie wehrte sich nicht und diskutierte nicht. Sie wollte nicht, dass er das selbst tat, denn er würde es nicht nur genießen, sondern dabei auch noch den Umschlag finden. Sie öffnete den Reißverschluss und ließ den Umschlag mit der Jeans zu Boden sinken. Sie trug jetzt nur noch ihr Höschen und ihre Socken. Ihre Schuhe hatte man ihr bereits auf dem Boot abgenommen. Rand steckte sein Messer zurück in die Scheide an seinem Gürtel, aber ihre Erleichterung war nur von kurzer Dauer, als er seine Pistole zog. Er schien von ihren Beinen abgelenkt zu sein, und sie stand zitternd da und betete, dass er den kleinen beigen Zipfel nicht bemerken würde, der aus dem Blau ihrer Jeans herausschaute.

Er stellte sich vor sie, fuhr mit den Händen durch ihr Haar, über ihre Ohren, ihren Hals. Dann zog er sie fest an sich und fuhr mit beiden Händen über ihren Rücken, wobei seine Waffe ihre Haut streifte. Sie spürte seine Erregung und wich seinem Blick aus, obwohl er ihr direkt in die Augen starrte. Er begann, ihre Pobacken zu spreizen, und sie zuckte zusammen, als der alte Mann sagte: „Verdammt noch mal, Rand. Ich will nicht, dass du die Informationen auf diese Art bekommst."

Rand wirbelte herum und traf den Kerl genau zwischen die Augen. Der Schuss verursachte dank des professionell aussehenden Schalldämpfers kaum ein Geräusch, und es floss auch nicht viel Blut.

„Wurde auch Zeit, verdammt." Der Mann mit der dicken Brille blickte nicht einmal vom Computer auf. Aber dann tat er es doch, und seine Augen wanderten anerkennend, aber ohne wirkliche Wärme, über ihren Körper und landeten schließlich auf ihrem Kleiderstapel. Sein träges Grinsen ließ ihr das Blut in den Adern gefrieren. „Ich glaube, du hast da etwas übersehen." Er zeigte auf ihre Jeans und Anna schloss die Augen. *Nein.*

Rands Kiefer spannte sich an, dann warf er einen Blick auf die Jeans und zog den gefalteten Umschlag heraus, den sie so sehr zu verbergen versucht hatte. „Verdammte Schullehrerin." Dann knallte er ihr den Pistolenkolben an die Schläfe, und sie fiel um wie ein Stein.

———

Brent fand Hand- und Fussstützen in den massiven Baumstämmen seines Blockhauses und zog sich mit mehr roher Gewalt als Geschick an der Seite seines Zuhauses hoch. Das Dach war aus Metall, also rutschte er vorsichtig darüber und wollte die Luke öffnen. Eine feste Hand hielt ihn auf.

„Lass mich erst nachsehen, ob sie nicht verkabelt ist." Es war Finn. Ruhig und gelassen, ohne Vorwürfe. Der Kerl bewegte sich wie ein gottverdammter Geist und verursachte ihm fast einen Herzinfarkt.

Brent nickte. Sie öffneten die Luke einen Spalt, und Finn suchte mit einer kleinen Taschenlampe den Rand ab. „Alles klar", sagte er.

Sie ließen sich lautlos in den engen Dachboden gleiten, in dem außer der Isolierung nichts vorhanden war.

Einen Moment lang saßen sie regungslos da und lauschten mit gespitzten Ohren in die Stille hinein. Langsam hoben sie die Klappe, die in ein leeres Zimmer führte, in dem ein Bett stand und sonst nichts. Brent bekam nicht gerade viel Besuch. Er wusste nicht einmal, warum er ein so großes Haus gebaut hatte, außer, dass es das Gegenteil eines Gefängnisses war.

Es war ein guter Ort für die bösen Jungs, um sich zu verstecken.

Die Polizisten waren weg, aber die Gegend war offiziell immer noch ein Tatort. Es war abgelegen, hatte aber alles, von einer voll ausgestatteten Küche bis zum drahtlosen Internet. Sie hatten nur nicht mit der Unfähigkeit der kleinen Gemeinde gerechnet, ihre Nase aus den Angelegenheiten anderer Leute herauszuhalten. Und sie hatten nicht mit den Carver-Brüdern gerechnet.

Die Schlafzimmertür war leicht angelehnt, und ein dünner Lichtstreifen erhellte das Bett, auf dem eine massige Gestalt lag.

Brent schluckte die Angst und Panik um Annas Wohlergehen hinunter und konzentrierte sich darauf, keinen Laut von sich zu geben, als er auf den Boden glitt. Er war zwar kein Soldat, aber er war mit der Jagd auf Tiere im Wald aufgewachsen, und all seine Überlebensinstinkte waren erst in einem Haushalt, in dem er misshandelt worden war, und dann im Gefängnis geschärft worden. Er zielte mit der Glock auf den unbeweglichen Schatten und nahm das Gewehr, das Finn zu ihm herabließ, bevor sein Bruder wie eine Katze neben ihm landete.

Der Typ auf dem Bett bewegte sich nicht. Er und Finn gingen auf die gegenüberliegenden Seiten des Bettes und schielten auf das graue Haarbüschel, das aus dem Bettzeug ragte. Es war nicht Annas Mutter, und ihr Stiefvater hatte eine Glatze. Finn hob seine

Handfeuerwaffe, als Brent die Decke zurückzog. Die Augen eines älteren Mannes waren weit aufgerissen, ein Knebel war in seinen Mund gestopft. Er sah erschöpft, schmutzig und verängstigt aus. Ein Auge war zugeschwollen. Finn überprüfte seinen Rücken und seine Knöchel. „Gefesselt", hauchte er leise.

Brent zog ihm den Knebel ab und legte einen Finger an seine eigenen Lippen.

„Wer sind Sie?"

„Mein Name ist Harvey Montgomery. Ich war bei Katherine, als sie in Anchorage entführt wurde."

Er und Finn tauschten einen Blick aus. Das passte zu den Informationen, die Holly aufgeschnappt hatte.

„Sind Sie das Rettungsteam?", flüsterte Harvey, als Finn seine Fesseln durchtrennte. Brent zog die Decke weg, damit Harvey seine Arme und Beine bewegen konnte, um das Blut wieder zum Fließen zu bringen. Seinem Gesichtsausdruck nach zu urteilen, musste es höllisch wehtun.

Brent zog eine Grimasse. „Ich bin ein Freund von Katherines Tochter Anna. Das hier ist mein Haus." Und er wollte verdammt sein, wenn diese Bastarde die Frau, die er liebte, an einem Ort töteten, der ihm so viel bedeutete. Und auch, wenn sie sie irgendwo anders töteten.

„Die Polizei ist auf dem Weg", beruhigte Finn den Mann. Finn ging zum Schlafzimmerfenster hinüber und öffnete es.

Brent deutete hinaus. „Wenn Sie da rauskommen, ohne ein Geräusch zu machen, dann los. Aber wenn Sie auch nur einen Ton von sich geben, erschieße ich Sie persönlich."

Harvey schüttelte den Kopf. „Ich werde keine Frau diesen Wahnsinnigen überlassen. Geben Sie mir eine Waffe. Ich werde Ihnen helfen."

„Wissen Sie, wie man eine Waffe benutzt?", fragte Finn.

„US Marine Corps, Soldat." Er hielt Finn offensichtlich für einen Teil des Rudels. Brents Lippe kräuselte sich. Noch eine Clique, der er nicht angehörte.

Finn reichte Harvey die Beretta und eine Handvoll Munition. „Erschießen Sie die Ladys nicht." Er schnallte sich das Gewehr auf den Rücken.

Ein Schrei ertönte von unten und Brent ging zur Tür. Finn hielt ihn fest. „Ruhig und leise", flüsterte er. „Lass uns nicht beweisen, dass die Arschlöcher vom ERT recht haben, okay?"

Finn hatte recht. Er nickte. „Wie viele von denen sind hier?", fragte er Harvey im Flüsterton.

„Ich habe drei gesehen und zwei weitere gehört, seit sie mich nach oben gezerrt haben. Ich bin reich, deshalb bin ich noch am Leben. Ich bin der Plan B."

„Wo halten sie Katherine und Anna fest?"

„Katherine war bis vor etwa einer Viertelstunde mit mir hier. Sie kamen und brachten sie nach unten, als die anderen ankamen." Harveys Auge war zugeschwollen. So wie sein Gesicht aussah, hatte er versucht, sie aufzuhalten und war gescheitert. „Ich habe Katherines Tochter nicht gesehen." Menschen konnten in fünfzehn Minuten viel Schaden anrichten.

Brent ging langsam auf den Treppenabsatz zu, wobei er sich unterhalb des massiven Eichengeländers hielt. Sie wussten, dass ein Mann die Hintertür bewachte. Die untere Etage war ziemlich offen, mit Ausnahme der Waschküche. Es war eine hitzige Unterhaltung im Gange, die er nicht verstehen konnte. Finn tippte ihm auf die Schulter, um ihm etwas zu sagen, als jemand die Schlafzimmertür hinter ihnen öffnete.

SIEBZEHN

Scheiße!

Der Typ blinzelte sich den Schlaf aus den Augen, was ihnen den Bruchteil einer Sekunde Vorsprung verschaffte. Finn nahm ihn in den Schwitzkasten, erstickte jedes Geräusch des Mannes mit seinen Händen und Armen und trieb ihn sanft zurück in den Raum. Brent und Harvey stürmten hinterher und schlossen die Tür leise hinter sich.

„Halten Sie Ausschau", murmelte er Harvey zu, der nickte, die Tür öffnete und hinausspähte.

Der große Kerl sackte in Finns Armen zusammen und ging bewusstlos auf die Knie. Finn hievte ihn auf das Bett. „Wir müssen ihn fesseln."

Sie befanden sich in Brents Schlafzimmer, also holte er die SIG Sauer aus einem Geheimfach in einem Balken. Finn hob die Brauen. „Das habe ich nicht gesehen."

„Ich auch nicht", murmelte Harvey anerkennend.

„Hast du Klebeband hier drin?", fragte Finn.

„Nein, aber in meinem Studio. Soll ich es holen?"

Finn schüttelte den Kopf. „Krawatten? Gürtel?"

Brent ging zu seinem Kleiderschrank, dessen Inhalt hauptsächlich aus abgetragenen Jeans, Boardshorts und verblichenen T-Shirts bestand. Er zog drei Krawatten neben einer maßgeschneiderten Anzugjacke hervor, die er bei seiner Bewährungsanhörung getragen hatte. Die Uhr tickte. Anna war in Gefahr. Er holte ein Paar Wollsocken aus der obersten Schublade, stopfte sie dem Kerl in den Mund und fixierte ihn mit der ersten Krawatte. Finn band die Handgelenke zusammen, und Brent nahm die Knöchel, wobei er die Schnürsenkel zur Sicherheit verknotete. Brent schnappte sich ein paar Ledergürtel, und sie fesselten ihn quer über das Bett und befestigten ihn an den Bettbeinen.

„Wie lange wird er bewusstlos sein?", fragte Brent.

„Nicht lange genug", antwortete Finn.

„Scheiße." Brent wollte nicht, dass dieser Kerl hier oben herumlungerte und Alarm schlug.

„Ich werde auf ihn aufpassen." Harvey stellte sich neben die beiden. Sie alle flüsterten. „Ich halte ihn unter Kontrolle und erschieße jeden, der kommt, um ihn zu suchen. Es wäre mir ein Vergnügen."

„Passen Sie nur auf, dass es keine Polizisten sind, auf die Sie schießen", meinte Brent. „Und wenn die Cops auftauchen oder jemand hier eine Blendgranate hereinwirft, nehmen Sie die Waffe runter und strecken die Hände so hoch wie möglich in die Luft."

Bei seinem Glück würde Brent eine RCMP-Kugel in den Schädel bekommen, obwohl er sich nicht sicher war, ob man das dann auch als „friendly fire" bezeichnen würde.

„Die Cops werden bald hier sein", stimmte Finn zu. Er wandte sich an Brent. „Von drinnen habe ich keine freie Schussbahn. Ich gehe mit dem Gewehr nach draußen und suche mir eine Position, von der aus ich das Wohnzimmer einsehen kann. Du bleibst ruhig. Greif nur ein, wenn Anna oder ihre Mutter in unmittelbarer Gefahr sind. Und was immer du tust, halte dich verdammt noch mal aus der Schusslinie heraus." Und dann war er weg. Brent nickte Harvey zu und schlüpfte ihm hinterher.

Von unten ertönte ein Schuss, und Brents Blut wurde zu Eis. Vielleicht waren sie bereits zu spät.

———

ANNA WACHTE IN EINEM GEWIRR VON GLIEDMASSEN auf dem Boden auf, und ihr Kopf fühlte sich an, als wäre er wie ein rohes Ei aufgeschlagen worden. Ihre Sicht war verschwommen, aber sie erkannte, dass ihre Mutter an sie gekuschelt war. Langsam fügte sich alles wieder zusammen. Zum Beispiel, warum sie auf dem Boden lag und nur ein offenes Hemd, einen zerfledderten BH, ein Höschen und Socken trug.

Sie setzte sich auf, benommen und wacklig. Dann ergriff sie die Hand ihrer Mutter und versuchte, ihre Fesseln zu lockern, damit sie sich wohler fühlte, aber ihre Mutter schien nicht ganz bei sich zu sein, als wäre sie betäubt worden oder hätte einfach aufgegeben. Die Männer an der Küchentheke warfen ihr einen Blick zu, betrachteten sie aber nicht als wirkliche Bedrohung und ignorierten sie. Und eine Bedrohung war sie nun wirklich nicht. Sie konnte nicht einmal geradeaus sehen, und ihr Kopf pochte.

Die Männer flüsterten. Anna strengte sich an, um sie zu hören.

„Wie lautet der Name, auf den diese Konten laufen?", fragte Rand.

„Plantain. Ed Plantain." Der Computertyp warf ihr noch einen Blick zu. Aber sie konzentrierte sich auf die Augen ihrer Mutter und zwang sie gedanklich, aus dem Nebel zu kommen. Sie beobachtete die Männer aus dem Augenwinkel.

„Er hat Davis also eine Falle gestellt?"

Die Brauen des Buchhalters hoben sich. „Ich weiß es nicht, aber ja, es sieht so aus. Schlaues Kerlchen." Was bedeutete das? „Ich brauche dreißig Sekunden, um unser Geld zurückzuüberweisen." Seine Hände huschten über die Tasten, dann runzelte er die Stirn. „Hm. Ich glaube, da ist jemand hinter uns her." Der Mann tippte schneller und grinste dann. „Sie haben eines der Konten gesperrt, aber ich habe den Rest verschoben. Und", fügte er spitzbübisch hinzu, „wir sind alle Mitunterzeichner für die Konten der anderen, also sollten wir gar nicht erst daran denken, noch jemanden loszuwerden."

Anna betrachtete den toten Mann auf dem Boden. Einer von ihnen. Ermordet. *Oh Gott.*

„Browning war eine Belastung." Rand war erschreckend klar im Kopf für einen so kaltblütigen Killer. „Hol Kudrow. In zehn Minuten sind wir weg." Sie sahen beide zu ihr und ihrer Mutter, die auf dem Boden kauerten.

„Ich habe noch etwas mit der Lehrerin zu klären." *Zehn Minuten.* Nun, zumindest würde es schnell gehen.

Annas Kehle war wie zugeschnürt, aber es gab etwas, das sie unbedingt wissen musste. Etwas, das wichtiger war als seine Pläne für sie.

„Was denken Sie? Wer hat Davis hereingelegt?"

Rands Lippen zuckten. Er stieß ihre Mutter mit dem Fuß an, als sie fast komatös auf dem Boden lag. „Es scheint, als hätte dein Stiefvater deinen Vater reingelegt, damit er für deine süße Mom die Scherben aufsammeln kann. Das ist eine Menge Ärger für einen einzigen hübschen Arsch. Ich wette, du bist jetzt froh, dass ich das Arschloch erschossen habe."

Die Augen ihrer Mutter weiteten sich ins Unendliche, aber sie begegnete ihrem Blick nicht. Annas Gedanken hörten nicht auf, sich zu drehen. Ihr Vater war unschuldig gewesen. Alles, was er jemals gesagt hatte, war also wahr gewesen, aber niemand hatte ihm geglaubt – außer Brent.

Oh, Gott. Das war furchtbar. Sie hatte ihn im Stich gelassen, dank dieses Ekels Ed. Es tat ihr so leid, dass sie ihn so verletzt hatten. Ihre Mutter würde sich das nie verzeihen. Anna würde sich das nie verzeihen. Aber wenn sie die nächsten zehn Minuten überleben wollte, musste sie etwas Drastisches tun, und dazu gehörte nicht, sich wie ihre Mutter in ihren Kopf zu verziehen. Wut schoss durch ihren Körper.

Rand packte ihr Handgelenk, sein eiserner Griff würde blaue Flecke hinterlassen, als er sie auf die Beine zog.

Sie wehrte sich gegen ihn, stolperte vorwärts. „Lassen Sie mich los!" Trotz des Schmerzes wehrte sie sich gegen seinen Griff, und seine Finger krallten sich unbarmherzig in ihre Haut. Sie griff nach der schweren Couch, hatte aber Mühe, in dem dicken marineblauen Stoff Halt zu finden. Ihr Nagel brach, und sie unterdrückte einen Schrei. Er hatte ihr hundert Pfund pure Muskeln entgegenzusetzen, aber sie weigerte sich, loszulassen. Als sie zum Stehen kam, riss Rand ihr mit einem wilden Ruck fast den Arm aus dem Gelenk. Sie schrie auf, und er lachte. Tränen brannten in ihren Augen, aber sie wollte sie nicht fallenlassen.

Nein, sie wollte nicht zulassen, dass er sie zerstörte. Es war ihr lieber, dass er sie erschoss, als dass er sie vergewaltigte, also spielte es keine Rolle, dass sie ihn verärgerte. Es würde alles wehtun. Sie wollte sich auf keinen Fall zu einem Ball zusammenrollen und aufgeben.

Unten an der Treppe hakte sie ihren Fuß am Geländer ein und weigerte sich, sich zu bewegen. Die harte Kante des schimmernden Holzes schnitt in ihren Knöchel. Sie stieß einen stummen Schrei aus, als die Qual der gewaltsamen Dehnung sie durchzuckte. Anna konzentrierte sich nicht auf den Schmerz, sondern darauf, nicht loszulassen. Wenn sie ihn aufhalten konnte, hatte er vielleicht keine Zeit mehr, das zu beenden, was er angefangen hatte. Vielleicht würde ein Wunder geschehen, und sie würde gerettet werden. Lange Zeit hatte sie nicht an Wunder geglaubt, aber jetzt war sie bereit, einem eine Chance zu geben.

Rand stieß ein wütendes Gebrüll aus und schleuderte sie zur Seite. Sie krachte gegen die gegenüberliegende Wand und schrie vor Schreck und Frustration auf. Er gab ein zufriedenes Knurren von sich, als er sie die Stufen hinaufzog. Jede Stufe reizte die frischen blauen Flecken auf ihrem Körper, bis sie sich vor Schmerzen krümmte. Jede harte Kante fügte ihr neue Verletzungen hinzu, während er sie kurzerhand wie einen Sack Mehl mit sich riss. Ihre

Füße blieben an der Kante der letzten Treppe hängen, und sie krallte sich fest, während er vor Wut und Frustration fluchte. Er hätte ihr sowieso wehgetan, also hatte sie nichts zu verlieren. Das brachte eine weitere schockierende Erkenntnis. Das Leben, das sie sich in Minneapolis aufgebaut hatte, bedeutete nichts mehr. Sie wollte Brent – nicht nur, um sie zu retten, sondern um sie zu lieben.

Herr im Himmel, könnte das Geheimnis des Glücks so einfach sein?

Brent wollte keine Lebenspartnerin, die mit ihm zusammenlebte. Na und? Sie könnte seine Meinung ändern, oder sie könnten getrennte Wohnungen haben. Sie würde viel reisen. Sie könnte sogar in Kanada unterrichten und zurück auf die Insel ziehen. Zum ersten Mal in ihrem Leben wollte Anna um einen Mann kämpfen. Für ein Leben mit jemandem. Er würde sich vielleicht nicht darauf einlassen – verdammt, er war stur –, aber er hatte bereits zugegeben, dass er sich für sie interessierte. Etwas entfaltete sich in ihrer Brust. Bei einem Mann wie Brent Carver war Fürsorge gleichbedeutend mit einem vollwertigen Antrag.

„Lass. Die. Verdammte. Treppe. Los. Schlampe." Rand riss sie nach vorne, und zum ersten Mal durchdrang Wut diesen emotionslosen Blick. Sie schrie auf, als er sie von der Stufe befreite und sie geradewegs gegen die Wand schleuderte. Anna bekam einen heftigen Schlag auf die Nase, der ihre Augen brennen ließ. Verdammt noch mal. Rand sah amüsiert aus. Er zerrte sie über Brents hochglanzpolierten Boden. Verzweifelt schlug sie um sich, aber es gab nichts mehr, woran sie sich festhalten konnte. Das Monster wollte sie vergewaltigen, und dann wollte es sie töten. Dann würde er ihre Mutter töten, und Brent würde ihre Leichen finden, wenn er nach Hause kam.

Verdammte Scheiße! Das war fast das Schlimmste von allem.

Anna taumelte auf die Beine, stürzte sich auf ihn und fuhr mit ihren Nägeln durch sein Gesicht. Ein lächerliches Maß an Stolz durchströmte sie, als sie ihn traf und Blut aus einem Kratzer über seinem linken Auge floss. Er ohrfeigte sie im Gegenzug, und ihre Ohren klingelten. Sie versuchte, ihm in die Eier zu treten, aber er beherrschte sie leicht, und jeder Versuch, ihn zu verletzen, schürte sein Amüsement und das mörderische Funkeln in seinen Augen nur noch weiter. Sie hasste sein selbstgefälliges Lächeln, wollte ihm dieses Grinsen aus seinem hässlichen Gesicht kratzen. Er schob sie in das Schlafzimmer, in dem sie letzte Woche gewohnt hatte, als sie hier übernachtet hatte. Ihr Koffer lag noch offen auf dem Boden vor dem Bett. Sie schlug ihm ins Gesicht, und er schlug ihr mit der Gewalt eines Vorschlaghammers auf den Mund. Der Schlag vertrieb jeden Gedanken außer den an Schmerz aus ihrem Körper. Sie landete wie betäubt auf dem Bett und schmeckte Blut.

„Du brauchst dich nicht zu bewegen, Schätzchen. Das wäre nur Energieverschwendung." Dann schloss er die Tür und packte sie am Knöchel.

KATHERINES VERSTAND SCHRIE IN STILLER QUAL. ED hatte Davis die Schuld in die Schuhe geschoben? Davis war unschuldig gewesen? All diese Zeit. All diese Jahre. Schmerzen zerrten an ihrem Magen, und sie wollte sich zu einer Kugel zusammenrollen und schreien. Aber Anna wurde nach oben geschleppt, und ihre Tochter brauchte sie jetzt mehr denn je. Lieber Gott, wie hatte sie das Kind im Stich gelassen. Sie hatte Davis im Stich gelassen. Als Ehefrau und Mutter war sie nicht mehr als eine schlechte Ausrede. Sie schleppte sich über den Boden zu der Leiche des Mannes, von dem sie angenommen hatte, er sei der Boss. Die Tatsache, dass sie ihn so skrupellos erschossen hatten, deutete darauf hin, dass sie auch hier falschgelegen hatte. Ihre Hände pochten vor Schmerz. Ihre Füße waren eine einzige Qual. Wie hatte Ed das nur tun können? Verzweifelte Schluchzer wollten sie verschlingen, aber sie zwang sie zurück. Und obwohl es nur das Wort dieser bösen Männer war, wusste sie, dass es wahr war, denn plötzlich ergab ihr ganzes Leben einen Sinn.

War Ed wirklich tot? Diese Erkenntnis milderte ihre Wut auf ihn beträchtlich, obwohl sie ihm niemals hätte verzeihen können.

Der Mann, der den Computer bediente, murmelte vor sich hin. Hinter der riesigen Mücheninsel sitzend, konnte er sie nicht sehen, denn sie lag auf dem Boden. Und der Mann, der Anna durch das Haus schleppte, betrachtete sie nicht als Bedrohung, weil sie auch einfach keine war. Sie war nutzlos gewesen. Aber jetzt war die einzige Person, die ihr etwas bedeutete, in Gefahr, und es war ihr egal, ob sie bei ihrer Rettung sterben würde – sie würde ihre Tochter retten.

Sie fand, was sie suchte, als sie Anna wieder schreien hörte. Der tote Mann hatte ein kleines Taschenmesser an seinem Schlüsselbund. Katherine umklammerte den Schlüsselbund mit ihren tauben Fingern und sägte an dem Plastik, das ihre Füße zusammenhielt. Ihre Fesseln rissen und sie hielt bei dem Geräusch den Atem an, aber der Mann tippte einfach weiter. *Wahrscheinlich stiehlt er gerade das Geld seiner Freunde,* dachte sie verbittert.

Sie manövrierte das Messer mitsamt dem Schlüsselbund kopfüber zwischen ihren Handflächen und fand einen Winkel, um das dünne weiße Plastik anzugreifen. Es dauerte länger, aber nach etwa zwanzig Sekunden hektischer Bewegung riss die Fessel. Schmerz schoss durch ihre Gliedmaßen, und es herrschte eine schreckliche Stille. Der Mann an der Tastatur hatte aufgehört zu tippen. Ihr Herz pochte. Sie stürzte sich auf die Waffe des Toten, die immer noch an seinem Bein befestigt war, sah sich dann aber plötzlich einem silberglänzenden Revolver gegenüber.

„Das tun Sie lieber nicht, Lady", sagte er.

„Warum tun Sie uns das an? Sie könnten doch einfach zur Tür hinausgehen", flehte sie. „Nehmen Sie das Geld und verschwinden Sie."

Er schnaubte. „Damit Rand, Kudrow und Vic für den Rest meines Lebens hinter mir her sind? Nein, danke." Er spannte den

Hahn der Waffe, und Katherine schloss die Augen. Sie war so wütend auf sich selbst, weil sie Anna im Stich gelassen hatte. Wütend auf Ed, sogar wütend auf Davis. Sie neigte ihr Kinn und holte ein letztes Mal tief Luft. Dann ertönte ein Schuss, gefolgt von dem augenblicklichen Krachen der riesigen Fensterscheiben, und überall zersprang Glas. Sie öffnete die Augen, als der Mann, der gedroht hatte, sie zu töten, umkippte. Der andere Mann, Kudrow, kam in den Raum gerannt, als sie sich hinter der Kücheninsel duckte und den Revolver des Computerfreaks mit ihren Fingern ergriff, die plötzlich nicht mehr zitterten. Ein weiterer Schuss fiel und es erklang das Stöhnen eines sterbenden Mannes, als eine Kugel in sein Fleisch einschlug. Und dann war da ein Mann, den sie nicht erkannte, mit einem Gewehr an ihrer Seite, der ihr aufhalf und sie halb aus der Hintertür schob. „Gehen Sie. Laufen Sie los", sagte er.

„Meine Tochter!", rief sie und ließ die Waffe fallen.

Der Blick des Fremden fiel auf die Treppe. „Sie zuerst. Los!"

Sie packte ihn am Arm. „Es gibt auch einen Mann namens Harvey. Ich weiß nicht einmal, ob er noch am Leben ist."

„Harvey geht es gut. Ich habe ihn vorhin gesehen. Und jetzt bringen wir Sie hier raus."

Er hatte gehört, wie der Mistkerl Anna die Treppe hinaufgeschleift hatte. Ihre Schmerzensschreie hallten in seinem Kopf wider und explodierten wie tödliche Granatsplitter. Er wollte so sehr eingreifen, dass ihm fast das Herz stehenblieb, als er sich zwang, einfach hier hinter seiner Schlafzimmertür stehenzubleiben. Aber er wusste auch, dass dieser Bastard eine Waffe in der Hand hielt, und solange er sie nicht weggelegt hatte, konnte Brent keine Konfrontation riskieren.

In etwa dreißig Sekunden würde diese Waffe das Letzte sein, woran der Scheißkerl denken würde.

Er musste auf den Vorteil warten, aber dieser Vorteil brachte Anna in immer größere Gefahr, und der Gedanke, dass dieser Bastard sie berührte, machte ihn rasend vor Wut.

Er hörte, wie Anna ihm eine Ohrfeige verpasste, wie der Schlag erwidert wurde und wie sie vor Schmerzen aufschrie.

Seine Nägel bohrten sich in den Holzrahmen der Tür. Noch fünf Sekunden.

Brent hatte schon einmal eine solche Wut erlebt. Wut in seiner Kindheit, als seine Mutter abgehauen war und sie bei ihrem Vater zurückgelassen hatte. Als Jugendlicher war er jedes Mal wütend gewesen, wenn sein Vater Finn zu seinem Vergnügen wie einen Sandsack benutzt hatte. Und dann war da diese erwachsene Wut im Gefängnis gewesen, wenn jemand versucht hatte, ihn zu erniedrigen oder herabzusetzen, weil er dachte, er hätte das Recht dazu.

Aber das war alles nichts im Vergleich zu der weißglühenden Wut, die jetzt wie Feuer durch seine Adern schoss, und jeden Gedanken, jedes Gefühl und jede Erinnerung auslöschte.

Er schlich schnell aus seinem Schlafzimmer und in ihres. Der Bastard stand über ihr, eine Hand umklammerte ihre beiden Hände über ihrem Kopf, die andere riss ihr das Höschen herunter.

Brent legte seinen Finger auf den Abzug.

„Nein!“, rief Anna.

Was?

„Töte ihn nicht. Er ist es nicht wert, dass du wieder in den Knast wanderst.“

Ihm klappte die Kinnlade herunter. Glaubte sie wirklich, dass er sich im Moment auch nur einen Dreck um das Gefängnis scherte?

Die Hand des Mannes griff nach der Pistole auf dem Nachttisch. „Beweg dich noch einen Zentimeter, und ich puste dir den Schädel weg“, knurrte Brent ihm zu. Mein Gott, er wollte ihn verletzen. Er wollte ihm eine Kugel zwischen die Augen jagen, weil er es wagte, Anna zu verletzen.

Die Hand des Typen bewegte sich nicht mehr. Stattdessen

rollte sich der Kerl auf die Füße, nahm aber Anna mit, sodass sie sein menschlicher Schutzschild war.

Verdammte Scheiße!

Anna entschuldigte sich mit einem stummen Blick.

Verdammt, er konnte nicht glauben, dass er das Arschloch auf dem Bett nicht einfach erschossen hatte, aber die Kugel hätte auch Anna treffen können, und das durfte er nicht riskieren. Unten krachte irgendeine Glasscheibe. Schüsse fielen. Brent lächelte grimmig. Sie befanden sich in einer Pattsituation. Alle lauschten und erwarteten die trampelnden Schritte eines Polizisten, aber nichts geschah. Brent wusste, dass es Finn war, aber dieser Kerl musste sich fragen, was zum Teufel hier los war.

Brent hielt dem seelenlosen schwarzen Blick des Mannes stand, und seine Waffe wackelte nicht. Annas Augen waren riesige grüne Pfützen aus etwas, das Schrecken hätte sein sollen, aber sie sahen viel weicher aus als das. Sie lächelte ihn an, und sein Herz drohte zu zerspringen. Gott, er liebte sie.

„Lass sie gehen, und ich sage dir, wie du hier rauskommst, ohne dass die Cops dich sehen", bot Brent an.

Seine Augen flackerten.

„Mir ist alles scheißegal, außer Anna." Brent trat näher an die Tür heran. „Es gibt einen Durchgang im Dach. Man erreicht ihn durch eine Luke im nächsten Schlafzimmer." Brent legte den Kopf schief.

Der Kerl hatte es auf seine Pistole abgesehen. Brent spannte sich an, nur für den Fall, dass er beschloss, nach ihr zu greifen. Er wollte nicht riskieren, Anna zu erschießen, aber der Typ durfte die Waffe nicht bekommen, sonst wären sie beide tot.

„Nimm die Waffe runter, oder ich breche ihr das Genick." Der Bastard änderte den Winkel seines Griffs. Das war keine leere Drohung. Die Art und Weise, wie er seine Hände genau an die richtige Stelle bewegte, bewies, dass er es schon einmal getan hatte. Wahrscheinlich öfter, als er zählen konnte.

„Er wird mir sowieso das Genick brechen. Lass ihn nicht

entkommen, Brent. Du hast ihn bereits daran gehindert, mich zu vergewaltigen." Ein Feuersturm der Erleichterung fegte über ihn hinweg, aber sie steckten immer noch tief in der Scheiße. Anna hatte Mühe zu atmen, während sie auf Zehenspitzen balancierte und sich an die Hüften des Mannes klammerte. „Rand hier verdient es, sein Leben im Gefängnis zu verbringen. Du bist der Gute."

Sie blutete und war bis auf ein flatterndes Hemd nackt, und sie versuchte, ihn zu beruhigen? Er wollte knurren, wagte es aber nicht, seine Aufmerksamkeit auch nur für eine Sekunde abzuwenden. In seinem peripheren Blickfeld sah er eine Bewegung in den Bäumen draußen. Ein Schatten, der nicht normal war. Brent bewegte sich, um nicht in der Schusslinie zu stehen, und betete, wie er noch nie in seinem ganzen gottverdammten Leben gebetet hatte.

„Ich liebe dich. Bitte denke nicht, dass das deine Schuld war", keuchte Anna.

Verdammt! Wie hatte das überhaupt passieren können? Eine Frau wie sie, die einen Mann wie ihn liebte?

„Ach, wie süß." Rand lachte und verlagerte seinen Griff, um die letzte tödliche Drehung anzusetzen.

———

Als Rands Arme sich schmerzhaft um ihren Hals schlossen, wusste Anna, dass sie gleich sterben würde. Er würde gewinnen, und Brent würde innerlich vernichtet werden. Nein! Sie wagte einen letzten verzweifelten Griff nach dem Messer, das an Rands Hüfte steckte. Ihr Herz krampfte sich fast zusammen, als sie schließlich den Griff erwischte und es herauszog.

Sie korrigierte ihren Griff und trieb die Klinge tief in Rands massiven Oberschenkel. Er heulte vor Schmerz auf und ließ sie los. Sie stürzte sich auf das Bett und Rands Waffe. Er war kurz davor gewesen, sie zu vergewaltigen, und das Wissen darum verlieh ihr einen Rachehunger, wie sie ihn noch nie erlebt hatte.

Aber er packte ihren Fuß und sie schlug mit dem Gesicht voran auf die Matratze.

„Lass sie los, Arschloch." Brent hob die Waffe und richtete sie auf Rands Brust. Rand ließ ihren Fuß für einen Moment los, um den Nachttisch mit einer Hand nach Brent zu schleudern, was ihm die Waffe aus der Hand schlug.

Anna griff nach den Laken und versuchte, sich über das Bett zu ziehen. Es war ihr egal, dass sie fast nackt war. Sie wollte einfach nur leben. Rand packte ihren Fuß erneut mit brutaler Gewalt. Sie drehte den Kopf und sah, wie er das Messer aus seinem Oberschenkel riss, ein hasserfüllter Blick loderte in diesen schwarzen Tiefen, als er das Messer hob, um sie aufzuschlitzen. Erinnerungen an Peter schossen ihr durch den Kopf, und sie trat kräftig zu.

Brent stürzte sich auf sie und traf mit seiner Faust Rands Nase, aus der daraufhin Blut strömte. Rand ließ sie los. Die Tatsache, dass Brent bereits alles für sie riskiert hatte, machte ihn zu einem Helden. Die Tatsache, dass er bereit gewesen war, für sie zu töten, zeigte ihr seine Liebe und Hingabe. Sie brauchte keine Worte und bezweifelte, dass sie sie jemals hören würde. Ein Trommelfeuer von Schlägen warf Brent einen Schritt zurück, und ihr Herz blieb ihr im Hals stecken, als Rand mit dem Messer auf ihn losging.

„Verschwinde", schrie Brent sie an.

Sie würde ihn auf keinen Fall verlassen. Die Waffe. Sie kletterte über das Bett und griff nach Rands Pistole, aber ihre Hände zitterten so stark und die beiden Männer waren so nah beieinander, dass sie nicht riskieren konnte, zu schießen.

Brent brauchte eindeutig seine ganze Kraft und Konzentration, um den rasenden Mann abzuwehren, der mit einem blutigen Messer in der Faust auf ihn zukam. Er wich nach links aus und trat gegen Rands Knie. Rand stöhnte vor Schmerz, ging aber nicht zu Boden. Brent schnappte sich ein Handtuch vom Heizkörper und wickelte es zum Schutz um seinen linken Arm, während er versuchte, zwischen Anna und dem Mann zu bleiben, der versucht hatte, sie zu zerstören, der sie behandelt hatte, als wäre sie ein Stück Müll.

Er hatte sie wieder beschützt. Er beschützte sie davor, zu erfahren, wie es sich anfühlte, ein Leben zu nehmen.

„Du denkst, du bist ein knallharter Typ, weil du deinen alten Herrn getötet hast?" Rand wischte sich mit dem Handrücken das Blut vom Kinn und grinste Brent an.

„Ich beschütze, was ich liebe."

Das Geständnis verblüffte Anna, und sie schwankte. Endlich hatte er erkannt, was in seiner DNA programmiert war. Sie würde ihn um nichts in der Welt anders wollen.

„Ich werde sie dir wegnehmen, Carver. Du wirst mich nicht aufhalten können." Die Art und Weise, wie er diesen grausamen Mund verzog, verriet, dass er das auch glaubte.

„Nicht, solange ich atme, du Wichser", entgegnete Brent. „Raus hier, Anna. Lass uns beweisen, dass wir viel schlauer sind als dieser Vollidiot."

Anna bewegte sich auf die Tür zu. Es machte Sinn, aber beim Gedanken daran, Brent mit diesem Tier allein zu lassen, fiel es ihr nicht leicht. Und wo waren die anderen? Was, wenn sie einem anderen aus Rands Bande begegnete und sie dann wieder am Anfang standen?

Die Waffe zitterte in ihrem Griff. „Ich verlasse dich nicht, Brent." Brent sprang aus der Reichweite des Messers.

„Sie wartet nur auf mich, Romeo", spottete Rand. „Ich habe etwas, das du ihr nicht geben kannst."

Das sagte man nicht zu einer Frau, die schon einmal vergewaltigt worden war. Zu einer Frau, die man geschlagen, ausgezogen und gedemütigt hatte. Anna zitterte vor Wut und richtete die Waffe auf Rands Penis, woraufhin der Mann scharf einatmete und einen halben Schritt zurücktrat. Endlich zeigte er ihr ein wenig verdammten Respekt.

„Anna", warnte Brent.

Oh Gott. Es zerrte an ihr. Das Verlangen, einfach noch härter zurückzuschlagen, zu verletzen und ihm Schmerzen zuzufügen. Ihn zu zwingen, sie als menschliches Wesen zu schätzen. Aber Brent kannte den Preis, und er versuchte, ihr zu helfen. Das erkannte sie, selbst als sie auf der Welle der Wut ritt.

Also zielte sie tiefer, auf seine Füße, und drückte ab.

Es passierte nichts.

Sie schoss noch einmal, aber es geschah genau dasselbe. Annas Kinnlade klappte herunter, und alles geschah in Zeitlupe. Sie ließ die Waffe fallen. Rand grinste und wollte Brent die geschliffene Klinge in den Bauch rammen, aber ein Schuss durchschlug das Glas, und ein klaffendes Loch erschien zwischen Rands Augen. Er erstarrte und schwebte für eine lange Sekunde in der Luft, bevor er auf das Bett kippte. Sie erschauderte, als Blut und Hirnmasse in den Raum spritzten.

Brent nahm Anna in seine Arme, drückte sie fest an sich und wandte sie von dem blutigen Durcheinander des toten Mannes ab.

Sie konnte nicht glauben, dass es vorbei war. Rand war tot. Ihre Beine funktionierten kaum, aber das brauchten sie auch nicht, denn Brent hielt sie fest. Er war ihr Fallschirm im freien Fall. Genauso fühlte sich ihr Leben im Moment an – wie im freien Fall, und sie brauchte Brent, wenn sie jemals sicher landen wollte. „Ich kann nicht glauben, dass du mich gefunden hast."

„Und ich kann nicht glauben, dass ich dich habe gehen lassen." Er fuhr mit seinen Händen über ihren Körper, als wollte er sich vergewissern, dass sie nicht verletzt war. Sie schmiegte sich enger an ihn, wollte in seine Haut kriechen.

„Geht es dir gut?", fragte er.

Sie lachte über die dumme Frage. „Ja. Nein. Ich bin am ganzen Körper wund und angeschlagen. Habe Prellungen." Sie zitterte in seinen Armen. „Aber ich lebe, und er hat mich nicht vergewaltigt. Zum Glück hat er sich das für das Finale aufgehoben."

„Jetzt hat er sein eigenes verdammtes Finale." Er wiegte sie an seinem Körper. Dann zog er sein T-Shirt aus und zog es ihr über den Kopf. Es hing ihr fast bis zu den Knien, aber sie zitterte immer noch als Reaktion auf alles, was geschehen war. Sie drückte sich dicht an seine Wärme und wusste, dass dieser Mann ihr Held war, so wie er damals Finns Held gewesen war. Und sie liebte ihn so sehr, dass es wehtat.

„Ich war vorhin ein Trottel", murmelte er in ihr Haar. „Und es ist gut möglich, dass ich immer ein Trottel sein werde."

Sie schüttelte den Kopf und zuckte zusammen, weil die Kopfschmerzen zurückkamen, stärker als zuvor. „Ich war furchtbar zu dir. Ich habe versucht, dich wegzustoßen, damit du vor ihnen sicher bist. Ich war dumm."

„Wenn ich nicht so ein Arschloch gewesen wäre, hätten diese Typen dich gar nicht erst entführt." Schmerzensfalten zeichneten sich auf seinem Gesicht ab. Er quälte sich wirklich gerne.

„Ed hätte dich einfach erschießen können, und das hätte ich nicht verkraftet." Anna zog sein Gesicht zu ihrem herab und küsste ihn.

Er hob den Kopf. „Ich verdiene dich nicht, aber ich will dich. Ich will dich wirklich. Ich will mit dir zusammen sein." Er küsste sie sanft. Autsch. Ihre Lippen pochten und ihr Kopf ebenfalls, aber sie wollte nicht, dass er aufhörte. „Ich kann nicht glauben, dass ich zugelassen habe, dass dieses Arschloch dich in die Finger bekommt."

„Ed hat mich in sein Auto gelockt, aber ich habe mich schließlich daran erinnert, wohin Dad den Umschlag geschickt haben muss, und habe die Beweise gefunden." Sie begegnete seinem Blick, und eine neue Welle der Verzweiflung durchfuhr sie. „Ed hat Dad reingelegt und wir haben alle geglaubt, dass er schuldig ist. Alle außer dir."

Brent nickte. „Jack Panetti hat es auch herausgefunden. Dein Vater wusste, dass es Ed war. Ich werde dafür sorgen, dass die Welt erfährt, dass Davis ein unschuldiger Mann war. Dein Vater hat das verdient."

Anna nickte, ihr Kummer war noch immer frisch und schneidend. Jetzt wurde er noch verstärkt durch die Tatsache, dass sie ihn so unverzeihlich im Stich gelassen hatte.

Brents Arme legten sich um sie, als ob er wüsste, was sie dachte. „Er hat dich geliebt. Mehr als alles andere auf der Welt."

„Ich wünschte nur, ich wäre eine bessere Tochter, ein besserer Mensch gewesen." Aber Bedauern ohne Veränderung war wertlos. Jetzt war ein guter Zeitpunkt, um diese Veränderungen vorzunehmen, und Anna war entschlossen, sich an diese Chance für einen Neuanfang zu klammern. Sie sah zu dem Mann auf, der alles für sie riskiert hatte, und fuhr mit einer Fingerspitze über sein Kinn. „Ich habe das Gefühl, dich kaum zu kennen, und trotzdem ...", flüsterte sie.

„Ich habe das Gefühl, ich kenne dich schon mein ganzes Leben."

Sie fühlte es auch. Eine unerklärliche, unzerbrechliche Verbindung. Sie sahen sich an, dann klappte ihr die Kinnlade herunter, als sie sich plötzlich erinnerte. „Oh, Gott. Meine Mutter." Sie zog sich zurück. „Wir müssen meine Mutter finden."

ACHTZEHN

Unten gab es wieder einen lauten Knall, Stimmen und das erwartete Stampfen der Füße. „Das sind jetzt die Cops. Besser spät als nie."

Annas Augen weiteten sich. „Wo ist deine Waffe?" Er entdeckte sie neben ihrem Koffer und nahm sie in die Hand.

„Damit dürfen sie dich nicht hier vorfinden." Ihre Augen wurden groß und gehetzt und sie griff eilig nach der Pistole. Weil sie sich Sorgen um ihn machte. Brent trat an die Wand in der Ecke, wo er nicht gesehen werden konnte, und warf seine Waffe und die Munition in ein anderes Geheimfach, das für das bloße Auge unsichtbar war. Zwei Sekunden später stürmten die Polizisten in den Raum.

Er legte die Hände auf den Kopf, als die Polizisten beide auf den Boden drängten und sie nach Waffen durchsuchten.

Sie überprüften, ob Rand auch wirklich tot war, und als Brent es keinen Moment länger aushielt, knurrte er: „Holt dieser Frau einen Arzt und eine verdammte Decke." Und er erkannte mit plötzlicher Klarheit, dass es ihm egal war, was die Leute von ihm dachten. Er war kein schlechter Mensch. Er war gezwungen worden, eine schreckliche Entscheidung zu treffen, und er hatte dafür bezahlt. Aber fast ein Vierteljahrhundert später war er endlich bereit, sich zu verzeihen und weiterzumachen. Sich selbst eine zweite Chance zu geben, ein besseres Leben zu führen. Ein normales Leben. Vorausgesetzt, dass er nicht wieder in den Knast wanderte ... was in der aktuellen Situation nicht so gut für ihn aussah.

Jemand zog seine Jacke aus und half Anna, sich aufzurichten, während er sie um sie wickelte.

Schwarze, glänzende Stiefel betraten den Raum. Es waren der Leiter des Emergency Response Teams und Brents zukünftige Schwägerin. Er grinste. „Hi, Holly. Ich wollte schon immer mal fragen, was ich zur Hochzeit anziehen soll. Ich hoffe, es stört dich nicht, wenn ich Streifen trage.“

Sie schürzte die Lippen, unbeeindruckt von seinem Versuch, Humor zu zeigen.

„Wer hat die ersten Schüsse unten abgegeben?“, fragte der stämmige Polizist. Er war eindeutig angepisst.

„Ich nehme an, es war einer von Ihren Leuten.“ Brent zuckte von seiner unbequemen Position auf dem Boden zusammen. „Ich war damit beschäftigt, mir die Eingeweide aus dem Leib prügeln zu lassen.“ *Schon wieder.*

„Wo ist Ihr Freund?“, fragte der Polizist Holly in einem Ton, der sie stutzen ließ.

„Hier“, meldete sich Finn und betrat den Raum ohne Waffen.

Gott sei Dank. „Ich habe Annas Mutter in Sicherheit gebracht.“

„Geht es ihr gut?“, würgte Anna hervor.

Finn nickte und lächelte. „Sie wollte gerade ihre eigene Rettung inszenieren, als ich sie fand. Harvey geht es auch gut.“

Annas Gesichtsausdruck veränderte sich. „Oh, Gott sei Dank.“

„Der Typ, der den Entführer ausgeschaltet hat, sagte, Sie seien bewaffnet.“ Der Teamleiter zeigte mit dem Finger auf Brent. „Wo ist die Waffe?“

„Der Mann hat wohl halluziniert. Die einzige Waffe gehörte diesem Wichser." Brent betrachtete Rands Körper mit Abscheu.

„Der Besitz einer Schusswaffe ist ein Verstoß gegen die Bewährungsauflagen, Mr. Carver." Der Mann nickte einem seiner Beamten zu.

Scheiße.

„Das kann nicht Ihr ernst sein!", rief Holly. „Er hat keine Waffe, und er hat dieser Frau gerade das Leben gerettet."

„Einmischung in einen Polizeieinsatz? Sie können Ihren Arsch darauf verwetten, dass ich es ernst meine. Und ich werde die Waffe finden."

Plötzlich hörte Brent das vertraute Geräusch von Handschellen, und sein ganzer Körper verkrampfte sich, als jemand sie ihm um die Handgelenke legte.

„Nein!", kreischte Anna. „Sie verhaften nicht den Mann, der mir gerade das Leben gerettet hat!"

Obwohl Brent dachte, dass er technisch gesehen niemanden gerettet hatte. Finn wollte seinen Mund öffnen. Auch Holly wollte sich gerade einmischen, als sie alle die vertraute schrille Stimme seiner Nachbarin vernahmen.

„Ich verlange, jetzt sofort meinen Klienten zu sehen." Es war Laura.

Halleluja. „Wie ist sie so schnell hierhergekommen?", fragte Brent niemanden bestimmtes. Sie war unten, aber er konnte jedes Wort ihres Gesprächs mit den Polizisten hören.

„Jemand muss sie wohl angerufen haben." Hollys Gesichtsausdruck war ausdruckslos.

Brent schloss die Augen, denn Anna war in Sicherheit, und alles andere war unwichtig. Plötzlich erinnerte er sich daran, was sie zu ihm gesagt hatte, als sie dachte, sie würde sterben. Er rollte sich auf den Rücken, eine Mischung aus Angst und Erregung pochte in seinem Bauch. „Hast du es ernst gemeint?"

Große grüne Augen sahen ihn mit absoluter Gewissheit an. „Ich liebe dich", versicherte sie vor allen Anwesenden.

Brent grinste.

Holly tippte ihn mit dem Fuß an. Härter als unbedingt nötig.

„Was?“, knurrte er.

„Man lässt ein Mädchen nicht einfach hängen, wenn sie einem sagt, dass sie einen liebt.“ Sie starrte ihn an, als ob dies das größte Problem wäre, das sie derzeit hatten.

„Ich habe es bereits gesagt.“ Jedenfalls technisch gesehen. „Wie würde es dir gefallen, wenn du jedes Mal abgeführt wirst, wenn etwas Wichtiges in deinem Leben passiert?“ Er schüttelte den Kopf. Dann lachte er, was nicht gerade angenehm war, wenn man in Handschellen auf Glasscherben auf seinem eigenen hochglanzpolierten Parkettboden lag. Er blickte zu der Frau auf, die ihm genau gezeigt hatte, warum die Freiheit so wichtig war. „Ich liebe dich, Anna Silver. Ich werde alles für dich tun. Aber lege nicht dein Leben für mich auf Eis. Warte nicht auf mich.“ Er stöhnte auf, als ihn ein großer Kerl auf die Beine zerrte. „Ich bin vielleicht eine Weile weg.“

„Mach dich auf etwas gefasst, Brent. Dein Leben wird sich verändern“, warnte Anna ihn.

Das klang nach einem großen Versprechen. Die Frau hatte sowieso nie getan, was er ihr geraten hatte. Sie brachten ihn in Handschellen zur Tür hinaus. Finn auch. Laura würde ausflippen, wenn sie das sah. Er grinste. „Dann mal los.“

Zwölf Stunden später saß Katherine auf einer Bank im Polizeipräsidium. Draußen stürmten die Pressevertreter wie hungrige Hunde auf der Suche nach Beute herum. Sie hatten von dieser Geschichte erfahren, in der es um polizistenmordende Söldner, Millionen gestohlener Dollar, Entführungen, eine Schießerei und einen fast ein Jahrzehnt alten Justizirrtum ging. Der Laden war explodiert, jeder wollte einen Exklusivbericht. Katherine war mit ein paar leichten Prellungen aus dem Krankenhaus entlassen worden. Der größte Teil des Schadens war nicht körperlich, und sie wusste, dass sie professionelle Hilfe brauchen würde, um die Schuldgefühle zu bewältigen.

Schuldgefühle, weil sie Davis nicht geglaubt hatte. Schuldgefühle, weil Anna verletzt worden war. Schuldgefühle, weil sie Harvey in diesen Schlamassel hineingezogen hatte. Sogar Schuld, weil Ed getötet wurde. Das hatte sie nicht gewollt. Sie hatte das nie gewollt. Sie holte zittrig Luft und fühlte sich, als wäre sie körperlich geschlagen worden. Jeder Muskel schmerzte, aber das war nichts gegen die seelischen Qualen.

Die Polizei hatte sie stundenlang verhört und ihr verschiedene Fahndungsfotos gezeigt, darunter auch eines von dem netten jungen Mann, der sie gerettet hatte. Sie hatte gesehen, wie er in Handschellen aus dem Haus geführt wurde. Sie war verwirrt gewesen und hatte dann erkannt, dass das, was er getan hatte, um ihr das Leben zu retten, wahrscheinlich nicht legal gewesen war, und ihre Meinung über das Justizsystem war eine weitere Stufe gesunken. Ihre Erinnerungen waren danach ziemlich verschwommen gewesen, was die Details anging. Das Einzige, was sie mit Sicherheit wusste, war, dass sie sich nicht daran erinnern konnte, ob der junge Mann bewaffnet gewesen war, als er sie in Sicherheit gebracht hatte. Dann hatte sie die Vernehmer gefragt, warum sie sich nicht mehr Mühe gegeben hatten, Davis' Geschichte zu verifizieren. Wenn sie nur tiefer gegraben hätten ... Und wenn sie selbst nur ein wenig Vertrauen in etwas so Außergewöhnliches wie wahre Liebe gehabt hätte.

Sie gab der Polizei nicht die Schuld für ihren Anteil an Davis' Verrat. Das war alles ihre Schuld. Und wie sehr er sie gehasst haben musste. Aber sie hatten ihre Ermittlungen verpfuscht und mussten das zugeben, um sicherzustellen, dass sie nie wieder so etwas Zerstörerisches tun würden.

Harvey kam aus einem Vernehmungsraum. Als er sie sah, war er sehr erleichtert. „Gott sei Dank geht es dir gut." Er ließ sich schwer neben ihr auf die Bank nieder. Er berührte sie fast. Seltsam, dass sie sich seiner erst jetzt so sehr bewusst war, wo sie doch stundenlang Händchen gehalten und sich gegenseitig unterstützt hatten.

„Geht es dir gut?", fragte sie leise.

Er nickte und rieb sich die Augen. „Ich glaube allerdings nicht, dass die Mounties mir die Geschichte abgekauft haben, dass ich den Kerl überwältigt und ihm die Waffe abgenommen habe." Harvey zuckte mit den Schultern. „Ich denke, diese Männer stecken in ernsthaften Schwierigkeiten, weil sie uns das Leben gerettet haben, und ich habe dafür gesorgt, dass sie wissen, dass ihnen meine Anwälte zur Verfügung stehen."

„Ich glaube, Anna ist verliebt." Katherine hoffte, dass ihre Tochter besser damit zurechtkam, als sie es je getan hatte. Sie schlang ihre Arme um sich und fror bis auf die Knochen. Ihre Kleidung war von den Leuten am Tatort mitgenommen worden, also trug sie den Kittel des Krankenhauses. Harvey trug einen geliehenen Trainingsanzug und sah ein wenig lächerlich aus. Es schien ihn nicht zu stören.

„Dem Gesichtsausdruck von Brent Carver nach zu urteilen, beruht das Gefühl auf Gegenseitigkeit. Ich frage mich, wer er ist. Hast du die Kunst an seinen Wänden gesehen?"

Katherine war zu verängstigt gewesen, um Bilder zu sehen. Sie schüttelte den Kopf.

„Barb ist auf dem Weg hierher", erklärte Harvey nach einem kurzen Moment des Schweigens. „Ed hat sie in eurer Kabine auf dem Schiff gefesselt. Sie scheint ziemlich besorgt um mich zu sein."

„Denkst du, ihr beide könnt das alles wieder auf die Reihe bekommen?"

Harvey schüttelte den Kopf. „Nein, aber wir können uns freundschaftlich und in Würde trennen."

Katherine spürte, wie sich ein unangenehmer Knoten in ihrer Kehle zusammenzog. Würde. Das wäre doch schön. Ihr Leben wurde ständig durch die Gosse geschleift und auf den Titelseiten erörtert. Sie musste einen Weg finden, das alles zu überwinden. Um weiterzumachen.

„Ich bin dabei, zwei Ehemänner in einer Woche zu beerdigen. Ich glaube, das könnte ein Rekord sein."

„Mein Gott. Ich kann gar nicht glauben, was du durchgemacht hast." Er fuhr sich mit der Hand durch das kurze graue Haar. Keiner von ihnen war mehr jung. „Ich bin froh, dass du das nicht allein durchmachen musstest."

Sie lächelte und tätschelte seine Hand. „Das bin ich auch. Danke."

Sie saßen eine Zeit lang schweigend da. Die Uhr tickte, und die Leute bewegten sich um sie herum, aber es war, als wären sie zusammen in dieser seltsamen kleinen Blase. Sie würde diesen Mann, der zufällig ihr Freund geworden war, vermissen.

„Vielleicht", begann sie vorsichtig, „könnten wir, wenn das alles vorbei ist, eine Reise machen. Eine platonische Reise", fügte sie hinzu.

„Das würde mir gefallen." Seine Augen kräuselten sich an den Rändern. „Wohin? Irgendwo, wo es warm ist?"

Sie schaute auf den Boden und dachte darüber nach, was sie in ihrem Leben schon alles getan hatte und was sie noch tun wollte. „Vielleicht könnten wir dorthin fahren, wo die Wale sind", meinte sie leise.

Er schluckte heftig und stand dann auf. „Ja, das würde mir gefallen." Und dann ging er weg.

———

ANNA TRAT AUS DEM VERNEHMUNGSRAUM IN DEN strahlenden Sonnenschein. Sie blinzelte gegen das Licht an und rieb sich die Augen. Sie wusste nicht, wann sie das letzte Mal geschlafen hatte, und die Sorge um Brent nagte an ihr. Sie konnte nicht glauben, dass sie ihn festhielten und dass sie seine Bewährung widerrufen konnten, ungeachtet der Tatsache, ob er ein Verbrechen begangen hatte oder nicht.

Sie war so wütend, dass sie auf etwas einschlagen wollte, aber so müde, dass sie kaum die Augen offenhalten konnte. Sie wollte nicht, dass sie das taten. Sie wollte Brent nicht leiden lassen, weil er ihr das Leben gerettet hatte.

Ihr Mund war trocken, also bat sie den Polizisten hinter dem Schreibtisch um einen Kaffee. Er schien sehr freundlich zu sein, aber sie weigerte sich, sich von jemandem in einer Uniform bezaubern zu lassen, selbst wenn er ein so gutaussehendes italienisches Äußeres hatte wie er. Sie trug immer noch Brents T-Shirt und eine geliehene Hose und sah aus, als hätte man sie an den Haaren durch einen Dornenwald geschleift.

„Wo ist Brent?", fragte sie zum gefühlt millionsten Mal.

„Immer noch in Gewahrsam", antwortete der Beamte, als er ihr einen Becher mit dem RCMP-Logo überreichte. Er sah besorgt aus, was kein gutes Zeichen sein konnte. „Holly sagte mir, ich solle Ihnen ausrichten, dass Sie stark bleiben sollen. Sie wurde zum Verhör bestellt. Finn wird auch festgehalten, aber er ist nicht auf Bewährung, also wird er bald freigelassen, denke ich."

„Ist Holly hier?" Anna musste sich auf Brents Beziehungen stützen, wenn sie ihn vor dem Gefängnis bewahren wollte.

Er nickte. „Aber sie lassen sie und ihren Vater bei dieser Untersuchung in den Hintergrund treten. Sie sind beide zu sehr involviert, und es gibt eine Menge Medienpräsenz in diesem Fall."

So ein Mist. Sie hatte gehofft, diese Verbindungen würden Brent den Weg ebnen. „Das ist alles nicht seine Schuld."

Der Beamte schwieg einen Moment lang. Dann beugte er sich näher und sagte leise: „Sie brauchen ein Druckmittel."

Anna runzelte die Stirn, als seine dunklen Augen die ihren erforschten. Sie hatte kein Druckmittel. Sie hatte gar nichts.

„Hey, Chastain. Du musst auf Streife gehen", rief jemand ihm über vier Schreibtische hinweg zu.

„In Ordnung."

„Ihre Mutter ist im Wartezimmer", sagte der Mann, der offenbar Chastain hieß. Anna starrte ihn schockiert an. „Sie ist hier?"

Er schenkte ihr ein Lächeln, das auch seine dunklen Augen erreichte. „Sie war die ganze Nacht hier und hat auf Sie gewartet."

Anna nickte und biss sich auf die Lippe. Sie hatte erwartet, dass ihre Mutter im Krankenhaus sediert worden war.

„Wenn Sie sie nicht sehen möchten, kann ich Sie durch den Hintereingang hinausbringen", bot er an.

„Warum sind Sie so nett zu mir?" Diese Freundlichkeit machte sie fast fertig. Sie sehnte sich nach Feuer und Wut und nach einem verbohrten Gesetzeshüter, den sie hassen konnte.

„Weil Sie und Ihre Mutter nach einem schweren Justizirrtum schon genug gelitten haben." Er deutete in Richtung des Warteraums.

Anna wappnete sich. Ein Leben lang war sie vor ihren Gefühlen weggelaufen, und jetzt war es an der Zeit, sich ihnen zu stellen. Als sie in das Zimmer kam, lag ihre Mutter auf vier Stühlen, schlief fest und trug einen grünen Kittel. Sie ging hinüber, kniete sich neben sie und strich ihr über das Haar.

Die Augen ihrer Mutter öffneten sich langsam, aber sie waren nicht trübe. Sie waren scharf und klar.

„Anna", sagte sie mit einem Seufzen.

„Mom." Anna lächelte.

Katherine setzte sich ein wenig wackelig auf. „Geht es dir gut?"

Anna schniefte und nickte, aber ihre Augen füllten sich mit Tränen. Katherine zog sie in ihre Arme und Anna weinte, als ginge die Welt unter. All die Trauer um ihren Vater, um Brent, um ihre Vergangenheit strömte aus ihr heraus, und ihre Mutter hielt und wiegte sie so, wie sie es nicht mehr getan hatte, seit Anna ein kleines Mädchen gewesen war.

„Es tut mir so leid, mein Schatz." Sie küsste ihr Haar und drückte sie fester an sich. „Ich habe dich enttäuscht." Sie schniefte. „Und Davis. Ich habe euch beide so sehr enttäuscht."

„Wir haben Dad beide im Stich gelassen. Ed hat uns alle getäuscht", meinte Anna leise, als sie wieder sprechen konnte. Dann spannte sie sich an. „Es gibt noch etwas, das ich dir sagen möchte. Malcolm hat mich vor dem Abschlussball vergewaltigt."

Katherine war schon vorher blass gewesen, aber jetzt wurde sie kreidebleich. „Deshalb hast du versucht, dich umzubringen?" Ihre Lippen waren blutleer.

Anna befürchtete, dass sie gleich ohnmächtig werden würde.

„Ja." Endlich war es raus. Es war geschafft.

„Oh, mein Gott. Dieses Tier. Dieses perverse, kleine, ekelhafte Schwein." Katherine erschauderte. „Ich habe ihn nie gemocht, aber ich hätte mir nie träumen lassen, dass er ... hat er dich zu Hause angegriffen?" Die Augen ihrer Mutter waren groß.

Anna rieb die kalten Hände ihrer Mutter. „Er hätte es wahrscheinlich getan, aber nachdem ich versucht hatte, mich umzubringen, hat er sich zurückgehalten. Außerdem habe ich ihm gesagt, dass ich einen Brief an Dad geschrieben habe und dass er ihn umbringen wird, wenn er aus dem Gefängnis kommt." Es hatte sich gut angefühlt, ihren Peiniger zu Tode zu erschrecken.

Malcolm war sich schon immer selbst der Nächste gewesen.

„Aber du hast es deinem Vater nicht gesagt, oder?"

Anna schüttelte den Kopf. „Ich hätte es tun sollen. Er starb in dem Glauben, ich hätte versucht, mich umzubringen, weil wir dachten, er hätte etwas verbrochen. Auch wenn er unschuldig war, muss es ihn zerrissen haben."

Katherine bedeckte Annas Hände mit ihren eigenen. „Du hattest recht damit, es ihm nicht zu sagen. Der Kummer hätte ihn während der Zeit im Gefängnis aufgefressen. Wenn er von Malcolm gewusst hätte, hätte er ihn umgebracht. *Ich* will ihn umbringen. Diese abscheuliche Missgeburt."

„Meinst du, ich sollte Anzeige erstatten? Es steht doch nur mein Wort gegen seines, und es ist schon so lange her."

„Darum geht es nicht, Anna. Wenn du es aushältst, geht es darum, vor Gericht aufzustehen und alles an die Öffentlichkeit zu bringen. Selbst wenn sie ihn nicht verurteilen, werden die Leute es wissen. Und vielleicht gibt es noch andere Opfer."

Daran hatte Anna auch gedacht.

„Genauso wie ich mich vor Gericht stellen und von den Dächern schreien werde, dass die Polizeibeamten, die diesen Fall hier in der Stadt untersucht haben, inkompetent waren." Katherines Stimme wurde lauter. Die Leute fingen an, in ihre Richtung zu schauen. Anna wettete, dass mindestens einer der Schaulustigen ein Reporter war. Katherine stand auf und ging auf und ab. „Ich werde die Stadt verklagen, bis diese mickrige Million Dollar wie Kleingeld aussieht."

Das war es! Anna war ganz aufgeregt und küsste ihre Mutter auf die Wange. „Mach weiter so, Mom."

Ihre Mutter grinste. „Ich genieße es sogar." Und das von einer Frau, die ihr ganzes Leben lang das Rampenlicht gemieden hatte. „Wohin gehst du?"

„Ich suche Brents Anwältin und finde heraus, ob die Androhung eines langwierigen und sehr teuren Prozesses ausreicht, um dem Mann, den ich liebe, ein wenig gute, altmodische Gerechtigkeit zu verschaffen."

DIE MOUNTIES HIELTEN IHN DREI TAGE LANG FEST, dann war er plötzlich – und auf unerklärliche Weise – frei und konnte gehen.

Laura behauptete, sie wisse nicht, warum, aber Brent glaubte ihr kein Wort.

Anna war gezwungen gewesen, in die USA zurückzukehren und Fragen zum Fund von Peters Leiche zu beantworten. Es war neun Tage her, dass er sie gesehen hatte. Neun Tage seit der Schießerei. Er ballte die Fäuste. Am liebsten wäre er in ein Flugzeug gestiegen und hätte sie zurückgeholt. Aber sie ließen ihn nicht einmal ins Land, und sie hatte ihm in mehreren Telefonaten gesagt, dass sie beide nur Geduld haben müssten.

Pah! Er? Geduldig sein?

Nun, er könnte geduldig sein.

Vielleicht.

Die letzten Wochen hatten ihn vieles gelehrt, und eines der wichtigsten Dinge war, wieder zu vertrauen. Er hatte seinen Bruder und Holly. Brent würde nie wieder an ihrer Loyalität zweifeln. Und er hatte Anna. Sobald diese Arschlöcher in Minnesota herausgefunden hatten, dass sie nur ein Opfer in dieser ganzen verrückten Geschichte war.

Etwas anderes, das er in den letzten Wochen gelernt hatte, war Selbstvergebung. Nicht nur wegen der Sache mit seinem Vater, sondern auch wegen Gina. Sie waren nicht füreinander bestimmt gewesen. Er hatte sie geliebt, aber nicht mit Leidenschaft. Nicht genug, um ein gemeinsames Leben zu führen. Er hatte sie nie belogen. Er hatte nie gewollt, dass sie verletzt wurde. Und er hätte alles getan, um sie zu retten. Die Tatsache, dass sie tot war, war nicht seine Schuld. Der Schmerz in seiner Brust wurde weniger, ebenso wie die Schuldgefühle und das uralte Gefühl der Selbstbeschämung. Mit der Zeit würde auch das heilen.

Jack Panetti hatte den einzigen überlebenden Söldner als denjenigen identifiziert, der ihn in seinem Auto überfallen und ihm dann in den Rücken geschossen hatte. Das Arschloch wurde wegen Mordes an einem Polizeibeamten, Entführung und versuchten Mordes angeklagt. Er hatte eine ganze Menge Schlechtes gestanden, von der Wohltätigkeitsorganisation, die als Deckmantel für illegale Söldneraktivitäten diente, bis hin zu Davis, der sie dabei erwischt hatte, wie sie ihre unrechtmäßig erworbenen Gewinne verschoben hatten. Und sie hatten versucht, Anna zu finden, um mit ihrer Hilfe das Geld zurückzuholen. Illinois hatte die Todesstrafe abgeschafft, also würde der Typ viele, viele Jahre im Gefängnis verbringen müssen. Brent hoffte, dass der Kerl es so sehr genoss wie er selbst.

Mit ein wenig Hilfe von Jack Panettis IT-Guru hatten die Polizisten das gesamte Geld gefunden. Jetzt stritten sich die amerikanischen und kanadischen Behörden darüber, wer es behalten durfte. Davis hatte sich geirrt, als er gemeint hatte, sie hätten Geld von der Wohltätigkeitsorganisation gestohlen. Sie hatten die Stiftung lediglich als Vorwand benutzt, um ihre schmutzigen Machenschaften zu verschleiern. Die Bundespolizei hatte gerade die Ermordung eines hochrangigen amerikanischen Diplomaten im Jemen mit Rand und seinen Leuten in Verbindung gebracht, und die Kacke war am Dampfen. Glücklicherweise war Davis' Name reingewaschen worden, sowohl in dieser Untersuchung als auch in derjenigen, die ihn überhaupt erst ins Gefängnis gebracht hatte. Seine Akte würde gelöscht werden.

Brent hatte die Mitteilung erhalten, dass sein Bewährungshelfer die Auflagen geändert hatte und er sich nun wieder alle zwei Wochen melden musste, was ein Pluspunkt war. Aber irgendwie war seine Identität an die Öffentlichkeit gelangt, was sehr ärgerlich war. Er hatte seine Ausstellung in New York verpasst, aber eine E-Mail von einer Frau aus South Dakota erhalten, die sich darin erkundigte, ob er ihren vier Kindern kürzlich einige Aquarelle geschenkt habe. Er ließ seinen Agenten zurückschreiben, um die Authentizität zu bestätigen und sie aufzufordern, die Bilder für jeweils mindestens zehntausend Dollar zu versichern. Sein Agent war sauer auf ihn, aber die ganze Publicity und Brents offensichtlicher „Heldenstatus" in den Medien hatten den Wert seiner Kunstwerke weiter erhöht, was den Kerl etwas besänftigt hatte.

Heldenstatus. Das war ein Knaller. Er hatte nie so getan, als wäre er ein Held.

Er starrte auf das Wasser hinaus.

Die Wellen verebbten an seinen Zehen.

Zum Glück hatten die Polizisten weder seine Waffen noch seine Verstecke gefunden. Als er zurückgekehrt war, hatte er dafür gesorgt, dass alle Waffen weit vor der Küste versenkt wurden, um nie wieder gesehen zu werden. Er war mit all dem fertig. Er hoffte nur, dass es auch mit ihm fertig war.

Er sah sich sein Haus an. Die Leichen waren weg. Alles war gereinigt worden. Er hatte ein professionelles Reinigungsteam kommen lassen, sobald die Polizisten fertig waren, das Blut und Eingeweide und so ziemlich jedes Möbelstück entfernt hatte, das bei Anna eine schlechte Assoziation hervorrufen könnte. Die Fenster waren immer noch kaputt – sie mussten maßgefertigt und ersetzt werden. Und das Haus sah verdammt kahl aus, aber wenigstens stand es noch, wenn auch mit Einschusslöchern.

Er schaute sich in diesem schönen Teil des Pazifiks um und versuchte, Zufriedenheit zu empfinden. Aber sie wollte sich nicht einstellen. In seinem Inneren herrschte ein Elend, das er seit den ersten Jahren im Gefängnis nicht mehr gespürt hatte. Dazu kam eine totale Lustlosigkeit am Leben. Er hatte versucht zu malen. Versucht, sich zu betrinken. Am Ende saß er einfach nur hier, beobachtete das Wasser und wünschte sich Anna mehr, als er sich jemals seine Freiheit gewünscht hatte. Die Tatsache, dass er plötzlich mehr von seinem Leben brauchte, war sowohl erschreckend als auch erheiternd.

„Hallo."

Ihre Stimme ließ ihn herumwirbeln. Sein Herz setzte aus, bevor es wieder anfing zu schlagen. „Anna." Er fühlte sich, als würde er träumen.

Sie trug ein hübsches rosafarbenes Oberteil und enge schwarze Jeans. Die blauen Flecken waren verblasst, und sie sah aus, als hätte sie sich von ihrer Tortur erholt, zumindest äußerlich. „Es tut mir leid, dass es so lange gedauert hat, bis ich wieder hier war. Ich habe nicht vorher angerufen, weil ich dich überraschen wollte." Sie hielt eine kleine Urne vor sich. „Und ich musste Dad holen ..." Davis. Seine Augen brannten.

„Ich dachte, dies wäre ein guter Ort für seine Asche." Ihre moosgrünen Augen waren groß, als sie ihn ansah. „Der beste Ort."

„Es ist nicht der beste Ort, wenn du nicht hier bist", sagte er leise.

„Nein?"

Er schüttelte den Kopf.

„Ich habe viel nachgedacht ...", begann Anna.

Brent gefiel der Klang ihrer Stimme nicht.

Sie sah sich um. „Ich weiß, dass es dir hier gefällt, aber", die Hoffnung schrumpfte in ihm, „ich glaube nicht, dass ich hier permanent leben kann. Ich meine die Wochenenden, ganz sicher." Sie biss sich auf die Lippe. „Ich ziehe zurück nach Victoria, in das Haus meiner Großmutter. Um näher bei Mom zu sein. Und näher bei dir." Ihr Blick verdüsterte sich, sie sah besorgt aus angesichts der enormen Herausforderungen, vor denen sie standen. „Wie sollen wir das alles schaffen?", fragte sie unsicher.

„Einen Tag nach dem anderen", antwortete er ihr, ohne den Blick abzuwenden.

Eine Seite ihrer Lippen zuckte. „Klingt ein bisschen nach Gefängnis."

Er kam näher. „Aber besseres Essen. Und bessere Gesellschaft." Er öffnete seine Arme.

Sie stellte die Urne vorsichtig in den Sand und lehnte sich an ihn. Er schlang seine Arme fest um sie, so fest, dass sie quietschte. Sie war kein Traum. Sie war hier in seinen Armen, und er hatte nicht die Absicht, sie wieder gehenzulassen.

„Ich möchte mit dir zusammen sein, mit dir leben, wo auch immer du bist." Er vergrub seine Nase in ihrem Haar und atmete den süßen Duft von Zitrusfrüchten ein.

„Ich liebe dich, Brent Carver." Sie lächelte ihn mit leuchtenden Augen an, ihr Kinn streichelte seine Brust. Winzig, stur und perfekt. „Aber es wird nicht einfach werden."

Er lachte. „Nach dem, was wir durchgemacht haben, wird das ein Kinderspiel."

„Ja, aber das ist etwas Langfristiges. Zusammenleben, den Raum teilen. Das habe ich schon ewig nicht mehr gemacht."

Sie waren sich in so vielen Dingen ähnlich, dass es verblüffend war. „Wir werden es herausfinden. Ich kann mich immer hierher zurückziehen, wenn einer von uns beiden Einsamkeit braucht. Ich gebe dir Raum, wenn du ihn brauchst." Er strich ihr das Haar hinters Ohr. „Du hast mich befreit, Anna."

Ihre Augen blickten bis in seine Seele. „Du bist ein guter Mann, Brent. Du verdienst es, frei zu sein."

„Was denkst du, was dein Vater davon gehalten hätte, dass wir zusammen sind?" Es beunruhigte ihn. Zur Hölle, es beunruhigte ihn, Teil der menschlichen Ethnie zu sein. Es war einfacher gewesen, als er allein gewesen war. Leichter, aber nicht unbedingt besser.

Sie grinste und lehnte sich in seinen Armen zurück. „Du bist der Sohn, den er nie hatte. Er hat dich geliebt. Das weißt du."

„Glaubst du, er hätte gerne Enkel gehabt?" Eine schwierige Frage. Er beobachtete sie sehr genau.

Ihre Augen weiteten sich, und sie schluckte. „Nicht sofort, aber eines Tages." Ihre Augen suchten in seinen nach Antworten, aber er gab nichts preis, weil er wissen wollte, was sie fühlte. „Eines Tages. Ja, er hätte gerne Enkelkinder gehabt."

Ein Gefühl der Erleichterung und Freude durchströmte Brent. Er hatte nicht gewusst, dass er einen tief vergrabenen Wunsch nach einer Familie hatte, bis er diese Frage gestellt hatte. Und wenn Anna keine Kinder wollte, würde er zufrieden sein. Er würde immer mit Anna zufrieden sein. Aber plötzlich erfüllte ihn die Vorstellung, mit ihr Kinder zu zeugen, mit einer seltsamen Hoffnung für die Zukunft, denn wenn sie ihm genug vertraute, um Vater zu werden, musste sie ihm *wirklich* vertrauen. Aber wie zum Teufel sollte er seinen Kindern von seiner dunklen Vergangenheit erzählen? Er hatte keinen blassen Schimmer, aber er wollte Kinder. Ja, er wollte sie wirklich.

All seine Unsicherheiten würden irgendwann an die Oberfläche drängen. Annas auch, aber damit würden sie sich später beschäftigen. Alles, was er im Moment brauchte, war sie in seinen Armen. Er wollte sie küssen, aber sie hielt ihn auf.

Sie lachte. „Ich glaube, du entpuppst dich als ein großer Softie, Brent Carver."

„Falsch." Er warf ihr einen anzüglichen Blick und ein verruchtes Grinsen zu.

„Moment." Ihr Gesichtsausdruck wurde ernst, und sie zog sich zurück. „Es gibt noch eine Sache, die ich dir vorher sagen muss." Sie kramte in der Gesäßtasche ihrer Jeans nach etwas und hielt dann einen dicken Umschlag hoch. „Ich habe mit einem Anwalt darüber gesprochen, Anzeige gegen Malcolm Plantain zu erstatten." Sie kaute an ihrem Daumennagel. „In British Columbia gibt es keine Verjährungsfrist für Vergewaltigungen. Du hast vielleicht geahnt, dass er es war, der mich angegriffen hat?"

„Ich habe es mir gedacht." Er hatte sich die Hinweise zusammengereimt und sich selbst ein großes Lob dafür ausgesprochen, dass er den Mistkerl nicht in irgendeiner Hintergasse gepackt und fast zu Tode geprügelt hatte. Er legte seine Hände über ihre Schulter. „Bist du sicher, dass du das tun willst?"

Sie schüttelte den Kopf. „Nein. Ich bin mir nicht sicher. Aber ich muss es tun. Menschen müssen für ihre Verbrechen geradestehen."

Das hörte sich einfacher an, als es sein würde. Jemanden wegen Vergewaltigung vor Gericht zu bringen, verletzte das Opfer oft ebenso sehr wie den Angeklagten.

„Ich will nicht, dass du verletzt wirst."

„Ich wurde vor langer Zeit verletzt. Jetzt bin ich darüber hinweg, und es ist an der Zeit, dass ich mutig genug bin, zu meiner Vergangenheit zu stehen", erwiderte sie.

Er hatte die Absicht, ihr beizustehen. „Hast du es deiner Mutter gesagt?"

Sie nickte. „Am Anfang ist es schwer für sie gewesen, aber sie hat alles viel besser verkraftet, als ich erwartet hatte. Sie war ein Fels in der Brandung, und wir sind uns viel nähergekommen. Sie sagte, sie würde jede Entscheidung unterstützen, die ich treffe." Anna packte den Umschlag fester. „Sie hat dafür gesorgt, dass du entlassen wurdest."

Er schnaubte, dann merkte er, dass sie keinen Scherz gemacht hatte. „Wie zum Teufel hat sie das gemacht?"

„Indem sie der Stadt und der Polizei mit einem massiven Rechtsstreit wegen Dads unrechtmäßiger Verhaftung und Verurteilung gedroht hat."

„Sie sollte sie verklagen."

Anna schüttelte den Kopf. „Sie hat ihnen gesagt, sie würde die Anklagen fallenlassen und sogar aufhören, mit den Medien zu sprechen, wenn sie das Richtige für dich tun würden. Du hast nichts falsch gemacht. Du hast mir das Leben gerettet. Glaube mir, sie ist mit dem Ergebnis mehr als zufrieden." Anna streckte ihre Hand aus und berührte seine Lippen. Eine Welle der Begierde schoss bei dieser Berührung durch seinen Körper, aber er beherrschte sich.

Ihre Finger umklammerten seine. „Ich werde deine Unterstützung brauchen, um Malcolm vor Gericht zu bringen. Ich glaube nicht, dass ich es allein schaffe."

„Ich werde dich immer unterstützen." Es gab kein Zögern. Verdammt, es gab gar nichts, was er für diese Frau nicht tun würde.

„Ich möchte mit dir zusammen sein. Ich möchte die Chance haben, mit dir glücklich zu sein, während wir uns Gedanken über unsere Zukunft machen", sagte sie.

„Die Zukunft kann jede Form haben, die du willst." Er konnte nicht glauben, dass er das Glück hatte, diese Chance auf ein echtes Leben zu haben, aber er nahm sie wahr und hatte nicht vor, sie zu versauen. „Ich glaube, du weißt gar nicht, wie sehr ich dich liebe."

Anna räusperte sich, und ihre Augen schimmerten. „Ich weiß es, Brent."

Bei diesen Worten brannten seine Augen, und er blinzelte heftig, um die Tränen loszuwerden. Männer wie er weinten schließlich nicht.

Anna reichte ihm den Umschlag, bückte sich und hob die Urne auf. Sie blieb in der Brandung stehen, während sie ihren

Vater gehen ließ. Brent wartete darauf, dass die Traurigkeit kam, als er beobachtete, wie die Brise die Asche seines besten Freundes verwehte, aber stattdessen herrschte ein Gefühl von tiefem Frieden. Davis' Name war reingewaschen worden, und Brent wusste, dass dies den Mann glücklich gemacht hätte. Er hoffte, dass die Tatsache, dass er und Anna zusammen waren, seinen Freund zum Lächeln gebracht hätte.

Als sie fertig war und sie sich beide von Davis verabschiedet hatten, nahm er sie in die Arme und schritt zum Haus.

Anna verkrampfte sich.

Sein Griff wurde fester, und er bewegte sich nicht mehr. „Wir müssen nicht hierbleiben. Ich kann das Haus verkaufen ...“

Sie berührte wieder seinen Mund, aber dieses Mal mit ihrem. „Nimm mich mit ins Bett oder verliere mich für immer“, raunte sie gegen seine Lippen.

„Ich werde dich nicht verlieren. Niemals.“

„Sag mir einfach immer wieder, dass du mich liebst.“

„Jeden Tag. Jeden einzelnen Moment an jedem einzelnen Tag.“ Er hob den Kopf. „Und ich will einen Hund.“

Sie lächelte. „Lieber zwei, damit der eine nicht einsam ist.“

Brent nickte und vergaß dann, worüber sie sprachen, als sie ihn erneut küsste.

Er schnappte nach Luft. „Ich brauche ein Date für die Hochzeit meines Bruders im September. Ich bin der Trauzeuge.“ Der Gedanke löste einen Schreckenssturm aus. All diese Polizisten in einem Raum. Scheiße.

Ein Lächeln umspielte diese hübschen rosa Lippen. „Wir gehen also auf ein Date?“

Er stieß ein Lachen aus, als er die Treppe hinaufging. „Wir gehen auf viele, viele Dates. Ich habe es satt, mich vor der Welt zu verstecken. Hauptsache, es sind nicht zu viele andere Leute involviert.“ Er erschauderte.

Ihre grünen Augen funkelten. „Ich bin auch fertig mit dem Verstecken. Aber im Moment will ich nur mit dir schlafen, in einem richtigen Bett, ohne dass jemand versucht, uns zu erschießen. Denkst du, du kannst dich darauf konzentrieren?"

Er grinste. „Jawohl, Ma'am."

„Hm, das hört sich gut an."

„Jawohl, Ma'am." Gottverdammte brave Mädchen. Sie erwischten ihn jedes Mal aufs Neue. Oder vielleicht war es nur ein bestimmtes braves Mädchen, überlegte er sich ein paar Augenblicke später, als er sie auf sein Bett legte und sie bis auf die Unterwäsche eines sehr verruchten Mädchens auszog. Vielleicht war es nur Anna. Ob brav oder verrucht – sie war die einzige Frau für ihn.

◆

Danke, dass du Stille Wasser - Dark Waters gelesen hast. Ich hoffe, dir hat die Geschichte von Brent und Anna gefallen.

Melde dich für meinen deutschsprachigen Newsletter an und erhalte exklusive „Kalte Gerechtigkeit"-Kurzgeschichten sowie Informationen darüber, wann meine nächste deutsche Übersetzung verfügbar ist.
www.toniandersondeutsch.com/newsletter

Wenn dir dieses Buch gefallen hat, hinterlasse doch bitte eine Rezension bei deinem Lieblingshändler oder auf deiner Netzwerkseite. Rezensionen helfen den Lesern, die richtigen Bücher zu finden. Vielen Dank dafür!

Danksagung

Das Schreiben kann eine einsame Angelegenheit sein, und ich verlasse mich stark auf meine Schriftsteller-Loops, Facebook- und Twitter-Freunde, die mich mit dem Universum verbinden und mir helfen, bei Verstand zu bleiben. Danke an alle meine Online-Freunde. Meine Kritikpartnerin Kathy Altman ist ein Vorbild an Geduld und gesundem Menschenverstand, wenn sie mir hilft, jedem Manuskript den letzten Schliff zu geben; ohne sie würde ich es nicht schaffen.

Mein Dank gilt auch meiner Familie, die verrückte Arbeitszeiten und seltsames Gemurmel ertragen hat, während ich an den verschiedenen Entwürfen dieses Manuskripts gearbeitet habe. Mein Mann und meine Kinder sind wirklich die Besten. Danke an meine wunderbaren Schwiegereltern für ihre ständigen Verkaufsgespräche zu Hause in Großbritannien. Die Rentner von Killearn wissen nicht, was ihnen passiert ist!

Ein großes Dankeschön an Holly, meine pelzige Begleiterin, für unsere täglichen Spaziergänge und die ständigen Informationen über die örtlichen Kaninchen- und Eichhörnchenpopulationen.

Danke auch an mein Team für deutsche Übersetzungen: Martin Wick, Stef Mills und meine wunderbare Beta-Leserin Antje. Tausend Dank auch an meine Assistentin, Jill Glass für ihre wunderbare Organisation!

Kurzgeschichten sowie Informationen darüber, wann meine nächste deutsche Übersetzung verfügbar ist.

Toni liebt es, von Lesern zu hören:
E-Mail: toni@toniandersonauthor.com
Website: www.toniandersondeutsch.com
Lerne Toni online kennen:

facebook.com/ToniAndersonDeutscheBucher

instagram.com/toni_anderson_autorin

tiktok.com/@toni_anderson_author